W0286701

CAROLINE HULSE

DER AUSFLUG

aufbau taschenbuch

CAROLINE HULSE verbringt den größten Teil ihrer Zeit mit Schreiben (womit ihr Traum wahrgeworden ist, einen Job zu finden, den man im Schlafanzug erledigen kann). Sie lebt in Manchester mit ihrem Ehemann und einem kleinen, herrschsüchtigen Hund.
»Der Ausflug« ist ihr Debütroman, der in 14 Ländern erschienen ist.

Teja Schwaner und Iris Hansen übertrugen neben Andy Jones u. a. Catherine Bennetto und Cara Hunter ins Deutsche. Sie leben in Hamburg.

Zwischen Claire und Matt hat es nicht geklappt, sie sind geschieden. Trotzdem wollen sie ihrer siebenjährigen Tochter Scarlett einen ganz normalen Familienalltag bieten – wozu auch ein gemeinsamer Wochenendausflug gehört. Es sind doch alle erwachsen … Und so bringt Claire ihren Freund Patrick mit und Matt seine neue Freundin Alex, eine Wissenschaftlerin, die sich nicht so schnell von so irrationalen Gefühlen wie Eifersucht übermannen lässt. Aber dann wird klar, dass Matt und seine Ex sich noch viel näher stehen als gedacht – und Alex muss sich mit dem Misstrauen des Scheidungskinds Scarlett auseinandersetzen. Und je mehr Zeit die Patchwork-Familie miteinander verbringt, desto explosiver wird die Stimmung. Bis es zu spät ist, die Notbremse zu ziehen …
Selten sind die Abgründe und Herausforderungen des modernen Familienlebens so prägnant und unglaublich komisch auf den Punkt gebracht worden.

CAROLINE HULSE

DER AUSFLUG

EIN FAMILIENROMAN

Aus dem Englischen
von Teja Schwaner und Iris Hansen

atb aufbau taschenbuch

Die Originalausgabe unter dem Titel
The Adults
erschien 2018 by Orion Books London, an imprint of
The Orion Publishing Group, Ltd.

MIX
Papier aus verantwortungsvollen Quellen
FSC® C083411

ISBN 978-3-7466-3805-8

Aufbau Taschenbuch ist eine Marke
der Aufbau Verlage GmbH & Co. KG

1. Auflage 2021
Vollständige Taschenbuchausgabe
© Aufbau Verlage GmbH & Co. KG, Berlin 2019
Die deutsche Erstausgabe erschien 2019 bei Rütten & Loening,
einer Marke der Aufbau Verlage GmbH & Co. KG
Copyright © Caroline Hulse 2018
Umschlaggestaltung www.buerosued.de, München
unter Verwendung eines Motivs von akg-images /
Universal Images Group / Universal History Archive und
www.buerosued.de, München
Satz Greiner & Reichel, Köln
Druck und Binden CPI books GmbH, Leck, Germany Printed
in Germany

www.aufbau-verlage.de

Familie

[faˈmiːli̯ə]

Substantiv, die, Plural: Familien

[Lebens]gemeinschaft, die aus mindestens einem erwachsenen, also mündigen Elternpaar und Kind besteht; heute oft erweitert durch weitere, nicht-verwandte Personen

Auszug aus der Broschüre des Happy Forest:

Der Happy Forest ist der ideale Ort zum Abschalten und Entspannen. Treten Sie auf die Veranda Ihrer komfortablen Holzhütte, genießen Sie die frische Waldluft und lassen Sie die Sorgen des Alltags hinter sich.
Der perfekte Familienausflug für Sie und Ihre Lieben liegt nur einen Klick entfernt. Ihr Aufenthalt bei uns wird zum unvergesslichen Erlebnis, von dem Sie lange zehren werden.

Heiligabend

14:06 Uhr

Telefonist: Notrufzentrale. Worum geht es?

Frau: Wir brauchen einen Krankenwagen im Happy Forest Resort.

Telefonist: Sind Sie in Gefahr?

Frau: Bitte beeilen Sie sich. Wir sind auf dem Bogenschießplatz.

Telefonist: Sagen Sie mir bitte, ob Sie sich aktuell in Gefahr befinden.

Frau: Nein. Aber wir brauchen einen Krankenwagen. Es gab einen Unfall, ein Mann ist getroffen worden.

Telefonist: Hilfe ist bereits auf dem Weg zu Ihnen. Trotzdem muss ich Sie bitten, mir jetzt einige Fragen zu beantworten. In Ordnung?

Frau: Sorgen Sie nur dafür, dass schnell jemand kommt. Hier ist alles voller Blut.

Telefonist: Okay. Sie sagen, er sei getroffen worden. Wovon ist er getroffen worden? Was können Sie erkennen?

Frau: Von einem Pfeil. Beim Bogenschießen.

Telefonist: Wie heißen Sie?

Frau: Alex.

Telefonist: Okay, Alex. Ist er bei Bewusstsein?

Frau: Ja … oder? … Also … nein.

Telefonist: Atmet er?

Frau: Noch – ja. Bitte kommen Sie schnell.

Telefonist: Wie ich schon sagte: Während Sie mit mir sprechen, ist jemand auf dem schnellsten Weg zu Ihnen unterwegs. Okay?

(Lärmender Wind und Hintergrundgeräusche brechen abrupt ab.)

Telefonist: Wann ist das passiert?

…

Hallo?

…

Ist der Verletzte Ihrer Meinung nach bei Bewusstsein und ansprechbar, Alex?

…

Hallo?

Hallo?

…

Sind Sie noch da? Alex, sind Sie noch da?

Kapitel 1

Als Matt den Ausflug gegenüber Alex zum ersten Mal erwähnte, wusste er schon seit Monaten davon.

Er hatte nicht absichtlich etwas vor seiner Freundin geheim halten wollen; es war nur so, dass er mit komplizierten Gedanken ebenso verfuhr wie mit seiner Post. Wenn Briefe durch den Türschlitz geworfen wurden und auf dem Flurfußboden landeten, machte Matt einen großen Schritt über sie hinweg. Sobald sich ein Stapel nicht mehr ignorieren ließ, stopfte er ihn in die erstbeste Ecke. Neben den Herd, aufs Bücherregal: Matts Post landete an leicht zu erreichenden Orten, wo sie dennoch aus dem Weg war und – das war das Wichtigste – nicht ohne weiteres wiedergefunden wurde.

Auf diese Weise entledigte sich Matt jeglichen Gefühls der Dringlichkeit, und wenn der Absender nochmals Kontakt mit ihm aufzunehmen versuchte, schien Matt ernsthaft überrascht zu sein (wie Alex feststellte, wunderte er sich tatsächlich, dass sich die Angelegenheit nicht von selbst erledigt hatte).

Binnen weniger Wochen nach Matts Einzug hatten sich in ihrer Wohnung Briefe stapelweise an Orten breitgemacht, an denen noch nie zuvor Post gewesen war.

Nachdem Alex immer mehr Umschläge aus Ecken hervorgezogen hatte, die zuvor leere Ecken gewesen waren, sammelte sie eines Nachmittags alle Briefe zusammen. Sie legte sie wie die Zettelchen einer Schnitzeljagd von der Eingangstür bis zum Küchentisch.

Auf der Suche nach ihr erreichte Matt irgendwann das Schlafzimmer, die Umschläge in den Armen. »All diese Briefe sind für mich, Alex? Wirklich?«

»Ich dachte, ich lege sie alle an einen Ort. Damit du's leichter hast.«

Matt zuckte mit den Achseln, und die Briefe zuckten mit. »Ich kapiere dieses Briefding einfach nicht. Von wem wird denn heutzutage noch erwartet, dass er seine Post liest?«

Nur wenige Wochen später waren die Ecken wieder vollgestopft.

An jenem Abend, als Matt ihr zum ersten Mal von dem Ausflug erzählte, hatte Alex einen Pie zubereitet – und zwar eigenhändig. Bis auf den Teig, schließlich hatte sie ihre Zeit nicht gestohlen. Mit siebenunddreißig war es für sie noch immer ein außergewöhnliches Ereignis, eine vollständige Mahlzeit zuzubereiten; es schien ihr stets ein bemerkenswertes Verdienst, nicht einfach nur Milch über Frühstücksflocken gegossen zu haben.

Alex erledigte gerade den Abwasch vom Abendessen, als Matt auftauchte und sich an der Küchentür herumdrückte.

»Alex. Du weißt doch noch, was ich dir von Claires Idee für Weihnachten erzählt habe.«

Alex sah auf. »Nein.«

Er machte große Augen. »Ich habe es nicht erwähnt?«

»Du hast es nicht erwähnt.«

Matt blies sich den dunklen Pony aus den Augen, wie er es ungefähr zwanzigmal am Tag tat. Für einen Achtunddreißigjährigen war seine Haarpracht beeindruckend, und Alex hatte ihn im Verdacht, diese Sache mit dem Pony bewusst kultiviert zu haben, damit es auch ja niemand übersah. Könnte sein, könnte aber auch nicht sein. Sie müsste jemanden fragen, der ihn von früher kannte. Nicht, dass es von Bedeutung gewesen wäre – aber Alex war Wissenschaftlerin. Hatte sie eine Hypothese aufgestellt, musste diese logischerweise überprüft werden. Es gefiel ihr, Beobachtungen eindeutig zuordnen und kategorisieren zu können.

»Sorry, Alex, ich bin wirklich zu nichts nütze.«

Um nicht antworten zu müssen, hielt sie das Glas, das sie in der Hand hielt, ins Licht und suchte es nach Flecken ab.

Matt streckte die Hand aus, um nach ihrem Arm zu greifen. »Ich muss mich wohl immer wieder gefragt haben, wie ich es ansprechen soll. Ich glaube, ich habe befürchtet, dass du sauer werden könntest.«

Nicht ohne sehr wohl den nahtlosen Übergang von »Ich dachte, ich hätte es längst erwähnt« zu »Ich wusste nicht, wie ich es sagen sollte« zu bemerken, zog Alex die Gummihandschuhe von den Händen und warf sie über den Abtropfständer. Sie drehte sich zu Matt um. »Und habe ich denn einen Grund, sauer zu werden?«

Matt winkte sie zu sich heran. Er schlang die Arme um ihre Taille. »Vielleicht einen, ein bisschen sauer zu werden, natürlich.« Er küsste ihre Stirn. »Was völlig verständlich wäre. Aber eigentlich keinen, total auszurasten.«

Das verhieß nichts Gutes. »Und weiter?«

»Also, du weißt, dass ich Weihnachten nicht mehr mit

Scarlett verbracht habe, seit Claire und ich uns getrennt haben.«

Alex nickte. »Wird Scarlett dieses Jahr bei uns sein? Das fände ich schön.«

»Nein, es ist ... es ist so, dass Claire ein Wochenende mit uns zusammen verbringen möchte.«

Alex brauchte einen Moment, um diese Information zu verarbeiten. *»Mit uns?«*

»Ja, mit uns. Uns allen. Du und ich. Sie und Patrick. Mit Scarlett als Ehrengast.«

Alex starrte Matt an. Sie deutete zum Küchentisch und ließ sich auf einem knarrenden Küchenstuhl nieder. Dies war kein Gespräch, das Alex im Stehen führen wollte. Am liebsten wollte sie dieses Gespräch gar nicht führen, aber wenn es ihr nicht erspart blieb, sollte es nicht zwischen Tür und Angel sein.

»Claire möchte mit uns einen gemeinsamen Ausflug in das Happy Forest Resort machen. Nach North Yorkshire.« Matt stützte sich mit den Handflächen auf die Rückenlehne eines Stuhls, als sei er zu aufgeregt, um sich hinzusetzen. »Da muss es super sein. Tolle Natur und Angebote für die ganze Familie. Und Weihnachtswichtel wandern durch den Wald und singen Weihnachtslieder.«

Alex warf einen Blick auf den Weinständer, zwang sich dann jedoch, woanders hinzusehen. Sie weigerte sich, verärgert zu reagieren. Ärger führte zu Unvernunft, und Unvernunft brachte fast immer persönliches Scheitern mit sich.

Sie holte Luft. »*Dieses* Weihnachten? Du meinst das Fest, das in einem Monat ansteht?«

Matt setzte sich auf den Stuhl neben Alex. Er beugte sich

vor, ergriff einen ihrer Füße, die in gepunkteten Socken steckten, und legte ihn auf sein Knie. »Wir haben doch schon darüber gesprochen, weißt du nicht mehr?« Er streichelte ihren Fuß. »Wie schön es für Scarlett wäre, Weihnachten gemeinsam mit mir und ihrer Mutter zu verbringen.«

»Aber so haben wir es nicht besprochen. Doch nicht so, als hätten wir wirklich vor, das zu tun.«

Matt betrachtete ihren Fuß. »Aber worüber haben wir uns denn dann unterhalten?«

»Es war doch nur so Geplauder darüber, wie ach so erwachsen wir sind und wie vernünftig wir mit eurer Situation umgehen. Es war doch kein ernsthaftes Gespräch darüber, wie man etwas grundsätzlich handhaben möchte.«

»Für mich schon.«

Alex spürte, wie sie weich wurde. Ihr süßer, wunderbarer Matt, der es allen Ernstes für eine gute Idee hielt, so etwas in Erwägung zu ziehen. Der zwar zwei Jahre vor seinem vierzigsten Geburtstag eingesehen hatte, dass aus ihm niemals ein Superstar-DJ würde, der sich aber trotzdem gerade ein neues Skateboard gekauft hatte und plante, im Garten eine Halfpipe zu bauen – ein Vorhaben, gegen das Alex allein deswegen keine Einwände erhoben hatte, weil sie wusste, dass er es ohnehin nie zustande brächte.

Der meinte, es würde dieses Gespräch weniger kompliziert machen, wenn er ihren besockten Fuß streichelte und ihr dabei liebevoll in die Augen sah.

Alex wandte den Blick ab. »Vielleicht meinte sie, dass wir mal zusammen essen gehen sollten? Ich bin mir sicher, niemand hat an einen gemeinsamen Wochenendausflug gedacht.« Sie schnipste zwei Fingernägel gegeneinander. »Unmöglich, dass Claire das wirklich vorschlägt. Sie ist doch eine vernünftige Frau.«

»Sie sagt, wir würden alle bestens miteinander auskommen. Sie mag dich.«

»Ich mag sie auch«, sagte Alex hastig. Wenn möglich, versuchte sie, Aussagen dieser Art immer als Erste anzubringen. »Aber hast du ihr etwa gesagt, dass ich einverstanden wäre?«

Matt schien sich intensiv auf Alex' Fuß zu konzentrieren. Er ließ den Kopf nach vorn sinken. Seine Ponyfransen folgten. Gesichtsvorhang, dachte Alex. So hatte man die Frisur in den frühen Neunzigern genannt. Bloß dass sie damals von Leuten getragen wurde, zu deren Alter und Ära sie auch passte.

»Mag sein, dass ich dir wirklich nichts von dem Ausflug erzählt habe, tut mir leid. Aber wir finden doch leicht eine Ausrede. Zu viel Arbeit. Ärger mit der Familie.« Matt hob fragend den Kopf. »Eine Großmutter, die plötzlich gestorben ist?«

»Mich interessiert gerade nur, ob du ihr wirklich gesagt hast, dass ich einverstanden wäre?«

Matts Lächeln sprach Bände. *Ups*, sagte es.

»Und was hält Patrick davon, Weihnachten nicht in Nottingham zu verbringen? Möchte er denn nicht bei seinen Kindern sein?«

»Die sind doch schon Teenager. Claire sagt, dass sie ihn sowieso nie sehen wollen.«

Alex atmete tief durch. »Soso. Ist der Trip denn schon gebucht?«

»Ich bin sicher, wir könnten stornieren. Aber du kennst doch Claire und weißt, wie sie ist. Wenn sie sich etwas in den Kopf gesetzt hat, ist sie nicht mehr zu bremsen.« Matt schüttelte milde lächelnd den Kopf. »Sie hat wahrscheinlich sogar schon gepackt.«

Alex presste die Lippen aufeinander. »Machen andere Leute auch so was? Die Ferien mit ihren Verflossenen und deren neuen Partnern verbringen?«

Matt zuckte mit den Achseln. »Spielt das etwa eine Rolle für dich?«

»Wenn wir jetzt aussteigen, bin ich doch für alle der Buhmann.«

»Ich werde dich zu nichts überreden, Alex.« Matt hob ihren Fuß von seinem Bein und stellte ihn auf dem Boden ab. Dabei versetzte er ihm einen leichten Klaps, als würde er ein zudringliches Haustier abwimmeln. »Wenn du wirklich nicht fahren möchtest, werde ich auch nicht fahren.« Er hielt inne. »Ohne dich würde ich nicht fahren – das wäre doch etwas sonderbar.«

»Sehr sonderbar sogar.«

»Aber du hast immer gesagt, wenn du Claire unter anderen Umständen kennengelernt hättest, wärt ihr vielleicht sogar Freundinnen geworden.«

Hab ich, entsann sich Alex. Hab ich gesagt. Aber es war unfair von Matt, ihre Worte aus dem Zusammenhang zu reißen. Man vermischte keine ernsthaften und sehr konkreten Gespräche mit wolkigem *Hätte-könnte-vielleicht-irgendwann-*Geplauder.

Matt legte die Hände auf den Tisch. »Ich möchte nicht noch ein weiteres Weihnachtsfest mit meiner Tochter verpassen. Sie ist sieben, Alex, und als ich letztes Mal zusehen konnte, wie sie ihren Geschenkstrumpf geöffnet hat, war sie vier.«

»Ich verstehe doch, wie wichtig Scarlett dir ist. Das ist doch klar. Aber könnte sie dieses Jahr nicht einfach bei uns feiern?«

»Claire ist ihre Mutter. Zu Weihnachten will sie mit ihrer Tochter zusammen sein. Sich ihr da in den Weg zu stellen wäre nicht richtig.«

Alex schloss die Augen. Das war Matt, wie er leibte und lebte. Verstörend respektvoll und wollte es immer allen recht machen.

Als sie die Augen wieder öffnete, fiel ihr Blick auf das schmutzige Geschirr im Spülbecken. Vielleicht wollte er es nicht in jeder Beziehung allen recht machen. Aber wenn es um die Familie ging, wollte er es. Allerdings fühlte sich das für sie in diesem Moment trotzdem verkehrt an.

Alex musterte Matt aufmerksam. »Bist du dir sicher, dass das wirklich eine gute Idee wäre? Hast du dir das auch gut überlegt?«

Er verzog den Mundwinkel. »Was gibt es da zu überlegen?«

»Ach, ich weiß nicht. Ob so ein gemeinsamer Ausflug völlig unkompliziert wäre? Ganz und gar problemlos? Nichts dabei könnte heikel werden?«

»Warum sollte es?«

Alex schaute aus dem Fenster. Das Licht der Alarmanlage blinkte in ihrem Garten in kurzen Abständen auf und tauchte ihn in Stroboskoplicht.

Lichtblitz. Vom Regen wieder schmutzig gewordene Wäsche auf der Leine. *Lichtblitz.* Rostiger Gartenstuhl mit Wackelbein. *Lichtblitz.* Tiger-Handpuppe mit Umhang achtlos auf dem Kies, durchnässt, verdreckt und verschlissen, vergessen nach dem Besuch einer Freundin mit Kleinkind.

Alex wandte sich wieder Matt zu. Sie war von jeher fest entschlossen, ihren Freund nicht zu bevormunden, nicht so zu werden wie viele ihrer Freundinnen, die ihre Partner wie die tölpelhaften und nichtsnutzigen Mannsbilder behandelten, die in den Fernsehwerbespots für Haushaltsprodukte mit zwei linken Händen hilflos herumfuchtelten. Aber er machte es ihr manchmal nicht gerade leicht. Und sie hasste es, wenn er sie in die Rolle der perfekten, neunmalklugen Frau aus der Werbung drängte, die allzu vernünftig über die Vorzüge einer bestimmten Küchenrolle oder eines Familienkonzepts doziert.

Alex lehnte sich auf ihrem Stuhl vor und hielt Blickkontakt. »Wie fühlst du dich – ganz ehrlich – bei dem Gedanken, Weihnachten mit deiner Ex zu verbringen?«

»Diese Dinge sind nur dann kompliziert, wenn man sie dazu macht, Alex. Reine Kopfsache.«

»Keinerlei unklare Gefühle, keine schwelenden Konflikte?«

Matt neigte den Kopf. »Nicht, dass ich wüsste.«

»Nichts, auch nicht die winzigste Kleinigkeit, die zwischen euch ungesagt geblieben ist? Die Sache mit eurer Ehe ist bereinigt, keine Altlasten? Alles ist in Butter?«

Matt lehnte sich zurück.

»Ich denke dabei nur an dich«, fügte Alex hinzu. »Vielen Menschen würde es schwerfallen, mit einer solchen Situation umzugehen.«

Mir zum Beispiel, dachte sie, mir würde es schwerfallen.

Matt ließ sich Zeit, und man sah ihm an, dass er überlegte. »Ich empfinde keine Abneigung gegenüber Claire. Ich liebe sie nicht, aber ich hasse sie auch nicht«, sagte er schließlich. »Sie ist nur noch … die Mutter meiner Tochter. Und wir müssen einen Weg finden, damit klarzukommen, denn das wird sie immer bleiben.«

»Natürlich.« Alex' Bein rüttelte am Tisch. »Und Patrick? Bist du dir sicher, dass du mit ihm ein Wochenende verbringen willst?«

»Ich bin mir sicher, er ist ganz okay.«

Alex lehnte sich vor. »Du findest also nicht, dass er ›so viel Persönlichkeit hat wie ein schwarzes Loch‹?«

»Ach, das war nur so dahergeredet. Claire mag ihn, und sie hatte schon immer einen guten Männergeschmack.« Matt sah Alex ins Gesicht und hob sofort abwehrend die Handflächen. »Okay, es reicht. Tut mir leid, Alex. Für heute keine Witze mehr.« Er stand auf. »Überleg es dir in Ruhe. Du wirst bestimmt die richtige Entscheidung treffen. Ruf mich einfach, wenn es so weit ist.«

Er hastete die Treppe hinauf und überließ Alex nicht nur ihren Gedanken, sondern auch dem Abwasch.

....

Alex ließ das schmutzige Wasser ablaufen und füllte das Spülbecken aufs Neue.

Obwohl das Wasser zu heiß war, mischte sie kein kaltes dazu. Das brennende Unbehagen beim Hineintauchen der Hände lenkte sie von dem weitaus weniger greifbaren Unbehagen ab, das in ihrem Magen rumorte.

Alex wünschte sich, in diesem Augenblick bei der Arbeit zu sein. Im Universitätslabor, wo es stets Vorträge anzuhören und Zellkulturen zu studieren gab, ließ sich vieles aus ihren Gedanken tilgen, was sie sonst nicht loswurde. Im Labor konnten Stunden vergehen, bis sie den Kopf hob und durchs Fenster auf die Bäume blickte. Erst dann sah sie hinab auf ihre Turnschuhe, hörte die blechernen Töne des kleinen Radios und erinnerte sich, dass jenseits der Zellkulturen von Diabetespatienten noch eine andere Welt existierte.

Zu Hause war es anders. Zu Hause gab es nur Alex und ihre Gedanken.

Sie konnte sich weigern, bei diesem Ausflug mitzufahren – natürlich. Aber das wäre wohl auch nicht zufriedenstellend.

Sie wollte nicht mitreisen – aber sie konnte auch nicht *nicht mitreisen*. Sie käme sich in einer Weise engstirnig und kleinkariert vor, wie sie es ganz gewiss nicht war und wie sie schon gar nicht wirken wollte. Alex hatte immer Verständnis dafür gehabt, dass Matt gut mit seiner Ex auskam, was andere Leute – nämlich die kleinkarierten – wohl nur schwer hätten nachvollziehen können.

Womöglich hatte Alex zu viel des Guten getan. Hatte Claire zur Begrüßung auf die Wange geküsst, wenn sie Scarlett bei ihr abgaben oder abholten. Hatte immer etwas Nettes zu Claires Rock oder ihrer Frisur zu sagen gehabt. Jeder hatte seine Vergangenheit, warum sollte man das dem anderen übelnehmen? Alex war nicht die Art Frau, die alles auf sich bezog.

Alex kratzte den verkrusteten Teig vom Rand der Auflaufform.

Obwohl es nur noch einen Monat bis Weihnachten war, hatte Alex kaum über die logistischen Ansprüche der Festtage nachgedacht. Sie hatte angenommen, sie würden ihre oder vielleicht Matts Eltern besuchen – wie auch immer. Alex lag nichts an Weihnachten. Für sie war es ein Tag, an dem das Labor geschlossen war, mehr nicht.

Aber das jetzt – das war etwas anderes.

Und Matt hatte es seit Ewigkeiten gewusst, ihr jedoch kein Sterbenswörtchen davon gesagt.

Alex konnte sich nicht erklären, wie er es anstellte, so etwas auszublenden. Wie vermochte er es nur, solch missliche Notwendigkeiten mental abzuschotten? Oder schob er das Unvermeidbare einfach immer weiter auf?

Keine dieser Hypothesen ließ sich von Alex empirisch überprüfen, und das machte die Situation umso frustrierender. Matt besaß die erstaunliche Fähigkeit, sie immer wieder zu manipulieren, so dass sie am Ende Dingen zustimmte, von denen sie nichts hatte wissen wollen. Vielleicht war genau dies die Eigenschaft, die Matt dazu verhalf, in seinem Job im Vertrieb so erfolgreich zu sein, wenngleich er eine meist, wie Alex fand, ausgesprochen fragwürdige Arbeitsmoral an den Tag legte.

Alex spülte einen Teller und stellte ihn zum Trocknen auf den Ständer. Sie hörte von oben ein Schrammen: Ein Stuhl wurde über den Fußboden geschleift.

Matt ließ ihr den Raum, den sie brauchte, um ihre Entscheidung zu fällen. Gab ihr zu verstehen, dass er oben beschäftigt war. Oder ging er ihr nur aus dem Weg?

....

Nach dem Geschirrspülen sah Alex sich im Netz die Fotos dessen an, was sie inzwischen den Märchenwald nannte.

Nicht, dass dieser Ort auf den Fotos besonders märchenhaft gewirkt hätte. Es mochte dort zwar das ganze Jahr über bunte Lichterketten geben, aber wegen der vielen Absperrungen und Warnhinweise hatte der Happy Forest wenig Ähnlichkeit mit einem bewaldeten Wunderland.

Alex schob ihren Laptop beiseite. Abermals bemühte sie sich, nicht aufs Weinregal zu sehen.

Sei nicht albern, hatte sie gesagt, als Matt vorschlug, sämtliche alkoholischen Getränke aus dem Haus zu verbannen. *Wir werden auf keinen Fall zu den Leuten gehören, die von niemandem gern besucht werden, weil sie nichts Ordentliches zu trinken im Haus haben.* An manchen Abenden fühlte sie sich von dem nicht ausquartierten Weinregal jedoch intensiver angezogen als an anderen. Wie etwa heute Abend. Die subtil fordernde Anziehungskraft des Weines wurde verstärkt vom dumpfen Nachhallen des abgebrochenen Gesprächs.

Matt würde erwarten, dass sie sich noch heute Abend zu seinem Vorschlag äußerte. Obwohl er diese Unterhaltung seit Wochen vermieden hatte, würde er davon ausgehen, dass sie zu einem Entschluss käme. Denn während der zwei Jahre, die sie zusammen waren, lebten sie in der unausgesprochenen Übereinkunft, dass es in ihrer Beziehung Alex' Rolle war, das letzte Wort zu sprechen.

Nun denn. Sollten sie wegen des Ausflugs einen Streit anfangen? Zumindest würde das Alex für eine Weile vom Wein ablenken. Aber sich über etwas in die Haare zu kriegen, das mit Matts Ex zu tun hatte, passte nicht zu dem Bild, das Alex von sich selbst hatte. Und letztlich hätte es vermutlich nur eine grundsätzliche depressive Verstimmung zur Folge.

Nein. Keinesfalls würde sie sich mit Matt deswegen streiten. Undenkbar.

Was wohl bedeutete, dass sie diesen Ausflug tatsächlich mitmachen musste.

Kapitel 2

Nachdem er Claire gesagt hatte, er müsse früh ins Büro, um ein paar dringende Fälle zu bearbeiten, fuhr Patrick um halb sechs Uhr morgens ins Fitnessstudio. Und um die Mittagszeit noch einmal.

Zweimal am Tag, das war eine gute Bilanz. Morgens Gewichte, zur Lunchzeit Cardio-Training. Er erledigte sogar eine Konferenzschaltung mit Anwaltskollegen, während er auf dem Laufband war.

So war er: ein erfolgreicher Rechtsanwalt, dreiundvierzig Jahre alt, Vater von zweieinhalb Kindern (zweier eigener und eines angenommenen).

Er trug noch immer Slim-fit-Hemden, die er bei jungen Männern mit sorgfältig gepflegten Augenbrauen in Geschäften kaufte, die sich eigentlich an eine jüngere Klientel richteten.

....

Im September hatte Patrick beschlossen, sein Trainingspensum zu erhöhen. Er hatte am Tresen eines Coffeeshops am Fenster gesessen und seinen Superfood-Smoothie getrunken, als direkt vor ihm die wohlvertraute Frisur eines Exkollegen auf dem Gehweg vorbeihuschte.

Es war ihm nicht gelungen, rechtzeitig wegzusehen.

»Patrick!« Tom legte kurz darauf seinen Aktenkoffer vor ihm ab. »Wie geht's, wie steht's?«

Patrick rang sich ein Lächeln ab. »Hi Tom. Ich habe höllisch viele Fälle. In der neuen Kanzlei stopfen sie mir den Terminkalender gnadenlos voll.«

»Mistkerle.«

»Bin inzwischen mit Claire zusammengezogen.« Patrick fragte sich, warum er das Tom überhaupt erzählte. »Du kennst doch Claire Petersen, die Rechtsanwältin?«

»Claire Petersen, tatsächlich?« Tom schüttelte den Kopf. »Dass du dich da ranwagst! Ist die Kleine nicht 'ne Nummer zu groß für dich?«

Patrick wusste, dass es als Kompliment gemeint war, aber es gefiel ihm gar nicht, daran erinnert zu werden, an wen er sich zuletzt »rangewagt« hatte. Und daran, dass Tom in seiner Kanzlei Patricks Exfrau Lindsay tagtäglich begegnete.

Tom warf einen Blick auf Patricks Superfood-Smoothie. »Warum trinkst du eigentlich diese Komposthaufensuppe?«

Patrick rührte mit dem Trinkhalm in seinem Saft und spürte mit Genugtuung Klumpen des pürierten Gemüses. »Ich werde nächstes Jahr meinen ersten Ironman machen.«

Bis zu diesem Moment hatte Patrick selbst noch nichts davon gewusst. Und dennoch spürte er, als Tom sich verabschiedete, wie viel mehr Raum er am Tresen einnahm.

Zwei Monate später war Patrick sich immer noch nicht darüber klargeworden, wie er es Claire sagen sollte. Ihm war bewusst, dass sie übermäßiges körperliches Training für eine besonders geistlose Form der Eitelkeit hielt.

Und so wusste er seinen Plan gut zu verbergen, bis er eines Abends annahm, dass sich Claire im Obergeschoss aufhielt, und etwas auf seinem Tablet recherchierte. Als sie plötzlich hinter ihm auftauchte und fragte: »Patrick, hast du die große Steckdosenleiste irgendwo gesehen?«, zuckte er zusammen und schaltete den Bildschirm aus.

Sie griff nach dem Tablet. »Was versteckst du da?«

»Claire, also bitte. Etwas Respekt wäre nett.«

»Lass mal sehen, auf welchen Pornozug du aufgesprungen bist.«

»Ein wenig Privatsphäre wirst du mir doch wohl lassen?«

Claire schaltete den Bildschirm frei und betrachtete ihn.

Patrick konnte nicht anders – er musste ihrem immer strengeren Blick folgen. Die aufgesetzt lächelnden Sieger. Die Neoprenanzüge, die Schwimmbrillen. Das Bild eines Mannes mit Sonnenbrille, der seine übertrieben muskulösen Arme in die Höhe reckte.

Claire ließ das Tablet sinken. »Du willst bei einem Ironman mitmachen?«

»Ich spiele mit dem Gedanken.«

»Dan Smith hat bei einem mitgemacht.« Claire hob fragend eine Augenbraue, als müsse er verstehen, was das bedeutete.

Patrick wusste, dass er nicht immer der beste Zuhörer war. »Und?«

»Erinnerst du dich nicht mehr, was Heather gesagt hat? Sonnabends ist er den ganzen Tag Rad gefahren. Sonntags den ganzen Tag geschwommen. Die Kinder bekamen ihn kaum mehr zu Gesicht, und wenn sein Oberkörper sich in einer Schaufensterscheibe spiegelte, konnte er sich nicht daran sattsehen. Irgendwann hat ihn die ganze Familie nicht mehr ertragen.«

Claire hielt inne, damit Patrick sich besinnen konnte.

Doch das war nicht das, was Patrick im Sinn hatte. »Wir sind alle verschieden«, sagte er.

»Heather hat gesagt, sie konnte nicht mit jemandem schlafen, der verliebter in sich selbst war als in sie.« Claire ließ seinen Blick nicht los. »Am Ende zog er ins Travel Inn an der Umgehungsstraße und nahm ein halbes Jahr Urlaub.«

»Ich habe das Gefühl, dass ich einfach mal Abwechslung brauche.«

»Und was ist mit Amber und Jack?«, sagte Claire. »Lindsay macht es dir schwer genug, die beiden zu sehen.«

»Es war nur so eine Idee.«

Eine gute Idee, dachte Patrick.

Aber das heimliche Training wäre bald nicht mehr nötig. Denn als sie vor ein paar Tagen in ihren dick gefütterten Jacken im Park standen und Scarlett zuschauten, wie sie auf dem Klettergerüst turnte, wurde Patrick von Claire mit dem goldenen Gewinnlos beschenkt.

Sie wünschte sich einen Wochenendausflug. Mit ihrem Exmann.

Patrick erkannte die günstige Gelegenheit auf Anhieb.

»Tatsächlich?« Claire wandte sich ihm zu. »Wirklich?«

»Ich sagte doch ›schön‹, oder?«

Claire machte große Augen. »Du hast wirklich nichts dagegen?«

Patrick schob die Hände in die Taschen. »Mir liegt genauso wie dir daran, dass Scarlett glücklich ist.«

Sie hakte sich bei ihm ein. »Ich bin angenehm überrascht. Das ist alles.«

»Was hast du denn erwartet? Es ist doch offensichtlich, dass du es dir wünschst.«

»Ich dachte, du würdest es für eine unsägliche Idee halten.«

Patrick hielt es für eine unsägliche Idee. »Ich unterstütze dich doch in allem, was du vorhast. Selbst wenn es bedeutet, dass ich zu Weihnachten meine Kinder nicht werde sehen können.« Er hielt inne. »Und diese Feriendörfer haben doch immer gute Schwimmbäder, oder?«

In der Nacht nach diesem Gespräch hatten sie sich ausgesprochen leidenschaftlich geliebt.

Claire mochte von Patricks sportlichem Vorhaben und dem dazugehörigen Trainingsaufwand nicht besonders angetan sein. Aber wenn er das hier mitmachte … Die nächste Diskussion über den Ironman dürfte wohl glimpflicher verlaufen. Und Patrick musste sich bald anmelden, wenn er den nächsten Ironman mitmachen wollte.

Wichtiger war jedoch, dass er in ihrem Wohnzimmer einen anderen Stammplatz fand. Sein jetziger war zweifellos schlecht gewählt: zu dicht an der Tür. Denn da war sie schon wieder und linste über seine Schulter hinweg auf sein Tablet.

»Unterricht im Bogenschießen? Wieso das denn …?« Claire verstummte.

Patrick rückte den Untersetzer auf dem Beistelltisch zurecht. »Ich möchte erfahren, wie es sich anfühlt, etwas abzuschießen.«

»Wir wollen Weihnachten feiern.«

»Ich habe noch nie etwas geschossen.«

Claire lachte. »Wenn du versuchen möchtest, zu Weihnachten Konkurrenzkämpfe auszufechten, solltest du dich mit Matt nicht anlegen.«

Im Laufe der beiden vergangenen Jahre hatte Patrick eine ganze Menge über Matt erfahren. Die Xbox, die T-Shirts. Die alberne neue Leidenschaft für Skateboards. Und mit jeder neuen Information, die er über seinen Vorgänger bekam, wunderte Patrick sich umso mehr und beobachtete Claire umso genauer, Claire mit ihrer florierenden Kanzlei und den ausdrucksstarken Augenbrauen, eine Frau, deren Persönlichkeit einer Festung glich. Er verstand es nicht.

»Du hast sowieso keine Chance, der beste Schütze zu werden, selbst dann nicht, wenn du Unterricht nimmst.« Claire grinste. »Pech gehabt, mein Lieber. Ich habe in meiner Kindheit auf dem Bauernhof jede Menge Viecher abgeschossen.«

Claire knuffte sein Knie und ging aus dem Zimmer. Patrick wandte sich wieder seinem Bildschirm zu.

Er entschied sich gegen eine Denkpause, rief die Ironman-Webseite auf und klickte auf *Jetzt anmelden.*

Kapitel 3

Alex beschloss, Claire vor dem Ausflug anzurufen, um sich ein Bild davon machen zu können, was geplant war. Bei Informationen, die über Matt zu ihr gelangten, gab es ein allzu großes Risiko für Missverständnisse.

Wie damals, als sie auf einem Fest von Matts Familie erschienen war und feststellen musste, dass es sich um eine Poolparty handelte – ein Detail, das Matt vergessen hatte zu erwähnen, ebenso wie die Tatsache, dass er einer so vermögenden Familie entstammte, dass sie einen Swimmingpool besaß. Was Alex noch mehr überraschte.

Matt ließ sich natürlich nicht lumpen und sprang in seiner Hose ins Wasser. Alex dachte an die Unterwäsche, die sie trug, und beschloss, an Land auszuharren.

....

Alex wählte Claires Nummer. Sie betrachtete ihre Fingernägel, schnippte gegen eine brüchige Stelle und fragte sich, wem gegenüber sie in dem leeren Zimmer Nonchalance simulierte.

Als Claire sich meldete, geriet Alex ins Stocken.

»Hier Alex. Alex Mount.« Sie stockte abermals. »Matts Freundin.« Dann noch, unter Qualen: »Matt Cutler.«

»Ach, du bist es! Wie schön, von dir zu hören! Wie geht's?«

»Alles schön. Also … ich freue mich wirklich auf unseren Ausflug.«

»Ist das wahr?« Claires Stimme klang amüsiert. »Du findest nicht, dass es etwas übertrieben ist?«

»Ich bin sicher, dass es uns gefallen wird.«

»Nun, ich hab mir auch meine Gedanken gemacht, nachdem Matt den Happy Forest vorgeschlagen hatte. Aber wenn so übergeschnappte Royals wie Prinz Andrew und Fergie es hinkriegen, sich zu verstehen, sollte es bei uns doch auch klappen. Wir sind doch alle erwachsen.«

»Stimmt.«

Claire zögerte. »Und wenn es eine Katastrophe wird, sprechen wir einfach nie wieder davon.«

Alex gab sich optimistisch. »Es wird sicher großartig.«

»Ich weiß«, sagte Claire. »Ich sollte nicht immer so skeptisch sein.«

»Wird uns Posey eigentlich auf den Ausflug begleiten?«

Claire hielt inne, dann seufzte sie. »Daran geht leider kein Weg vorbei. Hätte man mir vorher gesagt, wie viel Mühe es kostet, sich das Leben mit einem imaginären Kaninchen einzurichten, hätte ich es nicht geglaubt.«

»Das habe ich auch schon gemerkt.«

»Findest du, dass wir es unterbinden sollten?«

»Ich finde … das wirst du am besten wissen.« Wenn Alex inzwischen etwas klargeworden war, dann dass der Umgang mit imaginären Kaninchen ein überraschend hohes Maß an Diplomatie erforderte.

»Patrick meint, wir sollten es unterbinden«, sagte Claire. »Aber Matt und ich haben uns darauf geeinigt, dass wir uns Sorgen machen würden, wenn Scarlett fünfunddreißig wäre. Aber sie ist erst sieben.«

»Hoffen wir, dass es nicht so lange anhält.« Alex war bemüht, möglichst neutral zu klingen. »Posey scheint sich auf jeden Fall entwickelt zu haben, seit ich ins Spiel gekommen bin. Sowohl in seinem Wesen als auch in seiner Präsenz.«

»Wohl wahr«, seufzte Claire. »Aber es hat ja noch viel früher mit ihm angefangen. Ursprünglich war er einfach ein Kuscheltier, ein lila Kaninchen, das Scarlett überall mit sich herumschleppte. Sie war am Boden zerstört, als Matt ihn auf Teneriffa in einem Mietwagen vergaß. Und dann kehrte Posey zurück, zumindest in Scarletts Vorstellung. Offenbar sieht er genauso aus wie zu Kuscheltierzeiten, ist aber hundertmal größer. Und natürlich unsichtbar.«

»Richtig.« Wieder total neutral. »Also, um noch mal auf den Ausflug zu sprechen zu kommen … Gibt es einen Plan, wie das ablaufen soll? Matt hat nicht viel Konkretes gesagt – du kennst ja Matt.«

»Keine Pläne, wir wollen uns einfach nur ausruhen und die Zeit dort genießen. Wir werden natürlich ein paar Unternehmungen im Voraus buchen müssen, aber darum kümmert sich Patrick. Und ich werde ab und zu kochen – ich koche für mein Leben gern, vor allem in den Ferien ist es für mich die pure Entspannung –, aber wir können natürlich auch mal essen gehen. Hauptsache, wir kommen ein bisschen zur Ruhe.«

»Matt sagte, du seist sehr gut organisiert.«

Claire lachte. »Hm – nein. Im Vergleich zu ihm natürlich schon. Aber wenn du Patrick fragst, wird er dir sagen, dass ich den Tag verbummle. Scheint wohl eine Frage des Standpunkts zu sein.«

»Kann ich irgendwie behilflich sein?«

Behilflich. Alex hatte das Wort gar nicht aussprechen wollen. Und prompt hatte sie sich in die ihr verhasste Rolle einer unmündigen Erwachsenen manövriert, die offensichtlich nicht in der Lage war, eigene Entscheidungen zu treffen, und nur Anweisungen entgegennehmen konnte – und sie waren noch nicht einmal in der Hütte angekommen. In Gegenwart von Eltern passierte das immer wieder. Als seien nur diese rechtmäßige Erwachsene und hätten allein zu bestimmen, was von allen zu tun sei. Als sei Alex nicht mehr als eine Zweitbesetzung in der Erwachsenengarde, an Reife kaum entfernt vom Kindertisch, wo es noch erlaubt war, Plastikspeckscheiben und Holztomaten auf einen Mini-Spielzeugherd von Fisher-Price zu trümmern.

»Alles schon organisiert, Alex. Kümmre dich nur ums Entspannen. Du hast es dir verdient.«

Alex blickte auf ihre Füße, die in kuscheligen, rutschfesten Socken steckten und auf dem Polsterhocker ruhten. Als sie um sieben von der Arbeit gekommen war, hatte sie sofort ihren Schlafanzug angezogen. »Wenn du meinst. Ich komm mir irgendwie nutzlos vor.«

»Ist alles gut, Alex. Du könntest den Weihnachtskuchen backen, wenn du willst. Oder auch nicht. Ganz wie du möchtest.«

»Gut, dann mache ich den Kuchen. Wenn du sicher bist, dass sonst nichts gebraucht wird.«

»Alex, entspann dich einfach. Du musst dich nicht mit dem mühsamen Elternkram abgeben. Du arbeitest hart genug.«

Sie verabschiedeten sich, und Alex betrachtete die Spielkonsole auf der anderen Seite des Zimmers. Die Tasten der Controller waren schon abgenutzt, weil sie und Matt abends oft Tennis oder Bowling spielten.

Arbeitete sie hart?

Claire meinte es sicherlich nett, aber Alex war sich nicht sicher, ob diese Aussage wirklich zutreffend war. War es nicht einer dieser Gemeinplätze, die von denjenigen kommen, die sich anbiedern wollen? So wie Politiker ständig von den hart arbeitenden Familien sprachen, weil alle Welt das Gefühl hatte, mehr Schlaf zu brauchen?

Wollte Claire ihr etwa schmeicheln?

Alex fand Matt im Schlafzimmer vorm Fernseher. »Matt, würdest du dich als jemand bezeichnen, der hart arbeitet?«

»Welchen Hintergedanken ahne ich da?« Er löste den Blick vom Bildschirm: Es lief ein Programm, bei dem die Kandidaten sich um die Wette die Bäuche vollschlugen. »Was habe ich vergessen zu erledigen?«

»Es ist einfach das, was man so sagt, oder?«, sagte Alex. »Jeder denkt, dass er hart arbeitet.«

Matt rollte sich auf seine Bettseite. Er blickte zu ihr hoch. »Ich bin ein Faulpelz, Alex, das weißt du doch. Wenn ich am Wochenende zur Mittagszeit schon angezogen bin, klatsch ich mich selbst ab.«

»Du scheinst eher stolz darauf zu sein. Aber du weißt immerhin, dass du damit als Geisterfahrer unterwegs bist.«

»Ich versteh nicht, warum so viel Theater darum gemacht wird. Warum jeder immer davon reden muss, wie beschäftigt er ist. Ich meine, wofür glauben denn alle Buße tun zu müssen?«

Das genau war es: eine der Eigenschaften, deretwegen Alex ihren Freund einfach toll fand. Wenn er so etwas sagte, kam sie nicht umhin, sich zu fragen, ob er eigentlich der einzige Mensch war, der eine Ahnung vom Leben hatte.

Matt rollte sich zurück und deutete auf den Fernsehapparat. »Komm her und sieh dir das an. Der Typ hat schon zwei Tablettladungen Würstchen gegessen. Er muss sich bestimmt gleich übergeben.«

Alex setzte sich neben Matt, worauf dieser sie mit einem liebevollen Würgegriff zu sich aufs Bett zog. Sie sah, wie der Mann im Fernsehen sich mühte, weitere Würstchen zu verspeisen. An den Mundwinkeln hervorquellende Flüssigkeiten tupfte er sich mit einer Serviette ab.

»Claire hat gesagt, wenn ich behilflich sein wollte, könnte ich einen Weihnachtskuchen backen.«

»Cool.«

»Ich mag keinen Weihnachtskuchen.«

»Ich auch nicht, die schmecken immer so erdig.«

»Mag Claire ihn?«

»Kann ich mir kaum vorstellen. Weihnachtskuchen mag doch keiner.« Matt deutete auf den Bildschirm. »Der Typ platzt gleich. Hoffentlich haben sie ein paar Eimer bereitstehen.«

Alex sagte nichts. Sie dachte an das Gespräch mit Claire.

Du musst dich nicht mit dem mühsamen Elternkram abgeben.

Was hatte das zu bedeuten? Handelte es sich um eine ernstgemeinte, großzügige Aussage, oder zeugte es von jener falschen Bescheidenheit, mit der manche Leute sich wichtigmachten?

Oder dachte Claire etwa, Alex sei nicht in der Lage, den mühsamen, aber doch wohl superwichtigen *Elternkram* zu bewältigen?

Wenn ja, lag sie gar nicht so falsch. Alex wusste, dass sie kein besonderes Händchen für Kinder hatte. Sie wurde von Scarlett zwar nicht offensichtlich gehasst, aber das Mädchen behandelte sie wie Luft. Wenn sie einander begegnet waren, hatte Scarlett stets entweder mit ihrem imaginären Kaninchen geflüstert oder auf Matts iPhone Spiele gespielt, deren Sinn sich Alex nicht erschloss, da es anscheinend darum ging, Verliese für Hühner zu bauen.

Zwei Jahre war Alex mit Scarletts Vater zusammen, und dennoch war sie sich nicht sicher, ob das Mädchen sie bei einer polizeilichen Gegenüberstellung erkennen würde.

Alex versuchte, sich auf den Fernseher zu konzentrieren. Gerade wurde gezeigt, wie viel sich der Würstchenmann schon einverleibt hatte.

Nachdem Matt den Happy Forest vorgeschlagen hatte …

»Claire hat erzählt, du hättest den Vorschlag gemacht«, sagte Alex. »Für den Ort, wo wir hinfahren.«

Matt nickte dem Fernseher zu.

»Aber gemeinsam Weihnachten zu feiern war Claires Idee?«, fragte Alex. »Ursprünglich?«

»Genau. Ich hab ihr nur beim Ort unter die Arme gegriffen. Du kennst mich doch: Ich hab einfach immer so gute Ideen.« Matt deutete auf den Bildschirm. »Gleich ist es aus – ha! Vorbei!«

Kapitel 4

Eine Woche vor dem Ausflug saß Scarlett zusammen mit Posey hinten im Auto. Mum fuhr mit ihnen in das riesige Einkaufszentrum, aber sie hatten bereits zwanzig Minuten für das Stück vom letzten Kreisverkehr bis zum ersten Parkplatz gebraucht. Es waren einfach zu viele Autos auf den Straßen unterwegs.

»Es ist zum Kotzen. *Zum Kotzen!*« Mum schlug mit der Hand gegen das Lenkrad. »Dieser Kommerz. Schlimm!«

Mum sagte oft zu Scarlett: »Geduld ist eine Tugend«, und Scarlett fragte sich manchmal, ob sie das wohl auch zu sich selbst sagte.

Mum drehte sich auf ihrem Sitz nach Scarlett um. »Dieser Ort ist die Verkörperung all dessen, was auf der Welt schiefläuft.«

Als Mum sich wieder nach vorn wandte, blickte Scarlett zu Posey hinüber und verdrehte die Augen. Posey tat es ihr nach.

Sie waren beide gleich groß (wenn man von Poseys Ohren absah), dennoch saß Scarlett auf dem Rücksitz ein Stück über Posey. Mum sagte, dass Posey keinen Kindersitz brauche.

Scarlett hätte gern einen für ihn gehabt, wollte deswegen aber keinen Streit anfangen. Es wären zwei gegen einen gewesen – Posey wollte nämlich auch keinen Kindersitz. Die gekrümmten Spitzen seiner lila Ohren stießen schon jetzt an den Fahrzeughimmel.

Mum schlug abermals mit der Hand gegen das Lenkrad. »Finden die Leute denn nicht, dass sie genügend Krempel haben?«

Scarlett ahnte Böses. »Aber wir gehen doch trotzdem rein, Mum?«

»Ich würde es am liebsten lassen. Aber du hast ja noch kein Geschenk für Alex.«

Das erschien Scarlett ein überaus belangloser Grund. Sie kannte Alex doch kaum. Aber sie wollte gern einkaufen gehen, also behielt sie das lieber für sich.

....

Im Einkaufszentrum nahm Mum sie fest an die Hand und hastete los. Scarlett wurde unentwegt angerempelt, schien von den Menschen geradezu vorangestoßen zu werden. Sie hielt Poseys Hand ebenso fest wie Mum die ihre, denn die Leute wichen vor ihm nicht aus. Sie wichen ja nicht einmal vor Scarlett aus. Oder vor Mum.

»Diese Leute … wie halten die das nur aus?« Die Strähnen ihres blonden Ponys klebten Mum an der Stirn, wie immer, wenn sie sich aufregte. »Warum tun die sich das an?«

Scarlett fragte nicht: *Warum tun wir uns das an?* Das brauchte sie nicht. Schließlich ging es um Weihnachten.

Zurzeit dreht sich alles um Weihnachten.

»Es ist nur leider so, dass du für Alex nicht einfach Handschuhe oder so was besorgen kannst«, sagte Mum. »Es muss etwas Besonderes sein, sie soll merken, dass sie dir wichtig ist.«

»Ist sie aber nicht.«

Mum funkelte sie an.

Scarlett wusste, dass sie besser den Mund gehalten hätte. Doch sie konnte nicht anders. »Und Alex macht doch auch nur blöde Geschenke. Weißt du noch, was ich letztes Jahr von ihr bekommen habe? Diesen Pulli!«

»Ein sehr nettes Geschenk.«

»Es war nicht mal ein schöner Pulli. Er war grün. Und vorn drauf war ein Raumschiff.«

»Ich dachte, du wolltest etwas für sie besorgen.« Mums Stimme hatte etwas Beunruhigendes. »Ich dachte, deswegen haben wir uns durch den Stau hinterm Kreisverkehr gequält.«

Scarlett schwieg.

Posey ließ ihre Hand los. Er deutete mit dem Kopf auf einen Laden. »Da geh ich mal kurz rein. Warte nicht auf mich.«

»Posey!« Scarlett drehte sich der Magen um. »Du wirst zwischen all den Menschen verlorengehen!«

Posey ignorierte sie. Sein lila Pelzkörper drängte sich zwischen die vielen Menschen, und Scarlett sah nur noch seinen weißen Puschelschwanz wedeln, als er verschwand. Posey war von Kopf bis Fuß lila, bis auf den Schwanz und den weißen Fleck auf dem Bauch. Andersfarbig war nur das kleine Etikett mit der Aufschrift *Made in China*, das seitlich an seinem Hintern flatterte.

»Mum! Wir müssen auf Posey warten!«

Mum ließ sich nicht aufhalten. »Dafür hab ich heute keine Zeit. Ihm passiert schon nichts.«

»Ich hab Posey gesagt, er soll bei mir bleiben. Er gehorcht einfach nicht!«

»Er ist ein großes Kaninchen.«

Eine Sekunde später war Posey zurück. »Wie sehe ich damit aus?«

Scarlett sah nach unten. Bisher hatte sie Posey nur nackt gesehen, aber jetzt trug er ein Paar silberne Moonboots.

Wieder drehte sich Scarlett der Magen um. Diesmal in die andere Richtung. Das waren dieselben Stiefel, die Scarlett sich von Mum wünschte, die jedoch gesagt hatte, Scarlett könne sie als Hauptgeschenk zu Weihnachten bekommen oder gar nicht. Aber Scarlett verschwendete ihr Hauptgeschenk doch nicht an etwas zum Anziehen.

Manchmal war sie eifersüchtig darauf, dass Posey Sachen einfach so bekommen konnte. Für ihn galten andere Regeln.

Scarlett sah, wie Poseys Stiefel blitzten, während er ging. »Ich dachte, du stehst nicht auf Anziehsachen.«

Posey zuckte mit den Achseln. »In China trägt jeder solche Stiefel.«

»Meinetwegen, aber lauf nicht wieder weg.« Scarlett war es manchmal leid zu hören, wie toll alles in China war. »Zwischen all den Leuten hier finden wir dich nicht wieder.«

An der Seite hatte sich ein schmuddeliger Mann mit Wollmütze vor einem behelfsmäßigen Stand aufgebaut. Er hielt ein Megafon in der Hand. Der Stand war vollständig von Schwarzweißfotos bedeckt.

Scarlett las, was oben angeschlagen war. »*Gesellschaft gegen …*«

Das letzte Wort kannte sie nicht, weshalb sie Silbe für Silbe zu ihrer Mutter sagte.

»Mum, was ist *Vi-vi-sek-ti-on?*«

Mum warf einen Blick auf den Stand. »So was wie Tennis. Und jetzt komm, gehen wir hier runter.« Sie versuchte, Scarlett in einen Seitengang zu steuern, aber Scarlett ließ sich zurückfallen und sah sich nach dem Mann um. Er wedelte mit dem Arm und tönte durchs Megafon.

»All diese Arzneimittel werden in Tierversuchen getestet. Wissenschaftler foltern Tiere und geben ihnen dabei meist keine Schmerzmittel. Und das alles für Medikamente, die wir nicht brauchen …«

Scarlett entdeckte auf einem Foto ein unglücklich wirkendes Kaninchen in einem Käfig. Überall an seinem Kopf waren Metallstacheln befestigt.

»Was ist das?« Poseys Stimme überschlug sich.

»Nichts.«

»Was?« Poseys Stimme wurde noch schriller. »Was passiert damit dem Kaninchen im Käfig?«

»Ich weiß nicht. Aber denk daran, was Mum gesagt hat, dass es nicht nur gute Menschen gibt.« Scarlett deutete mit dem Kopf in den Seitengang. »Komm, Posey, gehen wir hinter Mum her.«

»… Wissenschaftler halten für ihre Studien zum Beispiel Affen und Kaninchen in Käfigen und verursachen dadurch extremes Leid …«

»Aber warum tun sie das?«, klagte Posey.

Vor ihnen blieb eine ganze Familie plötzlich stehen, weil es in einem Schaufenster irgendetwas Interessantes zu sehen gab. Mum stieß mit der Frau zusammen und wurde von ihr so angegiftet, dass Mum kurz davor zu stehen schien, handgreiflich zu werden.

»Genug!« Mum wirbelte herum und sah Scarlett an. »Das war's. Wir bestellen was online.«

»Aber ich habe doch noch gar nichts bekommen«, sagte Scarlett.

Posey sah an sich hinab. »Ich hab wenigstens meine Stiefel«, flüsterte er. Scarlett schüttelte den Kopf. Posey konnte manchmal so egoistisch sein.

....

Als sie nach Hause kamen, saß Patrick wie gewöhnlich im Wohnzimmer in seinem Sessel.

Mum trat hinter ihn und nahm seinen Bildschirm in Augenschein. »Hey, alles klar?«

Hastig legte Patrick sein Tablet ab. »Alles gut. Und bei euch?«

Mum warf ihre Handtasche aufs Sideboard. »Wir haben eine ganze Stunde gebraucht, um einen Parkplatz zu finden. Es gab eine Protestveranstaltung, als wir ankamen, was es nicht gerade besser gemacht hat. Gegen Vivisektion. Du weißt schon – *Vivisektion.*« Mum sah Patrick scharf an. »Wie Tennis.«

Posey verschränkte die Arme. Verärgert ließ er sich auf den Boden plumpsen.

Scarlett sah Posey an und schüttelte den Kopf. Mum sollte nicht erfahren, dass sie den Mann ganz genau gehört hatten. Scarlett wusste, dass ihre Mutter versuchte, sie vor den schrecklichen Dingen dieser Welt zu bewahren, und Scarlett wollte sie in dem Glauben lassen, dass es ihr gelungen sei.

»Brauchst du denn überhaupt noch etwas für Weihnachten?«, fragte Patrick ihre Mutter. »Sagtest du nicht, dass du schon viel zu viel gekauft hast?«

»Ich habe aber noch nichts für Alex.«

»Ich dachte, mit Matt und Alex schenken wir uns nichts?«

»Ich meine, ich habe nichts, was Scarlett ihr schenken könnte. Das hatte ich vergessen.«

»Kannst du ihr nicht irgendwelche Kosmetiksachen besorgen?«

»Ich befürchte, dass sie sich darüber nicht freuen würde. Alex ist ziemlich eigen, Patrick. Auf positive Weise, aber ich glaube nicht, dass sie der Badesalztyp ist. Vergiss nicht, sie ist Wissenschaftlerin.«

Wissenschaftlerin.

Scarlett hatte dem Gespräch der beiden gar nicht bewusst zugehört. Aber dieses Wort ließ bei ihr sämtliche Alarmglocken schrillen.

Langsam drehte sie sich um und sah Posey an.

Poseys aufgerissene Augen verrieten ihr, dass er es ebenfalls gehört hatte. Sofort rannten Posey und Scarlett die Treppe hinauf in ihr Zimmer. Sie setzten sich mit gekreuzten Beinen auf Scarletts Bett und starrten einander an.

»Die Freundin deines Vaters ist *Wissenschaftlerin*«, zischte Posey.

Scarlett streichelte Poseys Pfote. Mit einem Mal fühlte sich die Pelzschicht dünn und abgewetzt an. »Ich weiß.«

»Mir hast du gesagt, sie sei Ärztin.«

»Das dachte ich auch. Auf ihrer Kreditkarte steht *Dr. Alex Sowieso.*«

»Ein Doktor macht die Menschen gesund. Wissenschaftler foltern Kaninchen!«

Scarlett lächelte beruhigend. Nun war es an ihr, tapfer zu bleiben. »Das tut sie bestimmt nicht.«

»Das hat der Mann aber gesagt.« Posey hielt inne. »Moment mal – ich wusste gar nicht, dass Mädchen Wissenschaftler werden können.«

»Wenn sie erwachsen sind, können Mädchen werden, was sie wollen«, sagte Scarlett. »Astronautinnen, Premierministerinnen, Geschäftsführerinnen.« Manchmal kamen die Wörter so fließend von Scarletts Lippen, dass sie sich gar nicht erinnerte, sie zuvor so geordnet zu haben. Sie wusste ja nicht einmal, was eine Geschäftsführerin eigentlich machte. »Aber bei Wissenschaftsmädchen ist es vielleicht anders. Vielleicht tun die niemandem weh.«

»Der Mann mit der Wollmütze hat aber nichts von Wissenschaftsmädchen gesagt«, wandte Posey ein. »Er sagte nur, dass Wissenschaftler Tiere quälen – einfach so, ohne einen Grund. Das hat er gesagt.«

Scarlett drückte Poseys Pfote. »Ich werde nicht zulassen, dass sie dir etwas antut.«

»Versprichst du es?«

»Ich verspreche es.« Scarlett drückte Poseys Pfote noch fester. »Aber wir müssen vorsichtig sein und Daddys Wissenschaftsfreundin immer im Auge behalten.«

Kapitel 5

Hallo Alex!
Ich habe mir Gedanken gemacht, was wir mitnehmen sollten, und hänge Dir die Liste an – dachte, Du könntest das vielleicht auch nützlich finden.
Ich habe ein paar Vorschläge gemacht, wer was mitbringen könnte, will aber auf keinen Fall wie ein Pack-Nazi wirken. Falls Dir das also zu viel ist, vergiss die Liste einfach, lass es mich nur wissen.

Liebe Grüße
C.

Es war sehr umsichtig von Claire, diese Liste zu schicken, natürlich. Claire war eine umsichtige Person. (Obwohl Alex sie kaum kannte, war sie dennoch entschlossen, Claire gegenüber selbst in ihrem inneren Monolog freundlich zu bleiben.)

Alex öffnete den Mail-Anhang und überflog die Liste.

Badeanzug. Gummistiefel. Badehandtuch. Regenzeug. Wollmütze, Schal und Handschuhe, Taschenlampe.

Alex betrachtete das Ende der Liste: die Dinge für den gemeinschaftlichen Gebrauch.

Alex und Matt: Haushaltspapier, Wischlappen, Geschirrspülmittel, Tabs für den Geschirrspüler, Waschpulver, Tee und Kaffee, Zucker.

Claire und Patrick: Weihnachtsschmuck, Toilettenpapier, Kerzen, Salz und Pfeffer, Öl und Butter, Kräuter und Gewürze, Brot und Milch.

Alles sehr vernünftig.

Warum also überfiel Alex beim Lesen der Mail dieses klaustrophobische Gefühl? Als müsse sie ihren Pullover ausziehen, ihr Haarband lösen und ein Fenster öffnen?

Sie schob ihren Laptop ein Stückchen zur Seite und massierte sich den Nasenrücken. Der Druck in ihrem Kopf hatte sich verstärkt und war schmerzhaft geworden. Das geschah immer, wenn ein Gewitter aufzog. Gewitter mit Hilfe ihrer Nebenhöhlen vorherzusagen war Alex' spezielle Superkraft, aber wie bei solchen Dingen oft der Fall, wusste sie ihre Begabung nicht zu schätzen – die Gewitterankündigung war definitiv keine Erwähnung in einem Comic wert, und den Planeten würde sie damit wohl auch nicht retten.

....

Eine Woche vor dem Ausflug ging Matt an ihr Telefon, als Alex unter der Dusche stand.

Sie kam ins Zimmer, rubbelte sich das Haar mit ihrem Handtuch trocken. Sie lächelte Matt zu.

»Aber es ist doch nicht nur für Kinder«, sagte Matt in den Apparat. »Und es gibt auch eine Halfpipe und alles Mögliche.«

Matt streckte Alex das Telefon entgegen. »Ruby. Für dich.«

Alex blickte erst auf den Hörer und sah dann Matt an.

»Warum hast du ihr nicht erzählt, was wir Weihnachten vorhaben?«, fragte Matt.

Alex ergriff den Hörer und hielt ihn sich ans Ohr.

»Alex hier.«

»*Warum nur* hast du mir nichts von eurem Plan erzählt?« Die Stimme am anderen Ende der Leitung klang sarkastisch.

Alex bedachte Matt mit einem gezwungenen Lächeln. »Muss mir entfallen sein.«

Matt lächelte aufmunternd zurück.

»Muss es wohl. Ich bin nämlich sicher, dass *mir* dieses kleine Häppchen Wahnsinn nicht entfallen wäre. Du hast mir gesagt, dass du deine Eltern besuchst.«

»Tatsächlich? Kann ich mich gar nicht dran erinnern.«

»Oder« – Rubys Stimme klang nun eine Spur aggressiv – »vielleicht hast du dich auch geschämt, mir davon zu erzählen? Weil du natürlich genau weißt, dass dieses Wochenende in einem kompletten Desaster enden wird?«

Alex warf Matt ein erneutes Lächeln zu. »Ich telefoniere unten weiter.«

Sie hastete die Treppe hinunter, begleitet von der verbalen Attacke. *Du kannst nicht ganz bei Trost sein, Alex, dass du mitfahren willst! – Mach dir doch mal klar, was ihr da vorhabt! – Darüber reden wir noch!*

Alex entschied sich, das Thema zu wechseln. »Weißt du, wie man einen Weihnachtskuchen backt?«

»Was?« Ruby brachte nur noch ein Kreischen hervor. »Wer bist du eigentlich?«

»War ja nur eine Frage«, sagte Alex.

....

Am nächsten Mittag machten Alex und Ruby wie gewöhnlich einen Spaziergang zu ihrer Parkbank. In ihrem Labor durfte man nichts verzehren, und sie machten nie eine längere Pause. An manchen Tagen konnten sie nicht gemeinsam essen – auf die Lunchzeiten von Universitätswissenschaftlern wurde bei der Festlegung von Operationsterminen nicht besonders viel Rücksicht genommen –, aber wenn, wusste Alex diese Unterbrechung ihres Arbeitstags sehr zu schätzen. Seit Ruby vor drei Jahren als Postdoktorandin zu ihnen gestoßen war, fand Alex die unausgesprochene Vorhersagbarkeit ihrer gemeinsamen Routine ausgesprochen beruhigend.

»Ich kann mir schon denken, warum Matt das für eine gute Idee hält« – Ruby hob den Blick in Anspielung auf die Friede-Freude-Eierkuchen-Welt, in der Alex' Freund lebte –, »aber warum machst du dabei mit?«

Alex ließ sich neben Ruby auf die Bank sinken. »Demi Moore und Bruce Willis tun es auch.«

Ruby öffnete ihr in Folie gehülltes Lunchpaket. »Du bist aber nicht Demi Moore. Und Matt ist nicht Bruce Willis.«

Alex legte sich ihr Lunchpaket auf die Knie. »Was willst du mir sagen, Ruby?«

»Ich wette, Matt besitzt nicht einmal ein Feinrippunterhemd.«

Alex ballte die Hände zu Fäusten. »Ich habe gesagt, dass ich mitkomme. Das kann ich nicht einfach zurücknehmen. Unterstütz mich doch bitte. Dafür sind Freundinnen da.«

»Die Sache wird dir nur so um die Ohren fliegen.«

»Ach komm.«

»Wart nur ab. Es fängt an mit ›Reich mir bitte den Salat‹, und am Ende greift sich einer die Rasierklingen.« Ruby biss in ihr Sandwich. »Was wird das arme Kind dann nur denken?«

Auch Alex biss nun von ihrem Sandwich ab, doch das Schlucken fiel ihr schwer.

»Ich werde dich daran erinnern, dass ich es dir vorher gesagt habe«, sagte Ruby. »Du weißt, dass ich nicht die Art Freundin bin, die dir immer nur sagt, was du hören willst.«

»Mit Freundinnen zu reden, wenn man Probleme hat, soll doch dafür sorgen, dass es einem besser geht.«

Ruby zuckte mit den Achseln. »Wenn du meinst.«

....

Es blieb nicht das einzige Gespräch über den Ausflug, das Alex führte.

Vor ihrer Unterhaltung mit Matts Freund Walshy hatte Alex unter einem Wochenende immer einen Zeitabschnitt von zwei Tagen und zwei Nächten verstanden.

Doch offenbar war das nicht die einzige Definition von Wochenende. Zumindest nicht laut Matt (wenn man Walshy glauben wollte).

Laut Matt (wenn man Walshy glauben wollte) war der Begriff Wochenende eine dehnbare Beschreibung für eine unbestimmt lange Zeitspanne.

Wie jeden Donnerstagabend, seit Matt sein Skateboard und seine Turnschuhsammlung in Alex' Haus überführt hatte, saß Walshy mit Alex auf dem Sofa, während Matt kurz losgegangen war, um in dem teuren Spirituosenladen um die Ecke Nachschub zu holen.

Alex sah zu, wie Walshy die letzten Nachos von ihrem Teller pickte und sie vertilgte. Sie hatte sich diese Nachos eigentlich für später aufheben wollen, aber Walshy war niemand, der vor den Rändern anderer Leute Teller zurückscheute. Er war es gewesen, der Matt mit ihrer beider Lieblingssendung bekannt gemacht hatte, bei der um die Wette gegessen wurde, und der sich mit dem Gedanken getragen hatte, seine eigene Billigversion der Show auf YouTube zu lancieren, bis ihm aufging, wie teuer ihn all die Würstchen und Pasteten zu stehen kommen würden.

»Es ist doch so« – Walshy ließ einen Nacho mit Käsestrang über seinem Mund baumeln –, »Matt hat dich offensichtlich eingewickelt. Und du hast versprochen, dass du mitkommst. Aber ich wette, er hat dir nicht gesagt, dass dieser kleine Ausflug ein Fünf-Tage-Trip wird.«

»Fünf Tage?« Alex sah ihn verblüfft an. »Es sind keine fünf Tage.«

»Doch.« Walshy häufte Guacamole auf den nächsten Nacho. »Ich sagte: ›Bist du sicher, Alex weiß, dass es um fünf Tage geht? Denn ich weiß genau, dass sie mir gesagt hat, es ginge nur um ein Wochenende.‹ Und er sagte – «

»Dass er dachte, es mir bereits gesagt zu haben.« Alex seufzte.

Walshy stieß den triefenden Nacho in ihre Richtung. *Bingo.* Eine ölige Spur rann ihm übers Kinn. »Ich hab ihm gesagt, dass ich fünf Tage ziemlich viel verlangt finde.«

»Soll ich dir eine Serviette holen?«

»Das einzig Gute daran ist«, Walshy wischte sich das Kinn mit dem Handrücken ab, »dass Claire so eine tolle Frau ist. Wenn ich mir aussuchen könnte, mit wem ich eine so durch und durch merkwürdige Geschichte erleben müsste, dann würde ich Claire wählen.«

Alex lächelte. »Hm-hm!« Sie nickte heftig. »Claire ist wirklich nett.«

»Es tat mir leid, dass sie sich getrennt haben. Sie ist einfach jemand, den man gern um sich hat – egal was man unternimmt. Wenn wir ausgegangen sind, und Claire kam dazu, war immer klar, dass es ein Spitzenabend wird. Man wusste nie, wo die Nacht enden würde. Eine super Frau.«

Alex hüstelte: »Wie nett von dir, mir das zu sagen. Gerade jetzt.«

Walshy schaufelte sich einen weiteren Nacho in den Mund. »Du bist auch cool, Alex.«

»Na so was. Bist du dir da auch sicher?«

Kapitel 6

Was soll das heißen, sie sind nicht hier?«

Patrick stand auf der Eingangstreppe und sah Lindsay fragend an. Die Geschenke im glatten Weihnachtspapier lasteten schwer auf seinen Armen, zerrten an Muskeln, deren Namen er bislang nicht kannte, und drohten zu Boden zu rutschen.

»Das soll heißen, sie sind unterwegs.« Großmütig fügte seine Exfrau hinzu: »Amber ist in einer Rollerdisco, und Jack ist bei Leo.«

»Aber ich habe dir doch gesagt, dass ich heute Nachmittag komme! Du weißt doch, dass ich morgen in den Weihnachtsurlaub fahre!«

»Ich dachte, du würdest nur die Geschenke vorbeibringen.« Lindsay verschränkte die Arme. »Du hättest sagen sollen, dass du die Kinder dabei treffen willst. Seit wann kann ich hellsehen?«

Patrick verlagerte die Geschenke auf seinen Armen, entschlossen, sie nicht abzustellen. Lindsay hätte sie ihm am liebsten abgenommen und ihn fortgeschickt, aber schon aus Prinzip tat er nicht, was sie wollte.

»Was macht Jack denn bei Leo?«

»Computer spielen.«

»Warum macht er das nicht zu Hause?« Die Kids, die den ganzen Tag im Haus hocken, ohne je die Vorhänge aufzuziehen, die in Headsets quasseln, im Rudel jagen und zusammen mit virtuellen Freunden irgendwelche Kreaturen verstümmeln – warum konnte sein Sohn nicht zu denen gehören?

»Was soll ich sagen?« Patrick war sich nicht sicher, ob sie eher gelangweilt oder gleichgültig war, auf jeden Fall zuckte Lindsay mit den Achseln, die Arme noch immer verschränkt. »Vielleicht wollten sie dich nicht treffen. Ich bin doch nicht ihr Scheißkerkermeister.«

»Sie sind deine Kinder, Lindsay. Also bist du sehr wohl ihr Scheißkerkermeister.«

Sie zuckte wieder mit den Achseln und ignorierte seine bohrenden Blicke. »Dann erzieh du sie doch. Falls du sie dazu überreden kannst, sich mit dir zu treffen.« Sie streckte die Hände aus. »Möchtest du mir die Geschenke jetzt geben oder nicht?«

Patrick kniff die Augen zusammen. Lindsay verzog keine Miene. Sie schien im Laufe der Jahre völlig immun geworden zu sein, was seine Gefühle der Enttäuschung oder des Zorns betraf, reagierte höchstens in genervter Resignation, wenn er vor »ihrer« Haustür erschien (einer Tür, die zu drei Vierteln ihm gehörte – zwar nicht laut Grundbuch, objektiv aber schon, wenn man berücksichtigte, wer mehr getilgt und anfangs mehr Eigenkapital beigesteuert hatte).

Schlimmer noch, Lindsay wirkte, als fühle sie sich belästigt und alles andere als schuldbewusst – nicht viel anders, als hätte sie die Tür einer jener armen Seelen geöffnet, die Klinken putzten, um was auch immer feilzubieten.

»Also bitte.« Er hievte Lindsay die Geschenke auf die Arme. »Richte ihnen aus, ihr Dad wünscht ihnen verfickt frohe Weihnachten.« Er funkelte sie an. »Verfickt gilt natürlich nur für dich.«

Patrick ging die Einfahrt hinab, die einmal seine Einfahrt gewesen war, und öffnete mit einem Piepton seinen Wagen. Mit einem hastigen Ruck fuhr er an und winkte dem Fahrer zu, den er versehentlich geschnitten hatte.

Er hatte die Geschenke höchstpersönlich eingepackt. *Höchstpersönlich.*

Er hatte sich auf ein inniges Wiedersehen mit seinen Kindern eingestellt: liebevolle Umarmungen und beglückte Gesichter, vielleicht einen Ausflug zu Starbucks auf einen Lebkuchen-Latte. Er hatte es sich ganz genau ausgemalt: unablässiges Lachen und dankbar entgegengenommene Geschenke und: *Du wirst uns zu Weihnachten fehlen, Daddy!* Doch die Vermutung, dass seine Teenager-Nachkommen ihn noch immer Daddy nennen würden, erwies sich in diesen allzu idyllischen Tagträumen als ichbezogener Irrtum; sie entsprach nicht dem aktuellen Status seiner getrennten Familie.

Lindsay hätte zumindest so tun können, als täte es ihr leid.

Sollte sie nicht – als diejenige, die ihn verlassen hatte – von Zeit zu Zeit auf ihn zugehen und sich erkundigen, wie es bei ihm lief? Statt angeödet zu reagieren, als störe er ihren normalen Tagesablauf und verursache ein völlig überflüssiges Drama? Sie tat so, als sei für ihn die Zeit mit seiner Familie endgültig abgelaufen und er versuche, mit einem ungültigen Ticket auf den Teambus aufzuspringen. Einem Ticket, *denk dran, Lindsay,* für das er noch immer einen Wucherpreis bezahlte.

Er hätte nicht wütend werden dürfen.

Das war schon immer sein größter Fehler als Vater gewesen. Er wusste es: Er wurde zu schnell wütend.

Vielleicht wollten sie dich nicht treffen.

Es kam ihm fast so vor, als sollte er aufgeben und all seine väterlichen Gefühle und Mühen zukünftig nur noch in Scarlett investieren, eine noch völlig unverdorbene Tochterfigur. War denn nicht ein Grund, überhaupt Kinder zu bekommen, eine bessere Version seiner selbst zu erschaffen? Er hatte in diesem Moment kaum den Eindruck, dass seine Kinder auf dem Weg waren, bessere Versionen ihres Vaters zu werden. In diesem Moment waren sie auf dem Weg, zu hundertprozentigen Abbildern Lindsays zu werden.

Und dennoch erinnerte sich Patrick an das Ziehen in der Brust, wenn er die Kinder auf dem Arm hielt, als sie noch klein waren. Wenn Amber zu ihm aufgesehen hatte, mit diesen riesigen Augen, die so überlebensgroß schienen wie bei einer Disney-Prinzessin. Wenn Jack darum gebettelt hatte, sein Balljunge sein zu dürfen, und auf den Platz gerannt kam, kaum dass »Let« gerufen wurde. Wenn sein Sohn am Ende eines Spiels gesagt hatte: »Daddy, ich wünsche mir, dass ich später mal so gut Tennis spielen kann wie du.«

Und da war noch immer das ungute Gefühl der Leere, das sich in Patricks Magen rührte, sobald er sie länger nicht gesehen hatte, weil alles andere wichtiger zu sein schien: die Gespräche mit den Anwälten, der Papierkram bis nach Mitternacht, die vielen Ausflüge zu obskuren Prozessen in Orten wie Bangor, die Arbeitstage, die um fünf Uhr morgens begannen.

Und all das, um die Hypothek für ein Haus zu begleichen, in dessen Schlösser seine Schlüssel nicht mehr passten.

Und dann gönnte Lindsay ihm nicht einmal eine noch so geringe Freude an den Kindern.

....

Als Patrick heimkam, waren Claire und Scarlett dabei, Weihnachtsplätzchen zu backen.

Claire sah auf. »Ich hab unsere Sachen gepackt und deinen Koffer vom Boden geholt. Ist es dir recht, morgen gegen zehn Uhr zum Forest aufzubrechen?«

»Klingt gut.«

»Haben den Kids die Geschenke gefallen?«

»Die waren gar nicht da«, sagte er knapp. »Irgendein Missverständnis.«

»O nein.« Claire stand auf. Sie wischte die mehlbestäubten Finger an der Schürze ab und ergriff Patricks Hände. »Was ist passiert?«

»Amber war in einer Rollerdisco und Jack bei einem Freund.«

Claire schnalzte mit der Zunge: »Das tut mir leid. Wie unfair von Lindsay.«

»Sie sagt, sie sei nicht die Kerkermeisterin der Kinder.«

»Sie denkt nur an sich.« Tröstend drückte Claire sanft seinen Arm. »Doch das geht alles auf Kosten der Kinder.«

Patrick lächelte ihr zu. Seine Laune wurde besser. Er und Claire hatten sich in letzter Zeit manchmal gestritten, aber wenn sie sich über Lindsay ausließ, fühlte er sich ihr überaus nahe.

Er betrachtete Scarlett. Sie stand neben dem Tisch und

arbeitete mit höchster Konzentration daran, einen Keks in Form eines Geschenks mit einer Girlande zu glasieren.

Bei Scarlett würde er alles richtig machen. Aller guten Dinge waren schließlich drei.

Und vielleicht – wenn sie sich schnell entscheiden würden (er wollte durchaus nicht uncharmant sein, aber viel Zeit bliebe ihnen wohl kaum noch dafür) – könnten er und Claire noch ein gemeinsames, ein eigenes Kind bekommen.

Doch was auch immer zwischen ihnen noch geschähe, bei Claire würde er sich auf jeden Fall größere Mühe geben – in ihrer Ehe, als Vater, bei all dem, worauf es ankam in einer Beziehung. Diesmal würde er es richtig machen.

Kapitel 7

Liebe Alex,
Patrick hatte Sorge, dass die meisten Aktivitäten ausgebucht sein könnten. Deswegen schicke ich Dir eine Liste der Sachen, die er einfach schon mal für uns gebucht hat. Wir können alles später wieder absagen, aber wir wollen lieber zu früh dran sein als zu spät.
Für den ersten Tag hat er nichts geplant, damit wir in Ruhe ankommen und die Umgebung erkunden können.
Bringt gern Bücher mit, für Euch, aber auch für gemeinsame Lesestunden. Offenbar kann man dort auch Brettspiele ausleihen, was super ist. Und ich sollte Dich wohl vorwarnen, dass Karaoke bei uns zur Familientradition gehört …

Liebe Grüße
C.

Alex holte Luft. Dann klickte sie auf den Anhang.

Tagesplanung

Datum	Zeit	Gebuchte Aktivitäten	Wer?
Do, 21.12.	16:00	Ankunft	alle
Fr,	14:00	Ponyreiten	Scarlett
22.12.	18:00	Minigolf	alle
Sa,	10:00	Spa	Claire
23.12.	11:00	Fluffy das Eichhörnchen im Winterwunderland	Scarlett
	16:00	Poolspielen im Pub	alle
	20:00	Besuch beim Weihnachtsmann	Scarlett
	21:00	Weihnachtslieder (bei den Hütten)	alle
So,	13:00	Bogenschießen	alle
24.12.	20:00	Tenniskurs	Patrick
Mo,	11:00	Badminton	alle
25.12.	13:00	Weihnachtsessen in Chico's Restaurant	alle
	16:00	Eulen entdecken	Scarlett
	18:00	Bowling	alle
Di,	8:00	Eisdielenhütte (Frühstück)	alle
26.12.	10:00	Abreise	alle

Alex kratzte sich den Hals.

Sie legte den Kopf in den Nacken und kniff sich in die Nase.

Sie hatte sich für den Ausflug mit Absicht keine neuen Klamotten gekauft. Da war niemand, den sie hätte beeindrucken müssen.

Beeindrucken musste sie ausschließlich sich selbst – und

das konnte sie nur, wenn sie nicht versuchte, jemand anderen zu beeindrucken.

Am Ende ihres letzten Arbeitstags im Labor hätte sie am liebsten einfach weitergemacht, statt ihre Arbeit wegen Weihnachten unterbrechen zu müssen. Von ihren Kollegen sammelte sie eine ganze Armladung Weihnachtskarten und die üblichen kleinen Aufmerksamkeiten ein, die man sich zu dieser Jahreszeit schenkte.

Alex öffnete das Geschenk von Ruby: Es war ein Schrillalarm für die Hosentasche. *Für deinen Ausflug*, hatte sie gesagt.

Alex bedankte sich nicht.

Erst am Abend zuvor hatte Alex zu packen begonnen und sich auf warme, vernünftige Kleidungsstücke konzentriert. Keine Highheels, keine Kleider, nichts Ausgefallenes.

Sie packte ihr Glätteisen ein und ihre Schminktasche. Dann nahm sie beides wieder heraus. Nach einem Moment des Zögerns legte sie die Tasche wieder zurück. Aber auf keinen Fall würde sie das Glätteisen mitnehmen.

Und ganz bestimmt würde sie vor der ersten Tasse Kaffee des Tages kein Make-up auflegen. Oder sich etwa vor dem Frühstück schon vollständig anziehen. Ob Patchworkfamilie oder nicht, sie müssten sie schon nehmen, wie sie war, in ihrem uralten schlabbrigen Schlafanzug, oder sie konnten sich gehackt legen.

Alex faltete ein Paar Jeans und legte sie in den Koffer, wobei sie erstaunt feststellte, dass ihre Hand zitterte.

Befragung nach dem Schuss.
Jared Parker, 27, Happy-Forest-Mitarbeiter, verantwortlich für das Bogenschießen.
Persönlich, im Personalraum des Happy Forest.

Der Mann hatte schon das Bewusstsein verloren, als ich mit meinem Erste-Hilfe-Koffer ankam. Der Krankenwagen traf auch gerade ein. Ich habe eigentlich nicht viel mitbekommen.
Also, ich sah den Pfeil, der aus ihm herausragte. Außerdem hatte der Mann Schnittwunden und Blutergüsse im Gesicht.
Natürlich. Ich werde Ihnen alles sagen, was ich weiß. Aber es war Alfie, der die Einweisung gemacht hat, und den haben wir natürlich sofort nach Hause geschickt. Der arme Kerl war am Boden zerstört.
Es war schwer zu sagen, wie schlimm der Mann verletzt war. Pfeile richten einen ganz schönen Schlamassel an, wenn sie sich in den menschlichen Körper bohren – saubere Einschusswunden gibt es so gut wie nie, weil der Pfeil sich beim Eindringen in der Regel verbiegt. Das haben wir in unserer Schulung gelernt.
Natürlich, ich höre mir das gern an, wenn Sie meinen, das könnte hilfreich sein.
(Der in der Notrufzentrale eingegangene Hilferuf wird abgehört.)
Sie hört sich eher gelassen an. Und am Ende reißt es einfach so ab?
Tatsächlich, es geht noch fünf Minuten so weiter? Gar keine Hintergrundgeräusche zu hören?
Ich erfuhr davon, als diese Frau in die Bogenschützenhütte kam, um mich zu suchen – dieselbe Frau, die auch angerufen hat.

Alex? Okay, dann heißt sie Alex.
Sie war außer Atem, weil sie gerannt war. Als ich aufs Gelände kam, sah ich die anderen drei. Der angeschossene Mann lag auf dem Boden, der zweite Mann kniete neben ihm, und die blonde Frau sah zu.
Ja, sie wirkten ziemlich ruhig, als ich sie fand. Schienen einfach nur zu warten. Wahrscheinlich der Schock.
Der arme Alfie. Er wird deswegen entlassen werden. Dabei ist alles, was er falsch gemacht hat, dass er sie die Verzichtserklärung unterschreiben und sie dann zum Schießstand gehen lassen hat, bevor sie alle die Einweisung im Schießen bekommen haben. Er ist noch ein ganz junger Kerl, und er sagt, die blonde Frau war so überzeugend. Er konnte ihr nichts abschlagen.
Ich war zuvor keinem von ihnen begegnet. Aber fragen Sie Sheila an der Rezeption. Sie kennt jeden und weiß alles über die Leute hier.
Sheila Kapur. K – A – P – U – R.
Ich habe gehört, dass sie ein Kind haben. Und wo war das Kind, als sie schießen gegangen sind?
Beim Tanzunterricht? Ganz allein, während die Erwachsenen beim Bogenschießen waren? Diese Familie kommt mir immer seltsamer vor.
Echt, Mann? Meine Eltern sind auch geschieden. Es war die Hölle bei der Hochzeit meiner Cousine, und das war nur dieser eine Tag.
Ich meine – Ferien mit den ehemaligen und den neuen Partnern? Wer macht denn so was?

Auszug aus der Broschüre des Happy Forest:

Sobald Sie unser Feriendorf betreten, liegt eine andere Welt vor Ihnen.
Jenseits der alltäglichen Routine erweckt die Zeit in der Natur Ihre Sinne zu ganz neuem Leben. Womöglich halten Sie inne, um an einer Blume zu riechen oder in kindlichem Staunen die Tiere des Waldes zu bewundern.
Selbst Erwachsene können sich der Magie unserer Wälder nicht entziehen. Seien Sie unser Gast und werden Sie wieder der Mensch, der Sie sein wollen.

Kapitel 8

Donnerstag, 21. Dezember

TAG 1

Gibst du bitte ins Navi ein, wo wir hinmüssen?«, fragte Alex.

Auf dem Beifahrersitz blies Matt sich den Pony aus der Stirn. »Das brauchen wir nicht, Alex. Ich sage dir, wo du langfahren musst.«

Alex schenkte ihm ein kurzes Lächeln und konzentrierte sich wieder auf den Verkehr. Zu Matts besonderen Eigenschaften gehörte ein ausnehmend guter Orientierungssinn, und er konnte sich jeden Weg merken.

Jeder von ihnen beiden hatte solche Eigenschaften, aber die von Alex waren weniger auf die Außenwelt bezogen: Sie merkte sich die Namen der Eltern von Leuten und wo diese ihren Urlaub verbracht hatten. Sie wusste immer ungefähr, wie spät es war, ohne auf ihr Telefon blicken zu müssen. Matt dagegen vergaß nie eine Straße, wenn er sie einmal gefahren war. Alex fand das beeindruckend, gerade weil ihr Gehirn in diesen

Dingen ganz anders funktionierte. Es gefiel ihr, etwas an Matt zu entdecken, was sie nicht konnte.

Während sie die M1 hinauffuhren, registrierte Alex, wie die Hinweisschilder für Sheffield und Leeds sich in Schilder für Harrogate und Northallerton verwandelten.

»Weißt du«, sagte sie, »praktisch jedes Mal, wenn ich Claire begegnet bin, stand eine von uns im Mantel und mit Autoschlüsseln in der Hand im Türrahmen.«

Matt lächelte. »Jetzt wird sich die Möglichkeit ergeben, das zu ändern.«

Alex blickte wieder auf die Straße. Würden sie und Claire sich genauso gut verstehen, wenn sie im selben Raum waren? Ohne Mäntel?

»Worüber soll ich mich mit Claire unterhalten?« Alex blickte zu Matt hinüber. »Und was mache ich, wenn das Gespräch ins Stocken gerät?«

Matt sah von seinem Handy auf. »Worüber unterhältst du dich denn sonst mit den Leuten?«

»Du weißt, wie ich das meine. Wofür interessiert sie sich?«

Matt zuckte mit den Achseln. »Für ihre Arbeit. Für Scarlett natürlich. Den ganz normalen Kram.«

»Was ist mit Fernsehen? Büchern?«

»Weiß nicht. Als wir zusammen waren, hatte sie damit nicht viel am Hut.«

»Okay, dann eben Zeitungen. Ist sie politisch interessiert? Wie denkt sie über solche Fragen?«

»Nichts davon interessiert sie wirklich. Sie arbeitet viel. Sie kocht gern.« Matt sah Alex ins Gesicht. »Sie ist ein ganz normaler Mensch, Alex. Mit Augen, Nase und Mund.«

Alex fragte sich, wie Claire ein ganz normaler Mensch sein

konnte, wenn sie weder fernsah noch Bücher oder Zeitungen las, aber sie beließ es dabei. »Und Patrick?«

»Weiß der Himmel. Die Geschichte des Cellos? Oder Zinsen oder Hypotheken.« Matt gab ein leichtes Schnauben von sich. »Konsolidierte Staatsanleihen sind bestimmt sein Ding.«

»Er spielt Cello?«

»Woher soll ich das wissen, verdammt!« Matt schnaubte erneut. »Zumindest würde das zu ihm passen.«

»Vielen Dank auch. Das hilft mir nicht gerade weiter. Was ist mit Smalltalk, sind sie dafür zu haben?«

»Hör damit auf, Alex. Es hat keinen Sinn, das zu planen. Hier musst du nach links rüber.«

Alex wechselte die Spur. »Ich hoffe, wir können die Phase der Höflichkeiten schnell hinter uns lassen. Dass es nicht ständig heißt: ›Nimm du ruhig das heiße Wasser für deinen Tee‹ und ›Nach dir, nein, wirklich, mach du zuerst.‹«

Sie dachte daran, wie sich Matt anhörte, wenn er mit Claire telefonierte. Nach einem Austausch von Höflichkeiten klangen ihre Gespräche nicht.

»Was ist?«, fragte Matt. »Du wirkst nachdenklich.«

Alex hielt inne. »Ich dachte gerade daran, wie du und Claire miteinander umgeht. Hab mich gefragt, wie zivilisiert ihr sein werdet.«

»Wir sind auf jeden Fall zivilisiert – jetzt zumindest wieder.«

»Ihr wart es nicht immer?«

»Na ja … Eine Zeitlang war uns das abhandengekommen. Es gab wohl doch ein paar Gespräche zu viel, in denen wir einander ›faules Stück‹ und ›gestörte Kontrollfreak-Tante‹ genannt haben.«

»Wer hatte recht? Das faule Stück oder die gestörte Kontrollfreak-Tante?«

Matt lachte. »Keiner. Beide.« Als müsse er nachdenken, tippte er sich mit dem Zeigefinger gegen einen Zahn. »Keiner und beide.«

Nachdem sie zwei Stunden gefahren waren, steuerte Alex eine Raststätte an. Sie holten sich bei Burger King etwas zu essen und wechselten die Plätze.

Da Matt nun hinterm Steuer saß, beschäftigte sich Alex, nachdem sie ihren Burger vertilgt hatte, mit ihrem Handy. Sie sah sich an, was es auf Facebook Neues gab – in erster Linie Fotos kunstvoll glitzernder Weihnachtsbäume –, dann merkte sie, wie ihr übel wurde, vermutlich vom Lesen im fahrenden Auto, wenngleich sie lieber die einfallslos kitschigen Bilder gefühlsduseliger Weihnachtsperfektion verantwortlich machte, für die ihre Freunde sich wirklich schämen sollten.

Alex' Handy brummte. Eine Nachricht von Ruby.

Seid ihr schon da? Hat der Weihnachtszauber begonnen?

Alex legte ihr Handy in den Getränkehalter und schloss die Augen. »Wie muss ich mir Patrick vorstellen? Meinst du, dass ich ihn mögen werde?«

»Er ist in Ordnung.«

Alex hielt die Augen geschlossen. »Wie war es gemeint, als du sagtest, man könne mit ihm über Geldanlagen reden?«

»Du weißt genau, wie das gemeint war. Irgendwie ist er ein aalglatter Arsch. Trägt immer Schlips.«

»Viele Leute tragen Schlips. Du trägst bei der Arbeit einen Schlips.«

»Er trägt den Schlips so, als würde es ihm gefallen. Er ist harmlos, einfach nur ein bisschen zu perfekt und *blabla*.«

Im Getränkehalter brummte Alex' Handy.

Matt wies mit dem Kopf in dessen Richtung. »Siehst du nicht nach?«

Alex seufzte. »Das wird Ruby sein.«

Schließlich las sie die Nachricht doch.

Bedeutet dein Schweigen, dass du dich zu gut amüsierst, um antworten zu können?

»Soso.« Alex fischte ihre Handtasche aus dem Fußraum. Sie legte ihr Telefon in die Tasche und zog den Reißverschluss zu. »Patrick ist also *blabla*?«

»Er kann nichts dafür – er war noch ganz jung, als er Vater wurde. Das macht alt.«

»Aber was ist denn dann bei dir passiert? Du warst zweiunddreißig, als Scarlett geboren wurde, und trotzdem kennst du noch immer deine höchste Punktzahl bei Space Invaders.«

»Das ist nicht jung, es fühlt sich nur jung an.« Er sah kurz zu Alex, dann wieder auf die Straße. »Und, na ja, jung Kinder zu kriegen macht nicht jede Sorte Mensch alt, nur bestimmte.«

»Willst du sagen, er ist langweilig?«

»Er versucht nur, alles richtig zu machen.«

Alex zog die Augenbrauen zusammen. »Und?«

»Na ja, so was wie richtig gibt es nun mal nicht, oder?«

Alex beobachtete, wie Matt im Rhythmus des Songs mit der Hand aufs Lenkrad tippte. Sie hörten eine Playlist von Matts Handy, es lief gerade ein Lied, das Alex kannte, dessen Name ihr jedoch nicht einfiel, ein House-Pianostück aus den Neunzigern.

»Wann sind sie zusammengekommen?«

Matt klopfte wieder mit der Hand aufs Lenkrad. »Weiß ich nicht. Sie sind schon eine Weile zusammen.«

»Vor uns oder nach uns?«

»Vor uns. Er war einmal da, als ich Scarlett abholen wollte.«

»Ist dir bei der Gelegenheit zum ersten Mal aufgefallen, dass er so viel Persönlichkeit hat wie ein schwarzes Loch?«

»Hör schon auf damit. Dass ich so über ihn denke, liegt einfach an dem, was Scarlett von ihm erzählt. Er ermahnt sie immer, ihre Schuhe zu polieren – jeden Tag nach der Schule soll sie das machen. Anscheinend will er ihr beibringen, Verantwortung zu übernehmen. Aber er schimpft mit ihr, wenn sie einen Wurm mit nach Hause bringt, und verbietet ihr, im Matsch zu spielen. Wie soll ein Kind da noch Spaß haben?«

Alex wusste nicht, was sie dazu sagen sollte.

»Und ständig will er Scarlett dazu bringen, die Geschichte mit Posey zu beenden«, fuhr Matt fort. »Patrick findet, sie sei dafür zu alt. Was denkt er sich! Sie ist sieben. Es gibt Tage, da hätte selbst ich gern ein großes pampiges Kaninchen, an dem ich alles auslassen kann.«

Alex spürte, wie ihr Telefon in der Handtasche zu ihren Füßen vibrierte. Sie ignorierte es.

»Wie war es, als du Patrick kennengelernt hast? War es seltsam, Claire mit einem anderen zu sehen?«

Matt warf Alex einen flüchtigen Blick zu. »Weißt du was? Lass uns nicht über die Vergangenheit sprechen. An einem Wochenende wie diesem ist das vielleicht nicht unbedingt hilfreich.«

Alex nickte. »Du hast wahrscheinlich recht. Demnächst brauchen wir auf jeden Fall das Navi.« Sie öffnete das Handschuhfach. »Ich gebe schon mal das Ziel ein.«

Matt tippte sich mit einer Ist-alles-hier-drin-Geste an die Schläfe: »Das brauchen wir nicht.«

»Hast du neuerdings übernatürliche Fähigkeiten? Kennst du jetzt jede Straße im ganzen Land?«

Matt verlangsamte die Fahrt, weil sie sich einem Kreisverkehr näherten. »Nein. Ich war schon mal dort.«

Alex spürte, wie sich ihre Stirn zusammenzog. »Wann?«

»Ich war mit Claire und Scarlett hier, als Scarlett noch ganz klein war. Zusammen mit Claires Schwester und deren Familie.«

Alex richtete sich auf ihrem Sitz auf; sie spürte den Druck des Anschnallgurts, der sich um ihre Brust straffte. »Was?«

»Habe ich das nicht erwähnt?« Matt nahm die Hand vom Lenkrad und blickte zu Alex. »Sorry.« Er tätschelte ihr Knie. »Scarlett kann sich natürlich nicht mehr erinnern. Dafür war sie damals zu klein. Das wird diesmal anders sein.«

Alex starrte auf die Straße vor ihnen. Irgendetwas in ihrem Magen drehte sich um. Es war, als hätte sich darin bis vor wenigen Sekunden etwas beruhigend Solides befunden. Und nun war es fort.

Das änderte alles.

»Hey, Alex. Alles in Ordnung? Du bist auf einmal so merkwürdig.«

»Warum hast du mir nicht erzählt, dass du schon mal hier warst?«

Matt blickte starr nach vorn. »Mir war nicht bewusst, dass ich es dir nicht erzählt habe. Ich habe es dir nicht absichtlich nicht erzählt, Alex. Warum hätte ich das tun sollen?«

Alex konzentrierte sich auf diese Frage und bemühte sich, sie aus verschiedenen Blickwinkeln zu betrachten.

»Hast du das Gefühl, dass es eine Rolle spielt? Dass es irgendwie wichtig für uns ist?«, fragte Matt. »Dass ich schon mal hier war?«

Auch diesen Punkt versuchte Alex von allen Seiten zu beurteilen. Sie traute sich nicht auszusprechen, wie sie sich in diesem Moment fühlte. Sie musste das erst einmal verarbeiten, bevor sie darüber sprechen konnte. Sie musste es benennen und kategorisieren.

Also ließ sie die Frage unbeantwortet, und Matt unterließ es tunlichst nachzuhaken.

Kapitel 9

Posey schob seinen Anschnallgurt zurecht. »Aber ich habe Angst!«

Scarlett schenkte ihm ein liebevolles Lächeln. »Hab keine Angst.«

Die gesamte Fahrt zum Resort über, also seit fast drei Stunden, tauschten sie sich tuschelnd darüber aus, wie sie mit Alex umgehen würden.

Mum drehte sich zum tausendsten Mal um. »Warum machst du dir nicht einen Film an?«

»Brauchen wir nicht«, sagte Scarlett laut. Sie drehte sich zu Posey. »Sprich leiser. Du bist nicht so gut im Flüstern wie ich.«

Mum sah wieder nach vorn.

Patrick wandte den Blick nicht von der Straße. Er musste immer fahren, denn Mum sagte, er sei ein schlechter Beifahrer. Ständig rutschte er auf dem Sitz hin und her und stemmte die Füße in den Boden. Scarlett fand es lustig anzusehen, aber Mum gefiel es nicht.

»Sagen wir Alex, dass wir es wissen?«, fragte Posey. »Dass sie Wissenschaftlerin ist?«

»Es ist sicherer, ganz normal mit ihr umzugehen«, sagte Scarlett. »Und darauf zu achten, dass wir nie mit ihr allein sind.«

Posey nickte. Seine Ohren schlugen gegen den Fahrzeughimmel.

»Wir sagen hallo zu ihr«, sagte Scarlett. »Aber dann behaupten wir besser, dass wir müde sind, und gehen früh ins Bett. Und wir müssen ihr das Geschenk heute geben.«

»Ich traue ihr nicht.«

»Wir gehen ihr einfach aus dem Weg.« Scarlett wusste noch immer nicht genau, ob Alex Kaninchen wirklich zum Spaß quälte, aber ihr aus dem Weg zu gehen wäre bestimmt kein Problem. Es war ja nicht so, dass irgendetwas an ihr interessant war.

Von vorn drang Mums Stimme an ihr Ohr. »Willst du nicht vielleicht doch einen Film ansehen?«

»Brauchen wir nicht«, sagte Scarlett in normaler Lautstärke.

»Denk bitte daran, was ich dir zu Hause gesagt habe«, mahnte Mum. »Dies ist ein Wochenende für Menschen. Ich will nicht, dass Posey die ganze Zeit dabei ist.«

»Sorry, Kumpel«, flüsterte Scarlett.

Beleidigt verschränkte Posey die Arme.

»Scarlett«, sagte Mum. »In einer Meile kommt eine Tankstelle. Musst du vielleicht zur Toilette?«

Scarlett wurde bewusst, dass sie ein wenig unruhig war. »Okay.« Komisch, dass Mum immer schon ahnte, dass sie aufs Klo musste, bevor sie selbst es bemerkte.

Posey blickte aus dem Fenster. »Wenn Alex nicht bald aus dieser Familie verschwindet, gehe ich zurück nach China.«

»Sag so was nicht, Posey.«

»Verdammt, Scarlett! Gleich platzt mir der Kragen.« Mum drehte sich herum. Sie hatte den bösen Blick. »Kannst du bitte aufhören mit Posey? Ein einziges Mal, fünf Minuten lang? Sonst, das verspreche ich dir – *und das ist mein voller Ernst!* –, explodiere ich.«

Kapitel 10

Patrick nutzte die letzte Gelegenheit vorm Resort, um zu tanken.

Er schaltete die Zündung aus und stellte erleichtert fest, dass an der Tankstelle noch etwas los war. Sie hatten seit einigen Meilen keine Straßenbeleuchtung mehr gesehen, und obwohl es erst vier Uhr war, war ihm die Gegend langsam unheimlich geworden. Wann immer es zu ländlich um ihn herum wurde, fühlte er Nervosität aufsteigen, was daran liegen mochte, dass er *Beim Sterben ist jeder der Erste* in einem Alter gesehen hatte, das definitiv nicht das richtige war, um zu beobachten, wie ein Ausflug in die Wildnis zur Höllentour wird.

Sie stiegen alle aus dem Wagen. Als Patrick begriff, dass Scarlett die hintere Autotür für Posey öffnete, runzelte er die Stirn. Patrick mochte es nicht, wenn Scarlett in die Luft flüsterte – wann immer jemand in seiner Nähe flüsterte, dachte er automatisch, man spräche über ihn. Der Gedanke war schon schlimm genug, wenn es um echte Personen ging; sich aber von etwas verunsichern zu lassen, was ein eingebildetes Wesen über ihn sagen könnte, ging ihm wirklich gegen den Strich.

»Ich geh mit Scarlett aufs Klo.« Claire knallte die Autotür zu. »Bring mir ein Snickers mit, wenn du reingehst.«

»Okay.« Patrick legte die Hände ins Kreuz und reckte sich. Ein leichtes Ziehen im Rücken erinnerte ihn daran, dass er zu lange hinterm Steuer gesessen hatte.

Patrick fand, dass Scarlett mittlerweile ohne Kaninchen zurechtkommen müsste. Claire glaubte, das Kaninchen täte ihr gut, aber Patrick hatte es satt, immer einen zusätzlichen Stuhl holen und so tun zu müssen, als ob. Manchmal hatte er den Eindruck, dass Claire das Ganze ein wenig zu sehr genoss. Als hätte auch sie gern einen imaginären Freund.

Während Patrick darauf wartete, dass der Tank sich füllte, sah er einer Familie dabei zu, wie sie aus einem roten Corsa kletterte. Drei Generationen kamen zum Vorschein: zwei Kinder mit ihrer Mutter und Großmutter, vermutete er. Die Mutter wirkte verfroren und schlang ihre Jeansjacke krampfhaft um sich. Sie kam ihm bekannt vor, dachte Patrick.

Als der Tank voll war, hängte er die Zapfpistole wieder in den Halter und ging in den Laden. Er stand in der Schlange hinter der Jeansjacken-Mum.

»Sollen wir noch mehr Holz kaufen?«, rief die Frau quer durch den Raum. »Wenn es kalt wird, brennen uns die paar Scheite womöglich weg wie nichts.«

»Wie du meinst, Schatz.« Die Großmutter behielt die beiden Mädchen im Blick, die optimistisch den Inhalt der Eistruhe studierten.

Patrick betrachtete die Rückseite des Pferdeschwanzes der Mutter genauer. Einige wenige weiße Haare hoben sich leuchtend vom Rest ihres schwarzen Schopfes ab. In Jeansjacke und Stiefeln hatte sie etwas von einem Promi nach Feierabend.

Ja, sie sah eindeutig vertraut aus.

Patrick fragte sich, ob er sie aus dem Fernsehen kannte. Ein Reality-Star vielleicht oder eine Schauspielerin aus einer Daily Soap?

»Was ist mit Anzündern, Nicola?«, sagte die Großmutter zu ihrer Tochter. »Haben wir genügend, oder soll ich sicherheitshalber noch welche mitnehmen?«

Nicola. Patrick runzelte die Stirn.

Nicola – Garcia. Natürlich!

Nicola drehte sich um und rief ihrer Mutter eine Antwort zu.

Patrick sah Nicola eingehender an, dachte sich ihr Gesicht dreißig Jahre jünger, stellte sie sich mit ihren Creolen und den noch volleren Lippen vor, glänzend feuchten Lippen, stets gerötet von den Lollis, an denen sie immerzu gelutscht hatte.

Nicola verließ die Schlange mit einem genervten Seufzer und ging hinüber zu ihrer Mutter.

»Nummer vier?«

Patrick blinzelte sich zurück in die Gegenwart und nickte dem Kassierer zu.

»Vierundfünfzig siebenundvierzig.«

Im Radio wurde ein melancholisches Weihnachtslied aus den Siebzigern gespielt: ein Lied über das Einsamsein an den Feiertagen.

Patrick spürte jemanden hinter sich treten und wusste, dass es Nicola war.

Er winkte sie nach vorn. »Gehen Sie vor. Ich brauche, glaube ich, noch was.«

»Das ist nett.« Nicola bezahlte ihre Tankfüllung.

Patrick griff nach einem zuckerfreien Kaugummi. »Und das hier«, sagte er zum Kassierer. Er reichte ihm seine Karte und blickte zu Nicola, die gerade ihre Kinder zusammentrommelte. Er hatte nichts gesagt, und nun war sie schon fast wieder weg.

Jetzt ging sie nach draußen. Und er wusste sie nicht aufzuhalten.

Patrick nahm das Wechselgeld entgegen. Er machte einen Schritt in Nicolas Richtung.

Die wandte sich gerade an ihre Kinder. »Ich kaufe euch kein Eis, Mädels. Wenn wir im Happy Forest ankommen, gibt's Abendessen. Es sind nur noch fünf Minuten.«

Patrick hielt inne. Dann ging er beschwingten Schrittes über den Tankstellenplatz. Er warf das Kaugummipäckchen in die Luft und fing es wieder auf.

Selbst als Claire ihn *nutzlos* nannte und wegen des vergessenen Snickers in den Shop zurückschickte, verdarb ihm das nicht die gute Stimmung.

....

Auf einem Schild über der Einfahrt zum Ferienresort stieg aus dem Maul eines gezeichneten Igels eine Sprechblase auf: *Willkommen im Happy Forest – wo Entspannung eine Naturgewalt ist!*

Patrick fuhr unter dem Schild durch, folgte der Schlange der Autos zu den Hütten im Rezeptionsbereich und parkte hinter dem roten Corsa.

»Ich kümmere mich um alles«, sagte Patrick. »Wartet hier.«

In der Rezeptionshütte stand Nicola vor ihm in der Reihe. Gerade nahm sie ihre Schlüssel und eine Karte entgegen.

»Ich wünsche Ihnen eine wunderschöne Zeit bei uns«, sagte die Empfangsdame.

Patrick sah Nicola hinterher, bevor er an den Tresen trat. »Patrick Asher.«

Er überreichte seine Kreditkarte und beobachtete, wie Nicola draußen ins Auto stieg.

»Eine Frage: Ich gehöre zu der Lady, die gerade hinausgegangen ist – zu Nicola.« Er schenkte der Rezeptionistin ein charmantes Lächeln und hoffte, dass es nicht verstohlen wirkte. »Wäre es möglich, eine Hütte in ihrer Nähe zu bekommen?«

Er hielt den Atem an.

Die Rezeptionistin sah nicht mal auf, sondern tippte ungerührt weiter. »Ich bin mir sicher, dass wir da was machen können.«

Befragung nach dem Zwischenfall.
Sheila Kapur, 57. Rezeptionistin im Happy Forest.
Persönlich. Rezeptionshütte des Happy Forest.

Soll ich meinen Mantel holen? Ich komme gern mit auf die Wache.
Ich weiß, dass ich nicht verdächtigt werde, aber es wäre einfach schön, mal rauszukommen. Ich sitze bei jedem Wetter an dieser Anmeldung. Von September bis Mai lege ich mir eine Decke über die Knie. Möchten Sie eine Tasse Tee? Ich habe hier meinen eigenen Wasserkocher und einen kleinen Kühlschrank.
Wie Sie meinen. Für mich mache ich aber einen, wenn es Sie nicht stört.
Ich nehme mal an, Jared hat ihnen gesagt, dass Sie sich an mich wenden sollen?
Er weiß, dass ich weiß, was los ist. Hat er mich etwa wieder als Schwätzerin dargestellt? Er hat keinen Respekt. Ständig macht er Bemerkungen wegen meiner Decke, nennt mich »Oma«. Der hat gut reden, kann den ganzen Tag rumlaufen und sich warm halten.
Ich weiß eine ganze Menge über die Schützenfamilie. Und ich hab mir so meine Gedanken über die gemacht. Psychologin hätte ich werden sollen – ich weiß, was in den Köpfen der Leute vorgeht, bevor sie selbst es wissen. Zumindest liege ich oft richtig. Ich weiß, wer kurz davor ist, in Tränen auszubrechen. Ich weiß, wer in meine Hütte kommen wird, um bei Sheila und ihrem freundlichen Wasserkocher den ganzen Frust rauszulassen. Ich sage mir immer, Sheila, sage ich …
Oh.
Selbstverständlich, Officer. Sie aufzuhalten liegt mir fern.

Sie sagen, es war ein Unfall? Glauben Sie denen das?
Ich frage nur, weil es in der Hütte immer wieder Streit gab.
Das hat Ben Oakley mir erzählt, der die Gärten in Ordnung hält und gehört hat, wie ein Mann und eine Frau sich angeschrien haben. Und außerdem hat Richard Crawford, der hinterm Tresen arbeitet, mitbekommen, wie zwei der Männer in der Bar aufeinander losgegangen sind. Der eine nannte den anderen »Wichser«. Nicht gerade festlich, oder?
Darf ich mir die Fotos ansehen? Jared sagte, Sie hätten Fotos.
Und wie ich die getroffen habe. Also, zumindest den Mann.
Patrick Asher? Genau. Er kam am ersten Tag herein, um die Schlüssel für die Hütte abzuholen. Mit den anderen drei habe ich nicht gesprochen. Zeigen Sie mir doch mal die Fotos von den anderen, die zu der Gruppe gehörten.
Sie zu korrigieren liegt mir fern, Officer, aber es gab welche.
Dieser Mann, Patrick, kam an meinen Tresen und sagte, er gehöre zu der Gruppe der Lady aus dem Auto vor seinem. Es war keine große Sache, ihm die Hütte gleich nebenan zu geben.
Ich kann im System nachsehen, ist ganz leicht.
Nicola Trevor, das ist sie. Laut Computer ist sie noch da. Die haben sie nicht erwähnt?
Na, das ist doch schon mal interessant, oder?
Ach wirklich? Sonst nichts?
Aber werden Sie es mir sagen, wenn Sie herausfinden, was da vor sich geht?
Natürlich, verstehe. Ich werde es selbst herausfinden. Die Leute erzählen mir Dinge, die sie der Polizei nie sagen würden. Ich bin hier, wenn sie ankommen, und ich bin hier, wenn sie abreisen, und es gibt jede Menge Leute, die bei einem Becher Tee gern ein wenig mit Sheila plaudern, bevor sie ihres Weges ziehen.
Sie können jederzeit wieder hereinschauen. Hier wartet immer ein Becher auf Sie.

Kapitel 11

Patrick nahm die Milch und die Joghurts aus der Kühltasche und stellte sie in den leeren Kühlschrank der Hütte. Dabei hörte er das aufgeregte Geplauder von Claire und Scarlett, die in den Garten gegangen waren.

Er griff nach den Weißweinflaschen und legte sie ebenfalls in den Kühlschrank. Damit sie nicht zur Seite wegrollten, klemmte er sie zwischen die Joghurts.

Nicola Garcia. *Die* Nicola Garcia.

Sie nur zu sehen hatte ausgereicht, um ihn in die Vergangenheit zu katapultieren, zurück ins Teenager-Alter. Selbst das nur allzu bekannte Kribbeln von damals hatte augenblicklich wieder eingesetzt.

Und er hatte sie – aus dem Moment heraus – versehentlich *gestalkt*.

Nein. Gestalkt hatte er sie definitiv nicht, ganz und gar nicht. Und er hatte nicht vorsätzlich gehandelt. Er wollte Nicola einfach gern wiedersehen, und das war nun mal seine Chance dazu.

Dass ihm die kleinen Härchen im Nacken zu Berge standen, versuchte Patrick zu ignorieren.

Es war definitiv kein Stalking.

Zeit, auszupacken und laufen zu gehen, beschloss Patrick.

Er trat auf die Terrasse.

Claire und Scarlett knieten auf dem Boden und hielten die hohlen Hände, in denen offenbar gesalzene Erdnüsse lagen, den Eichhörnchen hin. Patrick dachte sich, dass man Wildtiere nicht mit Salz füttern sollte.

»Ich möchte meinen Koffer auspacken«, sagte er zu Claire. »Aber es gibt nur ein Zimmer mit Doppelbett.«

»Das da.« Claire zeigte Scarlett ein besonders feistes Eichhörnchen. »Das hat ein gutgläubiges Gesicht.«

Patrick fragte sich, was Claire mit diesen Eichhörnchen im Sinn hatte. Bei ihr wusste man nie so genau. Sie ließ sich keine Gelegenheit für einen Spaß entgehen. Anfangs hatte er das an ihr geliebt, doch in letzter Zeit machte es ihn ein wenig nervös.

Claire warf Patrick einen flüchtigen Blick zu. »So wie du da stehst, siehst du irgendwie nutzlos aus.«

»Danke.«

»Wenn du auspacken willst, such dir einfach ein Zimmer aus. Wer zuerst kommt, mahlt zuerst.«

»Wir können uns nicht einfach das einzige Doppelzimmer nehmen, bevor die anderen hier sind. Das würde egoistisch wirken.«

Claire stand auf. »Bleib hier, Süße«, sagte sie zu Scarlett. Sie ging wieder nach drinnen, Patrick hinter ihr her.

»Dann nehmen wir das Zimmer mit den beiden Einzelbetten.«

»Aber das will ich nicht.«

»Dann nimm das Doppelbettzimmer.«

»Ich hab doch gesagt, das können wir nicht machen!«

»Warum regst du dich so auf?«

Scarlett kam durch die Terrassentür herein. »Es will nicht fressen. Ich hab die Nüsse draußen gelassen, für den Fall, dass es seine Meinung ändert.«

»Hol die Tüte rein, Scarlett«, sagte Patrick automatisch. »Keinen Müll liegen lassen.«

Scarlett trottete wieder hinaus. Sie schüttelte die Nüsse aus der Verpackung und nahm diese mit hinein. Mit beiden Händen zog sie an der Terrassentür, musste sich aber zurücklehnen, um sie hinter sich zuzuziehen.

»Wann kommen die anderen?«, fragte Patrick.

Claire zuckte mit den Achseln.

»Hast du keine SMS oder so was bekommen?«

Claire lachte nur.

»Matt mag ja nicht auf die Idee kommen, aber Alex müsste doch so höflich sein, Bescheid zu sagen?«

Claire sah zu Scarlett und wieder zurück. »Matt ist sehr höflich.« Sie bedachte Patrick mit einem *Seine-Tochter-ist-im-Raum*-Blick. »Er ist einfach ein wenig spontaner als andere.«

Patrick beobachtete, wie Claire und Scarlett das kleinste Zimmer ansteuerten, Scarlett mit dem Zebrakoffer im Schlepptau.

»Wenigstens Scarlett darf auspacken«, sagte er zu Claires Rücken. Aber sie antwortete nicht.

Dann hatte Patrick eine Idee. »Scarlett«, rief er. »Komm und sieh mir zu, wie ich eine Münze werfe.«

Kapitel 12

Es war bereits dunkel, als Alex und Matt an der Hütte vorfuhren. Im Schein der altmodischen Laternen, die den Wald beleuchteten, sahen sie einen Mann die letzten Meter nach Hause joggen. Er trug teuer wirkende und für die Temperaturen durchaus spärliche Funktionskleidung, die davon zeugte, dass er sein Hobby ernst nahm.

»Ist das Patrick?«, fragte Alex.

»Jepp.« Matt kurbelte sein Fenster herunter. »Hoch die Knie, du Rübe!«

Patrick fuhr erschrocken herum. Dann hatte er sich gefasst, und sein Mund formte ein Lächeln.

Matt zog die Handbremse an und sprang aus dem Auto. Er klopfte Patrick auf den Rücken. »Alles klar, Kumpel?« Dann eilte er in die Hütte. »Scarlett!«

Alex stieg langsam aus dem Wagen, die Beine vom langen Fahren steif. »Patrick?« Sie streckte ihm die Hand entgegen. »Ich bin Alex.«

Die Art und Weise, wie Patrick ihr die Hand schüttelte, gab Alex ein Gefühl, als wäre sie ihm auf einer Fachtagung begegnet.

»Habt ihr im Stau gestanden?«, fragte Patrick. »Wir hatten euch um vier erwartet.«

»Ach, um vier sind wir erst losgefahren.« Alex öffnete den Kofferraum und zog ihr Gepäck heraus.

Patrick nahm es ihr aus der Hand. »Lass mich das machen.«

»Danke.« Alex griff stattdessen Matts Koffer. Er fühlte sich verdächtig leer an, als hätte Matt das Packen mal wieder auf die leichte Schulter genommen.

Meine Body Lotion darf er benutzen, dachte Alex, *aber er soll verdammt noch mal eine zweite Zahnbürste kaufen gehen.*

»Lass ihn stehen.« Patrick wies mit dem Kopf auf Matts Koffer. »Das schwere Zeug trage ich rein.«

»Der ist nicht schwer.«

Patrick sah aus, als wolle er etwas sagen, behielt es jedoch für sich.

Alex folgte Patrick ins Haus. Dem geringen Gewicht von Matts Koffer nach zu urteilen, würde sie dieses Weihnachten nicht sehr üppig beschenkt werden. Aber sie machte sich nicht viel aus Geschenken. In Alex' Koffer warteten auch nur ein paar *Die-Geste-zählt*-Dinge auf Matt. Eine Flasche Brandy. Socken mit Aufdruck von Leo aus *ThunderCats* (sie hatten sich vor nicht allzu langer Zeit über ihrer beider Begeisterung für die Katzenmenschen aus dem Weltall unterhalten, weshalb sie das für ein lustiges, süßes Geschenk hielt). Was auch immer Matt für sie besorgt hatte, Alex würde damit zufrieden sein – solange es eingepackt war und sich nicht noch zusammen mit dem Kassenbon in einer Plastiktüte befand.

Alex folgte Patrick den Flur entlang und beobachtete interessiert das Muskelspiel an der Rückseite seiner Beine. Ganz oben am unbehaarten Teil seines Oberschenkels saß ein unansehnliches Muttermal. Shorts von normaler Länge hätten diesen Bereich verdeckt. Ob ihm gar nicht kalt war?

Sie hatte ihn sich etwas weniger wetterfest, etwas verkopfter vorgestellt. Ein bisschen mehr wie jemanden, bei dem man an Sudoku und guten Wein denkt, und ein bisschen weniger wie einen Putin-Typen, der in seiner Freizeit Holz zu hacken und mit Bären zu kämpfen scheint. Mit dem übermäßig trainierten Oberkörper und den zu kurzen Shorts hatte er so gar keine Ähnlichkeit mit Matt.

Andererseits … warum sollte er auch?

Claire und Alex waren auch nicht gerade derselbe Typ Frau. Claire wirkte immer poliert, blank geputzt wie eine Anwältin eben. Sie hatte etwas Glanzvolles an sich, das einem ins Auge sprang. Bei Claires Anblick meinte man gleich schnelle, klackernde Schritte auf blanken Böden zu hören. Bei Alex' Anblick dagegen wusste man sofort, dass ihre Schuhe allenfalls quietschten.

Als sie den Hauptraum der Hütte erreichten, drehte Patrick sich zu ihr um. »Ihr schlaft unten.«

Alex wollte sich die offene Wohnküche ansehen, aber Patrick drängte sie in einen Flur. Von dem aus traten sie in ein Schlafzimmer, das von zwei Einzelbetten fast vollständig eingenommen wurde. Patrick stellte ihren Koffer ab.

Dann drehte er sich zu ihr um. »Wir wollten das Elternschlafzimmer oben nicht unabgesprochen in Beschlag nehmen, es aber auch nicht einfach so euch überlassen.«

Alex lachte. »Schon gut.«

»Also habe ich eine Münze geworfen. Und ihr habt verloren.«

»Okay.«

»Ich wollte, dass wir den Münzwurf filmen, aber Claire sagte, das sei nicht nötig.«

»Ist gut.«

»Scarlett war dabei. Als unparteiische Schiedsrichterin.« Patrick stockte. »Das Ergebnis war Zahl. Ich hatte Zahl gesagt.«

»Patrick«, sagte Alex. »Keinen Stress.« Sie versuchte, ihn so entspannt wie irgend möglich anzulächeln.

»Ich nehme euren Autoschlüssel.« Patrick streckte die Hand aus. »Und dann lade ich eure restlichen Sachen aus.«

»Nein, ist schon okay, Matt hilft mir.«

»Ich bestehe darauf. Autoschlüssel.«

Weil Alex sich nicht motiviert für ein Kräftemessen in aggressiver Hilfsbereitschaft fühlte, überreichte sie ihm die Schlüssel.

Patrick nahm sie und flitzte aus dem Zimmer. Alex öffnete den Reißverschluss ihres Koffers, um ihr Telefonladekabel herauszunehmen.

»Hi fremder Mann«, hörte sie jetzt Claire in einem anderen Zimmer sagen. »Lass dich umarmen.«

Dann hörte Alex, wie Matts Stimme antwortete: »Dein T-Shirt riecht nach Zuhause. Wie unser Haus damals.«

»Dasselbe Waschpulver, schätze ich.«

Alex hörte auf, nach ihrem Ladekabel zu suchen. Kerzengerade stand sie da.

Zuhause.

Claire trat in den Türrahmen. »Klopf, klopf!«

Sie breitete die Arme aus, auf dem Gesicht ein strahlendes Lächeln. Alex beugte sich zur Umarmung zu ihr hinunter. Claire schloss sie fest in die Arme, genau wie Alex es vermutet hatte. Sie reichte Alex bis zur Nase, und bei der Begrüßung roch Alex die leicht nussige Grundnote, die von ihrem Haar ausging. Da war auch noch ein Geruch, den sie kannte, aber nicht einzuordnen wusste.

Der *Zuhause*-Geruch konnte es nicht sein, denn den kannte Alex nicht.

Patrick kam mit einem Armvoll Jacken und Mäntel sowie Matts Skateboard um die Ecke. Er legte die Sachen auf dem Boden ab und verschwand wortlos.

Alex sah ihm hinterher. »Anscheinend bringt Patrick unsere Sachen rein.«

Claire winkte ab. »So ist er. Am besten lässt man ihn einfach machen. Ich werfe den Wasserkocher an, ihr braucht doch sicher dringend eine Tasse Tee.«

Als Claire gegangen war, sank Alex aufs Bett.

Matt reckte den Kopf ins Zimmer. »Kommst du hier klar, wenn ich mit Scarlett erst mal losziehe, um die Enten anzugucken?«

Alex schenkte ihm ein Lächeln. »Gib ihnen eine Brotkruste von mir.«

Matt winkte und war weg.

»Aber es ist doch dunkel!«, rief Alex ihm hinterher.

Kamen Enten im Dunkeln überhaupt heraus? Sie hatte keine Ahnung.

Alex sah sich um. Das Zimmer war klein, die Schubladen hatten die Größe von Schuhkartons, und im Kleiderschrank klapperten zwei Bügel traurig aneinander. Der ganze Raum roch nach Streichholzschachteln und Bleistiftanspitzern: Natur, aber gezähmt und kinderfreundlich. Doch das war in Ordnung.

Aber … *Zuhause. Zuhause* war nicht in Ordnung.

Alex ging in die offene Wohnküche. Noch bevor sie ihn sah, roch sie ihn – einen großen Fisch, inmitten eines Bergs von Plastikfolie.

Claire wies auf den Fisch. »Ich nehme ihn aus für morgen.«

Alex lächelte verhalten. Ganz bewusst vermied sie es, den Fisch noch einmal anzusehen. Was für einer es war, wusste sie nicht, aber er war groß. Ein Fisch, der sagen sollte: *Seht mich an, seht, was für ein besonderes Ereignis wir begehen.*

Alex hasste Fisch.

Sie hasste den Geruch – diesen säuerlichen Verwesungsgestank, den man vom Urlaub an der Küste und aus verfallenden Städten kannte. Sie hasste den Geschmack, auch wenn man ihr immer weismachen wollte, dass Fisch besser schmeckte, als er roch. Alex' Meinung nach, die auf einer zugegebenermaßen sehr kleinen Kostprobe basierte, war das eine Lüge.

Und sie hasste, wie Fisch aussah. So ganz und gar tot, die murmelgleichen Augen weit geöffnet. Alex wusste, woher ihr Essen stammte, und mit allen moralischen Zweifeln zu diesem Thema setzte sie sich schon seit Jahrzehnten auseinander. Aber diese Augen wollte sie nicht sehen.

Und sie mochte es nicht, an ihre Zimperlichkeit erinnert zu werden. Weil sie verdammt noch eins Wissenschaftlerin war. Diese Dissonanz war ein Zeichen mentaler Schwäche.

»Ein echtes Prachtexemplar«, sagte Claire. »Aber Scarlett macht sich davon, weil sie Fisch nicht mag. Sie findet, Fisch sieht ekelhaft aus und stinkt. Wenn ich sie zwinge, welchen zu essen, hält sie sich die Nase zu.«

Alex lächelte verhalten.

»Aber ich habe ihr klargemacht, dass man nicht einfach sagen kann, dass man etwas nicht mag. Aus ihr soll keine wählerische Esserin werden.«

Alex trat vom Fisch zurück weiter in Claires Richtung, bis der Fischgeruch schwächer wurde und sie wieder Claires Haar riechen konnte.

Alex lächelte Claire flüchtig an. »Muss mal aufs Klo.«

Sie eilte ins Schlafzimmer und ließ sich aufs Bett sinken.

Alex dachte über Claires Geruch nach.

Nicht, dass sie sich für Parfüm interessierte. Sie selbst benutzte nie welches, aber Matt hatte ihr letztes Jahr zu Weihnachten eines gekauft. Als Zeichen ihres guten Willens hatte Alex es ein paarmal benutzt, und Matt hatte ihr prompt gesagt, wie toll sie dufte. Dann war das Parfüm stillschweigend in einer Schublade verschwunden.

Alex lehnte sich ans Kopfende. Es ließ sich nicht von der Hand weisen.

Claire benutzte dasselbe Parfüm.

Kapitel 13

Scarlett stapfte mit Posey und Dad vom See zurück zur Hütte. Posey stierte beim Gehen auf die Blätter, die auf dem Weg lagen, die Spitzen seiner Ohren hingen schlaff hinab.

Dad fuhr sich mit der Hand durchs Haar. »Tut mir wirklich leid, dass heute Abend keine Enten da waren.«

»Morgen finden wir welche, Posey«, sagte Scarlett.

»Versprochen, Posey«, fügte Dad hinzu. »Wir finden die größten, hungrigsten Enten aller Zeiten. Und du bekommst ein ganzes Brot für dich allein. Die Enten werden denken, du bist der Brotkönig. Wie gefällt dir das?«

Posey schenkte Dad sein tapferstes Lächeln.

....

Als die drei die Hütte erreichten, wurden sie von Alex bereits erwartet.

»Scarlett!« Alex sprang vom Sofa auf und strich sich die Hose glatt. »Schön, dich zu sehen.«

Posey knurrte leise.

Scarlett sah Posey warnend an. »Wir haben das im Auto besprochen.«

Alex lächelte tapfer weiter. »Ich freue mich schon darauf, dieses Weihnachten richtig viel Zeit mit dir zu verbringen.«

»Na und?«, sagte Posey.

Scarlett brachte ihn mit einem *Psst* zum Schweigen.

Alex' Lächeln fror ein. Einen Moment lang stand sie etwas verloren da, dann setzte sie sich wieder.

Mum bemerkte Scarletts starren Blick und wies mit dem Kopf auf das Kuvert, das auf dem Tisch lag.

Scarlett nahm den Umschlag in die Hand und legte ihn Alex auf die Knie.

Mum nickte Scarlett noch einmal auffordernd zu.

Scarlett blickte auf den Teppich. »Frohe Weihnachten.«

»Oh, vielen Dank, Scarlett! Dabei ist noch gar nicht Weihnachten!«

Scarlett blickte jetzt an die Wand.

»Weißt du«, sagte Mum eilig zu Alex, »dieses Geschenk ist zeitgebunden, und falls du diese Woche noch etwas unternehmen willst, ist es besser, Scarlett gibt es dir jetzt.«

»Ich glaube kaum, dass noch viel Zeit für weitere Unternehmungen bleibt.« Alex hörte abrupt auf zu lächeln. »Also, damit meine ich nicht …«

Mum winkte ab. »Schon gut, kein Problem. Ich verstehe schon.«

Mum war immer so nett zu Alex. Netter, als sie je zu Scarlett oder Posey war.

Alex betrachtete das Kuvert. Sie öffnete es und zog eine Karte heraus. Eine Weile blinzelte sie die Karte an.

»Sie wird doch wohl lesen können«, sagte Posey. »Sie ist immerhin erwachsen.«

Scarlett legte eine Hand auf Poseys Arm, damit er den Mund hielt.

Dad lehnte sich über Alex' Schulter, um mitlesen zu können. »Was ist das?«

»Ein Spa-Gutschein.« Alex wandte sich zu Scarlett, dann zu Mum. »Vielen Dank?« Ihre Stimme ging am Ende in die Höhe, als würde sie etwas fragen.

»Hier gibt es ein so wunderschönes Spa«, sagte Mum. »Herrlich entspannend.«

»Danke«, sagte Alex. »Ich war noch nie in einem Spa.«

»Wirklich?« Mum lachte. »Dann ist hier der perfekte Ort, um dich zu bekehren. Ich habe dort letztes Mal eine so schöne Zeit verbracht.«

»Letztes Mal«, sagte Alex in einem seltsamen Tonfall. »Als ihr schon einmal hier wart.«

»Ja. Aber das Geschenk ist natürlich nicht von mir, sondern von Scarlett.«

»Natürlich. Vielen Dank, Scarlett.«

Scarlett rang sich ein Nicken ab. Sie wandte sich zu Mum. »Darf ich jetzt ins Bett gehen?«

»Was?« Mum zog überrascht den Kopf zurück. Wenn sie das tat, sah sie nicht mehr hübsch aus, als sei ihr plötzlich ein zweites Kinn gewachsen. »Ich höre wohl Stimmen?«

»Morgen kann man jede Menge tolle Dinge unternehmen. Wir haben einen großen Tag vor uns.«

Mum und Dad sahen einander an.

»Dad kann mich ins Bett bringen«, sagte Scarlett. »Komm, Dad. Komm, Posey.«

....

Dad stopfte Scarletts Decke sorgfältig fest. »Alles so, wie es sein muss.« Er vergewisserte sich noch einmal, dass sie rundum eingehüllt war. »Hier kommst du nie wieder raus.«

Scarlett quiekte vor Vergnügen, als Dad sie immer fester einpackte.

»Erinnere mich morgen früh daran, dass ich dir den Adventskalender gebe, den ich gekauft habe«, sagte Dad. »Zwar drei Wochen zu spät, aber besser spät als nie.«

»Danke, Dad.«

»Weil heute schon der einundzwanzigste Dezember ist, habe ich die meiste Schokolade allerdings schon gegessen.«

»Du hast doch nicht etwa alle gegessen!«

Dad kräuselte die Nase. »Nein, natürlich nicht. Du wirst dieses Wochenende alle fünfundzwanzig Schokoladenfiguren auf einmal essen müssen.«

Scarlett nickte zu Posey, der am Bettende saß. »Posey wird mir helfen.«

Dad sah sich im Zimmer um, blickte jedoch in die falsche Richtung. »Muss ich Posey auch zudecken?«

»Posey schläft im Trockenschrank über der Spüle. Wie bei uns zu Hause.«

Posey nickte Dad flüchtig zu. Posey fand es nicht richtig, wenn Jungs und Mädchen im selben Zimmer schliefen. Der Trockenschrank fürs Geschirr war in Scarletts Zuhause der einzige freie Platz, und er war nicht sehr gemütlich, aber Posey gab sich damit zufrieden. Er war gern für sich.

»Ach ja, ich hatte ganz vergessen, wie Posey es mit dem Schlafen hält«, sagte Dad. »Man sollte doch meinen, dass ich mir so etwas merken könnte. Gibt es hier denn einen Trockenschrank fürs Geschirr?«

»Ja. Aber das mit dem Schlafen eilt nicht.«

»Ich dachte, du bist müde?«

»Jetzt nicht mehr. Posey bleibt hier, während du uns eine Geschichte vorliest. Welche, Posey?«

»Der Löwe Bryan.«

»Wir möchten, dass du uns *Der Löwe Bryan* vorliest«, sagte Scarlett. »Das Buch liegt da drüben, Dad.«

Posey legte sich aufs Bett. »Ich hoffe, dein Dad kann die Stimmen besser nachmachen als Patrick.«

»Keine Sorge.« Scarlett legte die Hände unter den Kopf. »Kann er. Den Gorilla macht er besonders gut.«

Kapitel 14

Patrick übernahm alle möglichen Aufgaben, um nur nicht an Nicola denken zu müssen. Er stellte die Getränke bereit, belegte Sandwiches, füllte Schalen mit Oliven und Nüssen. Zufrieden stellte er fest, dass schon um halb neun am ersten Abend entschieden war, wer die Rolle der Gastgeber innehatte: er und Claire.

Matt hatte Scarlett zu Bett gebracht, und jetzt saßen er und Alex auf den Sofas, während Claire in der Küchenecke Drinks mixte und Patrick die Beleuchtung im Wohn-/Koch-/Essbereich mit Hilfe des Dimmers optimierte. Er war eben ein Mann, der die Technik unter Kontrolle hatte. Und es war wichtig, die richtige Basis zu schaffen, dachte Patrick. Die Dinge von Anfang an in die gewünschten Bahnen zu lenken.

»Tut mir leid, dass es heute nur Sandwiches gab«, sagte er. »Morgen kochen wir etwas Richtiges.«

»Mit *wir* meint er mich.« Claire kam in den Wohnbereich, in jeder Hand einen Drink. »Es gibt Rochen.«

»Alex hasst Fisch«, erklärte Matt nüchtern.

Alex errötete. »Matt!«

Matt wandte sich zu ihr. »Was? Hätte ich lieber nichts sagen sollen? Wolltest du ihn trotzdem essen?«

»Hör auf.« Alex wandte sich zu Claire. »Tut mir total leid, Claire.«

»Ach was.« Claire stellte einen Drink auf einen Untersetzer vor Alex. »Ich habe dir einen Wassermelonencocktail gemacht. Ohne Alkohol. Das Rezept habe ich aus der Sonntagsbeilage.«

Alex sah Matt scharf an. »Wissen hier alle Bescheid?«

Matt hob die Hände. »Ich dachte, du wolltest unangenehme Situationen vermeiden. Die Dinge vorab geklärt haben. Ist das okay?«

Für Matt hatte Claire einen anderen Drink zubereitet. Patrick fiel auf, dass Matt sich nicht bei ihr bedankte und Claire offenbar kein Dankeschön erwartete.

»Das ist nichts, wofür man sich schämen muss. Tut mir leid, dass ich es zum Thema gemacht habe.« Claire drückte mitfühlend Alex' Hände. »Ich wollte nur nett sein.«

»Ich weiß. Danke.«

Claire lächelte und ging wieder in die Küche, um die anderen Drinks zu holen.

Alex gab ein verlegenes Räuspern von sich. »Ich möchte der Vollständigkeit halber erklären, dass ich mich zwar entschieden habe, nicht mehr zu trinken, aber nie eine lehrbuchmäßige Alkoholikerin war, keine von der schlimmen Sorte. Ich war wohl das, wovor sie in der Zeitung warnen.« Ihr Gesicht nahm mit jeder Sekunde eine tiefere Rotfärbung an. »Eine von denen, die zu viel Supermarkt-Rioja trinken und in denen die Gesundheitsbehörde eine tickende Zeitbombe sieht.«

Claire nickte. »Klar.«

»Ich bin nie mit der Nase im Dreck zwischen irgendwelchen Büschen aufgewacht oder habe mich an Tankstellen mit Obdachlosen angelegt.«

Matt wandte sich zu Claire. »Ja, da sind wir wirklich froh, dass sie sich so gut wie gar nicht mehr mit Obdachlosen anlegt.« Er tätschelte Alex' Knie. »Sie macht das großartig.«

Alex schob seine Hand mit einer freundlichen Geste weg. Patrick fand Matts Bemerkung respektlos, aber Alex schien es nichts auszumachen.

Claire reichte Patrick einen Cocktail, ohne ihn dabei anzusehen. Patrick wollte ihr gerade danken, fand es dann jedoch unangebracht, nachdem Matt es auch nicht getan hatte.

Alex kratzte sich am Mund. »Jedenfalls trinke ich zurzeit nichts, was ja keine große Sache ist. Es gibt jede Menge Leute, die nicht trinken.«

Patrick fragte sich, ob Alex immer so viel und so schnell redete.

»Ich sage nicht, dass es für immer ist. Vielleicht fange ich in einem Jahr wieder an – Hochzeiten, Geburtstage. Nur nicht andauernd.«

Claire hob ihren Cocktail. »Cheers.«

Sie ließen die Gläser klingen. Claire lehnte sich auf dem kastenförmigen Sofa zurück und streckte sich aus. Es hatte den Anschein, als wolle sie das Sofa so bequem und gemütlich wirken lassen wie irgend möglich. »Es ist so schön, so was hier mal zu unternehmen – Spiele spielen, Spaß im Freien haben und Karaoke singen. Einander kennenlernen.«

Alle antworteten mit einem zustimmenden Nicken. Alex' Nicken kam etwas verzögert, dann jedoch mit Nachdruck.

»Scarlett ist noch nicht viel mit der Natur in Berührung gekommen. Wie das so ist, wenn man in der Stadt aufwächst. Als ich klein war, hatte ich vorm Frühstück bestimmt schon zwanzig Kühe und vier Schweine gesehen.« Claire zog die Füße seitlich unter sich. »Scarlett kreischt schon vor Vergnügen, wenn sie nur eine Ente sieht.«

Matt gab ein Schnauben von sich. »Nicht jeder muss umgeben von kaputten Traktoren und stinkenden Misthaufen aufwachsen.« Er registrierte Claires Gesichtsausdruck. »Ich will nicht behaupten, dass mit deiner Kindheit irgendwas nicht stimmte. Nur, dass der Bauernhof deiner Eltern einfach scheiße war.«

»Keine Sorge. Sie sprechen von dir auch nicht in den höchsten Tönen.«

Matt lachte. »Ich habe nicht über sie gesprochen, nur über ihren Bauernhof.«

»Was auch immer du gemeint haben solltest …« Claire lächelte hintertrieben. »… du reißt dich besser zusammen und wappnest dich – denn am ersten Weihnachtstag werden sie herkommen, und sie haben dir bestimmt eine Menge zu sagen.«

Patrick sah, wie Alex erstarrte, aber Matt lachte nur. Als er Alex' Gesichtsausdruck bemerkte, lächelte er und sagte: »Sie macht Witze, Alex. Sie würde sie nicht hierher einladen. So heftig soll dieses Wochenende nun auch wieder nicht werden.«

Claire strahlte Alex an.

»Ich finde, Claire hat recht, was die Natur betrifft«, sagte Patrick. »Es ist gut für Scarlett, mehr davon zu sehen.«

Für eine Minute saßen alle schweigend da.

Matt wandte sich grinsend an Claire.

»Was sagen deine Eltern denn so über mich?«

»Nichts.«

»Irgendwas müssen sie gesagt haben. Sonst hättest du das nicht erwähnt.«

»Sie sprechen gar nicht von dir.« Claire schnipste einen Fussel von ihrem Ärmel. »Jedenfalls nicht, ohne deinem Namen das Wort *faul* voranzustellen.«

Patrick sah zu Claire. Das stimmte nicht.

Patrick hätte Matt gern erzählt, dass sie ihn nur noch als *Scarletts Vater* bezeichneten. Dass Patrick bei diesen Leuten einen Namen hatte, Matt jedoch nicht mehr.

»Schande. Trotz ihrer Drecksbude mit all den Hühnern, die ein und aus gingen, als hätten sie eigene Schlüssel, hatte ich immer viel für deine Familie übrig.«

Claire hob ihren Blick zur Decke. »Nein, hattest du nicht.«

»Und deine Mum trug immer eine so hübsche Frisur, die Haare mit einer Spange so schick drapiert.« Matt presste eine seiner Ponysträhnen zur Seite.

»Halt die Klappe.«

»Und diese liebenswerte herablassende Art und Weise, wie sie Kellnerinnen behandelte und immer von oben herab mit ihnen sprach wie eine Adlige in einem historischen Film.« Er wandte sich zu Alex. »Ich habe sie ›die Gräfin‹ genannt.«

Alex hob interessiert das Kinn.

»Natürlich nicht, wenn sie anwesend war.« Matt wandte sich zu Patrick. »Sag mal, Pat, starrt sie dich auch immer so an, wenn du ihrer Meinung nach etwas falsch gemacht hast? Als würdest du sie anekeln?«

Dass er mit *Pat* angesprochen wurde, ließ Patrick hüsteln. »Das hat sie wohl nur bei dir gemacht.«

Claire erhob sich. »Mehr Drinks, schätze ich.«

Matt stand auf. »Ich helfe dir. Du kannst mir zeigen, wie man diese Wassermelonendinger macht.«

Patrick beobachtete, wie Matt sich mit der lässigen Gangart eines Mannes, der keine Sorgen kannte, in die Küche begab. Er trank einen Schluck von seinem Cocktail und wandte sich an Alex, um etwas zu sagen.

Aber sie starrte durchs Terrassenfenster in die Dunkelheit jenseits der Scheibe. Und da lag eine gewisse Verkrampftheit in der Stellung ihrer Augenbrauen, es war ein Gesichtsausdruck, den er nicht zu deuten wusste.

Kapitel 15

Als sie die Tür ihres Schlafzimmers hinter sich schlossen, spürte Alex die Anspannung von sich abfallen.

»Ich glaube, seit Menschengedenken ist noch nie jemand so früh zu Bett gegangen wie wir heute.« Matt kramte in seinem Koffer. »Sieht so aus, als müsste ich mir deine Zahnbürste leihen.«

Alex warf ihre Umhängetasche auf den Stuhl neben ihrem Bett.

»Hast du Angst, sie könnten dein Portemonnaie stibitzen?«, fragte Matt.

»Macht der Gewohnheit. Ich wohne mit Fremden unter einem Dach.«

»Alex, sie sind keine wirklich Fremden.«

»Patrick schon. Ich habe ihn heute erst kennengelernt.«

Alex half Matt, die Betten aneinanderzuschieben. Der dabei entblößte Teppich sah neuer und flauschiger aus als im Rest des Zimmers, und auf seinem Flor thronten unberührte Staubflocken.

»Matt?«

Er sah auf.

»Bitte zwing mich nicht, Karaoke zu singen.«

Er lächelte und nahm sie in die Arme. »Keine Sorge, ich werde dich beschützen.«

Alex befreite sich und steuerte das Bad an. Mit eng an den Körper geklemmten Armen putzte sie sich die Zähne.

Ein Geräusch über sich ließ Alex innehalten. Etwas Pulsierendes im Obergeschoss: ein schwaches rhythmisches Knarren.

Sie unterbrach das Zähneputzen und spitzte eine Minute lang die Ohren, dann spuckte sie ins Waschbecken. Ihr fiel auf, wie jungfräulich weiß der Zahnpastaschaum strahlte, ganz anders als die rostfarben anmutende Gischt, die sie früher ausspie, wenn sie vor dem Zubettgehen noch einen Liter Rotwein zu trinken pflegte.

Als sie wieder ins Schlafzimmer kam, saß Matt mit nacktem Oberkörper aufrecht im Bett, sein Telefon in der Hand. »Haben sie dir das WLAN-Passwort gegeben?«

Alex kroch ins Bett. Mit dem Handrücken schob sie Matts Telefon sanft beiseite. »Könnte das Internet auch bis morgen warten?«

Matt legte das Telefon auf den Nachttisch. Er rutschte im Bett nach unten und strampelte wie ein wütendes Kleinkind kräftig und schnell mit den Beinen, um die festgestopfte Decke zu befreien. Dann zerrte er an der Decke auf Alex' Seite und drapierte sie so über die eigene, dass sie beide von der kalten Luft abgeschirmt waren. Er schlang einen Arm um Alex und zog sie in eine zugige Löffelchenstellung an sich heran.

Wie von selbst rutschte Alex in die natürliche Kuschelposition und schmiegte sich an ihren Freund. »Ein Spa-Gutschein also. Was hat es damit auf sich?«

Matt zog seine Decke doch wieder über die von Alex. »Ist doch eine schöne Idee.«

»Willst du den Gutschein vielleicht einlösen? Du hängst doch gern mal so richtig faul rum«, sagte sie.

»Ich würde ihn sehr gern nehmen, aber Claire hat ihn für dich gekauft. Sei nett und lass dir eine Gesichtsbehandlung verpassen.«

»Es war sehr aufmerksam von ihr.«

Eine Weile lagen sie schweigend da.

»Als ich gerade im Bad war … das war komisch.« Alex klemmte sich die Decke unters Kinn. »Die Leitungen von oben haben rhythmische Geräusche von sich gegeben.«

»Sehr komisch. Klingt ganz wie eine der Anekdoten deines Dads.«

»Könnte sein, dass oben jemand Sex hatte.«

Matt streckte einen Arm nach oben, dann nach hinten, um die Lichtschalter neben dem Bett zu erreichen, ohne sich von Alex lösen zu müssen. Alex spürte, wie sich seine Brustmuskeln anspannten. Während Matt nach dem richtigen Schalter suchte, wurde das Licht im Raum mal dunkler, mal heller.

»An einem so verrückten Wochenende wie diesem.« Alex hob den Oberkörper etwas an, damit Matt auch den anderen Arm nutzen konnte, um sein Ziel zu erreichen. »Als ob sie hier miteinander schlafen würden.«

Schließlich fand Matt den Schalter, mit dem sich alle Lampen ausschalten ließen, und es wurde dunkel im Zimmer.

Alex hatte nur einen Witz gemacht, nur geredet, um zu reden. Trotzdem hatte Matt nicht reagiert.

Sie rutschte auf den Schulterblättern Richtung Kopfende.

Angestrengt versuchte sie, im Mondschein Matts Gesichtsausdruck zu erkennen, doch es war zu dunkel. Nur seine Silhouette und die leicht vorragenden Wimpern ließen sich ausmachen.

»Claire würde in diesem verwunschenen Wald, während wir direkt unter ihr liegen, doch wohl keinen Sex haben, oder?«

»Woher soll ich das wissen?«

Alex runzelte die Stirn. »Ich meine nur, dass du vielleicht eine gewisse Vorstellung haben könntest.«

Matt antwortete nicht.

Alex sah seinen dunklen Umriss an. »Was denkst du?«

»Du weißt, dass ich es hasse, wenn du mich fragst, was ich denke. Du glaubst, ich würde mir tiefgründige Gedanken machen, während ich überlege, wer bei einem Kampf zwischen Eule und Dachs gewinnen würde.«

»Würde Claire Sex haben, obwohl wir uns eine Etage unter ihr aufhalten?«

»Die Eule, vermute ich. Wegen des Schnabels. Und weil die Eule davonflattern könnte, um sich zu sammeln, wenn sie außer Atem ist.«

»Matt. Hör auf, der Frage auszuweichen.«

»Nein, hör du auf. Du benimmst dich merkwürdig.«

Alex rutschte wieder nach oben und richtete sich jetzt noch ein wenig weiter auf.

»Sei bitte nicht merkwürdig«, sagte Matt noch einmal.

»Warum sollte ich merkwürdig sein?«

»Ich merke es an deinem Rücken. Dein Rücken fühlt sich gerade ganz merkwürdig an.«

»Ich denke nur nach, das ist alles. Versuche zu verstehen.«

Alex setzte sich auf. Sie streckte einen Arm aus und schaltete das Licht ein. »Du weißt, dass ich es mag, die Dinge zu ergründen. Das kann sehr aufschlussreich sein.«

Matt blinzelte angesichts der plötzlichen Helligkeit; er zog sich die Decke über den Kopf.

»Sie würden dieses Wochenende keinen Sex haben«, sagte Alex. »Nicht, während wir hier unter ihnen liegen.«

»Es waren bestimmt die Leitungen.« Matt ließ die Decke wieder fallen und sah Alex an. »Hey. Du guckst ganz verkniffen.« Er nahm ihre Hand.

Als Matt sich kurz darauf nicht mehr bewegte und auch nichts mehr sagte, schaltete Alex das Licht aus. Sie blickte zu den Vorhängen, einem dunklen Rechteck, von Mondlicht umrahmt.

Sie versuchte, sich wieder an Matt zu kuscheln, aber ihr Körper schien nicht mehr so gut zu seinem zu passen wie noch vor wenigen Minuten. Die perfekten Ecken und Lücken von eben hatten sich in ungemütliche Kanten und Winkel und zu viele Arme verwandelt.

Während sie eine Weile wortlos dalagen, wartete Alex darauf, dass ihre Leiber wieder aneinanderschmolzen.

»Alex?«

»Ja?«

»Weißt du, dass du der klügste und am krassesten logisch denkende Mensch bist, den ich kenne? Dass dein Gehirn funktioniert wie das einer Maschine?«

Alex sagte nichts.

»Könntest du versuchen, das hin und wieder zu bedenken? Denn dein Verhalten dieses Wochenende scheint mir ein bisschen verrückt.«

Alex schloss fest die Augen. Sie verkrampfte sich am ganzen Körper, drückte die Oberschenkel aneinander, kniff die Pobacken zusammen.

»Ich weiß«, sagte sie schließlich.

Befragung nach den Schüssen.
Ben Oakley, 65, Gärtner im Happy Forest.
Persönlich. Mitarbeiterraum des Happy Forest.

Hallo Officer. Sheila hat mir gesagt, dass Sie sich an mich wenden würden.
Nein, im Dunkeln kann man kaum Gartenarbeiten erledigen, aber ich bleibe trotzdem hier, weil ich nachher noch den Weihnachtsmann spielen werde. Für mich ist das eine willkommene Abwechslung, und außerdem sparen wir uns so die Überprüfung auf Vorstrafen, die wir bei einem Externen vornehmen müssten.
Natürlich, gern. Haben Sie die Fotos dabei?
Ja, ich habe gesehen, wie ein Mann und ein Mädel sich gestritten haben. Die da und der da.
Alex und Matthew? Wenn Sie es sagen.
Es fiel mir auf, weil es so aus dem Nichts kam. Ich trimmte gerade die Rasenkanten am See, und die beiden spazierten ganz ruhig über den Rasen. Dann muss irgendwas passiert sein, was genau, weiß ich nicht, aber er schrie sie an, und sie sah aus, als würde sie gleich zu weinen anfangen.
Ich habe nicht zugehört, worum es bei dem Streit ging, sondern mit dem Trimmen weitergemacht. Wäre Sheila dabei gewesen, hätte sie alles mitbekommen, aber mich interessiert einfach mehr, was im Gebüsch raschelt oder ob meine Stauden so aussehen, als würden sie den Winter überstehen.
Zeigen Sie mir die Fotos noch mal.
Das blonde Mädel habe ich auch gesehen. Sie brachte eine Kleine zu mir,

als ich heute Morgen den Weihnachtsmann spielen durfte. Dieser herrische Typ war bei ihr. Matthew.

Es ist ein langer Tag. Heiligabend ist nun mal der anstrengendste Tag des Jahres für uns Weihnachtsmänner.

Natürlich haben wir unter den Kollegen darüber gesprochen. Jared hat Angst, dass sie ihn feuern, weil er ins Wettbüro abgehauen ist, obwohl er Alfie beim Bogenschießen beaufsichtigen sollte. Jared ist ein guter Typ, wirklich, und heutzutage spricht man ja gleich von einer Krankheit, wenn es jemanden hin und wieder zu den Buchmachern zieht. Sagen Sie also bei den Chefs nichts Schlechtes über ihn, okay?

Richard ist der Einzige außer mir, der was gesehen hat. Er hat gesehen, wie zwei Männer sich in der Bar gestritten haben. Anscheinend haben sie sich ordentlich die Meinung gesagt. Aber Richard arbeitet heute nicht, hat den Heiligabend frei.

Ich weiß nur so viel, dass es um Chips ging.

Schätze, man müsste rausbekommen, was dahintersteckt.

Auszug aus der Broschüre des Happy Forest:

Unsere Anlage bietet Ihnen immer etwas zu entdecken, selbst an den verregnetsten Tagen.
In unserer Wasserwelt finden Sie, je nach Stimmung, insgesamt zehn Schwimmbecken, von einer Oase der Ruhe bis zur aufregenden Abenteuerlandschaft. Ob Sie unsere Wildwasserbahn hinuntersausen oder sich auf unserem Lazy River treiben lassen – Ihre Sorgen werden einfach davontreiben.
Sollten Sie sich für Lebensmittel aus lokalem Anbau und traditioneller Erzeugung interessieren, wird Sie unser Happy Forest Markt* begeistern. Zum Zubereiten kulinarischer Köstlichkeiten erwartet Sie Ihre hochmoderne Küche.
Bei so vielen Annehmlichkeiten wird Ihnen der Abschied schwerfallen.

* Happy Forest Markt im Dezember wegen Renovierungsarbeiten geschlossen. Für etwaige Unannehmlichkeiten bitten wir um Entschuldigung.

Kapitel 16

Freitag, 22. Dezember

TAG 2

Patrick wurde im Morgengrauen vom Lärm aufdringlich schnatternder Vögel geweckt. Es mussten ganze Scharen sein, und sie kreischten direkt vor seinem Schlafzimmerfenster.

Natürlich befanden sie sich auf angestammtem Terrain, es war also kaum etwas dagegen einzuwenden. Aber wie sollte man bei dem Krach noch schlafen?

Patrick blickte auf Claire. Sie schnarchte ganz leicht, ein Arm hing ihr quer übers Gesicht.

Patrick schlüpfte in seine Sportkleidung und ging laufen. Er lief Richtung See, und der Weg dorthin führte ihn mitten durch eine Schar Vögel, die flatternd und schnatternd himmelwärts flüchteten.

Er passierte den Minigolfplatz, wo ihn ein Foto am Eingang stutzen ließ. Es war darauf ein Vater zu sehen, der seiner Tochter zeigte, wie man den Ball durch die Windmühle schlug.

Der konzentrierte Blick des Mädchens erinnerte Patrick an einen verregneten Dezembernachmittag fünf Jahre zuvor, an dem er seiner Tochter Amber diesen dämlichen Kartentrick gezeigt hatte. Wie sie so aufmerksam hingesehen und zugehört hatte. Wie stolz sie geguckt hatte, wenn es ihr gelungen war, seine Karte zu »erraten«.

Er hatte mit Amber nie Minigolf gespielt, wie ihm bewusst wurde. Würde Amber sich jemals von ihrem Vater zeigen lassen, wie man einen Golfball durch eine Windmühle schlägt, oder hatte ihr das inzwischen jemand anders beigebracht?

Auf einmal wünschte Patrick sich, er könnte mit Amber und Jack an einen Ort wie diesen fahren. Aber sie waren jetzt Teenager. Hatte er das Zeitfenster dafür verpasst?

Patrick rannte jetzt schneller, nahm die sich schlängelnden Pfade zur Freizeitanlage.

Sobald er wieder zu Hause war, würde er mit seinen Kindern auf einen Minigolfplatz in der Nähe gehen. Oder – falls sie dafür schon zu alt waren – mit ihnen echtes Golf spielen.

Er kam an der Weihnachtsmannhöhle vorbei, einem versteckt liegenden Unterstand, in dem zehn kleine Männer in Wichtelkostümen in einer Wolke aus Zigarettenrauch standen.

Er dachte an Nicola. Gleich nebenan, nach so langer Zeit.

Was für ein Blödsinn. Claire hatte keine Ahnung von dem, was er getan hatte. Und Nicola wusste nicht einmal, dass er hier war. Es war nichts Schlimmes passiert. Warum also gab ihm sein grummelnder Bauch zu verstehen, dass er einen Fehler begangen hatte?

Er konnte Nicola und ihrer Familie einfach für den Rest der Zeit aus dem Weg gehen. Dann würde es nie jemand erfahren.

Ja. So würde er es machen.

Patrick erreichte die Bogenschießanlage und verlangsamte den Schritt. Er betrachtete das Feld: die in einer Reihe aufgestellten Zielscheiben mit konzentrischen Kreisen in Primärfarben.

Er drehte sich um und folgte dem Teddy Bear Trail.

Am Abend zuvor war es seltsam gewesen, mit anzusehen, wie gut Claire und Matt miteinander zurechtkamen. Als Patrick sie kennenlernte, hatte er den Eindruck gehabt, sie könne Matt nicht mehr ertragen.

Warum wirkte es jetzt auf einmal so anders?

....

Vor drei Jahren, ein Jahr bevor sie ein Paar wurden, hatte er Claire bei einem Abendessen für Juristen in einem Vier-Sterne-Hotel nahe dem East-Midlands-Flughafen kennengelernt.

Patrick hatte keine hohen Erwartungen an den Abend gehabt. Er war dort, weil Frank, der Chef von Patricks Kanzlei, ihn ein paar Tage zuvor zum Gespräch gebeten hatte.

»Ich weiß, es ist unschön, über Geld zu reden«, hatte Frank gesagt, »aber die nächsten Jahre sind für unsere Branche entscheidend. Weil wir die fixen Kosten nicht deutlich reduzieren können, werden wir über unsere Gewinnmargen nachdenken müssen.«

Gewinnmargen. Das war neu – dass Anwälte sich wie Unternehmer unterhielten. Während der letzten Jahre hatten seine Berufskollegen sich bemüht, der realen Welt gegenüber etwas zugänglicher zu werden. Hatten sie bislang an ihrem angestaubten Berufsgebaren festhalten können, solange sie nur clever genug waren, mussten sie neuerdings um *Rahmenverträge* oder *feste Honorarvereinbarungen* ringen und sich mit allen möglichen Dingen beschäftigen, die Patrick angesichts der Tatsache, dass es bei alldem immer noch um das Queen's Law ging, für ungehörig und habgierig hielt.

»Und wir müssen agil bleiben«, fuhr Frank fort. »Wir müssen mit den Schakalen der Branche Schritt halten.«

Im Zusammenhang mit seinen Bemühungen, »mit den Schakalen der Branche Schritt zu halten«, was auch immer das bedeuten mochte, landete Patrick auf Speed-Dating-Events für Firmenanwälte und prostituierte sich in seiner Freizeit, indem er sich mit potenziellen Mandanten traf. Patrick wusste, was er von dieser Veranstaltung zu erwarten hatte – er würde Champagner trinken, Smalltalk mit Leuten halten, mit denen er nichts gemeinsam hatte, und sie dabei vermutlich näher an sich heranlassen, als ihm lieb war.

Aber als Patrick an diesem Abend die geschmacklos gestaltete Hotellobby betrat, war das Erste, was er sah, Claire. Genauer gesagt: Claires Hinterteil.

Claire lehnte am Tresen, neben ihr eine kunstvolle Vase mit frischen Blumen, die man schwarz angesprüht hatte.

Das Mädel muss eine Läuferin sein, dachte Patrick beim Anblick ihrer Beine. Sprinterin vermutlich. Langstrecke eher nicht. (Er irrte sich, wie er später herausfand. Claire hatte seit der Schulzeit nie wieder ernsthaft Sport getrieben.)

»Das Ding ist«, sagte Claire zu der Rezeptionistin, »Sie müssen sich immer vor Augen halten, dass er nicht mehr als ein Kotzbrocken ist. Dann können Sie seine Bemerkungen erhobenen Hauptes über sich ergehen lassen. Denken Sie einfach: *Red du nur, Arschloch.*«

Claire stellte sich auf ein Bein und zog ihren Schuh aus. Ein winziges Körnchen Kies flog heraus und rutschte über den glänzenden Boden. Sie hielt den Schuh in die Höhe und untersuchte sein Inneres mit angestrengtem Blick. Dann sah sie zu Patrick und schenkte ihm ein nichtssagendes Lächeln, ein Lächeln der allgemeinen Anerkennung dessen, was auch immer er sein mochte, niemand jedenfalls, mit dem sie irgendwas zu tun hatte – und zog sich den Schuh wieder an.

Patrick spürte, wie er errötete, und war sich nicht sicher, warum. »Sorry.«

Claire wandte sich zu ihm. »Sorry?« Es lag ein Lachen in ihrer Stimme.

»Ich wollte nur Ihre Freundin« – *die Rezeptionistin* zu sagen, erschien ihm unhöflich – »nach dem Weg zum Juristentreffen fragen.«

Die Rezeptionistin zeigte auf den großen Aufsteller neben ihm. »Das findet in der Churchill Suite statt.«

»Dahin will ich auch gerade.« Claire blickte auf ihre Uhr. »Ich kenn mich hier auch nicht aus.« Sie wandte sich zur Rezeptionistin. »Viel Glück«, sagte sie mit einem Lächeln. »Und denken Sie dran, sich nichts gefallen zu lassen. Das haben Sie nicht nötig.«

Nebeneinander gingen sie in die von der Rezeptionistin gewiesene Richtung.

Sag etwas, dachte sich Patrick. »Geht's Ihrer Freundin gut?«

»Sie meinen die Rezeptionistin? Hab ich eben erst kennengelernt.« Claire strahlte ihn an. »Aber sie wird schon klarkommen.«

Patrick versuchte, aus dieser Frau klug zu werden, die es anscheinend verstand, zu Fremden binnen kürzester Zeit ein Vertrauensverhältnis aufzubauen. Sie hatte eine stramme Haltung und einen ebensolchen Körper, dezent blondes Haar und eine zu kleine Nase. Ihr Schritt hatte etwas durch und durch Zielstrebiges. Patrick war sofort klar, dass sie in einem Raum mit noch so vielen Personen immer die Erste sein würde, die man bemerkte.

Sie war hinreißend.

Im Tagungsraum nahm Claire an einem Tisch Platz, und Patrick setzte sich, nicht ohne vorher noch einmal tief Luft zu holen, auf den Stuhl neben ihr. Sie lächelte ihn an, entfaltete ihre Serviette und legte sie sich anmutig über den Schoß.

Sie studierte ihre Menükarte, Patrick seine. Während er sich auf den Inhalt zu konzentrieren versuchte, flutete Adrenalin seinen Magen.

Claire sprach nicht auf Anhieb mit ihm, aber es gefiel ihm, ihre trällernde Stimme zu hören, während sie sich mit anderen Leuten unterhielt. Er hörte ihr sogar gern dabei zu, wie sie beim Kellner ihre Bestellung aufgab.

»Für mich keine Vorspeise«, sagte Claire. »Und den Lachs als Hauptgericht.«

Patrick lächelte Claire anerkennend zu. Eine Esserin, die wusste, was sie wollte. Früher hatte es ihn mit Stolz erfüllt, wie dünn Lindsay war, aber inzwischen erkannte er den tödlichen Fluch, der ihrem Essverhalten innewohnte. Dass sie keinen Anreiz spürte, sich gesund zu ernähren.

Patrick saß seit mehr als fünfzehn Minuten neben Claire, und vom Austausch der Namen und Jobs einmal abgesehen, hatten sie kein Wort gewechselt. Die meiste Zeit sprach sie mit Angus, einem rotgesichtigen Anwalt mit gemütlichem Kugelbauch, der zu ihrer Rechten saß. Claires charmantes Lachen ertönte mit einer Regelmäßigkeit, die Patrick zunehmend bedrückend fand.

Patrick blickte nach unten auf seine Serviette. Er rückte sein Besteck zurecht.

Er zählte nicht zu den Leuten, die mit Smalltalk punkten konnten, das wusste er. Aber er wusste auch, dass sein Gesicht den Eindruck erweckte, er würde über ernste Dinge nachdenken.

Tiefgang. Tiefgang war, was er suchte.

Patrick rührte (tief) in seiner Suppe, um das mit Basilikum versetzte Öl verschwinden zu lassen. Aus Claires Handtasche hörte er ein dumpfes Vibrieren.

»Entschuldigung.« Claire zog das Telefon heraus. Sie ging ein paar Schritte vom Tisch weg: weit genug, um Höflichkeit zu demonstrieren, aber nicht weit genug, um wirklich nicht gehört zu werden.

Sie hielt das Telefon ans Ohr. »Alles in Ordnung? Geht's Scarlett gut?«

Patrick probierte einen kleinen Löffel der Suppe. Sie war zu heiß, und er verbrannte sich den empfindlichen Bereich an der Lippeninnenseite.

Claires Stimme war leise, aber hörbar. »Nein, natürlich kannst du einfach anrufen. Ist sie gut eingeschlafen?«

Pause.

»Aber warum ist Walshy denn überhaupt da?«

Pause.

»Den was?« Claire blickte finster drein. »Den *Bunsenbrenner*?«

Patricks Blick verfinsterte sich ebenfalls.

»Nicht aus dem Stegreif. Hast du im Schrank unter der Treppe nachgesehen?«

Pause.

»Was macht ihr eigentlich, dass ihr einen Bunsenbrenner braucht? Du wirst doch nicht an einem Dienstagabend Crème brûlée machen.«

Claire hörte zu, ihre Stirn legte sich in Falten.

»Hot Knives? Ernsthaft? Aber ...«

Claire legte die Hand auf die Rückseite ihres Stuhls, wie um sich zu beruhigen.

Patrick zwang sich, einen weiteren Löffel voll Suppe zu essen, wobei er die verbrannte Oberlippe zu verschonen versuchte.

»Ich verstehe einfach nicht, was das zu einer guten Gelegenheit macht.« Mit der Bestimmtheit einer Schülerlotsin reckte Claire eine Hand in die Luft. »Ja, ich verstehe, dass du das glaubst – aber mehr nicht. Du bist heute für Scarlett verantwortlich, also reiß dich zusammen. Und pass auf, dass du wach genug bleibst, um sie zu hören, wenn sie nach dir ruft.«

Claire schaltete das Telefon aus und setzte sich wieder. Sie starrte in den Raum und strich immer wieder über die Serviette auf ihrem Schoß. *Wie gern ich Ihre Gedanken lesen können würde*, lag Patrick auf der Zunge. Aber so etwas zu sagen zeugte nicht gerade von Tiefgang.

Patrick bemerkte den Bildschirmschoner auf Claires Smartphone – Claire und ein grinsender Mann, links und rechts neben einem stupsnasigen Kleinkind hockend. Die Kleine hielt ein Kuscheltier, das seiner Übergröße und schlechten Qualität nach zu urteilen ein Jahrmarktsgewinn sein musste.

»Ist das Ihre Familie?«, fragte Patrick.

»Genau. Matt und Scarlett.«

Patrick betrachtete das Bild. »Ihr Ehemann hat beeindruckendes Haar.«

Er legte automatisch eine Hand auf seine Kopfhaut.

Claire lachte. »Darauf ist er etwas zu stolz, wenn Sie verstehen, was ich meine. Ich kann es kaum abwarten, dass er eine Glatze bekommt.«

Patrick lächelte.

»Und Sie?«, fragte Claire. »Haben Sie Familie?«

Patrick stockte. »Zwei Kinder, Amber und Jack.« Er befeuchtete die Lippen. »Verheiratet mit Lindsay.« Er spürte, wie sein Gesicht Farbe annahm, und holte tief Luft. Aber es war nicht komplett gelogen. Er war getrennt, und getrennt bedeutete noch nicht geschieden.

Er räusperte sich. »Schläft Scarlett gut durch, Claire?«

Claire schien ihn nicht zu hören. Sie starrte ins Leere und strich dabei erneut über ihre Serviette. Dann erhob sie sich plötzlich mit bemerkenswerter Geschwindigkeit vom Stuhl und drehte sich um neunzig Grad. Sie ließ sich wieder fallen und sah Patrick nun direkt an. »Wie alt sind Sie, Patrick?«

Patrick reagierte zögernd, überrascht. »Vierzig.«

»Und mal angenommen, Sie wären fünfunddreißig und Ihre Frau ginge an einem Dienstagabend aus. Und Sie würden ausnahmsweise mal ganz allein auf Ihre vier Jahre alte Tochter aufpassen – hätten Sie dann einen Freund eingeladen, auf eine Runde Hot Knives vorbeizukommen?«

Patrick holte tief Luft.

»Ich meine, selbst ohne Kinder, hätten Sie das mit fünfunddreißig gemacht?«

»Ich …«

Patrick hielt inne. Er räusperte sich.

»Ich wollte Sie nicht in Verlegenheit bringen. Tut mir leid.

Ich weiß, wir kennen uns nicht. Ich versuche nur, mir über etwas klarzuwerden.«

Patricks Wangen brannten vor Scham. »Ich weiß einfach nicht, was Sie mit Hot Knives meinen.« Er stellte sich einen Magier vor, der glühend heiße Messer in die Luft warf.

Claire seufzte. »Genau.« Sie berührte Patricks Arm. »Das ist *genau* das, was ich meinte.«

Patrick hatte nicht die geringste Ahnung, worum es bei dieser Unterhaltung ging – aber das Seufzen und Tätscheln sagten ihm, dass sie nicht allzu schlecht verlief.

Claire nahm einen großen Schluck Wein. »Bis ich Matt und seine dummen Freunde kennenlernen durfte, wusste auch ich nicht, was Hot Knives bedeutet.«

Patricks Wangen kühlten sich ab, sein Herz schlug ihm jedoch noch immer bis zum Hals. »Müsste ich wissen, was es ist? Wollen Sie's mir erzählen?«

»Keinesfalls. Aber anscheinend ist es meinem Mann gelungen, ›Black‹ zu besorgen, wie er mir gerade stolz erzählt hat. Black ist offenbar nur noch schwer erhältlich und daher dies die perfekte Gelegenheit, um eine Runde Hot Knives durchzuziehen.« Claire kratzte sich am Kinn. »Also, Kinder, nehmt keine Drogen. So was machen nur noch Väter Mitte dreißig, und dann kann es definitiv nicht cool sein. Nur noch mitleiderregend.«

»Drogen? Oh, okay.« Patricks Schultern entspannten sich, und ihm gelang ein halbseitiges Lächeln. »Davon habe ich keine Ahnung. Selbst als Student war ich viel zu sehr um meine Noten und meine Gesundheit besorgt.« Er wurde etwas lauter, für den Fall, dass jemand mithörte: »Und um das Gesetz natürlich.«

Claire lachte. »Sogar als Student?«

Patrick rührte seinen Löffel wieder in der Suppe. »Entschuldigung.« Damals, bevor er das »New You!«-Seminar besucht hatte, pflegte Patrick sich noch immer zu entschuldigen, wenn ihm etwas peinlich war.

»Sie müssen sich nicht entschuldigen.«

Patrick konnte sich – gerade so – davon abhalten, es gleich noch einmal zu tun. »Ich war immer in irgendwelchen Sportmannschaften. Ich habe auf mich geachtet, auch damals schon.« Er hielt inne. »Aber meine Frau hat an der Uni Kokain genommen.«

Zu spät wurde Patrick bewusst, was er gesagt hatte. Lindsay war ebenfalls Anwältin, die Anwesenden könnten sie kennen. Und auf diese Unterhaltung mit ihr wollte er lieber verzichten.

Er sah sich um, aber niemand hörte ihnen zu. Außerdem musste er zugeben, dass die Vorstellung, Lindsay bei ihren Kollegen in Schwierigkeiten zu bringen, nicht ganz reizlos war.

Claire schüttelte den Kopf. »Ich hab das damals auch gemacht, aber irgendwann bin ich vernünftig geworden. Und das muss doch auch so sein. Immerhin habe ich ein Kind.«

»Mich hat es gefreut, dass Lindsay irgendwann vernünftig wurde. Es hat mir nie gefallen, wenn wir unterwegs waren und sie Drogen nahm. Irgendwie hatte ich immer das Gefühl, ich müsste es ihr gleichtun. Um nicht die Spaßbremse zu sein.«

»Niemand hätte Ihnen ein solches Gefühl geben dürfen. Zammo aus *Grange Hill* würde sich im Grab umdrehen.«

»Was?«

»›Sag einfach nein‹?« Als Patrick noch immer nicht zu begreifen schien, aus welcher Fernsehserie sie zitierte, fügte Claire hinzu: »Sie haben als Kind nie *Grange Hill* gesehen?«

»Hab davon gehört.«

Es folgte klirrendes, ungläubiges Lachen. »Sie haben davon *gehört?*«

»Ich habe als Kind fast nie ferngesehen. Nur pädagogisch wertvolle Sendungen wie *Countdown*.«

Da erklang das ungläubige Lachen erneut.

Und schon wieder hatte er das Gefühl, es könnte genauso gut ein Ausdruck der Geringschätzung sein. Oberflächlich betrachtet, lachte Claire ihn aus. Aber irgendetwas in ihrem Gesichtsausdruck vermittelte ihm den Eindruck, dass alles in Ordnung war – dass sich an diesem Abend alle Geringschätzung ins Gegenteil verkehrte. Patrick fühlte sich weniger in die Defensive gedrängt als je zuvor – und das schloss die Unterhaltungen ein, bei denen er verstanden hatte, worum es ging.

Er fragte sich, ob er Claire erzählen sollte, dass er als Teenager in zwei Folgen von *Countdown* dabei gewesen war. Dass die Sieger-Teekanne noch immer bei seinen Eltern auf dem Dachboden stand.

Nein. Lieber nicht.

Patrick lächelte dem Kellner zu, der seinen kaum angerührten Suppenteller abräumte. Er wandte sich wieder zu Claire.

Sie betrachtete ihn eingehend. »Wissen Sie, dass Sie ein interessanter Mann sind?«

Patrick spürte, wie ihm warm ums Herz wurde und sich gleichzeitig seine Kehle zuschnürte. Unter ihrem Blick wurde ihm fast schwindlig. Für sie war er ein interessanter Mann.

Claire sah nachdenklich drein. »Wenn meine Tochter Scarlett herangewachsen ist, möchte ich, dass sie sich mit einem Mann wie Ihnen trifft.«

Das Gefühl war so angenehm, dass ihn nicht einmal die Hitze störte, die ihm zweifellos rot im Gesicht geschrieben stand. Hier und heute, da alles anders war als sonst, dürfte selbst das okay sein.

Claire zeigte ihr hinreißendes Lachen. »Sie werden rot.«

»Ich muss mich mal wieder mit Frauen treffen. Nicht mit Scarlett, natürlich nicht«, fügte er schnell hinzu. »Aber ich habe Ihnen gesagt, ich sei verheiratet – was nicht ganz stimmt. Wir leben getrennt. Also sollte ich aufhören, den Verheirateten zu spielen, und darüber hinwegkommen und es den Leuten einfach gleich sagen.«

»Tut mir leid, das zu hören.« Claire griff nach seiner Hand. »Es den Leuten zu sagen kostet Überwindung. Aber es ist nichts, wofür Sie sich schämen müssen.« Die Haut um ihre Augen herum kräuselte sich, und Patrick dachte, dass sie die ausdrucksvollste Augenpartie besaß, die er jemals gesehen hatte. Ihr Gesicht musste über mehr Muskeln verfügen als die anderer Leute. Sie ergriff erneut seine Hand. »Ich wette, Sie bleiben nicht lange Single. Jede Frau würde sich glücklich schätzen, Sie abzukriegen.«

Sanft strich Patrick mit dem Daumen über die weiche Haut zwischen ihren Fingern; die Intimität ließ ihn tief durchatmen. Dankbar drückte er ihre Hand und ließ sie dann nicht ohne Bedauern los.

Claire lehnte sich zurück und nahm einen weiteren Schluck Wein.

»Danke, dass Sie sich meinen Mist angehört haben.«

»Aber gern.«

Claire wandte sich wieder dem Anwalt neben ihr zu. Obwohl Patrick ihr noch jede Menge Gelegenheiten bot, ihm

Matts Verfehlungen ausführlicher zu schildern, tat sie es an diesem Abend nicht mehr.

Als Patrick nach dieser magischen ersten Begegnung nach Hause kam, war er überwältigt von Gefühlen, über die andere Leute Gedichte schrieben. Er setzte sich mit seinem Laptop an den Küchentisch, klickte auf den Browser und gab ins Suchfeld *Hot Knives* ein.

Er wählte eine Definition aus und lehnte sich vor, um den Text auf dem Bildschirm lesen zu können.

Hot Knives

Verfahren zum Rauchen von Marihuana, bei dem zwei Messer mit einem Bunsenbrenner oder einem Ofen erhitzt werden, bis die Klingen glühend heiß sind. Dann wird ein Haschischbrocken zwischen sie geklemmt. Der entstehende Rauch wird in einer Kunststoffflasche (deren Boden zuvor entfernt wurde) aufgefangen und inhaliert.

Zufrieden klappte Patrick den Laptop zu. Bunsenbrenner. Drogen. Flaschen aufschneiden. Mit fünfunddreißig. Und dann versuchte er nicht einmal, es vor seiner wunderbaren Frau geheim zu halten.

Patrick schloss den Reißverschluss der Laptoptasche.

Der Mann musste ein gewaltiger Idiot sein.

Kapitel 17

Es war neun Uhr morgens. Alex sah quer durch den Wohnbereich zu Claire und lächelte sie an. Während Alex ihren Tee schlürfte, betrachtete sie das helle Holz der Möbel und die altmodischen Schottenmusterbezüge. Noch einmal nippte sie am Tee.

Am anderen Ende des Raums lächelte ein etwa sechzig Zentimeter hoher elektrischer Weihnachtsbaum mit seinem Lamettagesicht und führte mitten auf dem Esstisch eine Art Tanz auf.

»Jingle bells, jingle bells, jingle all the way ...«

Der Baum schwang seine Hüftzweige von einer Seite zur anderen, und der Pompon seines Hutes hüpfte im Takt mit dem blechern klingenden Lied. Alex sah den Baum an und versuchte zu ergründen, ob er etwas Unheimliches hatte oder sie einfach nur schlecht gelaunt war.

»Ja oder nein?«, fragte Claire sie. »Sollen wir den Baum stehen lassen? Oder ihn als Fehlkauf deklarieren und entsorgen?«

»Oh what fun it is to ride in a one-horse open sleigh!«

Alex hüstelte. »Was immer euch lieber ist.«

»Wir haben es nicht übers Herz gebracht, keinen Weihnachtskram hier zu haben, das wäre zu traurig gewesen. Und dieser Baum schien irgendwie witzig, weißt du« – Claire zuckte mit den Achseln –, »und transportabel.«

Alex lächelte.

»Man kann ihn auch abschalten«, fügte Claire hinzu.

»Das ist doch schon mal was«, sagte Alex.

»Siehst du. Ich wusste, du würdest ihn hassen.« Claire grinste. »Ich habe den Karton mitgebracht, falls er uns zu sehr auf die Nerven geht. Ein Wort von dir, und er verschwindet.«

Die Vordertür knallte. Matt betrat den Raum und zog sich die Strickmütze vom Kopf. Sein bis zum Anschlag statisch aufgeladenes Haar stand in alle Richtungen ab. Er fuhr mit der Hand hindurch, eine Maßnahme, die absolut keine Wirkung zeigte.

Auf Matts Fersen folgte Scarlett, deren gelbes Prinzessinnenoutfit sie mit knallrosa Gummistiefeln ergänzt hatte. »Danke, Dad.«

Wie immer, wenn sie Scarlett »Dad« sagen hörte, durchlebte Alex einen Moment surrealen Innehaltens. Matts Verhalten in ihrer beider Leben war so wenig väterlich, dass dieses Wort in Alex' Ohren wie ein Misston klang und sie immer dachte: *Gleich wird sich herausstellen, dass mit »Dad« nicht Matt gemeint sein kann.*

Alex hatte ein paar Jahre zuvor selbst erst lernen müssen, dass sie, wenn Freundinnen ihr erzählten, schwanger zu sein, besser nicht sagen sollte: »So ein Pech. Willst du es behalten?« Und dennoch. Es gab Leute, die waren erwachsen, und es gab ... Matt.

Alex wandte sich zu Scarlett. »Scarlett!« Ihre hohe Stimmlage klang gönnerhaft, wie sie merkte. Sie senkte sie. »Morgen, Große.«

Scarlett sah Alex an. »Guten Morgen, Alex.« Sie wandte sich an Claire. »Darf ich das iPad haben?«

»Nein!« Claire griff in ihre Handtasche und holte eine Schachtel mit Karten hervor, die mit Prinzessinnenbildern bedruckt waren. »Damit kannst du spielen.« Sie drehte sich zu Alex und hob erwartungsvoll die Augenbrauen.

Alex schnalzte. »Gute Erziehungsmaßnahme. Beeindruckend.«

»Immer.« Claire stemmte sich aus dem Sofa hoch. Die weißen Stellen ihres Pyjamas waren nicht hundertprozentig blickdicht, so dass Alex den dunklen Schatten einer Brustwarze darunter sehen konnte. »Ich lass euch in Ruhe, damit ihr euch miteinander vertraut machen könnt. Hilfst du mir, den Frühstückskram zu spülen, Matt?«

Vertraut machen. Alex war fest entschlossen, nicht zu reagieren. Gut, sie und Scarlett standen einander nicht gerade nah, und, zugegeben, Scarlett hatte sie soeben mit einer Förmlichkeit begrüßt, mit der man auch Bankgeschäfte abschließen würde – aber dass sie einander nicht vertraut waren, ging zu weit. Dachte Claire das wirklich?

Dachte sie, Alex könne nicht mit Kindern umgehen?

Schlimmer noch: *Konnte* Alex nicht mit Kindern umgehen?

Scarlett legte ihre Prinzessinnenkarten in einem Halbkreis

aus. Sie sprach dabei laut und erklärte, was zu tun war, als sei sie die Moderatorin einer TV-Kochshow.

»Kann ich mit dir spielen?« Alex schenkte Scarlett ihr warmherzigstes Lächeln. »Bringst du mir bei, wie dein Spiel funktioniert?«

Scarlett schüttelte den Kopf. »Ich spiele mit Posey.«

In der Küche zog Claire einen übervollen Sack aus dem Mülleimer. »Vielleicht solltest du Posey bitten, sich mit etwas anderem zu beschäftigen, damit du bei uns sein kannst?« Claire knotete den Müllsack am oberen Ende zu. Sie sah Scarlett an, die sie mit starrem Blick fixierte.

Doch Claire blinzelte erbarmungslos zurück. »Wir haben darüber gesprochen. Wir verbringen hier ein besonderes Wochenende zusammen und wollen uns auf die menschlichen Familienmitglieder konzentrieren. Wenn du zum Ponyreiten und ins Schwimmbad willst, muss Posey hierbleiben.«

An der Spüle verspritzte Matt unnötig viel Wasser. »Auf dem Pony hat nur eine Person Platz.« Er sah mit ausdruckslosem Gesicht zu Claire, dann schnell wieder in die Spüle. »So sind die Vorschriften.«

Claire wandte sich wieder an Scarlett. »Du hast dich wirklich aufs Ponyreiten gefreut. Weißt du noch? Du darfst auf einem echten lebendigen Pferd reiten.«

»Und es gibt keine Helme mit Löchern für die Kaninchenohren.« Matt sah Anerkennung heischend zu Claire und Alex. Letztere schenkte ihm ein Augenrollen.

»Das ist wie in dem Film *Mein Freund Harvey*«, sagte Alex.

Scarlett ignorierte sie.

»Ich glaube, wir könnten, bevor wir schwimmen gehen, noch gut mit der ganzen Familie zusammen etwas lesen«, sagte

Claire. »Wie wär's, wenn du Posey in dein Zimmer bringst und ihn dort lässt. Du suchst dir ein Buch aus und kommst allein zurück.«

Scarlett starrte Claire an.

Claire starrte erneut zurück.

»Komm schon, Posey. Du darfst für dich auch ein Buch aussuchen.« Scarlett verließ den Raum, wobei sie eine Hand hinter sich ausstreckte und ihr unsichtbares Kaninchen führte.

Claire blickte auf ihren fleckigen Pyjama. »Es ist wohl an der Zeit für richtige Klamotten. Brechen wir in einer halben Stunde alle zum Schwimmen auf?«

Zustimmendes Gemurmel war zu hören. Alex sah Claire die Treppe hinaufgehen.

Ob Claire jetzt wohl das Parfüm auflegte?

Voll Selbstekel presste sie die Lippen zusammen. Es gab hier zu wenig zu tun, das war das Problem.

»Matt, reichst du mir meine Tasche, bitte?«

Matt gab Alex die Tasche, und sie holte ihr Buch heraus. Sie lehnte sich auf dem Sofa zurück und blätterte darin.

Schon drei Mal hatte sie dieses Buch anzufangen versucht. Sie hatte es auf dem Rückweg von einem Vortrag auf einer Tagung an einem Bahnhof gekauft. Ein Buch, das man laut allgemeiner Auffassung gelesen haben musste, bevor man starb. Das sie gekauft hatte, als ihr einen Moment lang entfallen war, dass sie sich aus solchen Empfehlungen nichts machte.

Alex blätterte noch einmal zum Anfang des Buches. Eine letzte Chance sollte es bekommen, dann würde es in den Charity-Laden wandern.

Sie starrte auf die erste Seite und versuchte, aus den Wörtern Sätze zu bilden, die haften blieben. Aber – nein. Schon wieder schweiften ihre Gedanken ab.

Sei einfach normal. Als sei das alles hier – winzige Toiletten, singende Weihnachtsbäume, unsichtbare Kaninchen, fünftägige Wochenenden, glatzköpfige Männer in zu kurzen Shorts, die morgens um neun aggressiv umherspazieren – normal.

Kapitel 18

Patrick setzte sich auf das Sofa im Wohnbereich. Er holte ein Buch aus seinem Rucksack und legte es sich auf die Knie.

Am anderen Ende des Raumes las Alex *Ulysses*. Patrick war beeindruckt. *Ulysses* hatte er immer lesen wollen, war aber nie dazu gekommen. (Oder, nein, ganz so war es nicht. Es ging ihm wohl eher darum, dass er *Ulysses* gern schon gelesen hätte, was einen kleinen – aber entscheidenden – Unterschied machte.)

Patrick schaute auf sein eigenes Buch, einen Thriller, den sein Personal Trainer ihm empfohlen hatte. Vorn auf dem Einband des zerfledderten Taschenbuchs waren große Lettern in Blutrot, darunter ein rennender muskulöser Mann mit einer Waffe.

Nachdem Patrick Alex mit *Ulysses* gesehen hatte, wünschte er, er hätte etwas Stilvolleres eingepackt. Aus ihren Unterhaltungen während der schweißtreibenden Übungen wusste er, dass sein Trainer durchaus belesen war. Er hätte ihm zumindest ein gebundenes Buch empfehlen können.

Patrick blickte aus dem Fenster zur Nachbarhütte – Nicolas

Hütte – und sah schnell wieder weg. Als ihm bewusst wurde, dass sein Bein wippte, hielt er es still.

Er war gerade erst vom Laufen zurückgekehrt. Wie konnte es sein, dass er schon wieder den Drang verspürte, sich sportlich zu betätigen?

Auf dem anderen Schenkel des L-förmigen Sofas lachte Matt in sein Mobiltelefon.

»War ja klar.« Matt hatte eine Schlendrianposition eingenommen: Seine Füße hingen über die Kante des Sofas, und das Telefon hielt er ein gutes Stück von seinem Mund entfernt. »Nach Weihnachten schau ich vorbei, und dann kümmere ich mich darum. Wenn du den Vertrag verlängerst, können wir uns etwas einfallen lassen.« Er lachte erneut. »Bedank dich nicht bei mir. Na ja, ich würde nur zu gern sagen, dass es meine Idee war, dir etwas zu Weihnachten zu schenken, aber wir wissen beide, dass das nicht stimmt.«

Patrick wollte Matt sagen, er sollte das Telefon näher an den Mund nehmen.

»Ja, ich bin total nutzlos. Da hat die Assistentin meines Chefs recht. Was hat sie für dich besorgt?« Matt hörte sich die Antwort an. »Fei-ein.« Er sprach das Wort zweisilbig aus. »Kein Grund, sich geschmeichelt zu fühlen. Weißt du, wie viel Geld du bei uns gelassen hast? Nur weil du deinen Hintern nicht hochbekommst, um dir einen günstigeren Lieferanten zu besorgen, kann ich bei uns im Büro den King spielen. Allein von der Provision für den Umsatz mit dir kann ich mir einen Jetski kaufen. Vielleicht lass ich dich mal damit segeln, als Dankeschön.«

Er lachte und warf den Kopf in den Nacken. »Okay, fahren.« Er fummelte an etwas Klebrigem, das sich an seiner

Jeans festgesetzt hatte. »Na ja, vielleicht keinen Jetski. Eher ein Kanu. Aber wenn du deinen Vertrag verlängerst, besorg ich mir einen schönen Jetski.«

Patrick fragte sich, wie ein einziger Mann so viele Dinge so lustig finden konnte, wie Matt, wenn er telefonierte.

»Ja, gibt nicht gerade viel Küste in Nottingham. Ich hab das wohl nicht richtig durchdacht. Vielleicht im Freizeitcenter? Aber passt ein Jetski denn in den Spind?« Matt lachte erneut. »Okay, ein andermal. Schöne Feiertage, mein Freund.«

Matt drückte auf *Auflegen*, wobei er immer noch lachte.

Das war ein geschäftliches Gespräch gewesen, wie Patrick klarwurde. Jetskis und Angebereien, Matt bezeichnete seinen Kunden als »faul« und räumte ein, total unorganisiert zu sein. Und so redete er tatsächlich in einem *Geschäftsgespräch* mit einem *Kunden*.

Wie es ihm gelungen war, eine Frau wie Alex – und vorher eine Frau wie Claire – für sich zu interessieren, war Patrick ein Rätsel. An guter Planung konnte es jedenfalls nicht gelegen haben. Für alles, was Matt erreicht hatte, waren eindeutig drei Umstände verantwortlich: richtiger Ort, richtige Zeit und das Glück des Dummen.

Patrick beobachtete ihn. Er saß jetzt einfach so auf dem Sofa, noch immer lächelnd. Er tat nichts.

»In unserem Zimmer liegen ein paar Bücher, falls du eins leihen möchtest, Matt.«

»Ach, danke, Pat, aber ich lese nicht.«

»Du … liest nicht?«

»Nein.« Matt grinste. »Das Leben ist zu kurz.«

Patrick wusste nicht, was er dazu sagen sollte.

»Ich nehme mir immer wieder vor, mehr zu lesen – ich

weiß, dass Bücher okay sein können, wenn man ein gutes erwischt. Aber es kann echt nervig sein, in eine Geschichte reinzukommen, weißt du?«

Patrick gestikulierte mit seinem Taschenbuch in Matts Richtung. »Ich lese gern. Ich lese immer, wenn ich mit dem Zug fahre. Mindestens ein Buch pro Woche.« Als er sich den letzten Satz sagen hörte, versuchte er zu ignorieren, dass dieser nicht der Wahrheit entsprach.

Matt lachte. »Schön für dich, Professor Bloom.«

Scarlett kam mit Filzstiften und Papier unterm Arm wieder in den Raum.

»Hast du Posey in deinem Zimmer gelassen?«, fragte Matt.

Scarlett ließ sich auf den Boden plumpsen und legte sich auf den Bauch. »Ja.«

»Braves Mädchen.« Matt legte sich ebenfalls lang ausgestreckt neben sie. »Gib mir Papier. Ich male mit dir um die Wette ein Pferd. Pferde kann ich gut.«

Patrick sah zu, wie die beiden malten. Matt las also nicht. So ungewöhnlich war das nicht – Claire las auch nicht. Aber bei ihr lag es daran, dass sie ständig mit anderen Dingen beschäftigt war. Bei Matt aber … war das nicht so. Und er machte sich deswegen überhaupt keine Gedanken.

Patrick legte das Buch beiseite und griff nach seinem Laptop. Er vergewisserte sich, dass Claire nicht im Raum war, dann rief er die Ironman-Webseite auf. Er betrachtete die Homepage, das Foto des sonnenbebrillten und selbstzufriedenen Mannes mit den perfekten Muskeln, der seinen Sieg feierte – das Bild, das Claire so abstoßend gefunden hatte.

Aber wenn Claire ihm gerade nicht über die Schulter schaute, war das Foto gar nicht so übel. Und obwohl der Typ – das stimmte vielleicht – zum Reinschlagen aussah, wie er sich in seinem übertrainierten Erfolg sonnte, erschien das Bild gleich viel weniger abstoßend, wenn er es im Kopf ein wenig veränderte. Wenn er in seiner Vorstellung das Gesicht durch sein eigenes ersetzte.

Patrick malte sich seinen eigenen Bizeps aus, vom vielen Training aufgepumpt; seine Medaille, die in der Sonne glitzerte. (Zugegebenermaßen war zu der Jahreszeit in den walisischen Tälern nicht viel Sonnenschein zu erwarten. Und Patrick würde möglicherweise etwas triefender aussehen als der Mann auf dem Foto, wegen seiner Schwitzerei.)

Schuldbewusst klappte Patrick seinen Laptop zu.

Er nahm sein Buch und schlug es auf. Doch statt zu lesen, beobachtete er, wie Matt und Scarlett zusammen malten, ein entzückender Anblick. Es war lange her, dass Patrick etwas Vergleichbares mit seiner eigenen Tochter gemacht hatte. Sie war jetzt zu alt für so was, aber trotzdem. Es war lange her, dass er irgendetwas, das so entspannt wirkte, mit Amber gemacht hatte.

»Leider«, sagte Scarlett zu Matt, »ist es echt schwer, Blossom zu malen, wie sie humpelt.«

Matt rollte sich auf die linke Seite und reckte sich, um ihr Bild sehen zu können. »Warum humpelt Blossom eigentlich?«

»Sie hat sich an der Fessel verletzt. Und eines ihrer Augen ist geschlossen, weil sie Bindehautentzündung hat.«

Matt lachte. »Arme Blossom. Sollen wir sie in die Pritt-Stift-Fabrik bringen?«

Matt hob den Blick, um quer durch den Raum zu Alex zu sehen.

Scarlett runzelte die Stirn. »Was meinst du damit?«

»Dein Dad macht einfach nur Quatsch, Scarlett.« Alex schaute von ihrem Buch hoch und nahm Blickkontakt zu Matt auf. »Er sagt die merkwürdigsten Dinge. Meistens verstehe ich auch nicht so richtig, was er mitteilen will.«

Patrick nahm das Knistern zwischen Alex und Matt wahr, den trockenen Humor, der sie verband. Er spürte, wie er sich anspannte. Er und Claire sahen einander nie so an, als würden sie sich im Geheimen über dasselbe amüsieren, einander auch ohne Worte zum Lachen bringen. Patrick wünschte sich sehr, dass sie einander auf diese Weise ansehen würden, aber so war es nicht. Und er war sich nicht sicher, ob es jemals so gewesen war.

Aber er wusste, dass das britische Durchschnittspärchen einmal die Woche Sex hatte, und er und Claire kamen auf viel mehr als das, also war zwischen ihnen alles in Ordnung, statistisch gesehen zumindest.

»Scarlett«, hörte Patrick sich sagen, »wollen wir deinem Dad unseren Tanz zeigen?«

Und dann tanzten er und Scarlett die Choreographie, die sie sich zu einem Elektro-Song ausgedacht hatten: Die Hände am Po, sprangen sie rückwärts, als würden sie in einem Musikvideo auftreten.

Matt stand auf. Er lächelte, während er Patrick dabei zusah, wie er mit seiner Tochter tanzte. Keine scharfzüngige Bemerkung, kein Versuch, Scarlett wieder fürs Pferdemalen zu gewinnen. Nichts.

Als sie mit dem Tanzen fertig waren, ging Patrick also noch einen Schritt weiter. »Scarlett, wollen wir beide rausgehen und zum Briefkasten und wieder zurück rennen?«

Scarlett quietschte vor Begeisterung.

Matt lächelte und tätschelte Patrick am Rücken so wie jemand, der den anderen für einen guten Kerl hält.

Patrick war kein guter Kerl, das war ihm bewusst. Nicht in diesem Moment. Weit davon entfernt.

Bei dieser Gelegenheit wurde Patrick klar, dass er sich, wenn ihm dieses Wochenende Spaß machen sollte, nicht auf Matts Dazutun verlassen konnte. Dass die sportlichen Aktivitäten viel zu freundschaftlich ablaufen würden: *Wir sind doch alle Sieger* und *Dabei sein ist alles.*

Claire hüpfte die Treppe herunter. »Haben alle ihre Sachen fürs Schwimmen gepackt? Wollen wir los?«

»Äh, Pat.« Matt legte freundlich eine Hand auf Patricks Arm. »Das Briefkastending kannst du mit Scarlett ja ein andermal nachholen.«

Patrick blickte auf seinen Arm hinunter, dann wieder hoch bis in Matts lächelndes Gesicht.

Er verstand diesen Typen nicht.

Kapitel 19

Alex trennte sich von ihrem Buch. In Gedanken sammelte sie ihre Badesachen zusammen.

Wie hatte sie nur zulassen können, hier zu landen?

Der Grund war Matt. Der Nerven und Geduld strapazierende, liebenswerte Matt.

Seit ihrer Trennung von Steve, der Sherlock-Mäntel trug und gepflegte Fingernägel hatte, leider aber, wie sich herausstellte, auch zu unerträglichem Jähzorn neigte, war Matt das zwölfte Date, auf das Alex sich eingelassen hatte.

Alex erfasste all ihre Dates in einer digitalen Tabelle. Experimente dieser Art durfte man nicht ohne irgendeine Form der Kontrolle durchführen. Sie hatte schon bald die Gefahr erkannt, die dem Internet-Dating innewohnte: Dass die Erwartungen mit jedem neuen Date höhergeschraubt wurden, um vorherige Entscheidungen zu rechtfertigen. Und obendrein schrumpfte gleichzeitig das Dating-Kapital, zum einen wegen ihres zunehmenden Alters, zum anderen wegen der rückläufigen Zahl der noch nicht getesteten Marktteilnehmer.

Ihre Herangehensweise mochte unbarmherzig erscheinen,

aber Alex war Realistin. Also erstellte sie eine Tabelle, um sicherzugehen, dass sie bestmögliche Entscheidungen traf.

In Alex' Augen war Internet-Dating wie das echte Leben, nur eben unter Laborbedingungen, als würde man eine Beziehung in einer Petrischale züchten. Und wann immer man etwas unter Laborbedingungen durchführte, tat man das aus einer kenntnisreichen Position heraus, beurteilte ordnungsgemäß und arbeitete mit Kontrollproben. Selbstbetrügerische Voreingenommenheit sollte es in Alex' Labor nicht geben.

....

Bei ihrem ersten Date mit Matt kam Alex vor ihm im Pub an. Sie fand einen Tisch in einer Ecke, richtete sich ein, indem sie zwischen die Stühle einen angemessenen Abstand brachte, wobei sie sich zu fragen begann, warum sie sich an einem kalten Dienstagabend in ihren Dating-Jeans an diesem Ort aufhielt, wenn sie auch einen vermutlich besseren Abend in Gesellschaft ihres Laptops und ihres Sofas hätte verbringen können.

Als Matt eintraf, telefonierte er.

Alex zwinkerte ihm zu, als er den Stuhl gegenüber ihrem Platz herauszog und – noch immer telefonierend – entschuldigend lächelte und sein Gespräch fortsetzte.

Umgehend verspürte Alex den Drang, nach ihrer Jacke zu greifen.

Dieser Typ muss einer dieser Businessidioten sein, die mit lauten Unterhaltungen Eindruck zu schinden versuchten, mit Gesprächen darüber, wie *das Genfer Büro Scheiße schreit, wenn sie das hören*, oder *Neil das Wachstumspotenzial von EMEA nicht erkennt,* oder über sonst etwas, das diese Art Mann für mithörenswert hielt.

In der Kontrolltabelle von Anfang an durchgefallen.

Alex griff nach unten zu ihrer Tasche und zog den Reißverschluss zu.

»Wenn er den Sperrcode nicht kennt, warum spielt er dann mit dem Gedanken, den Synthesizer bei eBay einzustellen?« Matt legte eine Hand übers Telefon und lehnte sich über den Tisch, um sie auf die Wange zu küssen. »Tut mir leid, Alex«, flüsterte er. »Ich freue mich wirklich darauf, dich kennenzulernen.«

Er roch kaum wahrnehmbar nach Rasierschaum, aber auch so, als hätte er gerade Toast gegessen.

Nach einem Moment des Zögerns legte Alex ihre Tasche wieder unter ihren Stuhl.

»Nicht zu fassen, wie der Typ drauf ist, oder?« Matt strich sich die Haare von den Augen. Mit einer Hand machte er eine *Wichser*-Geste. »Einige Leute …« Er schüttelte den Kopf. »Egal, ich muss Schluss machen. Ich mache bei meinem ersten Date einen schlechten Eindruck, und dabei sieht sie wirklich nett aus.« Er hielt inne. »Nicht, dass es mir nur auf Äußerlichkeiten ankommt. Weißt du ja, Kumpel.«

Noch einmal lächelte er Alex zu. Er lauschte noch eine weitere Minute ins Telefon. »Ich ruf dich später an. Ich lege jetzt auf, halt den Mund. Hör auf, ich höre nicht zu. Pff – und einfach so – bin ich weg.«

Matt schaltete das Telefon aus und steckte es in seine Tasche.

Er blies sich den Pony aus den Augen. »Wollte nicht aufhören. Habe ihm gesagt, dass du wartest.«

»Hab ich gehört.«

»Normalerweise bin ich nicht so unhöflich.«

»Wenn du das sagst.«

»Das war mein Kumpel, Walshy. Sein Leben ist bislang beschissen gelaufen, und er droht, der Sache ein Ende zu machen. Aber ich wollte dir nicht absagen. Tut mir leid, dass ich mich verspätet habe, ich weiß, dass das unverzeihlich ist.«

»Aber – habt ihr nicht gerade über eBay gesprochen …?« Alex versuchte, ihre Gedanken zu ordnen. »Musst du dich um ihn kümmern?«

»Er hat einfach nur einen schlechten Tag. Ich schaue später bei Jean rein. Seiner Mutter.«

»Ist es fair, seine Mutter in die Sache hineinzuziehen?«

»Er wohnt bei ihr. Als sein letztes Start-up danebenging, ist er wieder zu Hause eingezogen.« Matt machte eine Pause. »Ich erkläre es nicht gut … Also, er wird sich nicht umbringen, keine Angst. Es ist nichts Dringendes. Er sagt das schon, seit wir aus der Schule sind.« Er sah Alex' Gesichtsausdruck. »Mach dir keine Sorgen. Er ist nicht mal ein netter Typ. Im schlimmsten Fall wäre es kein großer Verlust.«

»Machst du Witze?«

Matt lächelte. »Meistens.«

»Ich dachte, er sei dein Freund?«

»Ist er. Alter Freund.« Matt sagte dies, als sei damit alles erklärt. »Aber können wir nicht aufhören, über Walshy zu sprechen? Also, was viel wichtiger ist« – er lehnte sich vor –, »mal davon abgesehen, dass du fünfunddreißig Jahre alt, eins dreiundsiebzig groß und nicht religiös bist und dich mit Männern in der Altersklasse einunddreißig bis vierzig verabredest, Alex Mount, wer und was und wie bist du?«

Matt wartete.

Unter seinem intensiven Blick fing Alex an zu reden.

Sie begann mit ihrem Abschluss in Biowissenschaft, aber Matt forderte sie auf, weiter zurückzugehen. Sie erzählte ihm von ihrer Kindheit, von den häufigen Umzügen wegen der Jobs ihrer Eltern, die verschiedene Pubs geleitet hatten. Dass sie nie lange genug an einer Schule blieb, um richtig anzukommen. Sie sprach über ihre Aufgaben im Labor, ihre Doktorarbeit zum Thema Stammzellentherapie bei Diabetespatienten, die Doktorandenstellen in Sheffield und Cambridge. Sie erzählte ihm, dass man in ihrem Metier immer nur Drei- bis Fünfjahresverträge bekam und dass sie irgendwann vielleicht aus Nottingham würde wegziehen müssen, wenn sie nicht genügend Forschungsgelder zusammenbekäme, um zu bleiben.

Angesichts der vielen Dinge, die sie preisgegeben hatte, fühlte Alex sich geradezu entblößt. Also kehrte sie zu der üblichen Internet-Date-Checkliste zurück. »Ein paar ernsthafte Beziehungen gehabt, Nichtraucherin, keine Kinder, keine Haustiere.«

»Das ist schade. Ich mag Haustiere.«

»Na ja, das tut mir leid«, sagte Alex. »Ich habe keine.«

»Könntest du dir eins anschaffen?«

»Nein.«

»Okay.« Matt zuckte mit den Achseln. »Wie du meinst.«

Alex zwinkerte ihm zu. »Was ist mit dir? Wer und was bist du?«

Matt lehnte sich zurück. »Das ist eine gute Frage.« Er lächelte vergnügt. »Welche Version möchtest du? Die retuschierte Erstes-Date-Version? Oder die echte, in der ich die meiste Zeit auf dem Sofa verbringe?«

»Die echte.«

»Okay.« Er rieb sich die Hände. »Man sollte sich immer gut überlegen, was man sich wünscht.«

Was Matt Alex an jenem Abend erzählte, kam der Wahrheit sehr nahe, wie sich später herausstellte, als sie ihn außerhalb des Labors – außerhalb der Petrischalenwelt – betrachtete. Er erzählte ihr, dass er dumme Mainstream-Actionfilme mochte und alle Arten von Freizeitdrogen und dass er seine Eltern nicht oft genug anrief. Er erzählte ihr, dass er einen Job im Vertrieb, dabei jedoch meistens mehr Glück als Verstand hatte und nicht genau wusste, was eigentlich seine Aufgabe war, er sich aber dachte, solange er nicht fragte, würde das schon niemandem auffallen.

Und er erwähnte an jenem ersten Abend schnell und ehrlich seine Tochter Scarlett. Später fand Alex heraus, dass Walshy ihm geraten hatte, sie früh ins Spiel zu bringen, wenn er jemanden mochte, weil *Frauen für Väter schwärmen – Tatsache*. Obwohl feststand, dass Walshys Leben bislang einen beschissenen Verlauf genommen hatte, schien Matt auf seine Dating-Tipps etwas zu geben.

»Scarlett ist ein liebenswertes Kind«, sagte Matt an jenem Abend zu Alex, »aber das ist nicht wirklich mein Verdienst. Claire hat es total drauf mit dem Kinderding, sie hat den größten Anteil daran.« Er hielt eine Hand hoch, um jede Widerrede abzuwehren, obwohl keine Widerrede kam – Alex fehlte für das eine wie für das andere der Beweis. »Ernsthaft. Ich baue nur Höhlen aus Bettdecken und gehe mit ihr in Filme, für die sie noch zu jung ist, oder sage ihr, was von der neusten Aufstellung der Abwehr bei Nottingham Forest zu halten ist.«

Alex saß da und hörte zu, nickte. *Alle Männer wollen Väter sein, wirklich*, hatte Ruby einmal zu ihr gesagt. *Niemand will eine Mum sein. Aber jeder will Vater sein. Das ist eine teilentrahmte und pasteurisierte Form der Elternschaft, bei der man nicht mit dem vollen Fettanteil direkt von der Kuh fertig werden muss.* Dass Matt ein Kind hatte, dass er also über das Thema Vaterschaft nicht mehr nachdenken musste, war von Vorteil. Denn Alex war sich nicht sicher, ob sie jemandes Mutter sein könnte. (Ein Vater vielleicht, nach Rubys Logik. Aber eine Mum eher nicht.)

Von alldem sagte Alex nichts zu Matt, natürlich nicht. Das war kein Gesprächsmaterial für ein erstes Date unter Laborbedingungen. Trotzdem blieben sie viel länger im Pub als für sie bei einem ersten Treffen üblich, länger, als man für zwei Getränke brauchte.

Nachdem sie gegangen waren, fiel Alex auf, dass sie die meiste Zeit gesprochen hatte. Über Matt wusste sie eigentlich noch immer nicht viel, außer dass er ein loyaler, nicht leicht zu beunruhigender Freund war und dass er, wenn er wusste, dass sich jemand in einer Lebenskrise befand, mit demjenigen über Banalitäten wie Synthesizer auf eBay sprach.

Als Alex an jenem Abend nach Hause kam, setzte sie sich an die Tabelle auf ihrem Laptop. In das Feld *Zusammenfassung* tippte sie: *Überraschend. Nett.* Sie hielt inne. *Ein wenig zu sehr mit sich selbst zufrieden.*

Alex blickte auf den blinkenden Cursor hinter dem letzten Satz. Sie löschte den Punkt am Satzende und ersetzte ihn durch ein Fragezeichen.

Sie hegte nicht die geringsten Zweifel, dass Matt sich wieder melden würde. Und sie würde sich mit ihm verabreden.

Nach diesem zwölften Date füllte Alex die Felder für die üblichen Beurteilungskriterien nicht aus, bewertete Matt nicht nach Aussehen, Humor oder intellektueller Kompatibilität.

Weil die Tabelle es jedoch so verlangte, tippte sie einen weiteren Satz ein: *Riecht nach Toast.*

Als sie den Laptop zuklappte, beschloss sie, sich auf die nächste Verabredung mit ihm zu freuen.

Kapitel 20

Scarlett blickte von ihrer erhöhten Position aus über das Resort hinweg. Sie wurde immer wieder durchgerüttelt, wenn Dad kurz in die Knie ging und versuchte, sie auf seinem Rücken etwas höherzustemmen. Er war nicht mehr so gut darin, sie huckepack zu tragen, wie früher, er war langsamer und geriet leichter ins Wanken, aber Scarlett liebte es, von weit oben über die Gegend zu blicken. Sie konnte Bäume sehen und Hütten und Seen und auch das märchenhafte Glasgebäude, in dem sich das Schwimmbad befand.

Die anderen Erwachsenen liefen neben Scarlett und Dad, alle trugen Badetaschen aus Plastik. Posey trottete mit sich selbst beschäftigt hinterher.

»Alles okay?« Alex wandte sich mit gehobenen Augenbrauen an Dad. »Deine Wange ist eine Spur zu rosig.«

Dad versuchte erneut, Scarlett ein bisschen höherzustemmen. Er ging noch ein paar Schritte, dann hielt er an. »Ich glaube, das war's.«

»Früher hast du mich meilenweit getragen«, sagte Scarlett.

Posey schüttelte den Kopf. »Das ist Alex' Schuld, dass er aufgegeben hat.«

»Es ist nun mal so«, sagte Dad, »dass kleine Mädchen wachsen. Und das sagt einem vorher keiner. Sorry, Scar.«

»Nenn mich nicht Scar. So heißt der böse Löwe in *König der Löwen*.«

»Komm schon, Matt«, sagte Mum. »Bis zum Schwimmbad wirst du's doch wohl schaffen. Oder bist du nicht mehr so in Form?«

Dad sah sie an.

»Offensichtlich nicht. Scarlett, zeig doch mal den anderen, wie du mich trägst.«

»Du kannst Mum tragen?« Dad setzte Scarlett ab. »Das musst du mir zeigen.«

Mum stellte sich hinter Scarlett auf und nahm die richtige Körperhaltung ein.

Scarlett ging in die Knie. Sie holte tief Luft und hob Mum an. Der Kraftakt schmerzte zwar ein wenig, aber es war schön, von allen Erwachsenen angelächelt zu werden.

Alex klatschte ihr zu, als sei sie Scarletts Freundin. »Vor deinen Beinmuskeln ziehe ich den Hut, Scarlett.«

Scarlett ließ Mum von sich runterrutschen.

»Was ist mit mir?«, fragte Dad. »Gerechtigkeit muss sein, ich hab dich schließlich auch getragen.«

Scarlett sah Dad an. Dass sie Patrick nicht tragen konnte, wusste sie – sie hatte es unzählige Male versucht –, aber Dad war schmächtiger und viel weniger raumgreifend. »Okay.«

Sie stellte sich vor Dad und ging erneut in die Knie. Dad war beim Aufsatteln nicht so behilflich wie Mum, und ihn huckepack zu nehmen war schmerzvoller. Aber ein paar Schritte schaffte sie, bevor sie ihn absetzte.

»Was für eine geniale Vorführung«, sagte Alex.

Dad strich sich die Jacke glatt. »Unsere kleine Prinzessin, stark wie ein Traktor.«

Mum strahlte Scarlett an. »Versuch's doch auch mal mit Alex!«

»Niemals.« Posey schüttelte heftig den Kopf. »Lass dich von ihr nicht anfassen, Scarlett. Außerdem ist sie zu schwer.«

Alle schwiegen einen Moment lang.

»Schon gut«, sagte Alex.

»Ich würde ja.« Scarlett sah Mum direkt in die Augen. »Aber Posey meint, Alex ist zu schwer.«

Die Erwachsenen schienen nicht zu wissen, wo sie hinschauen sollten, und wandten die Blicke in alle Richtungen.

»Das stimmt nicht«, sagte Dad schnell.

»Lächerlich.« Mum sah Scarlett böse an.

Patrick taxierte Alex, als würde er ihr Gewicht schätzen.

Alex verschränkte die Arme vor der Brust, so dass ihre Plastiktasche den Oberkörper verdeckte. »Ich freue mich wirklich aufs Schwimmen. Wollen wir uns nicht ein bisschen beeilen und loslegen?«

»Sehr gute Idee«, sagte Mum schnell.

Während sie gingen, hielten sich Dad und Alex ein wenig abseits von den anderen.

Scarlett hörte, wie Alex ihm zuflüsterte: »Du wiegst sieben Kilo mehr als ich.«

Dad tätschelte ihren Rücken. »Ich weiß.«

»Mein BMI ist zweiundzwanzigeinhalb. Das ist – im wahrsten Sinne des Wortes – lehrbuchmäßig.«

»Interpretiere nicht zu viel in das hinein, was da gerade passiert ist.« Dad nahm Alex' Hand. »Sie war bestimmt erschöpft, weil sie uns schon getragen hat.«

Scarlett bemerkte, wie müde Dads Gesicht aussah, wenn so viel Enttäuschung darin lag.

Sie wandte sich zu Posey und schüttelte den Kopf. »Posey. Sei nett.«

»Was denn?« Posey zuckte mit den Achseln. »Für mich sieht sie nun mal schwerer aus.«

....

Am Eingang zum Schwimmbad gingen Dad und Patrick in die eine, Mum, Scarlett und Alex in die andere Richtung.

Posey winkte zum Abschied.

»Wohin willst du?«, fragte Scarlett.

»Jungsumkleide.«

»Das musst du nicht.« Scarlett drehte sich um. »Hier gibt's Familienumkleideräume. Ich könnte fragen, ob wir in eine der Kabinen gehen dürfen.«

»Ich geh lieber zu den Jungen.«

»Schämst du dich, Posey?«

Posey sagte nichts.

Scarlett lächelte ihn an. Posey konnte manchmal so albern sein. Doch auch Scarlett war manchmal schüchtern, und der Gedanke, sich im Mädchenumkleideraum vor Alex auszuziehen, behagte ihr nicht.

Aber sie wollte Posey nicht in Verlegenheit bringen. »Na gut. Hast du ein Pfund fürs Schließfach?«, fragte Scarlett.

Posey nickte.

Scarlett sah auf seine Moonboots. »Die musst du unbedingt ausziehen, bevor du schwimmen gehst.«

»Ich will sie aber nicht ausziehen.«

»Warum nicht?«

Er zuckte mit den Achseln. »Ich mag meine Füße nicht. Kein großer Onkel.«

»Es sind nun mal Kaninchenfüße. Und du bist ein Kaninchen.« Scarlett wollte gerade hinzufügen, sie habe gehört, dass Kaninchenfüße Glück bringen, aber dann war sie sich nicht mehr sicher, ob das überhaupt stimmte.

»Sie sind nicht normal. Sie sind beulig.«

Scarlett seufzte. »*Normal* gibt es nicht, Posey. Jeder ist anders. Und du bist perfekt, so wie du bist. Du bist *du*. Du solltest deine beuligen Füße lieben, weil es deine sind.«

Posey betrachtete seine Füße.

»Und wenn du deine Boots nicht einschließt, verlierst du sie vielleicht im Wasser.«

Posey zuckte mit den lila Schultern.

»Wenn du sie verlierst, kaufen wir keine neuen.«

Posey zuckte noch einmal mit den Schultern. Er drehte sich um und lief auf die Umkleideräume der Männer zu.

Scarlett seufzte und schüttelte den Kopf.

Jungs.

Kapitel 21

Als Alex in den Einstiegspool trat, wurde sie überwältigt von der Intensität der sie umgebenden Gerüche.

Der penetrante Chlorgestank drang tief in ihre Nase, war jedoch vermischt mit anderen Duftnoten, und diese versuchte sie zu sezieren und einzustufen.

Talkumpuder. Synthetischer Apfel. Nasses Handtuch. Pommes frites.

Und – wie zu erwarten – ein schwacher Uringeruch.

Alex ließ sich in das kalte Wasser gleiten. Sie sah, wie ihre Brüste sich in den Körbchen beunruhigend anhoben.

Bei Lichte besehen, war es ein Fehler gewesen, den Urlaubsbikini einzupacken. Alex wollte auf keinen Fall Patrick Teile ihrer Brust zeigen oder vor Claire oder Scarlett auf einer Wasserrutsche ihrem Oberteil hinterherjagen.

Nicht, dass Claire und Scarlett irgendwo zu sehen gewesen wären. Die beiden waren losgegangen, um eine Basis einzurichten, wie Claire es formulierte, während Matt, Patrick und Alex herausfinden sollten, ob die Wildwasserbahn für Scarlett geeignet war.

Alex zwang sich, mit dem Kopf ins kalte Wasser zu tauchen,

und ließ sich auf den Poolboden sinken. Das Wasser hob ihr Haar bis zu den Wurzeln. Strähnen trieben langsam vor ihren Augen wie Seegras.

Als sie auftauchte, schwamm Matt neben ihr. »Verdammt eisig, das Wasser.« Er zeigte auf seine Badehose und wollte noch etwas sagen.

Alex schob sich die klitschnassen Haare aus dem Gesicht. »Bitte verschon mich mit Einzelheiten über die Größe deiner Genitalien.«

Alex und Matt zogen an einer Frau mit baumelnden Ohrringen vorbei, die mit hoch erhobenem Kopf schwamm – eine ergonomisch denkbar ungünstige Position. Alex fragte sich, ob Claire auch zu den Leuten zählte, die so verkrampft schwammen, nur um ihr Haar nicht nass werden zu lassen. Wahrscheinlich nicht, entschied sie.

Zufrieden stellte Alex fest, dass ihr innerer Monolog Claire gegenüber trotz der Abwegigkeiten dieses Wochenendes gleichbleibend freundlich klang.

Patrick schwamm an ihre Seite. Er stellte sich hin, schob seine Schwimmbrille von der Stirn über die Augen und zog den Riemen straff. Die Gummidichtungen pressten sich um seine Augen herum an die Haut, gleichzeitig traten seine Augäpfel hervor wie bei einem Frosch.

Die drei erreichten den Startbereich des Wildwasserkanals, eines künstlichen Flusses voller wirbelnder Strudel, wo das Wasser nur so blubberte und sprudelte.

»Hier verteilen wir uns. Haltet Abstand zum Schwimmer vor euch.« Patrick legte die Hände auf den Beckenrand. Er drückte einen Knopf an seiner auffallend großen Sportuhr, stemmte sich hoch und tauchte ins Wasser ein.

Alex folgte Patrick einen Moment später. Sie paddelte in Richtung der Innenseite der ersten Biegung, wo die Strömung, wie sie sah, am stärksten war. Sie tauchte den Kopf ins Wasser und kraulte zu einem langsameren, breiteren Abschnitt des Schwimmkanals.

Sie blickte sich nach hinten um.

Matt ließ sich gemütlich treiben und unterhielt sich gestenreich mit einem älteren Ehepaar, wobei er eine Anekdote zum Besten zu geben schien.

Vor Alex drehte Patrick in professionell wirkender Kraultechnik den Kopf von einer Seite zur anderen.

Alex verlangsamte ihr Tempo. Dann kämpfte sie sich zur linken Flussseite, um die Fließkraft voll auszunutzen. Sie gelangte in den Strom und schoss an Patrick vorbei.

Sie näherte sich einem sanften Hindernis in Form eines Eisbergs, das sich in der Wassermitte befand. Irgendetwas prallte gegen ihren Körper, so dass sie direkt gegen den Eisberg gestoßen wurde.

Alex schlingerte und steckte dann vor dem Berg fest. Ihr Mund füllte sich mit Wasser.

Sie blickte sich um und sah Patrick an sich vorbeischmettern. Hatte etwa Patrick sie gegen den Eisberg gestoßen? Sicher nicht.

Alex beobachtete ihn genauer. Er wirkte definitiv angestrengt.

Versuchte er etwa, sie abzuhängen?

Wenn das sein Ziel war, ging er falsch vor. Er schwamm immer dort, wo der Fluss am langsamsten war.

Alex sah, wie Patrick im flachen Wasser strampelnd versuchte, von der Stelle zu kommen. Der Mann verstand offensichtlich nicht mal die Grundlagen der Strömungslehre, geschweige denn die Bernoulli-Gleichung.

Ohne zu sehr darüber nachdenken zu wollen, was sie tat, ging Alex zur Butterfly-Technik über und steuerte die Seite an, auf der die Strömung am stärksten zu sein schien. Sie wurde mitgerissen und ähnlich wie bei einer Achterbahnfahrt durchs Wasser geschleudert.

Alex raste flussabwärts an Patrick vorbei.

Tat sie das wirklich? Mit Patrick wetteifern bei einer Aktivität, die für Kinder gedacht war?

Anscheinend.

Sie passierten die nächste Flussbiegung. Alex trieb vor Patrick und bewegte sich schneller, beschleunigt durch die Strömung, jedoch ohne sie kontrollieren zu können. Sie wurde gegen die Kunststoffböschung geschleudert. Schmerz durchfuhr ihren Oberschenkel.

Schnaufend verlangsamte Alex das Tempo. Sie spürte am Fußgelenk eine Reihe flatterhafter Berührungen. Finger, die versuchten, ihren Fuß zu packen.

Sie drehte sich um und entdeckte Patrick hinter sich.

Er würde doch wohl kaum versuchen, sie am Fußgelenk festzuhalten. Der Mann war *dreiundvierzig*.

Alex schwamm weiter. Wieder wurde ihr Fuß von der Hand einer anderen Person gestreift.

Was hier passierte, war unglaublich.

Alex schlug mit dem Fuß aus. Jetzt hörte sie ein schrilles Jaulen.

»Lily!« Eine Frau schrie. »Lily, alles in Ordnung mit dir?«

Alex packte ein Geländer am Rand des Flusses und hielt an. Sie stellte sich hin.

Patrick kraulte an ihr vorbei und zeigte dabei seine angespannten Muskelstränge.

Alex drehte sich um und blickte hinter sich.

Eine Frau hielt ein blondes Kleinkind auf dem Arm und drückte es an sich. Das Mädchen weinte und hielt sich mit der Hand die Schläfe. Sie trug einen Schwimmring mit vorstehendem Brachiosauruskopf, dazu *Findet-Nemo*-Schwimmflügel.

»O nein!« Alex versuchte, ihre Atmung unter Kontrolle zu bringen. »Das tut mir so leid – sie ist aus dem Nichts gekommen – ich hab nicht gesehen …«

Alex hielt inne, weil ihr bewusst wurde, dass sie sich rechtfertigte, als sei sie volltrunken Auto gefahren.

Sie streckte ihre Hand nach dem Kopf des Mädchens aus, der eine deutliche Schramme zeigte. Die Mutter des Mädchens drehte sich ein wenig zur Seite, so dass Alex' Geste ins Leere lief.

»Ich habe meine Zehennägel eine Weile nicht geschnitten. Es tut mir so leid.«

»Schon gut«, sagte die Mutter.

»Nein«, sagte Alex. »Ist es überhaupt nicht.«

Die Mutter senkte zustimmend den Kopf.

»Es tut mir leid, wirklich. Sie wollen mich jetzt bestimmt nicht mehr sehen. Ich verschwinde besser.«

Alex drehte sich um und schwamm mit der Strömung des Flusses weiter, bis die beiden sie nicht mehr sehen konnten. Sie tauchte unter und zog die Beine in Embryonalhaltung eng an den Körper. Sie lauschte den fremdartigen Unterwassergeräuschen.

Alex hielt den Atem an, bis es in ihren Ohren pochte.

Keuchend durchbrach sie die Wasseroberfläche und ließ sich flussabwärts treiben, bis sie den Ausstiegspool sehen konnte. Sie ließ sich vom Wasser durch das letzte Gefälle und unter die Oberfläche ziehen.

Als sie die Leiter emporkletterte und aus dem Pool stieg, sah sie, wie Matt sich in die letzte Flussbiegung warf. Auf dem letzten Gefälle reckte er die Nase in die Höhe und landete spritzend mit den Füßen voraus im Pool.

»Das hat Spaß gemacht, was?« Matt erklomm die Leiter und ging zu Alex. »Aber nichts für Scarlett. Irgendein viel zu schneller Erwachsener hat gerade einem Kind ins Gesicht getreten.«

Alex zwang sich zu einem Lächeln. Irgendwoher erklang ein piependes Geräusch; sie sah sich um und entdeckte Patrick unter einer Palme, wo er an seiner Uhr herumfummelte.

»So, wichtige Frage: Hast du an dein Portemonnaie gedacht?« Matt tätschelte sich den Bauch. »Ich weiß, dass Claire Mittagessen kocht, aber ich schätze, eine Portion Pommes passt vorher noch rein.«

Befragung nach dem Zwischenfall.
Dr. Ayodele Uba, 40.
Persönlich. St. Thomas' Hospital.

Er ist über die Notaufnahme eingeliefert worden, ja. Aber wegen der Schwere seiner Verletzung und weil der Pfeil noch im Körper steckte, wurde er umgehend in den OP gebracht.

Auf dem Weg hierher war man wegen möglicher innerer Blutungen besorgt, aber jetzt ist sein Zustand stabil.

Ich kann Ihnen nicht weiterhelfen, fürchte ich. Ohne Zustimmung des Patienten geben wir keine Informationen weiter.

Seine Verletzung ist gravierend. Mehr kann ich Ihnen nicht sagen, ohne die Schweigepflicht zu verletzen.

Wie ich schon sagte, erteilen wir ohne Zustimmung des Patienten keine Auskunft. Und die kann er uns zurzeit nicht geben.

Kein guter Zeitpunkt. Er ist noch immer im OP, und man hat ihm eine Vollnarkose verabreicht.

Ich würde ihn ausschlafen lassen und für morgen früh ein kurzes Gespräch ins Auge fassen.

Kapitel 22

Nach dem Mittagessen in der Hütte blieb Alex entspannt am Esstisch sitzen und beobachtete Scarlett, die sich fröhlich mit Claire und Matt unterhielt. Von Minute zu Minute schämte sie sich mehr für ihr Verhalten. An ihrem Oberschenkel pochten die Anfänge eines Blutergusses, den sie sich bei ihrer überraschend aggressiven Passage der Wildwasserbahn zugezogen hatte. Er war von ernstzunehmendem Umfang und wartete nur darauf, seine volle Farbenpracht intensiver Violett- und Grüntöne zu entfalten.

Erwachsene sollten so etwas wirklich nicht machen, beschloss sie.

Als Alex sich noch etwas Salat auffüllte, stieg ihr Chlorgeruch vom Arm in die Nase. Zumindest hoffte sie, dass er von ihrem Arm stammte. Bei vorgewaschenen Salatblättern aus dem Supermarkt konnte man nie wissen. Und da Matt die Zubereitung übernommen hatte, gab es kaum Hoffnung, dass sie von Hand gewaschen worden waren.

Matts Telefon klingelte. Er erhob sich, um das Gespräch anzunehmen.

»Kumpel.« Nickend ließ er sich auf das Sofa am anderen

Ende des Zimmers fallen. »Klingt anstrengend. Du kannst nicht über Weihnachten eine Woche bei deiner Mum sein, wenn ihr euch gegenseitig die Köpfe einschlagt.«

Alex konnte eine merklich aufgebrachte Stimme am anderen Ende der Leitung ausmachen.

»Walshy«, sagte sie zu Claire.

Claire schnaubte verächtlich. »Walshy wohnt noch immer bei seiner Mutter? Das sind ja zwei lange Wochen geworden.«

»Du könntest zu uns kommen, wenn du da wegmusst«, sprach Matt ins Telefon. »Wenn du dich mit dem Sofa zufriedengibst. Claire hätte nichts dagegen.«

Alex bemühte sich zu verstehen, was Walshy antwortete, konnte aber lediglich die Skepsis in seinem Tonfall erkennen.

Matt zog die Augenbrauen zusammen. »Ach so, okay.«

Alex versuchte, mit Winken Matts Aufmerksamkeit zu gewinnen. Walshy schien zu begreifen, wie falsch dieses Wochenende war, und dafür hatte er eine Belohnung verdient. »Er hat einen Schlüssel zu unserer Wohnung – vielleicht sagst du ihm, dass er sie ein paar Tage nutzen darf?«

»Mitgehört?« Matt hielt inne, um die Antwort abzuwarten, und sah dann zu Alex. »Walshy sagt, du bist 'ne Wucht. Und dass er das Bett neu bezieht, bevor er geht.«

»Tut er nicht«, sagte Claire zu Alex.

»Ich weiß«, sagte Alex.

Matt beendete das Gespräch und kam wieder an den Tisch.

»Wir brauchen mehr Milch«, sagte Claire. »Ich habe vergessen, dass Matt sie immer einfach so trinkt, obwohl es genügend andere Getränke gibt. Hat jemand Lust, zum Supermarkt zu fahren?«

»Gibt es hier auf dem Gelände nicht auch einen Laden?«, fragte Alex.

»Letztes Mal gab es einen, aber der ist wegen Renovierungsarbeiten geschlossen.«

Alex vervollständigte den Satz für sie im Kopf. *Letztes Mal, als Matt und ich hier waren.* »Dann fahre ich nach dem Essen zum Supermarkt.«

Sie könnte eine Weile entspannt im Auto durch die Gegend fahren, beschloss sie. Luft schnappen, die etwas urbaner war, etwas weniger komplikationsreich.

»Wir brauchen auch noch ein paar andere Dinge.« Claire wandte sich an Patrick. »Ich gehe mit Scarlett zum Ponyreiten – könntest du Alex begleiten, wenn ich eine Liste schreibe?«

»Ich kann das gern allein erledigen, ehrlich.« Alex richtete sich auf. »Ich finde den Supermarkt.«

»Patrick weiß, wo er ist«, sagte Claire. »Wir sind auf der Herfahrt dran vorbeigekommen.«

Alex ließ sich auf ihren Stuhl zurückfallen.

....

Bereits im Mantel, ließ sich Alex vorsichtig auf einem Esszimmerstuhl nieder, um ihr lädiertes Bein zu entlasten.

Claire räumte den Mittagstisch ab und stellte dreckige Teller auf die Abtropffläche der Spüle. Matt ließ Wasser einlaufen. Getreu seiner Spezial-Abwaschtechnik quetschte er viel zu viel Spülmittel ins Wasser.

»Scarlett« – Claire griff sich ein Geschirrhandtuch und lehnte sich über den Küchenblock, um nach ihrer Tochter in der Wohnecke Ausschau zu halten –, »du spielst doch wohl nicht mehr auf dem iPad, oder?«

»So läuft das also, wenn ich nicht dabei bin, Claire. Das iPad übernimmt die Erziehung?«, sagte Matt.

Claire schlug freundschaftlich mit dem Geschirrhandtuch nach ihm, worauf er zurücksprang.

»Darf ich darauf hinweisen, Matthew, dass ich heute nicht der einzige Elternteil bin? Du bist ebenfalls anwesend.«

»Wenn du es sagst, Claire Jane«, sagte Matt mit extra starker Betonung.

Claire nahm das Geschirrhandtuch und schlug noch einmal nach ihm.

»Wie heißt Alex mit zweitem Vornamen?«

Matt sah lächelnd zu Alex.

Claire biss sich auf die Zunge. »Sag nicht, du weißt es nicht.«

Er dachte ein wenig nach. »Sie hat keinen.«

Claire blickte zu Alex. Alex nickte.

Claire lachte. »Gerade noch davongekommen.«

Alex rang sich ein Lächeln ab. Sie fragte sich, ob Claire in ihrer Beziehung mit Matt dieselbe Rolle gespielt hatte wie sie selbst: die Rolle einer die Augen verdrehenden Stichwortgeberin für seine Gags.

Alex beobachtete, wie die beiden nebeneinanderstanden, das Geschirr abwuschen und abtrockneten und dabei plauderten. Die Hälfte der Teller, die Matt gespült hatte, gab Claire zurück, genau wie Alex es immer tat. Matt schien unbeeindruckt, als sei es völlig normal, jeden Gegenstand zweimal abzuwaschen.

Alex versuchte zu ignorieren, wie gruselig sie die Situation fand. Sie nahm ihr Handy und trieb sich ein bisschen auf Facebook herum.

Claire reichte ihm einen Teller. »Der ist schmutzig.«

Matt starrte darauf. »Nein, ist er nicht.«

Alex schaute nicht von ihrem Handy hoch. »Doch, ist er.«

Claire lachte. »Siehst du?«

Patrick kam ins Zimmer und klimperte mit seinen Autoschlüsseln. Er blickte zu Claire und Matt und wandte sich dann an Alex. »Bereit?«

Alex warf einen letzten Blick auf Claire und Matt. Dann sah sie zu Scarlett, die vor ihnen auf dem Boden des Wohnbereichs mit dem iPad spielte.

Alex räusperte sich. »Viel Spaß beim Ponyreiten, Scarlett«, sagte sie.

Scarlett blickte natürlich nicht auf.

Kapitel 23

Scarlett sah zu, wie Mum und Dad gemeinsam in der Küche das Geschirr spülten und miteinander lachten. Sie fanden einander lustiger, als sie es in Erinnerung hatte.

Sie wusste noch, wie Mum und Dad gestritten hatten. Über Jobs und Listen – sogar über Scarlett. Oft hatte Dad vergessen, etwas zu erledigen oder mitzubringen, und Mum war es leid gewesen, an alles denken zu müssen. Das hatte Mum ganz oft gesagt. Am Ende hatte Scarlett versucht, sich für Dad Dinge zu merken – *Habe ich heute Schwimmunterricht? Hast du mein Lunchpaket eingepackt? Hast du daran gedacht, die Einkaufsliste mitzunehmen?*

Posey zupfte an Scarletts Ärmel. »Lass uns das iPad behalten. Sie hat vergessen, dass sie es dir gegeben hat.«

Scarlett sah zu Boden. »Das würde Mum nicht gefallen. Sie will lieber selbst entscheiden, wann wir es haben dürfen.«

»Aber sie benutzt es doch kaum. Du weißt doch, dass sie immer sagt, das Internet ist für Zombies und das iPad eine Zeitvernichtungsmaschine. Sie wird es nicht vermissen. Sie weiß es nicht zu schätzen.«

Scarlett sah kurz zu Mum und Dad auf, die noch immer an der Spüle standen. Dad spülte nicht mal mehr, sondern stand mit einem Handtuch über der Schulter angelehnt da und nickte zu etwas, das Mum sagte.

Mum stupste ihn. Er richtete sich auf und machte mit dem Abwasch weiter.

»Außerdem will ich nachsehen, was die Wissenschaftlerin gestern über mich gesagt hat«, sagte Posey. »Sie sagte, mich um sich zu haben sei wie in dem Film *Mein Freund Harvey*. Was hat sie damit gemeint?«

»Weiß ich nicht.«

»Ich glaube nicht, dass es etwas Gemeines war. Aber wir behalten das iPad am besten wirklich – dann können wir alles nachsehen, wann immer wir wollen, besonders jetzt, da *sie* hier ist. Wir müssen auf der Hut sein.«

Scarlett dachte über das nach, was Posey gesagt hatte.

Sie stand auf und wandte sich zu Mum und Dad, das iPad hinterm Rücken versteckt. »Posey und ich gehen jetzt nach oben«, sagte sie. »Wir möchten nicht gestört werden.«

Dad lächelte. »Okay, Maus.«

Sie drehte sich um und trug das iPad vor sich her, so dass Mum und Dad es nicht sehen konnten. Dann eilte sie mit Posey nach oben.

....

Im Schlafzimmer ließen Scarlett und Posey die Tür angelehnt. Bäuchlings warfen sie sich auf eines der Einzelbetten.

Scarlett konnte die Stimme ihrer Mutter von unten hören.

»Ich weiß, er ist vermutlich nicht nach deinem Geschmack,

aber ich dachte, er wäre ein guter Mann. Nein, das ist nicht fair. Er *ist* ein guter Mann. Ein *sehr* guter Mann.«

Scarlett öffnete den Browser und tippte die Buchstaben in das Suchfeld ein.

In ihrer Klasse gab es auch einen Harvey, aber der war ein Idiot, der ständig fiese Grimassen zog und seine Augenlider hochzog, um den anderen Kindern Angst einzujagen. Posey hasste ihn. Aber zumindest wusste Scarlett seinetwegen, wie man den Namen buchstabierte.

Von unten war noch immer Mums Stimme zu hören.

»Als ich ihn kennengelernt habe, dachte ich, er sei anders. Und das ist er auch. Ein paar Dinge, die mich nerven, sind eigentlich nicht schlimm, es geht dabei nur um seine Komplexe. Wenn er sich doch nur in seiner eigenen Haut wohl fühlen könnte, dann würde er sich nicht so viele Gedanken darüber machen, was die Leute denken. Und weil Lindsay ihn nicht sehr fair behandelt, haben Amber und Jack überhaupt keinen Respekt mehr vor ihm. Dabei ist er ein guter Mann.«

»Das sagtest du bereits. Mindestens vier Mal. Nur so als Hinweis.«

»Klick darauf«, sagte Posey und zeigte auf einen Eintrag auf dem Bildschirm.

Scarlett tippte ihn an und las etwas über einen Möbelverkauf.

10 Prozent Ermäßigung auf Esszimmergarnituren – nur noch bis Dienstag!

»Das ist es nicht.«

»Er schien mir so erwachsen. Einfach nett und respektvoll. Er rief mich an, um sich mit mir zu verabreden. Wir haben uns schon vor ein paar Jahren bei so einer Anwaltssache kennengelernt. Und … ich fand den Gedanken, mich mit jemand anderem zu verabreden als dir, einfach so verlockend. Jemand, auf den ich mich verlassen könnte.«

»Du hast dich mit ihm verabredet, weil er nicht ich war. Was für ein schmeichelhaftes Kriterium, Claire. Irgendein Mann, Hauptsache nicht ich.«

»Ich kann mich auf ihn verlassen, also war es richtig.«

»Aua.«

Scarlett scrollte durch die Liste und tippte irgendeinen Eintrag an.

Ein dicker Mann im Anzug erschien, der beschrieb, wie er *seine Umsatzziele maximiert hatte, um in einem schrumpfenden Markt strategische Vorteile zu nutzen.*

»Kauderwelsch«, sagte Posey. »Such nach was anderem.«

»Wonach zum Beispiel?«, fragte Scarlett.

»Versuch's mit *Harvey Kaninchen.*«

Scarlett gab die Wörter ein. »Gute Idee.«

»Und er geht so gut mit Scarlett um. Sie liebt ihn. Ich bin mir nur nicht sicher, ob ich mir vorstellen kann, den Rest meines Lebens mit einem Mann zu verbringen, der glaubt, die Welt sei etwas, wovor man Angst haben muss. Verstehst du?«

Scarlett tippte auf einen Eintrag, in dem *wiki* vorkam.

»Ich hätte ihn nie einziehen lassen sollen, aber er wollte es so gern, und er hat es heimlich, still und leise irgendwie Stück für Stück geschafft. Ich hatte mich seelisch schon darauf vorbereitet, der Sache ein Ende zu machen, aber dann hat er mich wirklich überrascht und gesagt, dass er uns auf diesen Ausflug begleiten würde, und das hat mich wieder zweifeln lassen. Verstehst du, was ich meine? Er ist ein wirklich guter Mann.«

Posey sah zur Tür.

»Nicht lauschen«, sagte Scarlett bestimmt.

»Es ist, als würde er manchmal genau wissen wollen, was ich erwarte, damit er sich entsprechend verhalten kann. Aber so funktioniert eine Beziehung nun mal nicht. Er versucht immer, mich dazu zu bringen, mich festzulegen – will ständig herausfinden, was ich mag oder nicht mag. Aber ich weiß nicht immer, was ich denke, verstehst du? Ich mag es nicht, wenn man mir sagt, was ich denke, obwohl ich mir selbst nicht darüber im Klaren bin.«

»Deine Mum redet echt laut.«

»Ich weiß. Sprich du jedenfalls leise, sonst fällt ihr noch auf, dass wir das iPad haben.«

»Und dann blicke ich auf die nächsten dreißig Jahre oder vierzig oder sogar fünfzig und frage mich: Wie viel Spaß werde ich an seiner Seite haben? Manchmal ist es einfach so anstrengend mit ihm und seinen Komplexen. Einige Dinge habe ich ihm gar nicht erst erzählt, weil es zu kompliziert wäre – warum machst du diese Handbewegung? Spreche ich zu laut?«

»Ich glaube, das könnte es sein«, sagte Scarlett.

Sie beugten sich beide vor, um zu lesen.

»Mein Freund Harvey« ist ein Comedy-Drama-Film aus dem Jahr 1950, der auf dem gleichnamigen Theaterstück von Mary Chase basiert. Regie führte Henry Koster, die Hauptrollen spielten James Stewart und Josephine Hull. Die Geschichte handelt von einem Mann, dessen bester Freund ein Puka in Gestalt eines etwa zwei Meter großen unsichtbaren Hasen ist.

»Ich bin ein Kaninchen, kein Hase, und so groß bin ich auch nicht.«

»Nein.«

»Und schon gar nicht unsichtbar.«

Scarlett wusste nicht, was sie dazu sagen sollte. »Was ist ein Puka?«

Posey zuckte mit den Achseln.

Scarlett gab mit einem Finger *Puka* ins Suchfeld ein.

Puka

['pu:ka]

Nomen: Puka; Plural: Pukas

(In der keltischen Mythologie) ein Kobold oder Geist, der die Gestalt verschiedener Tiere annehmen kann.

Posey sah Scarlett an.

Scarlett hob abwehrend die Hände.

»Keine Ahnung, was das soll«, sagte Posey, »aber ich bin definitiv kein Kobold.«

»Nein.«

»Ich glaube, sie macht sich über mich lustig.«

Scarlett tätschelte ihn tröstend zwischen den Ohren. »Tut mir leid, Posey.«

»Ich hasse sie«, sagte er.

Scarlett seufzte. »Ich weiß.«

»Wenn sie noch einmal etwas macht, was mich aufregt, Scarlett – *nur einmal* –, dann wird es dieser Wissenschaftlerin noch leidtun.«

Kapitel 24

Als Patrick mit ihr zum Supermarkt fuhr, starrte Alex aus dem Fenster und betrachtete die miteinander verschwimmenden Grüntöne des Waldes.

Dass sie hier in peinliches Schweigen gehüllt nebeneinandersaßen, war lächerlich. Patrick mochte morgens im Schwimmbad versucht haben, sie abzuhängen, aber eigentlich war er in dieser Konstellation ihr natürlicher Verbündeter. Noch einer, der in den äußeren Kreis der Familie gehörte, aber nicht wirklich ein Teil davon war. Es war dumm, nicht auf einer Seite zu sein.

Alex räusperte sich und drehte sich mit einem Lächeln auf den Lippen zu Patrick. »Mein Oberschenkel tut noch weh von der Wildwasserbahn heute Vormittag.«

Patrick starrte stur geradeaus.

»Hätte Matt einen blauen Fleck wie ich, würde er ihn als Hämatom bezeichnen.«

Patrick schaltete in den nächsten Gang.

»Aber das ist es natürlich nicht.«

Patrick blinkte links.

Alex lachte kurz auf. »Ich bin mir nicht sicher, ob Erwachsene so etwas machen sollten.« Sie bemühte sich, unbeschwert zu klingen. »Es war … heftig.«

Patrick hustete. »Ich bin ziemlich ehrgeizig, wenn ich erst mal loslege, fürchte ich. Ich habe mich für einen Ironman angemeldet, nächstes Jahr. In Wales.«

»Hast du mich am Knöchel gepackt, als wir den Fluss hinuntergejagt sind?«

Pause. »Hast du dem Kind mit den Zöpfen ins Gesicht getreten?«

Alex wandte sich zu Patrick, um ihn anzusehen. Er blickte noch immer ausdruckslos und stur geradeaus.

War das ein Witz?

»Ich verrate es auch niemandem«, sagte Patrick.

Alex lehnte sich wieder zurück. Also war es ein Witz. Vielleicht könnten sie das hier doch hinbekommen. Vielleicht fand auch er die ganze Situation furchtbar.

»Es ist schön«, sagte Alex vorsichtig. »Zu sehen, dass Matt und Claire so gut miteinander klarkommen.«

Patrick nickte.

»Ist es zwischen dir und deiner Ex auch so? So freundlich?«

Patrick verzog den Mund zu einem Ausdruck, der sowohl Ärger als auch Schmerz hätte bedeuten können. »Nein.«

»Ich wollte nicht neugierig sein.«

Patrick blickte zu Alex. »Lindsay ist kein freundlicher Mensch.«

Er sah wieder auf die Straße.

»Ich glaube, die meisten Leute sagen das über ihre Expartner.« Außer Matt und Claire. »Es muss bei den beiden eine besonders einvernehmliche Trennung gewesen sein«, sagte Alex.

»Aber Claire ist verständig und stark – sie wird es gut verkraftet haben.«

Patrick warf ihr einen fragenden Blick zu.

»Sorry«, sagte Alex. »Diese Unterhaltung ist vermutlich unpassend.«

Patrick sagte noch immer nichts. Noch immer ganz bewusst nichts.

»Was?«

Patrick starrte stur geradeaus. »Nichts.«

Alex runzelte die Stirn. »Wolltest du etwas sagen?«

Patrick wandte sich langsam zu ihr, dann richtete er den Blick wieder auf die Straße. »Hier im Norden ist die Luft besonders erfrischend, findest du nicht auch?«

Kapitel 25

Als sie sich einer Kreuzung näherten, verlangsamte Patrick den Wagen und bog links ab.

Das hier war nicht fair. Patrick war auf diese Unterhaltung wirklich nicht vorbereitet gewesen.

Niemals – *auf keinen Fall* – konnte Matt derjenige gewesen sein, der die Beziehung mit Claire beendet hatte. Da hatte jemand weit über seiner Liga gespielt – *weit über seiner Liga.* Claire war um etwa siebzehn Klassen besser als Matt.

Also hatte Matt gelogen. Und das war ein Problem.

Denn wenn Alex das herausfand und das Wochenende dadurch problematisch wurde, wäre er, Patrick, am Ende daran schuld. Für Claire war in letzter Zeit am Ende alles Patricks Schuld.

Selbst wenn Matt derjenige war, der gelogen hatte, würde es Patricks Schuld sein. Und was war daran bitte fair?

Bei dem Gedanken an eine Unterhaltung, die noch nicht stattgefunden hatte, verspannte sich Patricks Nacken. Er ließ die Schultern ein paarmal in beide Richtungen kreisen.

Schon jetzt lief das Wochenende nicht so, wie er es geplant hatte. Claire war ihm gegenüber kurz angebunden. Die Pluspunkte, die ihm dafür zugestanden hätten, das Wochenende mit ihrem Kind statt mit seinen beiden zu verbringen, schienen bereits aufgebraucht zu sein. Und das war nicht gerecht. Denn ihm hätten eine Menge Pluspunkte zugestanden.

Und dann waren da noch Nicola und das Stalking. (Nein, *Stalking* war es ja gar nicht. Heimliche und wohlmeinende Annäherung. Objektiv betrachtet, also etwas völlig anderes.)

Patrick wandte den Kopf zu Alex. Sie schien auf dem Beifahrersitz zu schlafen. Zumindest sagte sie nichts mehr.

Bei dem Gedanken an das Wetteifern im Wildwasserkanal spürte er seine Wangen erröten. Fairerweise musste er einräumen, dass er damit angefangen hatte. Aber zumindest war nicht er derjenige gewesen, der einem Kind ins Gesicht getreten hatte. Das verschaffte ihm ein wenig moralische Überlegenheit, besser als nichts.

Dennoch nahm dieses Wochenende in vielerlei Hinsicht einen anderen Verlauf als geplant. Noch immer hatte er keine Gelegenheit gefunden, Claire von seiner Anmeldung zum Ironman zu erzählen – wobei er unter »Gelegenheit« einen günstigen Moment verstand, in dem sie ganz sicher nicht wütend werden würde. Je länger er dieses Thema unangesprochen ließ, desto mehr Gewicht erhielt es.

Und der Besuch des Schwimmbads am Vormittag war eine Enttäuschung gewesen.

Er hatte einen Ort erwartet, an dem er seine Ausdauer trainieren konnte. Im Flyer hieß es, es gebe dort zehn verschiedene Becken, aber das entsprach nicht ganz der Wahrheit. Zwar gab es tatsächlich jede Menge Minipools, aber dabei handelte es sich um Landebecken für Rutschen oder Whirlpools oder den Lazy River, in denen man, kaum dass man beim Kraulen etwas Fahrt aufgenommen hatte, mit einer übergewichtigen Dame in einem viel zu kleinen Schwimmreifen zusammenstieß, die mit Juwelen behangen und geschlossenen Augen vor sich hin dümpelte, als hätte sie den ganzen Tag Zeit.

Und im Hauptbecken war es noch schlimmer.

Das einzige Becken, in dem man tatsächlich schwimmen konnte, war nicht nur klein, sondern obendrein amorph geformt, und es gab kein Stück Beckenrand, an dem man eine saubere Wende hätte hinlegen können – es sollte wirken wie ein natürlicher See im Urwald. Eine Dschungelatmosphäre zu schaffen war hier offensichtlich wichtiger, als Gästen die Möglichkeit zu bieten, ihre persönliche Bestleistung zu erreichen.

Zu allem Überfluss ertönte auch noch alle Viertelstunde eine Sirene und kündigte das Einschalten einer Wellenmaschine an – was an sich nicht schlecht gewesen wäre, hätte es Patrick beim Schwimmen doch ein wenig Abwechslung und zusätzlichen Widerstand geboten; leider bedeutete es jedoch, dass ganze Menschenhorden das Becken stürmten, um Kleinkinder in Schwimmflügeln in die Höhe zu schleudern.

Patrick schaltete einen Gang runter.

Dieses Wochenende war ganz und gar nicht, was er sich erhofft hatte.

Kapitel 26

Sie kauften im Supermarkt, was sie brauchten, und auf der Rückfahrt tat Alex wieder so, als sei sie eingeschlafen.

Auf die Frage, wie Matt und Claire sich getrennt hatten, existierte in Patricks Kopf eindeutig eine andere Antwort als in ihrem, so viel hatte Alex verstanden. Deshalb ging er auf dieses Thema nicht weiter ein. Vielleicht hatte Claire ihm die Geschichte anders erzählt?

Solche Dinge passierten eben.

Alex urteilte nicht über Claire. Ihr Verhalten war normal, jeder machte so was, und sie lebten im 21. Jahrhundert, und die Menschen sollten die Entscheidungen treffen, die sich für sie richtig anfühlten, und es gab für das Führen von Beziehungen kein Richtig oder Falsch, und warum sollte sie sich darüber ein Urteil erlauben?

Alex könnte sich, wenn nötig, noch stundenlang so großmütig und verständnisvoll über dieses Thema auslassen. Und alles wäre schön und gut.

Vorausgesetzt, Claire war diejenige, die gelogen hatte. Und nicht Matt.

Denn Matt hatte Alex definitiv erzählt, dass *er* Claire verlassen hatte, nicht andersrum. Das war eines von vielen Details, die sie bei ihrem dritten Date im Kino erfahren hatte.

Sie hatte außerdem erfahren, dass Matt Salziges wie Süßes in gleichem Maße mochte und mit seiner Handvoll Popcorn den Mund nicht traf, wenn er zu sehr auf den Film konzentriert war – weshalb er auf dem Teppich um seinen Sitz einen weiß gespickten Halbkreis hinterließ.

Sie hatte erfahren, dass Matt »nicht auf Untertitel« stand, wie er es ausdrückte.

Sie hatte erfahren, dass er für 3-D-Filme eine Art Hassliebe empfand, weil sie »einfach so verdammt realistisch sind«, dass er extrem schreckhaft war und auch bei noch so vorhersehbaren Schockmomenten zusammenzuckte.

Sie hatte erfahren, dass er seine Schnürsenkel nicht immer zuband, weil er »sie sowieso irgendwann wieder aufmachen müsste«.

Sie hatte erfahren, dass Matt gern am Gang saß, weil er immer das größte Getränk kaufte, das im Kino angeboten wurde.

Und sie hatte erfahren, dass Matt die Ehe mit Claire beendet hatte. Das war die Information des Abends, die sich bei ihr am stärksten eingeprägt hatte.

Alex erfuhr, dass »es nicht funktioniert« habe und dass Matt klargeworden sei, was er tun musste, mochte es »noch so traurig sein«. Dass es »für Scarlett besser« sei, »wenn ihre Eltern nicht streiten«, und »kein Kind in einem Zuhause aufwachsen sollte, in dem die Eltern sich nicht mehr lieben«.

Doch jetzt fragte Alex sich zum ersten Mal, ob in Wahrheit nicht Claire diejenige gewesen war, die Matt verlassen hatte.

Natürlich musste es nicht unbedingt er gewesen sein, der gelogen hatte. Es war gut möglich, dass Claire Patrick gegenüber gelogen hatte. Oder vielleicht war es ihnen wie eine gemeinsam getroffene Entscheidung vorgekommen, vielleicht hatten sie beide gespürt, dass die Risse in ihrer Beziehung tiefer wurden, und Matt war nur durch Zufall derjenige gewesen, der dem Konflikt zuerst ins Auge sah, den Stier bei den Hörnern packte und die Sache beendete.

Was in Ordnung wäre, sogar beruhigend. Was eine Auslegung der Fakten wäre, mit der Alex umgehen könnte – unter einem Vorbehalt.

Alex könnte an diese Auslegung der Fakten glauben, wenn Matt sich in ihrer Beziehung nur ein Mal, ein *einziges* Mal, als ein Mensch erwiesen hätte, der Veränderungen kommen sieht, sich einem Konflikt stellt und den Stier bei den Hörnern packt.

Nur ein einziges Mal.

Doch es gab in Alex' Leben ein paar Wahrheiten, die sie nicht ignorieren konnte.

Sie spürte, dass Patrick sie ansah, doch sie bemühte sich um einen neutralen Gesichtsausdruck. Patrick richtete den Blick wieder auf die Straße, die vor ihnen lag.

Wenn Matt sie belogen hatte, konnte der Grund dafür nur ein Egoproblem sein. Es war Matts Versuch, sich als ein nie reklamiertes, begehrenswertes Produkt von einem Mann zu präsentieren: eines, das noch immer zum vollen Preis und in der Originalverpackung angeboten wird.

Wenn das der Grund war, dann begriff sie, was sich abgespielt hatte. Und das hieß nicht, dass es okay war.

Alex wusste, dass sie niemals eine Beziehung wie die ihrer Eltern führen könnte: eine Beziehung, in der jedes Kleidungsstück, das ihre Mum kaufte, als »Schnäppchen« deklariert wurde, das angeblich »im Ausverkauf auf einen Fünfer reduziert« gewesen sei. Eine Beziehung, in der ihr Dad, dreißig Jahre nachdem er das Rauchen aufgegeben hatte, noch immer rauchte, aber nur einmal die Woche, wenn ihre Mum abends den Töpferkurs besuchte.

Alex beobachtete, wie Patrick schaltete.

Sie holte Luft. »Findest du nicht auch, dass es seltsam ist, was wir hier tun? Dieser gemeinsame Ausflug?«

Patrick zuckte mit den Achseln.

»Frag deinen Freund.«

»Ja, aber du kennst ja Matt – der macht alles mit. Der Vorschlag kam von Claire.«

Patrick fuhr unter dem Igelschild hindurch in das Resort. »Es war Matts Idee.«

»Nein, war es nicht.«

Patrick blickte zu Alex, dann wieder auf die Straße. »Claire hat mir definitiv erzählt, dass es Matts Idee war.«

Alex umklammerte die Kante des Beifahrersitzes. Sie bogen ab in Richtung ihrer Hütte.

»Scheiße!«

Bei Patricks Schrei fuhr Alex in die Höhe.

Patrick stieg mit voller Wucht auf die Bremse; die Reifen quietschten.

Alex spürte einen Aufprall, und der Wagen kam ruckelnd zum Stehen.

Befragung nach dem Zwischenfall.
Nicola Trevor, 43. Gast im Happy Forest.
Persönlich. Hütte im Happy Forest.

Wissen Sie schon Näheres? Geht es ihm gut?
Stabil klingt gut. Aber das hat Sheila von der Anmeldung mir auch schon erzählt. Sie kam zu mir, um mich auf den neusten Stand zu bringen, sehr aufmerksam von ihr. Es ist furchtbar. Und ich habe so ein schlechtes Gewissen, weil wir noch hier sind und uns eine schöne Zeit machen, aber wir haben bis zum zweiten Weihnachtstag bezahlt, und wir können nichts tun oder irgendwie helfen, oder?
Die Mädchen werden ihnen nichts sagen können. Und Emily, meine Jüngere, hat entsetzliche Angst vor der Polizei, seit ein paar Ihrer Kollegen mal bei ihr in der Schule waren, um den Kids Respekt vor dem langen Arm des Gesetzes einzuflößen.
Sophia hat gestern einen Burlesque-Kurs besucht, ja. Und als ich die Rezeptionistin sagen hörte, dass es einen Zwischenfall gegeben hat und niemand kommen würde, um Scarlett abzuholen, hab ich die Kleine mit in unsere Hütte genommen, damit sie bei uns auf ihre Großeltern warten konnte. Sie haben sie erst vor einer halben Stunde abgeholt.
Scarlett schien es gutzugehen. Warum stellen Sie eigentlich all diese Fragen?
Aber was für ein Unsinn! Es war ein Unfall.
Sind Sie etwa deswegen hier? Aber das ist ja furchtbar! Natürlich war es ein Unfall.
Die Stimmung in der Hütte schien abends etwas angespannt, aber das lag nur daran, dass diese Alex betrunken war und einen Haufen spitze Bemerkungen

machte. Es ist nichts passiert, und ich bin mir sicher, dass sie morgens wieder in Ordnung war.

Das war nur betrunkenes Gerede. Ich kenne sie nicht, aber ich bin mir sicher, dass es nicht mehr war.

Ich habe sie alle erst hier kennengelernt. Na ja, außer Patrick, aber den hatte ich seit zwanzig Jahren nicht gesehen.

Sheila hat was gesagt?

Aber … das stimmt nicht.

Möglich, dass er mich schon vorher erkannt hat. Vielleicht als wir wegen unserer Schlüssel anstanden. Aber …

Nein, er hat nichts gesagt. Ich bin mir sicher, dass er mich erst erkannt hat, als das mit dem Fasan passiert ist.

Ich weiß nicht, was ich dazu sagen soll, was Sie mir da erzählen.

Kommt Sheila deswegen immer wieder bei mir vorbei?

Kapitel 27

»Er stand einfach da, mitten auf der Straße!« Patrick wirbelte herum und blickte hektisch durchs Heckfenster. »Hat mich angesehen, sich nicht bewegt – nur dagestanden und gewartet, dass er angefahren wird!«

Alex folgte ihm aus dem Auto, die Türen ließen sie offen stehen.

Patrick fuhr sich mit der Hand über die Glatze. Er hielt die Hände im Nacken verschränkt und starrte vor sich hin wie ein Fußballer nach einem verschossenen Elfmeter.

»Dieses dämliche Ding«, sagte er.

Alex betrachtete den Fasan. Er lag mitten auf der Straße auf dem Rücken ausgestreckt, was entspannter aussah, als es den Umständen angemessen war. Einen sehr kurzen Moment lang schlug er mit dem schilfartigen Schwanz ganz sanft auf den Asphalt. Die Augen waren geöffnet.

Patrick rieb sich aufgewühlt die Augen. »Legen wir ihn an den Straßenrand?«

»Er lebt. Und er leidet«, sagte Alex.

Patrick zog sich die Ärmel seines Sweatshirts über die Hände.

Alex sah Patrick an – betrachtete seinen aufgepumpten Brustkorb, die Empörung und Angeberei und Angst und was sonst noch so darin brodelte. Die langgezogenen Ärmel. »Willst du nicht irgendetwas unternehmen?«

Patrick rührte sich nicht.

Der Schwanz des Fasans schlug noch einmal sanft auf.

Komm schon, Patrick.

Aber Patrick rührte sich noch immer nicht.

Alex konnte ihn nicht länger so liegen lassen, in diesem Zustand, bis Patrick sich zu einer Entscheidung durchgerungen hatte. Das war dem Tier gegenüber nicht fair.

Sie kniete trotz des feuchten Asphalts vorsichtig vor dem bewegungslosen Fasan nieder.

»Hi«, sagte sie in sanftem Tonfall zu ihm. Sein Schwanz rührte sich kaum merkbar.

Alex streckte die Arme aus. Sie legte die Hände um den Hals des Fasans und spürte die weichen Federn.

Eine Sekunde zögerte sie, dann packte sie fest zu und drehte die Hände in entgegengesetzte Richtungen.

Alex hörte das Knacken und spürte den samtenen Hals in ihren Händen brechen.

Sie ließ den Vogel los. Sanft legte sie ihn auf dem Asphalt ab. Sie setzte sich wieder in die Hocke und betrachtete das tote Tier. Eine Woge der Mattigkeit überkam sie.

Hinter Alex wurde ein Schrei ausgestoßen.

Sie fuhr mit dem Kopf herum.

Die Familie mit dem roten Corsa aus der Hütte neben ihrer stand versammelt im Vorgarten: die Großmutter, die Mutter und zwei Kinder. Alle sahen Alex an. Alex, vor der ein toter Fasan lag.

Aber der Schrei war aus einer anderen Richtung gekommen.

Sie drehte den Kopf noch weiter.

Claire und Matt standen mit Scarlett vor der Tür ihrer Hütte. Claire hielt eine Hand vor Scarletts Augen und versuchte erfolglos, ihre Tochter hineinzubugsieren.

»Sie hat den Vogel umgebracht!«

Alex rannte auf Scarlett zu. »So war es nicht!«

»Sie ist eine Mörderin!«

»Nein! Ich kann dir das erklären, Scarlett! Es war richtig, das zu tun. Der Fasan musste sterben!«

Scarlett schrie erneut. »Posey!« Sie strampelte wild mit den Armen. »Lauf, so schnell du kannst! Bring dich in Sicherheit!«

Mit einem entschuldigenden Blick zu Alex drängte Claire das Kind durch die Haustür nach drinnen. *Ich bringe das in Ordnung*, gab sie ihr mit lautlosen Lippenbewegungen zu verstehen.

Alex ging auf Matt zu; wortlos sahen sie einander an. Alex blickte nach unten auf den toten Fasan.

Sie klopfte sich den Dreck von den Knien ihrer Jeans.

Patrick räusperte sich. »Ja, also, danke, dass du das getan hast.« Er blickte zu der Familie vor der Hütte nebenan und dann wieder zu Alex.

»Ja«, sagte Alex.

Matt legte eine Hand auf Alex' Schulter. »Gut gemacht. Ich bin stolz auf dich.«

Alex antwortete nicht. Sie ging ins Haus, den Fasan ließ sie auf der Straße liegen.

Sie stapfte durch den Wohnbereich direkt in ihr Schlafzimmer. Sie schloss die Tür, konnte jedoch aus dem Zimmer im Obergeschoss Scarletts bibberndes Schluchzen hören.

Alex sank aufs Bett.

Noch nie in ihrem Leben hatte sie ein so starkes Verlangen nach einem Drink verspürt.

Kapitel 28

Patrick stand auf der Straße und blickte auf den toten Vogel. Klein und harmlos sah er aus.

Er hatte den Fasan angefahren und anschließend einfach nur dagestanden, hatte es Alex überlassen, die Sache zu Ende zu bringen.

»Was machen wir mit der Leiche?«, fragte Matt.

Patrick hatte noch Scarletts *Mörderin*-Schreie im Ohr. »Sprich nicht von einer Leiche.«

Sein einziger Trost war, dass nicht er es gewesen war, der dem Fasan vor Scarletts Augen den Hals umgedreht hatte. Das hätte die kommenden Wochen zu einem Alptraum werden lassen. Was passiert war, ließ sich nicht mehr ändern, aber es gab ihm das Gefühl, entmannt zu sein. Übermannt. Als müsste auch er einem Vogel den Hals umdrehen, um die Welt wieder ins Lot zu bringen.

Und nun ging Nicola Garcia – die bezaubernde Nicola Garcia – auf ihn zu, die Hände in den Taschen ihrer Jeans vergraben, im Gesicht ein Ausdruck höflichen Mitgefühls.

Auf diese Art und Weise hatte er sie nicht wiedersehen wollen. Es war nicht so, dass er etwas Konkretes geplant hatte, aber definitiv hätte er sich etwas mit einem beeindruckenden Auftritt seinerseits vorgestellt, nichts, was damit begann, dass er tatenlos neben einem Tier stand, das er soeben zum Krüppel gefahren hatte, und es einer Frau überließ, das Opfer von seinem Leid zu erlösen.

»Alles in Ordnung mit Ihnen?« Nicola sah von Patrick zu Matt. »Ich wollte Ihnen sagen, dass ich gerade am Fenster stand, als der Fasan auf die Straße lief.« Sie sah wieder zu Patrick. »Sie hatten keine Chance.«

»Fasane«, Matt lächelte ihr zu, »haben einfach null Hirn. Eine hirnlose Masse mit Flügeln.« Er wandte sich zu Patrick. »Was meinst du? Wollen wir ihn mitnehmen und in den Kochtopf stecken? Claire wird aus ihrer Bauernhofkindheit noch wissen, wie man so was rupft.«

Patrick dachte an Scarlett. »Lieber nicht.« Er wandte sich zu Nicola und überlegte verzweifelt, was er sagen konnte.

Er schob die Hände in seine Taschen und spiegelte damit Nicolas Körperhaltung. Er kippte nach vorn auf die Fußballen und wieder zurück.

Noch immer fehlten ihm die Worte.

Zu ihrer Jeans trug sie eine flauschige Strickjacke, die halb über die Oberschenkel reichte; sie sah darin so stämmig aus, dass Patrick sich an eine Bauersfrau erinnert fühlte. *Schon komisch*, dachte er. *Hätte ich nicht gewusst, dass sie das hübscheste Ding auf Erden ist, wäre es mir fast nicht aufgefallen.*

»Ich bin Matt«, sagte Matt. »Ich hoffe, Ihre Kinder sind nicht zu schockiert von dem, was sie gerade gesehen haben.«

Nicola lächelte. »Nicola. Und, nein, sie scheinen okay zu sein – was vielleicht auch schon wieder beunruhigend ist. Weiß Gott, was sie in der Schule zu sehen bekommen.«

»Ich hätte ihn selbst getötet«, sagte Patrick, »aber Alex hat so schnell reagiert.«

Er machte eine Pause. Er hatte bereits zur Genüge bedauert, was er getan hatte, dass er ihnen die Hütte neben der von Nicola besorgt hatte, aber jetzt stand sie hier, direkt vor ihm, und …

»Ich bin Patrick. Patrick – Asher.« Zu spät. Er hatte es getan.

Nicola lächelte ihn freundlich an.

Patrick blickte zu Boden. Er rieb einen Schuh gegen den anderen.

Er warf einen flüchtigen Blick auf Matt. Er wollte ihn nicht dabeihaben, aber Patrick wusste, dass sich ihm keine bessere Gelegenheit bieten würde.

Patrick blinzelte mit den Augen, als würde er Nicola genau ins Visier nehmen. »Nicola … Garcia, stimmt's?«

Nicola legte den Kopf zur Seite und betrachtete ihn eingehend. Sie machte kein unfreundliches Gesicht. »Tut mir leid, aber …«

»Patrick Asher.« Er wollte nicht hören, dass sie ihn nicht erkannte. »St Swithin's Gesamtschule? Abschlussklasse Theater?«

Nicolas Brauen hoben sich; ihr Gesicht hellte sich auf. »Wow!« Sie lachte. »Ich kann kaum glauben, dass du mich erkannt hast! Ich heiße mittlerweile Nicola Trevor, Garcia hat mich seit Jahren niemand mehr genannt.«

»Du siehst noch genauso aus wie damals.«

Sie schlug ihm mit dem Handrücken auf den Arm. »Tu ich nicht.«

»Tut sie.« Patrick wandte sich zu Matt. »Obwohl, eigentlich haben wir sie in der Schule kaum gesehen. Sie wurde wegen der Länge ihrer Röcke immer wieder nach Hause geschickt.«

»Zu kurz oder zu lang?«, fragte Matt grinsend.

Nicola grinste zurück. »Kam drauf an, was für ein Tag war. Immer gegen das System, egal in welche Richtung, Hauptsache, dagegen. Girl-Power.« Sie schüttelte lächelnd den Kopf. »Jetzt bin ich natürlich Mutter.«

»Ich auch.«

Darüber musste Matt lachen.

»Du weißt, was ich meine«, fügte Patrick hinzu.

»St Swithin's Gesamt. Ja, ja.« Nicolas Stimme war tiefer, als er sie in Erinnerung hatte, durch gerauchte Zigaretten und verstrichene Zeit rauer geworden. In ihrem Lachen lag eine Freude, die damals nicht zu erkennen gewesen war. »Die Zeit rennt. Die beiden Mädchen vorhin, das waren meine Töchter. Sophia und Emily. Elf und neun.«

»Ich habe ein Mädchen und einen Jungen, vierzehn und dreizehn. Amber und Jack. Sie sind allerdings nicht hier, sind bei ihrer Mutter. Ich bin aber wieder liiert und mit der neuen Familie hier.« Er blickte kurz zu Matt. »Nicht mit ihm. Ich bin nicht mit ihm hier. Mit der Familie meiner Freundin.«

Nicola schüttelte den Kopf. »Sag mir bitte nicht, wie lange es her ist, dass wir auf der St Swithin's waren.« Sie wich einen Schritt zurück, als würde sie Patrick begutachten. Der richtete sich ein wenig auf. »Wie schön, dich zu sehen! Alte Freunde wiederzutreffen hat doch was.«

Patrick grinste zurück. *Freunde.*

Patrick wurde bewusst, dass Matt noch anwesend war und mit ihnen um die Wette grinste. »Die Welt ist klein.«

Nicola wandte sich an Matt. »Weißt du, dass er damals der Star war in *Hamlet*?«

Patrick grinste wie ein kleiner Junge. Nicola hatte sich an ihn damals erinnert. (Zugegebenermaßen nicht an viel – denn er hatte keine richtige Rolle gehabt, sondern nur irgendeinen stummen Höfling im hinteren Bereich der Bühne gespielt. Aber sie hatte sich daran erinnert, dass er bei dem Stück mitgespielt hatte, und das war es, was zählte.)

»Hatte er in der Schule noch Haare?«, fragte Matt sie. »Oder war er schon immer so ein Glatzkopf?«

Nicola lächelte. »Er hatte Haare. Jede Menge sogar.«

Matt nickte. »Komm doch mit deiner Familie mal zu uns rüber, Nicola. Dann kannst du uns allen etwas über Patricks Kindheit erzählen. Ich schätze, er hat noch eine Lücke in seinem Terminkalender, falls ihr morgen Abend Lust habt auf einen Drink bei uns?«

Patrick verkrampfte sich in weit mehr als einer Hinsicht.

Nicola nickte. »Wir kommen gern.«

Matt grinste sie an. »Toll. Wir besorgen dieses Eierpunschgebräu oder so was in der Art. Du kannst uns erzählen, was für ein Loser Patrick in der Schule war. Ich wette, er hat seine Schulbücher in Schutzumschläge eingeschlagen und die Hausaufgaben immer pünktlich abgeliefert.«

Nicola lachte.

Patrick spürte, wie ihm das Grinsen im Gesicht einfror.

Matt nickte in Richtung des Fasans. »Ich nehme an, wir sollten ihn irgendwo hinbringen.« Er sah Nicola an. »Es sei denn, ihr wollt ihn haben? Ein bisschen waschen und rupfen, und man kann ihn problemlos essen.«

»Nichts für uns. Aber danke.«

»Lass gut sein, Matt. Ich kümmere mich darum«, sagte Patrick schnell.

Nicola hob winkend die Hand. Patrick sah das vertraute Kräuseln der Nase, als sie lachte. Sie machte sich auf den Weg zu ihrer Hütte.

Patrick blickte ihr hinterher. »Nicola Garcia, gleich nebenan.« Er wandte sich zu Matt. »Sie war in der Schule echt beliebt. Eins von den coolen Mädchen. Trug immer so große Creolen.«

Matt grinste ihn an. »Du kannst dir ja auf die Erinnerung später noch einen runterholen.«

Patrick sah ihn missbilligend an.

»Was?«

»Kein Grund, so derb zu werden.«

»Pat.« Matt berührte Patrick am Arm. »Ich hab bloß dummes Zeug gequatscht.«

»Ich habe eine vierzehn Jahre alte Tochter, Matt.«

Matt hob die Hände in die Luft. »Ich hab mich entschuldigt. Du tust, als hätte ich etwas total Übles gesagt, aber so war es doch nicht gemeint.«

Patrick beugte sich nach unten und hob den Fasan auf.

Die beiden gingen zu den Mülltonnen, die an der Seite der Hütte standen. Matt öffnete den Deckel der grauen Tonne für Patrick. »Rein damit.«

»Falsche Tonne. Nimm die grüne.«

»Fasane kann man recyceln?«

»Ist doch bio«, sagte Patrick. »Kann also zu den Gartenabfällen.«

Matt legte den Kopf zur Seite. »Fasane lassen sich recyceln. Wer hätte das gedacht?«

Er hob den Deckel der grünen Tonne an, und Patrick hievte den toten Vogel hinein.

··········

Als Patrick vierzehn war, hatte er Nicola stumm aus der Ferne beobachtet. (Ihm wurde plötzlich bewusst, dass er seine Technik hinsichtlich Mädchen in den letzten dreißig Jahren kein bisschen verfeinert hatte.)

Nicola war nicht die Einzige, die Patrick auffiel. Er beobachtete alle Ohrringmädchen, und das ließ sich leicht unter einen Hut bringen, da sie immer zusammen waren: Dicht beieinanderstehend, bildeten sie auf dem Schulhof oder in der Kantine einen einschüchternden Pulk.

Aber Nicola war diejenige, die ihm am meisten auffiel. Sie war kleiner als die anderen, und ob es gerade deswegen oder trotzdem war, wusste er nicht, auf jeden Fall schien sie sich mit mehr Schwung zu bewegen. Und immer leuchteten ihre Lippen in einem künstlichen Rot, weil sie in jeder Pause Lollis lutschte.

Genau deswegen hatte er sich für den Schauspielunterricht entschieden: um Mädchen wie sie kennenzulernen. Leider hatte sich diese Strategie als erfolglos erwiesen. *Paare bilden*, sagte Mrs Hunter am Anfang einer jeden Stunde. Und so sehr Patrick auch versuchte, sich einen Weg zu den Ohrringmädchen zu bahnen – irgendwie hatte er am Ende immer den dünnen Grufti-Jungen an seiner Seite, der ständig vor sich hin summte.

Ein einziges Mal redete Patrick mit Nicola, auf Steven Andrews' Hausparty.

Steven Andrews war erst drei Wochen zuvor auf die St Swithin's gewechselt. Weil man ihn irgendwo anders der

Schule verwiesen hatte (aus Gründen, zu denen verschiedene Gerüchte im Umlauf waren), genoss er umgehend ein gewisses Ansehen.

Steven hatte in der ersten Geographiestunde neben Patrick gesessen und sich bei ihm einen Kuli geliehen. Drei Kulis genau genommen – zu Beginn jeder neuen Stunde einen weiteren. Aber das war okay. Patrick war ein Junge, der immer mit Ersatzstiften unterwegs war.

Als sie in jener dritten Woche ihre Bücher zusammenpackten, wandte Steven sich an Patrick. »Ich habe dieses Wochenende sturmfreie Bude, vielleicht hast du Lust vorbeizuschauen? Sag deinen Kumpels Bescheid. Meine Eltern sind im Cottage.«

Patrick wusste nicht, was mit »im Cottage« gemeint war, aber das spielte keine Rolle.

Er hoffte, Steven würde nicht bemerken, wie sein Herz raste. Es war die erste Party außerhalb des Computerclubs, zu der er eingeladen wurde. Und selbst Patrick war klar, dass Computerclubpartys nicht zählten.

Am Abend der Party zog Patrick sein bestes Iron-Maiden-T-Shirt an und machte sich auf den Weg zu Stevens Haus, unter dem Arm einen Viererpack Cider, den sein Vater ihm aufgedrängt hatte. Im Nachhinein begriff Patrick, dass auch sein Dad damals hocherfreut war, seinen Sohn auf eine Party außerhalb des Computerclubs gehen zu sehen.

Bei der Ankunft versteckte Patrick zwei Dosen Cider in der Trommel der Waschmaschine, die in Stevens Garage stand. Die anderen beiden Dosen nahm Patrick mit hinein ins Wohnzimmer.

Er stand bewusst nonchalant ans Klavier gelehnt, trank seinen Cider und beobachtete die Leute beim Reden und Lachen.

Er sah von Gruppe zu Gruppe und lauschte den Unterhaltungen.

»Hast du Paula gesehen?«

»Sie ist mit Shakey nach oben gegangen.«

»Geben wir ihnen fünf Minuten, und dann, wenn er sein Ding draußen hat, platzen wir rein.«

Nachdem er eine Weile herumgestanden und Leute beobachtet hatte, steuerte Patrick wieder die Garage an. Er holte die letzten beiden Dosen Cider aus der Waschmaschine hervor.

Gerade als er sich vorsichtig an einem Haufen Fahrräder vorbeimanövrierte, öffnete Nicola Garcia die Tür.

Nicola warf ihm ein kesses Lächeln zu und schlüpfte hinein. »Hi.«

Patrick hüstelte. »Hi.«

Das Rot auf Nicolas Lippen war anders als sonst. Knalliger: Lippenstiftrot, nicht Lollirot. »Alles klar?«

Patrick lächelte.

Nicola schloss die Garagentür hinter sich. »Ich bin auf der Suche nach mehr Alkohol. Angeblich haben die Leute hier drinnen welchen versteckt.«

Einen Moment später streckte Patrick die Hand mit den beiden Dosen darin vor. »Ich hab die hier gefunden.«

»Nicht schlecht.«

Patrick löste eine Dose aus dem Plastikring und hielt sie Nicola hin. »Ich finde bestimmt noch mehr.«

»Toll!« Nicola lächelte ihn an. »Danke.« Sie nahm die Dose. »Hey, das ist ja sogar kalt!«

Patrick glühte. Er hatte die Dosen zu Hause in den Eisschrank gelegt, bis sie durchgekühlt waren. Er hatte vermutet, dass es kaum Platz im Kühlschrank oder so etwas wie Eiswürfel geben würde, aber er hätte sich nie träumen lassen, damit ein Mädchen wie Nicola beeindrucken zu können.

Er beobachtete, wie Nicola die Dose an den Mund setzte. Sie nahm einen kräftigen Schluck und wischte sich den Mund mit dem Handrücken ab. Im Halbdunkel der Garage beim Trinken aus einer Dose *Strongbow* leuchteten Nicolas Wangen engelsgleich.

Patrick blickte nach unten auf das Stück Plastik, dessen Ringe zuvor die vier Dosen zusammengehalten hatten. Er zog an einer der Ösen, bis sie riss. Er drehte das Stück Plastik um neunzig Grad und zog an der nächsten Öse.

»Was tust du da?« In Nicolas Stimme lag ein trällerndes Lachen.

»Das muss man tun. An so einem Stück Plastik können sich Seevögel strangulieren.«

»Das ist lieb von dir.«

»Hättest du Lust, irgendwann mal mit mir ins Kino zu gehen, Nicola?« Die Worte waren ausgesprochen, bevor er sie zurückhalten konnte.

Nicola blinzelte ihn an.

»Tut mir leid«, murmelte Patrick.

Nicola lächelte ihn an – leider viel zu freundlich. »Ich gehe mit Adam Camberwell.«

Patricks Zehen verkrampften sich in den Schuhen.

Nicola tätschelte Patricks Arm. »Adam ist der krasseste Typ in der Elften.«

Patrick errötete. Er wusste nicht, wie man zu diesem Titel kam: War das etwas, das jemandem von einem Komitee verliehen wurde? Hatte es über das Ende der Schulzeit hinaus

Gültigkeit? Eines wusste er ganz sicher: Es war etwas von absoluter Gültigkeit.

»Er macht im September seinen vorläufigen Führerschein«, fuhr Nicola fort.

»Tut mir leid.« In diesem Moment wusste Patrick, dass er nie wieder Cider trinken würde. »Sag bitte nichts zu Adam. Ich wollte nicht respektlos sein.«

Nicola lachte. »Respektlos!«

»Ist er heute Abend hier? Schlägt er mir die Zähne aus?«

Nicola sah ihn an, mitleidig lächelnd. »Er würde nicht auf eine Party der Zehnten gehen. Ich treffe ihn hinterher.« Sie berührte Patricks Arm und legte den Kopf kurz schief. »Keine Angst, ich verrate ihm nichts. Deine Zähne sind in Sicherheit.« Sie hob die Hand mit dem Cider hoch. »Aber danke hierfür. Hast einen gut bei mir.«

Sie nippte an ihrem Cider und ging weg.

....

Patrick starrte auf den toten Vogel in der Mülltonne, dessen Leib in der Mitte abgeknickt war, weil er ihn um die Müllbeutel herumgestopft hatte. Patrick richtete den Rumpf so aus, dass er gerade lag. Dann schloss er sorgfältig den Deckel und folgte Matt hinein.

Patrick dachte an Nicola in ihrer Hütte, an ihre Bäuerinnenstrickjacke. Sie war natürlich immer noch hübsch. Aber deutlich erreichbarer als damals. Irgendetwas war im Laufe der letzten fünfundzwanzig Jahre gekippt, und Jungen wie Adam Camberwell waren heute (vermutlich) im Gefängnis, und Mädchen wie Nicola sahen Männer wie Patrick mit anderen Augen.

Dabei fiel Patrick ein, in einer Lokalzeitung mal einen Artikel über eine wohltätige Einrichtung gelesen zu haben, die Adam Camberwell mit den Erlösen aus seinen zahlreichen Immobiliengeschäften auf den Kanaren gegründet hatte. Aber das war nur eine jener Ausnahmen, die die Regel bestätigten.

Patrick legte die Hand auf den Türgriff der Hütte. Er hielt inne.

Er hatte Nicola nicht mal erzählt, dass er Anwalt war. Und er hatte den Ironman nicht erwähnt.

Dieser Gedanke beruhigte ihn ein wenig.

Nächstes Mal. Er würde es ihr nächstes Mal erzählen.

Kapitel 29

Sie ist eine Mörderin!«, rief Scarlett.

Mum und Dad blockierten ihren Fluchtweg, hielten sie in ihrem Schlafzimmer gefangen, versuchten zu zweit, sie festzuhalten.

Aber Scarlett wollte nicht gehalten werden. Sie stieß sie immer wieder von sich weg.

Sie waren schuld. Schließlich waren sie es gewesen, die Alex hierher eingeladen hatten, oder etwa nicht?

Auf der anderen Seite des Zimmers raste Posey panisch auf und ab.

»Scarlett, lass mich doch erklären«, sagte Matt.

»Ich will nach Hause.«

Mum und Dad sahen einander an. »Bitte, nein! Das ist unser ganz besonderer Ausflug.«

»Dann verschwindet aus meinem Zimmer.«

»Der Vogel war verletzt«, sagte Mum. »Alex hat ihn nicht mit Absicht getötet, sie hat ihn getötet, um ihn von seinem Leid zu erlösen. Weil er Schmerzen hatte und im Sterben lag. Verstehst du das?«

Posey sprang mit beiden Füßen gleichzeitig in seine typische Wuthaltung. »Er hatte also rein zufällig Schmerzen und lag im Sterben, ja? Das behauptet sie.«

»Das behauptet sie«, sagte Scarlett. »Ihr glaubt den Worten einer Killerin?«

»Was sie mit dem Fasan gemacht hat, war nett«, sagte Dad.

»Nett!« Posey sprang auf und begann wieder, auf und ab zu rasen.

»Wollen wir jetzt vielleicht mal etwas aus dem Adventskalender naschen?«, fragte Dad mit hoffnungsvoller Stimme.

Posey hörte nicht auf mit seiner Raserei. »Als könnten wir in dieser Situation an Schokolade denken.«

»Warum wollt ihr, dass ich Alex mag?«, fragte Scarlett. »Seht ihr nicht, dass sie furchtbar ist?«

Claire und Matt sahen einander hilflos an.

»Posey hat von Anfang an gesagt, dass sie eine Mörderin ist. Und nun ist klar, dass er recht hat!«

»Ich glaube nicht, dass Posey in dieser Situation sehr hilfreich ist«, sagte Dad vorsichtig.

»Sei nicht so gemein zu Posey!«

Mum legte die Hände auf Scarletts Schultern. »Vielleicht sollte Posey sich mal ausruhen und beruhigen. Lasst uns alle zusammen etwas Lustiges machen. Willst du mich huckepack nehmen?«

Scarlett schnappte nach Luft. »Nein! Lasst mich einfach in Ruhe!«

Sie konnte nicht richtig atmen. Immer wenn ihr klar wurde, dass Mum und Dad gemeinsam versuchten, sie zu trösten, bekam sie ein merkwürdiges Gefühl im Bauch.

Aber sie konnte ihnen nicht vertrauen. Sie wusste, dass sie ihnen nicht vertrauen konnte – erst recht nicht, wenn sie zusammen versuchten, sie zu trösten.

Das war der Grund, warum sie jetzt Posey hatte.

....

Es war drei Jahre her, dass Scarlett nach dem Abendessen im Schneidersitz auf dem Bett saß, ihr Kratzbuch auf dem Schoß. Hochkonzentriert kratzte sie mit dem Holzstift in der Hand auf einem Bild und folgte dabei den vorgegebenen Konturen. Wenn man die schwarze Deckschicht wegkratzte, kam eine bunt glänzende Folie zum Vorschein, und es entstand ein wunderschönes Bild in Regenbogenfarben.

Es klopfte.

An den Schritten erkannte sie, dass Mum und Dad beide vor der Tür standen.

Scarlett wollte nicht, dass sie hereinkamen. In der letzten Zeit war unten im Haus viel geflüstert worden, weniger gestritten. Eigentlich hätte das etwas Gutes sein sollen, aber es gefiel ihr nicht. Daher arbeitete sie weiter an ihrem Kratzbild.

Es zeigte einen Pfau, und Scarlett musste sich sehr anstrengen, den Federlinien genau zu folgen. Nicht immer gelang es ihr perfekt, aber sie war zufrieden. Man konnte eindeutig erkennen, dass es ein Pfau war.

Mum und Dad kamen zusammen ins Zimmer. Dad schloss vorsichtig die Tür hinter sich. Die beiden standen da, direkt bei der Tür, als trauten sie sich nicht weiter hinein.

Mum sah Scarlett an. Dad blickte zu Boden.

Scarlett legte ihren Kratzstift auf dem Nachttisch ab. Er

rollte davon, und sie legte eine Hand darauf, um ihn aufzuhalten.

Mum warf Dad einen Blick zu und sah dann wieder zu Scarlett. »Wir müssen mit dir über etwas sehr Wichtiges sprechen.«

Scarlett legte das Kratzbild beiseite. Sie griff nach ihrem Kopfkissen und drückte es fest an sich.

Mum sah erneut zu Dad. Als er nichts sagte, fügte sie hinzu: »Es ist leider etwas Trauriges.«

Dad blickte weiterhin auf den Teppich.

Mum seufzte. »Du wirst bemerkt haben, dass die Dinge hier in letzter Zeit ein wenig schwierig geworden sind. Mummy und Daddy schreien einander öfter an, als sie wollen. Wir machen einander unglücklich.«

Scarlett sah, dass der Kratzstift auf dem Nachttisch kleine schwarze Krümelchen hinterlassen hatte, die das weiße Holz schmutzig aussehen ließen. Vorsichtig tippte sie die schwarzen Teilchen mit dem Finger an, um sie aufzunehmen.

»Und wir müssen überlegen, was das Beste für dich ist. In was für einem Zuhause wir dich aufwachsen sehen wollen. Daher musst du jetzt ganz tapfer sein, wenn wir dir etwas sagen.« Mum holte noch einmal tief Luft. »Daddy zieht aus. Er wird woanders wohnen.«

Scarlett rieb Finger und Daumen an einem leeren Bonbonpapier ab, um die schwarzen Teilchen von ihrer Haut zu entfernen.

»Verstehst du, was das bedeutet?«, fragte Mum. »Wir werden noch immer eine Familie sein, in der sich alle liebhaben, einander unterstützen. Aber eine andere Art von Familie als bisher. Eine, in der nicht alle im selben Haus leben.« Mum sah Dad an. »Matt.«

Dad sagte nichts. Etwas in seinem Gesicht ließ sie erneut das Kissen umarmen.

»Muss ich wirklich alles allein sagen?« Mum wandte sich wieder zu Scarlett, die sie nun in aggressivem Tonfall anfuhr: »Sag nichts.« Mum sollte aufhören zu reden.

Die Tür zu ihrem Zimmer öffnete sich erneut. Mum und Dad drehten sich nicht um. Mit ernsten Gesichtern hielten sie ihre Blicke auf Scarlett geheftet.

Aber Scarlett starrte zur Tür. Und schon bevor sie es sehen konnte, wusste sie, was da kam.

Im Türrahmen tauchte ein Kopf auf. Ein lila Kopf, so groß wie der eines Menschen, aber mit langen, spitzen Ohren.

Scarlett quietschte. Sie ließ das Kissen auf ihren Schoß fallen.

Mum und Dad zuckten beide überrascht zurück.

Posey winkte Scarlett zum Gruß lässig mit einem Ohr zu. »Hat mich hier jemand vermisst?«

Scarlett klatschte vor Freude in die Hände. Erneut quietschte sie.

»Geht es dir gut, Scarlett?«

Posey grinste Scarlett an. »Howdy. Das ist chinesisch für ›hallo‹.«

»Ich weiß, dass es für dich sehr schwer sein muss.«

Scarlett starrte auf Posey. Er war so viel größer, als sie ihn in Erinnerung hatte. Er war jetzt genauso groß wie Scarlett – größer sogar, wenn man die langen Ohren mitrechnete, obwohl sie sich nicht sicher war, bis wo man ein Kaninchen messen musste –, aber es war eindeutig *Posey*. Er hatte dasselbe lila Fell, dieselben blassen Stellen dort, wo sie ihn immer festgehalten hatte. Denselben runden weißen Fleck auf dem

Bauch. Denselben weißen Plüschschwanz, dasselbe rote Etikett, auf dem *Made in China* stand.

»Dein Dad hat dir auch ein paar Dinge zu sagen. Wir möchten beide, dass du weißt, wie sehr wir dich lieben. Und dass es nichts gibt, was das jemals ändern wird.«

Scarlett schlug die Hände zusammen. »Ich dachte, Dad hätte dich in dem roten Auto auf Teneriffa liegenlassen!«

Posey schüttelte den Kopf. »Er hat mich nicht liegenlassen. Ich habe Urlaub gemacht, in meiner Heimat. In China.« Posey schnipste gegen das *Made-in-China*-Etikett an seinem Po. »Hin und wieder muss man zu Hause nach dem Rechten sehen.«

»Ohne sich zu verabschieden?«

»Ich bin doch wieder da, oder etwa nicht?«

»Ich dachte, du wärst für immer verschwunden.«

»Scarlett? Scarlett, was ist los mit dir?«

Posey sah zu Mum. Er stieg aufs Bett und ließ sich dann neben Scarlett nieder, die sich zu Mum und Dad gewandt in den Schneidersitz setzte.

»Scarlett?«

Posey nickte in Mums Richtung. »Sie spricht mit dir.«

Scarlett sah Posey an, der erneut nickte. Langsam drehte Scarlett das Gesicht zu Mum und Dad.

»Es tut uns sehr leid, Scarlett.« Mum strich sich den Pony aus den Augen. »Wir haben dich beide so, so lieb. Du wirst bei uns immer an erster Stelle stehen. Aber wir werden von nun an getrennt wohnen.«

Scarlett spürte, wie sich eine von Poseys Vorderpfoten in ihre Hand schob. Die Pfote war fast zu groß, um sie zu halten, aber sie war angenehm warm.

»Wir werden einander immer lieben«, sagte Dad, »weil wir

dich zusammen gemacht haben. Und du bist das Beste, was uns je passiert ist.«

Scarlett drückte Poseys Pfote ganz fest.

»Du und ich werden hier wohnen bleiben. Und Daddy wird erst einmal bei Grandma Janet sein. Das ist nicht weit.«

»Und ich werde immer am anderen Ende des Telefons sein. Du kannst mich jederzeit anrufen. Wenn du mich anrufst, komm ich sofort rr-rüber.«

Beim letzten Wort klang Dads Stimme sonderbar. Er drehte sich um und blickte an die Wand neben der Tür, wo Scarletts Zeichnung hing, *Die kleine Meerjungfrau*. Dad sah sich das Bild sehr genau an.

»Lasst mich einfach hier bei Posey«, sagte Scarlett. »Alle beide. Geht weg.«

Posey drückte Scarletts Hand.

Mum sah kurz zu Dad. »Posey ist hier? Jetzt?«

»Er ist zurück. Aus China.«

Dad kratzte sich am Hals. »Ich dachte, wir hätten ihn auf Teneriffa liegenlassen.«

»Er ist nach China gefahren. In den Urlaub. Und jetzt ist er zurückgekommen.«

Erneut sahen Mum und Dad einander an.

»Also, könntet ihr uns bitte allein lassen? Beide. Ich möchte mit Posey sprechen.«

Um zu demonstrieren, dass sie es ernst meinte, drehte Scarlett sich weg und wandte sich Posey zu.

»Wir lassen dich aber nur eine Minute allein, Scarlett«, sagte Dad. »Dann kommen wir wieder rein, um nach dir zu sehen.« Er schwieg einen Moment. »Komm schon, Claire. Wenn sie es so will.«

Scarlett hörte die Tür hinter sich sanft ins Schloss fallen.

Posey machte eine langsame Geste. »Und, habe ich mich verändert?«

»Du bist größer. Aber du siehst dünn aus.« Scarlett pikste Posey in den Bauch, um seine Füllung zu prüfen. »Ich hoffe, du hast in China genug gegessen.«

»Natürlich habe ich das!«

»Und die Zähne geputzt?«

»Zweimal. Jeden Tag.«

»Ehrlich?«

Posey zog die Lippen hoch, damit Scarlett seine Zähne begutachten konnte. »Ehrlich.«

Scarlett hatte Poseys lange Kaninchenzähne noch nie gesehen. »Sie sehen sauber aus«, sagte sie. »Ich bin stolz auf dich.«

Es klopfte an der Tür.

Posey runzelte die Stirn. »Wollen wir sie wieder reinlassen?«

Scarlett blickte wütend zur Tür. »Lass uns lieber noch eine Weile für uns bleiben. Erzähl mir, was du in China so getrieben hast. Gibt's dort Schlösser?«

»Gibt es!«

»Und Einhörner?«

»Jede Menge Einhörner.« Posey streckte sich rücklings auf dem Bett aus. Er legte sich eine Vorderpfote unter den Kopf. »Man nutzt Einhörner dort wie Busse. Wenn man irgendwohin …«

Es klopfte noch einmal an der Tür.

Posey sah zu Scarlett. Er hob seine nicht vorhandenen Augenbrauen.

Scarlett sah Posey mit festem Blick an. »Stören ist unhöflich. Sie sind unhöflich. Erzähl mir weiter von China.«

Nachdenklich zog Posey mit einer Pfote eines seiner langen Ohren zurück. »Okay. Sie essen Maiskuchen zum Frühstück und …«

Es klopfte noch einmal an der Tür. »Scarlett?«

»Ignorier sie einfach«, sagte Scarlett bestimmt. »Und keine Sorge, Posey, ich passe auf uns auf. Versprich mir nur, dass du nie wieder – nie wieder – ohne mich in den Urlaub fährst.«

Kapitel 30

Als Alex in die Dusche stieg, hoffte sie, das Geräusch des fließenden Wassers würde Scarletts Schluchzen übertönen, das immer noch von oben zu hören war.

Es hatte funktioniert – ungefähr fünf Minuten lang. Aber Scarlett besaß Durchhaltevermögen und schluchzte auch noch, als Alex das Wasser ausstellte.

Als sie jetzt wieder im Wohnbereich saß, lauschte sie Scarletts Wimmern im Obergeschoss. Alex konnte Matts Stimme hören, der sie zu besänftigen versuchte.

Claire kam die Treppe herunter und nahm Alex fest in die Arme. »Mach dir keine Sorgen wegen Scarlett.« Eine Locke von Alex' triefend nassem Haar klatschte auf Claires Wange. Claire schob das Haar nicht weg. »Sie kriegt sich wieder ein.«

Alex hielt Claire fest. Sie drang mit der Nase langsam bis zu Claires Hals vor und nahm die Spur eines Parfümdufts wahr.

»Du riechst gut«, sagte Alex.

»Bin gleich wieder da.« Claire trabte die Treppe hinauf.

Alex sank aufs Sofa und zog sich ihr langes Shirt über die Knie. Ihr Haar fühlte sich kalt und feucht an wie ein Klumpen

Seetang, der ihr ins Gesicht hing. Sie spürte, wie ihr ein kaltes Rinnsal den Rücken hinunterlief.

Sie lauschte dem summenden Gemurmel von Claire und Matt, die Scarlett zu beschwichtigen versuchten.

Alex lehnte sich zurück und schloss die Augen. Sie rief sich das Parfüm in Erinnerung, das Matt ihr letztes Weihnachten gekauft hatte. Eine durchsichtige Flasche, die sich in der Mitte verjüngte und deren Kappe wie eine dekorative Blume geformt war.

Im vergeblichen Versuch, einen Hauch von Claires Duft heraufzubeschwören, atmete Alex tief ein. Aber jetzt konnte sie nur noch das herbe Aroma ihres eigenen Shampoos riechen und darunter einen schwachen Kühlschrankgeruch.

Sie dachte an Matt und Claire, die in Scarletts Zimmer versuchten, den Tränenschwall ihrer Tochter einzudämmen.

Alex sah zur Haustür. Patrick war noch immer draußen und beschäftigte sich mit … mit was auch immer Patrick sich beschäftigte.

Alex stand auf und ging zum Fuß der Treppe.

Sie legte eine Hand aufs Geländer und hielt einen Moment inne, bevor sie mit behutsamen Schritten nach oben stieg.

Der Flur im Obergeschoss war dunkel, das Dach spitz, die Decke zu niedrig, um stehen zu können. Es roch noch stärker nach Holz als in ihrem Schlafzimmer, fast wie in einer Sauna.

Alex blickte zu den drei Türen um sich herum: eine geschlossen, zwei geöffnet. Aus dem geschlossenen Zimmer hörte sie Matts gedämpfte Stimme, dann eine gedämpfte Antwort von Claire.

Alex sah zu der ersten geöffneten Tür. Noch bevor sie überdenken konnte, was sie tat, hatte sie den Raum bereits betreten.

Es war ein kleines Bad, größer als Alex' Nasszelle unten zwar, aber nicht groß genug, um echten Komfort zu bieten. Sie sah sich die Toilettenartikel an.

Auf dem Rand des Duschbeckens stand eine Shampooflasche, auf der eine Apfelfigur zu sehen war, darunter ein Versprechen: *Keine Tränen mehr*. Auf der Waschbeckenumrandung ruhte neben einer stehenden Tube *Hello-Kitty*-Zahnpasta eine elektrische Tiger-Zahnbürste.

Alex verließ das Badezimmer. Sie hielt inne und nahm die letzte Tür ins Visier.

Sie lauschte. Aus dem Rest der Hütte waren noch immer keine Anzeichen von Bewegung zu hören.

Mit leisen Schritten ging Alex durch die letzte Tür. Sie sah die Koffer in der Ecke, eine aufs Bett geworfene Jeans, auf deren Gesäßtasche eine gestickte Verzierung war: Alex erinnerte sich, dass Claire diese Jeans am Vormittag getragen hatte.

Alex zog ihr Shirt noch ein bisschen weiter nach unten. Nach einer kurzen Pause ging sie zu dem kleinen Minibadezimmer, das zu diesem Zimmer gehörte.

Zwei Kulturtaschen lagen offen auf dem Waschtisch: eine marineblau, eine geblümt. Alex beugte sich über die geblümte und griff nach der Flasche, die obenauf lag.

Es war dieselbe in der Mitte verjüngte Flasche mit demselben Blumendeckel. Sie war fast leer.

Alex sah auf und blickte in den Spiegel vor sich.

Die Frau, die sie darin entdeckte, sah Alex regungslos an, die Schulterpartien ihres Shirts waren von der Nässe dunkel. Ihr Haar – ebenfalls dunkel vor Nässe – fiel schwer um ihr

Gesicht und betonte die Wangenknochen so sehr, dass sie ausgemergelt wirkte.

Alex sah einen einzelnen Wassertropfen ihr Gesicht hinunterlaufen. Eine Weile hing er am Kinn, bis er sich davon löste und zu Boden fiel.

Alex hörte, wie sich eine Tür öffnete.

»Bin gleich wieder da.« Claires Stimme drang erschreckend gut hörbar an ihr Ohr. »Ich werde nachsehen, wann wir Minigolf spielen gehen sollen. Er kann nicht noch immer mit dem Vogel beschäftigt sein.«

Matts Antwort konnte Alex nicht hören, aber Claire fügte hinzu: »Ich glaube, es ist um sechs. Ich bleibe dann hier und koche.«

Alex hörte Schritte im Flur, dann auf der Treppe nach unten.

Im nächsten Augenblick legte sie die Flasche zurück in die Kulturtasche. Als sie sich umdrehte, um den Raum zu verlassen, stieß sie gegen eine Tube Zahnpasta, die ins Waschbecken fiel.

Sie stellte die Zahnpasta zurück an ihren Platz. Sie wartete.

Als sie draußen nichts mehr hören konnte, schlich sie vorsichtig über den Schlafzimmerteppich zurück in den Flur.

Am anderen Ende wurde die Tür zu Scarletts Zimmer geöffnet. Matt sprach in den Raum hinein. »Gesalzenes Karamell oder Erdbeer-Sahne?«

»Erdbeer«, antwortete Scarlett mit schleimbelegter Stimme.

Matt drehte sich um und sah Alex. Seine Augenbrauen zogen sich kaum merklich zusammen.

»Ich wollte nur nachsehen, ob Claire einen Fön hat.« Alex

schloss die Tür hinter sich. »Ich wollte euch nicht stören, ich hab mir gedacht, dass Scarlett nicht will, dass ich reinkomme. Soll ich reingehen und mit ihr sprechen?«

»Würde ich nicht machen. Sie ist noch ein bisschen durcheinander.« Matt sah Alex eine Weile prüfend an. »Wir haben doch unten auch einen Fön, oder?«

»Einen, der nichts taugt. Ich wollte nachsehen, ob Claire ihren eigenen mitgebracht hat.«

»Und, hat sie?«

Alex überlegte. »Ich habe keinen gesehen. Und ich wollte nicht ihren Koffer durchsuchen.«

Matt sah sie eindringlich an. »Da bin ich ja froh, dass du ihren Koffer nicht durchwühlen wolltest. Zumal Claire unten ist und du sie einfach hättest fragen können.«

Alex sah zu Boden. Sie drehte langsam ihren Ring am Finger. »Ich werde schon mit unserem Fön klarkommen. Du hast es ihr gesagt, oder? Warum ich es getan habe?«

»Natürlich«, antwortete Matt kurz angebunden.

Schweigend gingen sie die Treppe hinunter ins Wohnzimmer.

Kapitel 31

»Alex!« Auf dem Minigolfplatz winkte Patrick mit seinem Schläger in ihre Richtung. »Du bist dran.«

Alex führte nicht mal einen Übungsschwung aus. Sie trat einfach vor und schlug den Ball in Richtung der Windmühle, als hätte sie mit der ganzen Sache nichts zu tun.

Obwohl sie nur einen halben Meter vom Fuß der Windmühle stand, traf sie nicht. Mit einem dumpfen Geräusch traf der Ball auf Holz. Er rollte langsam zurück zu Alex.

Patrick war allen anderen um vierzehn Schläge voraus, und trotzdem machte ihm dieses Spiel nicht so viel Spaß wie erwartet.

Auf dem Weg zum Minigolfplatz hatte Scarlett angehalten und auf eine einzelne Feder gestarrt, die in der Mitte der Straße lag – eine Feder, die Patrick beim Entfernen des Fasans zurückgelassen hatte.

Scarlett hatte die Feder sehr lange einfach nur angesehen. Schließlich zog sie den Reißverschluss ihrer Anoraktasche auf, steckte die Feder hinein und zog den Reißverschluss sorgfältig wieder zu. Wenn Alex jetzt einen Schritt auf sie zuging, wich Scarlett einen Schritt zurück.

Als Alex sie fragte, ob sie ein Eis wolle (ein übergriffiges Vorgehen, wie Patrick fand), hatte Scarlett abgelehnt. Das war bei Eiscreme noch nie vorgekommen, soweit er sich erinnern konnte.

Scarletts Selbstdisziplin und der Einsatz für ihre eigene Sache beeindruckten Patrick. Nicht zum ersten Mal kam ihm der Gedanke, dass er bei Scarlett mehr Ähnlichkeiten mit sich entdeckte als bei seinen eigenen Kindern.

Er beobachtete, wie sie an den Rand des Minigolfplatzes marschierte. »Wohin gehst du, Süße?«

»Posey und ich müssen hier drüben etwas Wichtiges besprechen.«

»Klaro«, sagte Patrick in fröhlichem Tonfall.

Er sah zu, wie Scarlett ihre einseitige Unterhaltung am Rand der Grünanlage fortsetzte.

»Dir kann nichts passieren«, flüsterte Scarlett eindringlich in die Luft. »Sie tötet nur Vögel. Keine Kaninchen.« Sie hielt inne. »Du hast recht, Posey.«

Alex sah zu Matt. Aber der wandte sich ab und ging in die Hocke, um seinen Schnürsenkel zuzubinden.

Scarlett redete noch immer. »Ich werde dich beschützen, Posey. Achte einfach darauf, dass du genügend Abstand hältst. Sicherheit geht vor.«

Patrick wandte sich an Matt, weil er erwartete, dass dieser etwas zu Scarlett sagen würde. Aber Matt schüttelte nur seinen Fuß, weil das Hosenbein hochgerutscht war, und stand vor seinem Golfball.

Nun schwang er den Schläger, jedoch nicht so, wie er es tun sollte, dachte Patrick. Nicht so, als würde er sich anstrengen. Eher so, als würde er Zeit totschlagen.

Jetzt war Patrick an der Reihe. Er fragte sich, ob es jemandem auffallen würde, wenn er seinen Schlag nicht ausführte. Oder ob sie nur dastehen und zuhören würden, wie Scarlett schlecht über Alex redete.

Er wartete. *Eine Sekunde. Zwei Sekunden. Drei Sekunden.* Als Matt aufsah, war er bis zwölf gekommen.

»Du bist dran, Tiger Woods.«

Tiger Woods. Sogar das ärgerte ihn. Es wäre okay gewesen, hätte Matt ihn nicht schon so genannt, bevor sie überhaupt zu spielen angefangen hatten. Patrick im Voraus zu schmeicheln, ohne seine ausgefeilte Technik gesehen zu haben, die er an vielen Samstagvormittagen optimiert hatte, machte das Kompliment wertlos.

Patrick stellte sich breitbeinig in Positur. Er nahm das hölzerne Hindernis vor sich ins Visier: den aufgemalten Clownsmund mit dem Loch zwischen den Zähnen, das es zu treffen galt. Zwischen ihm und dem Mund lagen ein paar Meter unebenen Terrains. Sollte Patrick das Loch verfehlen, würde der Ball die Schräge auf einer der beiden Seiten hinunter- und direkt zum Abschlagbereich zurückrollen.

Doch Patrick würde das Loch nicht verfehlen.

Nach einem sorgfältigen Probeschwung hielt er inne, um sich zu konzentrieren, und führte den Schlag aus.

Der Ball hüpfte über das Gras und sauste sauber durch den Clownsmund. Nicht einmal die Seitenwände berührte er.

Patrick setzte den Schläger auf den Rasen und stützte sich darauf ab.

»Gut gemacht«, sagte Matt irgendwann.

Patrick beugte sich hinunter, um seinen Ball aufzuheben. Er platzierte ihn am Startpunkt des nächsten Lochs. Dann zog er das Spielprotokoll und den winzigen Bleistift aus der Tasche und notierte die Anzahl seiner Schläge. Sie waren an der achten Stelle, und noch hatte niemand bei egal welchem der Hindernisse sein Ergebnis erreicht.

»Guter Schlag«, sagte Alex. Die Bemerkung fiel per Autopilot, es steckte keine echte Bewunderung dahinter, das war zu hören.

»Siehst du das Blatt dort, Scarlett?« Matt zeigte auf ein Blatt auf der Grünfläche. »Mal sehen, ob ich meinen Ball auf dem Weg zum Ziel darüberrollen lassen kann.«

»Aber es liegt nicht auf dem Weg!« Patrick konnte es nicht fassen. »Das ist die entgegengesetzte Richtung!«

Matt zielte mit dem Ball auf das Blatt. Der Ball verfehlte es und rollte langsam daran vorbei.

Matt sah zu Scarlett und rümpfte die Nase. »Nächstes Mal erwische ich es.«

Patrick steckte Papier und Bleistift in die Tasche. Er blickte in den Himmel und schloss für einen Moment die Augen, bevor er sie wieder öffnete und sich umdrehte, um seinen Mitspielern zuzusehen.

Befragung nach dem Zwischenfall.
Keeley Pope, 25. Freizeitkoordinatorin im Happy Forest.
Persönlich. Happy-Forest-Freizeitzentrum.

Ich habe mich gefragt, wann Sie zu mir kommen würden! Gehen wir nach hinten durch. Es ist ein Skandal!
Ich hab schon zu den anderen gesagt, es ist wie in einer Folge von »Ex on the Beach.«
Ach, was reden Sie da, das war doch kein Unfall! Das haben Sie doch bestimmt spätestens ausgeschlossen, als klar war, dass die vorher alle mal was miteinander hatten, oder?
Die haben sich immer und überall gestritten. Wie in »Ex on the Beach« eben. Aber Sheila meint, sie hat Ihnen das schon erzählt.
Ja, zeigen Sie mir Ihre Fotos.
Mit dieser Frau da habe ich gesprochen, die mit den dunklen Haaren. Alex Mount. Die geschossen hat. Ist sie Stier?
Die scheint mir ein typischer Stier zu sein – dickköpfig. Und ich darf das sagen, ich bin selbst einer.
Ich habe sie kennengelernt, als sie ihre Tochter zum Tanzkurs gebracht hat. Sie war ziemlich durcheinander, schon bevor sie auf den Typ geschossen hatte, lief der gemeinsame Trip schlecht, das war zu spüren.
Einfach nur … außer Atem. Panisch. Sehr angespannt. Wenn ich jetzt daran denke, wird mir fast mulmig zumute. Sie wollte unbedingt, dass ihre sieben Jahre alte Tochter an dem Burlesque-Tanzkurs teilnimmt.

Ja, Burlesque-Tanzen. Sie wissen schon, ganz old school, das mit dem Um-Stühle-Schlängeln, den hochgeworfenen Beinen und dem Langsam-in-die-Hocke-Gehen und so. Ich unterrichte es manchmal selbst. Ich sage immer, es ist nur was für ältere Kinder, aber als ich kurz mal reinlinste, habe ich nicht schlecht gestaunt: Die Kleine hatte es drauf.

Nein, die Frau war definitiv die Mutter des Mädchens.

Sie war nicht die Mutter? Aber warum sollte sie dann sagen, dass sie es war? Meinen Sie, sie hat das Kind gekidnappt oder so? War sie vielleicht deshalb so angespannt?

Sie muss verrückt sein. Ich kann ja noch verstehen, wie es passiert, dass man auf jemanden schießt. Aber sich als Mutter eines Kindes auszugeben?

Vielleicht ist sie doch kein Stier. Das ist gar nicht typisch Stier. Wir Stiere sind ehrlich und aufrichtig.

Nein, außer ihr habe ich keinen der anderen getroffen. Die sehen auf diesen Fotos ziemlich ernst aus. Bilder von Überwachungskameras sind einfach nie gut.

Vielleicht ist sie doch Zwilling, könnte ich mir auch vorstellen. Gespaltene Persönlichkeit.

Kapitel 32

In der Hütte griff Alex um Claire herum, um sich eine Limonade aus dem Kühlschrank zu nehmen. »Wirklich schade, dass du beim Minigolf nicht dabei warst.«

Claire lehnte sich zur Seite, um Alex Platz zu machen. Sie fuhr fort, Zwiebeln zu hacken. »Ich wollte rechtzeitig mit dem Kochen anfangen.«

Alex ließ sich gegen den Küchenschrank hinter sich fallen. »Ich habe das Gefühl, dass du hier alles machst! Bitte sag, dass du nicht wegen der Sache mit dem Fisch deine Essenspläne geändert hast.«

»Das ist kein Problem.« Claire sah Alex an, während sie weiterhackte. »Außerdem war es ein langer Tag mit der ganzen Aufregung mit Scarlett und dem Fasan.« Claire deutete auf das Weinglas neben sich. »Ich trinke gern beim Kochen. Es hat manchmal was, sich was zu trinken zu gönnen, wenn man allein ist, oder?«

»Ja.« Alex bewahrte einen leichten Tonfall. »Hat sich gut angefühlt, soweit ich mich erinnere.«

»Oh.« Claire hörte auf zu hacken. »'tschuldigung.«

»Schon gut.«

»Das Minigolfen hat dir also Spaß gemacht?«

Alex sah zu Claires Glas und schnell wieder weg. »Ja, danke.« Sie griff noch einmal um Claire herum, um ein Glas aus dem Schrank zu nehmen. »Kann ich irgendetwas tun?«

»Du ruhst dich einfach aus und legst die Füße hoch. Hat Scarlett sich gut benommen?«

Alex öffnete ihre Dose. »Musterhaft.«

Claire grinste. »Siehst du. In dem Alter können sie nicht lange böse sein.«

Alex fragte sich, ob sie Claire hätte erzählen sollen, wie Scarlett sich wirklich verhalten hatte. *Nein, sie hat sich nicht gut benommen. Sie hat sich mit ihrem imaginären Freund über Alex, die Tiermörderin, unterhalten.* Aber dann hätte sie keine Chance mehr bei Scarlett. Niemand mochte Petzen. Was in Gefängnissen galt, gehörte instinktiv auch zum Regelwerk unter Siebenjährigen.

Alex schaute hinüber zum Wohnbereich. Matt saß Scarlett gegenüber am Esstisch, wo sie mit einem Händeklatschspiel beschäftigt waren. Matt ließ Scarlett nicht gewinnen, und jede neue Niederlage ließ sie vor Freude quietschen.

»Lust auf einen Spaziergang, Matt?«, fragte Alex.

»Okay.« Matt wollte aufstehen.

»Posey und ich möchten, dass du noch ein Spiel mit uns spielst, Dad«, sagte Scarlett.

Matt verharrte einen Moment zwischen Sitzen und Stehen. Er nahm wieder Platz. »Aber nur solange Posey nicht schummelt. Kaninchen sind berüchtigte Falschspieler, das weiß man doch.« Er sah Alex fragend an. »Danach, okay?«

Alex wandte sich zu Scarlett. »Kennst du den Witz darüber, warum man im Dschungel nicht Karten spielen sollte?«

Scarlett hielt den Blick auf ihren Vater gerichtet. »Posey möchte Quartett spielen.«

Matt entschuldigte sich bei Alex mit einem Schulterzucken und schaute zurück zu Scarlett. »Posey hat einen guten Geschmack. Aber wir beide behalten das Kaninchen lieber im Auge, bevor es uns Bankrott macht.«

Auf der anderen Seite des Raums griff Patrick nach seinem Telefon und wählte eine Nummer. »Lindsay.«

Alex sah sich um; ihr Blick blieb an *Ulysses* hängen. Wenig enthusiastisch zog sie das Buch zu sich heran.

Patrick blickte aus dem Fenster in die Dunkelheit dahinter. »Sind sie da?« Er klang förmlich, als würde er einen Termin mit seinem Parlamentsabgeordneten vereinbaren wollen. »Ich hab's auf ihren Handys probiert. Sind nicht rangegangen. Schon wieder nicht.«

Patrick schritt durch den Raum. Er vollzog eine dramatische Kehrtwendung und ging an seinen Ausgangsort zurück. Dabei gestikulierte er wild mit einer Hand. »Bring sie einfach dazu, mich anzurufen. Bitte.«

Patrick stopfte das Telefon wieder in die Tasche und ließ sich breitbeinig auf dem Sofa Alex gegenüber nieder, vibrierend vor Energie. Dann nahm er seinen Laptop und hämmerte auf die Tasten.

Von den Zwiebeln, die Claire hackte, tränten Alex allmählich die Augen, so dass sie nur mit Mühe lesen konnte. Sie sah Matt ins Badezimmer gehen. Obwohl es zwischen den beiden Räumen eine Wand gab und Matt die Tür geschlossen hatte, konnte Alex jede Phase seines Pinkelns akustisch verfolgen: den starken Hauptstrahl, den nachlassenden Reststrahl, das Abschütteln, das Spülen.

Matt kam wieder und lächelte Alex zu.

Sie lächelte zurück.

Wäre es zu viel verlangt gewesen, in dieser besonderen Familienkonstellation an einen Ort zu fahren, wo sie bei solchen Aktivitäten mehr als ein paar Meter voneinander entfernt sein konnten?

»Patrick?«, sagte Claire.

Patrick starrte weiter auf seinen Laptopbildschirm.

Claire legte ihr Messer auf die Küchentheke. »Patrick.« Keine Antwort. Claire ging zum Sofa und beugte sich über ihn. »Patrick.«

Patrick zuckte zusammen. Er zog den Bildschirm zu sich heran. »Ich hasse es, wenn du dich anschleichst.«

»Ich habe mich nicht angeschlichen! Du hast mich einfach ignoriert, als ich versucht habe, mich bemerkbar zu machen. Ich verstehe sowieso nicht, wie man sich so für Facebook begeistern kann, ist doch alles nur heiße Luft.« Sie deutete auf den Bildschirm. »Wer ist das?«

»Eine, mit der ich zur Schule gegangen bin. Sie wohnt in der Hütte nebenan, ein verrückter Zufall. Matt und ich haben sie vorhin getroffen. Matt hat sie für morgen auf einen Drink eingeladen.«

»Wie lustig! Wart ihr in der Schule befreundet?«

»Sie war in meinem Theaterkurs.« Patrick hielt inne. »Wir haben uns nicht wirklich in denselben Kreisen bewegt.«

Matt schnaubte. »Dann war sie also nicht im Modellflugzeugclub?«

Patrick hielt seinen Blick bewusst auf Claire gerichtet. »Was wolltest du von mir?«

Claire überlegte. »Weiß ich nicht mehr.« Sie ging zurück in

den Küchenbereich, nahm einen Schluck von ihrem Wein und hackte weiter Zwiebeln.

»Ich erinnere mich noch gut an die Mädchen in der Schule, die alle toll fanden.« Matt grinste Patrick an. Dann ließ er sich mit einer Ernsthaftigkeit, die nahelegte, dass er zu dem Thema viel zu sagen hatte, auf der Kante des Esstisches nieder. »Gemma Cooper war die Nummer eins.« Mit einer ruckartigen Kopfbewegung warf er die Haare aus dem Gesicht. »Ihr Bruder spielte in der Forest-Jugendmannschaft. Walshy hat es einmal mit ihr getrieben, auf der Gedenkbank im Park. Wir konnten es gar nicht glauben.«

Claire lachte. »Ihr habt zugesehen?«

»Natürlich haben wir zugesehen! Eine Zeitlang jedenfalls. Es war ein Ereignis!« Matt wandte sich an Alex. »Kannst du glauben, dass Walshy es mit dem beliebtesten Mädchen der Schule getrieben hat? Alle haben damals über ihn geredet. Und sie haben's nicht einfach nur getrieben. Sie hat ihm sogar …« Er sah zu Scarlett. »Nicht so wichtig.« Als sie wegsah, formte Matt mit stummen Lippen *einen geblasen*.

Patrick klappte seinen Laptop mit lautem Knall zu.

»Nicht, dass wir das auch gesehen hätten. Rückblickend verstehe ich nicht, was wir an ihr so toll fanden. Sie hatte eine ziemlich verunglückte Dauerwelle. Einen dicken Klumpen auf dem Kopf und alles voll mit Haarspray.« Matt schüttelte den Kopf. »Gemma Cooper. Seit Jahren nicht mehr an sie gedacht. Ich muss sie Walshy gegenüber mal erwähnen. Obwohl … das wird ihn wahrscheinlich nur noch depressiver machen. Wenn man bedenkt, wie tief er gesunken ist seitdem.«

……….

Später saßen alle am Esstisch.

Alex probierte die Pasta. »Köstlich, Claire. Du kochst wirklich gut.«

Claire winkte freundlich ab. »Ist doch nur Pasta.«

Alex spießte ein weiteres Nudelnest auf. »Aber mit selbstgemachter Soße.«

Matt grinste Alex an. »Ich sag dir was, Claire. Hauptgänge kocht sie gut, aber bei Pudding versagt sie komplett. Sie macht ihn immer mit zu viel Früchten, so dass man sich fragt, wo da überhaupt noch Pudding sein soll.«

Alex legte Messer und Gabel ab.

Matt senkte den Kopf und beschäftigte sich weiter mit seiner Pasta.

»Ich glaube, du wolltest ›Alex‹ sagen, Matt«, sagte Patrick. »Nicht ›Claire‹.«

Matt hörte auf zu essen. »Was?«

»Du hast Alex ›Claire‹ genannt.«

»Habe ich?« Matt sah Alex fragend an. »Wirklich?«

»Hast du«, sagte Alex.

»Muss daran liegen, dass ihr beide hier seid.«

»Schon gut«, sagte Alex.

»Wie wenn du gerade mit deinem Bruder telefoniert hast und mich ›Simon‹ nennst«, sagte Matt.

»Ich weiß. Kein Problem.«

»Jeder macht das. Meine Mutter nennt mich sogar ›Karen‹, wenn meine Schwester vorher da war.«

Alex' Handy klingelte, und sie sah aufs Display. »Das ist Ruby, da muss ich rangehen.« Sie versuchte, sich nicht anmerken zu lassen, wie gern sie aufstand. »Ich verziehe mich nach draußen.«

Sie eilte aus der Hütte und nahm den Anruf entgegen. »Wie läuft's?«, fragte Ruby.

Alex beeilte sich, Abstand zwischen sich und die Hütte zu bringen. »Du gewinnst.«

»Ich gewinne?«

»Dieser Ausflug ist eine Katastrophe.«

»Ach, Alex. Sag nicht, dass ich gewinne!« Ruby seufzte. »Wie schrecklich ist es?«

»Moment, lass mich aufzählen, ich will nichts auslassen …« Alex ließ sich auf eine Bank am See plumpsen. »Also, erstens hasst Scarlett mich, weil ich einen Fasan getötet habe.«

»Verstehe.« Ruby hielt inne. »Aus Wut, oder …?«

»Patrick hat ihn überfahren. Und hinterher hat er das arme Ding einfach nur angestarrt und sich geziert zu tun, was getan werden musste. Während der Fasan Todesqualen gelitten hat.«

»Und dann hast du es erledigt. Gut von dir.«

Alex betrachtete die Oberfläche des Sees. Wie konnte hier alles so ruhig sein, während sie so aufgewühlt war? »Patrick nimmt es mir übel, das spüre ich. Dieser Mann ist ein Alptraum, Ruby. Er versucht ständig, mit mir zu konkurrieren, macht aus allem einen Wettstreit. Es ist wie … als sähe er in allem eine Chance zu beweisen, dass er gut genug ist. Für jemanden, irgendjemanden. Er ist verrückt.«

»Klingt nach meinem Stiefvater. Den lassen wir einfach immer gewinnen, damit wir unsere Ruhe haben.«

»Das habe ich versucht, als wir diesen Wildwasserkanal hinuntergejagt sind, aber es war einfach nicht möglich. Wie kann man mit dreiundvierzig noch immer nicht die geringste Ahnung von Strömungsdynamik haben?«

Es entstand eine Pause. »Hast du etwa mitgemacht beim Wettrennen?«

Alex hüstelte. »Ein bisschen. Aber als mir klar wurde, was da gerade vor sich geht, habe ich sofort aufgehört. Also, nachdem …«

»Nachdem?«

»Nichts weiter.«

Eine weitere Pause. Alex sah nach unten auf ihre Schuhe. »Was ist mit Claire?« Ruby sprach langsamer als sonst, als würde sie ihre Worte mit Bedacht wählen. »Wie ist sie?«

»Sie ist einfach nur perfekt. Ganz wunderbar und rücksichtsvoll.« Alex musste nicht lange überlegen, was sie sagen wollte. Die Worte waren schon da, drängten darauf, endlich gesagt zu werden. »Sie liebt es zu kochen und ist einfach verdammt entspannt. Und sie stellt die Milch zum Frühstück in einem Krug auf den Tisch. In einem handgetöpferten Krug.«

Eine Pause. »Okay.«

»Ich meine, ernsthaft – wer benutzt schon einen Krug? Ich dachte, das wäre etwas, das nur die Leute im Fernsehen tun. Verstehst du, was ich meine? Perfekt. Sie hat mir alkoholfreie Cocktails gemacht, damit ich mich nicht ausgeschlossen fühle. Sie ist so verdammt nett.«

»Ist das Sarkasmus?«

»Nein! Das ist das Schlimmste daran! Sie ist viel zu nett, immer ein Lächeln auf den Lippen, und so vernünftig. Sie hat mir sogar einen Spa-Gutschein geschenkt.«

»Wirklich?«

»Und sie hat heute auf das Minigolfen mit der Familie verzichtet, weil Matt ihr gesagt hat, dass ich keinen Fisch mag, sie aber dieses krasse Fischgericht vorbereitet hatte und nun stattdessen Pasta machen musste – aber nicht bloß mit Fertigsoße, wo denkst du hin, sie hat Knoblauch gehackt und alles. Ich hab einfach das Gefühl, sie ist so wahnsinnig erwachsen, während ich besser mit Scarlett und Posey am Kindertisch sitzen sollte.«

»Verstehe.« In Rubys Stimme klang echte Sorge mit. »Halt, stopp, noch mal zurück: Wer ist Posey?«

»Scarletts imaginäres Kaninchen.«

Am anderen Ende der Leitung herrschte Stille.

»Ich muss dir von ihm erzählt haben«, sagte Alex.

»Ich würde mich daran erinnern.«

»Posey hasst mich. Er lässt immer wieder abfällige Bemerkungen fallen und sagt, ich sei eine Fasanmörderin. Und er hat mich fett genannt.«

Wieder Pause. »Verstehe. Und du weißt woher, dass er diese Dinge …?«

Alex scharrte ungeduldig mit den Füßen auf dem Boden.

»Durch Scarletts Reaktion.«

»Du bist nicht fett.«

»Natürlich nicht. Ich bin auch keine Mörderin. Aber Scarlett tut so, als wäre sie diejenige, die mit ihm zu argumentieren versucht. Sie sagt ihm, dass sie nicht wisse, ob ich wirklich eine Mörderin bin, und dass Kaninchen vor mir vielleicht nichts zu fürchten hätten, weil es keinen Beweis gibt, dass ich diese Tiere töte und …«

»Komm nach Hause. Bitte komm einfach nach Hause, Alex. Ich schwänze die Feier mit meiner Familie, und du kannst bei mir und Kevin sein. Du darfst ihn sogar mit den Spezial-Weihnachtswürstchen füttern.«

Alex fand es normalerweise nicht gerade reizvoll, Zeit mit Rubys furzendem Dackel zu verbringen, aber im Moment klang selbst das nach einer guten Option.

»Ich kann nicht«, sagte Alex schließlich.

»Warum nicht?«

»Wenn ich jetzt die Beleidigte spiele und mich aus dem Staub mache, dann wird die nächste Begegnung mit ihnen nur noch schlimmer.«

»Ach, Alex.«

»Und weißt du, was das Allerschlimmste ist, Ruby? Mein Verlangen nach einem Drink wird von Tag zu Tag stärker.«

»Du hast so gut durchgehalten. Du darfst nicht bloß wegen dieser Katastrophe von einem Ausflug wieder Alkohol trinken.«

Alex sagte nichts.

»Ich hoffe, Matt verwöhnt dich zum Dank mit jeder Menge Nackenmassagen. Er weiß doch wohl, dass er die geduldigste Freundin der Welt hat, oder?«

Alex antwortete nicht.

»Alex?«

Alex antwortete immer noch nicht.

»Alex? Ist Matt ein Arsch?«

Alex scharrte wieder mit dem Fuß über den Boden. »Er war schon einmal in diesem Wald. Mit Claire und Scarlett. Er hat Claire den Ort vorgeschlagen. Und … erzählt hat er mir das erst, als wir hier waren.«

Ruby stieß zischend einen Schwall Luft aus. »Verdammte Scheiße, Alex.«

»Er hat nicht direkt gelogen. Er hat es nur … nicht erwähnt.«

»Ich verstehe, warum du ein bisschen … angespannt bist.«

»Es ist berechtigt, dass ich ein bisschen sauer bin deswegen, oder nicht? Ich habe viel darüber nachgedacht, und für mich fühlt es sich sehr berechtigt an.«

»Du weißt, dass ich Matt mag, aber … gedankenlos ist nicht das Wort – was für ein mieser Sack. Komm nach Hause, Alex, und sprich später mit Matt. Du musst dir diese Scheiße nicht gefallen lassen.«

»Hör mal, ich muss auflegen.« Alex klappte ihr Handy zu. Rubys Mitgefühl war viel schlimmer als ihr Sarkasmus. Nicht zu ertragen.

Alex saß noch eine Weile auf der Bank. Sie wusste, dass sie zurück zur Hütte gehen sollte, konnte sich aber nicht dazu durchringen.

Das Schlimmste war, dass sie Ruby noch gar nichts von ihrer anderen Befürchtung erzählt hatte. Dass die ganze Sache vielleicht Matts Idee gewesen war – und dass er, wenn das stimmte, sie die ganze Zeit angelogen hatte.

Aber das konnte sie Ruby nicht sagen. Weil sie nicht wollte, dass jemand von außen so reagierte, wie sie es in diesem Moment innerlich tat.

Sie wusste, sobald sie es laut aussprach, würde es definitiv real werden.

Kapitel 33

Für Patrick war es eine Enttäuschung, dass es zum Abendessen doch keinen Fisch geben würde. Aber er sagte nichts. Dazu war er zu höflich.

Es war natürlich wegen Alex. Und jetzt hatte sie während des Essens einen Anruf entgegengenommen und telefonierte schon seit einer halben Stunde, was angesichts der Mühe, die Claire in die Vorbereitung des Ersatzessens gesteckt hatte, wirklich unhöflich war.

Nachdem sie abgeräumt hatten, setzte sich Patrick mit Scarlett, Claire und Matt wieder an den Tisch.

Scarlett bot Schokoladenstückchen aus ihrem Adventskalender an, doch Patrick lehnte ab. Bis zu seinem Ironman blieben zwar noch mehrere Monate, trotzdem musste er vorsichtig sein. Patrick öffnete den Monopoly-Karton und teilte das Geld aus. Er spielte gern den Banker.

Scarlett stellte zwei Spielfiguren aufs Brett. »Posey nimmt gern das Bügeleisen.«

»Posey spielt nicht mit, Scarlett.« Mit entschlossener Geste trank Claire einen Schluck Wein. »Heute Abend nicht. Heute Abend bleibt die Familie mal unter sich.«

»Aber Posey liebt Monopoly. Er wird traurig sein.«

»Ich habe nein gesagt«, beharrte Claire leise. »Bring Posey bitte ins Bett.«

Scarlett kniff die Augen zusammen.

Patrick beobachtete angewidert, wie Matt sich zwei Schokoladenstückchen auf einmal in den Mund stopfte.

»Wie wäre es«, sagte Matt undeutlich durch die Schokolade hindurch, »wenn Posey und Scarlett als Team spielen? Dann könntet ihr zusammen das Bügeleisen sein?«

Claire schüttelte den Kopf in Matts Richtung. Aber Patrick fiel auf, dass sie ihn nicht dafür zurechtwies, ihre Autorität zu untergraben.

Scarlett nickte Matt zu und drehte sich zur Seite. »Du kannst dich wieder setzen, Posey.«

Sie zog einen Stuhl heraus und schob ihn wieder unter den Tisch – einen Stuhl, auf dem jetzt wohl ein Kaninchen saß.

Die Haustür knallte, und Alex kam herein. Sie sah verfroren aus.

Patrick konnte nicht umhin zu bemerken, dass Scarlett bei Alex' Anblick sofort aufhörte, Schokoladenstückchen anzubieten, und stattdessen ihren Adventskalender unter dem Tisch versteckte.

»Alles in Ordnung?«, fragte Matt sie.

»Ja.« Alex rutschte wieder auf den Stuhl, der mittlerweile ihr Stammplatz geworden war. »Es war nur Ruby. Findet nie ein Ende, du weißt doch, wie sie ist. Spielen wir Monopoly?«

Patrick gab Alex ihre Geldscheine. »Ich übernehme die Bank.«

Alex rieb sich die Arme, um sich aufzuwärmen. »Okay.

Habe ich seit dreißig Jahren nicht mehr gespielt. Aber warum nicht.«

Matt wandte sich an Scarlett. »Hast du noch mehr Schokolade, Maus?«

Scarlett schüttelte den Kopf.

....

Nach einer Stunde hatte Patrick es geschafft, zwei Bahnhöfe, das Elektrizitätswerk und eine der drei grünen Straßen (seiner Lieblingsstraßen) zu kaufen.

Bingo! – Soeben war er auf einer weiteren grünen Straße gelandet. Zwei von dreien. Jetzt spürte er es. Das Spiel lief in seinem Sinne.

Patrick nahm die grüne Karte und legte sie vor sich hin. Er fächerte sein Geld auf, bereit, für die Immobilie zu bezahlen.

Ihm war bewusst, dass Alex ihn beobachtete. Zuerst war sie abgelenkt gewesen, hatte die Monopoly-Regeln studiert und sich alle Karten genau angesehen, aber jetzt schien sie ganz bei der Sache zu sein.

»Du kaufst auch den Rathausplatz?«

In Alex' Stimme schwang Ungläubigkeit mit, und das ließ Patrick stocken.

»Du weißt, dass die grünen Straßen die schlechtesten auf dem Brett sind, oder?«

Unterm Tisch wippte Patrick nervös mit den Beinen. Er sah wieder auf sein Geld, zählte noch einmal drei orangefarbene Scheine ab, fuchtelte damit durch die Luft, um zu demonstrieren, dass er richtig gezählt hatte, und legte sie schließlich in die Bank.

»Ich versuche nur zu helfen«, sagte Alex.

Patrick befeuchtete seine Lippen. »Warum glaubst du, dass sie die schlechtesten sind?«

Alex zeigte auf die Monopoly-Regeln, die neben ihren Karten lagen. »Ich habe gerade kurz das Brett und die Immobilienpreise analysiert. Es sieht so aus, als könnten die Straßen auf der ersten Hälfte einer Seite auf keinen Fall so wertvoll sein wie die auf der zweiten Hälfte derselben Seite. Und bei den grünen scheint das Verhältnis vom Kaufpreis zur Höhe der Miete am ungünstigsten auszufallen, und weil sie teuer sind, ist es aus Sicht des Investments …«

Alex hörte auf zu reden.

Patrick blickte auf seine beiden schönen grünen Straßen: Rathausplatz und Bahnhofstraße. Er richtete die Karten auf dem Tisch so aus, dass die Ränder zusammen eine gerade Linie bildeten.

»Ich habe nur versucht … dir beim Gewinnen zu helfen.«

Patrick reagierte nicht.

»Sag mal«, Alex gab sich alle Mühe zu lächeln, »wann ist dieses Ironman-Ding noch gleich?«

Verdammt!

Patrick warf Claire einen flüchtigen Blick zu. »Im April.«

Claire starrte Patrick an, ausdruckslos.

»Was ist ein Ironman?«, fragte Matt. »So was wie Marathon?«

Patrick blickte noch einmal kurz zu Claire. Blieb ihm noch eine Wahl? »Man muss zwei Komma vier Meilen schwimmen, dann hundertzwölf Meilen Rad fahren und dann noch einen Marathon laufen.«

Claire sagte nichts.

»Alles an einem Tag?«, fragte Matt. »Ausgeschlossen.«

»Ich kann nicht fassen, dass du dich für einen Ironman angemeldet hast«, sagte Alex. »Das ist beeindruckend. Hat was von einer beeindruckenden Strafe.«

Claire sah Patrick nicht an. »Angemeldet?«

Hilflos wandte Patrick sich an Alex: »Wollte ich unbedingt einmal im Leben machen.«

Matt lehnte sich zurück. »Mit Delfinen zu schwimmen wäre einfacher.«

»Darum geht es nicht, Matt«, sagte Alex.

Matt lehnte sich noch weiter zurück. Er hielt sich am Tisch fest und kippelte so, dass die vorderen beiden Stuhlbeine vom Boden abhoben. »Pat wird ein *Ironman*, Wahnsinn!«

Patrick zuckte zusammen.

»Können wir weiterspielen, bitte«, sagte Scarlett. »Posey macht es so keinen Spaß, er fühlt sich nicht wohl. Was hast du gesagt?« Sie schaute in die Luft und nickte. »Posey möchte unbedingt mit mir allein sein.« Sie schob ihren Stuhl zurück. »Entschuldigung. Wir gehen auf mein Zimmer.«

Matt sah ihr hinterher. »Scarlett benimmt sich noch merkwürdiger als sonst, warum auch immer.«

»Meinetwegen«, sagte Alex.

»Lassen wir sie einfach ein wenig zur Ruhe kommen«, sagte Claire.

»Solange Scarlett oben ist, geh ich eine Runde raus, was rauchen.« Matt rieb die Hände aneinander. »Hab vorhin schon einen gebaut. Bist du dabei, Claire?«

»Rauchen?«, fragte Patrick. »Rauchen wie in … Zigaretten?«

»So ähnlich«, sagte Matt mit einem Lächeln. »Machst du mit?«

Patrick hustete. »Nein, danke.«

Claire stand auf. »Aber nur ganz kurz. Sie wandte sich an Patrick. »Rufst du uns an, wenn Scarlett runterkommt?«

Patrick starrte sie nur an. Er konnte es nicht fassen.

Claire war im Begriff, Drogen zu nehmen. Bei einem Ausflug mit ihrer Tochter.

»Kommst du mit auf einen Spaziergang, Alex?«, fragte Matt.

Alex lächelte verkrampft. »Ich werde mich ins Bett legen und lesen.« Sie griff nach dem Buch, das neben ihr auf dem Tisch lag. »*Ulysses* gefällt mir wirklich gut.«

»Wovon handelt es?«, fragte Matt.

Alex blickte auf das Buch. Sie lachte ein wenig. »Wovon nicht, müsste man eher fragen.«

Claire und Matt zogen ihre Jacken an und schlossen die Haustür hinter sich. Alex schlüpfte ins Schlafzimmer und schloss auch ihre Tür.

Patrick wurde allein zurückgelassen, mit dem halb gespielten Monopoly-Spiel – einem Spiel, das er anscheinend all die Jahre falsch gespielt hatte.

....

Zwei Stunden später rollte sich Patrick im Schlafzimmer von Claire runter.

Claire sprang wortlos aus dem Bett und ging ins Bad.

Patrick legte sich auf den Rücken. Er schob seine Hände unter den Kopf.

Es war heute Abend nicht gut gelaufen.

Natürlich hatte er bis zum Ende durchgehalten, aber als ihm klargeworden war, dass Claire nicht richtig bei der Sache war, hatte er alle Register gezogen und eine Technik angewendet, bei der er sie, auf eine Hand abgestützt, unter großem Kraftaufwand ein bisschen hin und her warf – etwas, von dem sie sonst gar nicht genug bekommen konnte.

Im Badezimmer surrte der automatische Sauglüfter. Patrick lauschte dem ungleichmäßig starken Geräusch und bemerkte, dass das Lüfterrad sich mal schneller, mal langsamer drehte.

Irgendjemand müsste mal einen Blick auf den Motor werfen.

Patrick hob den Kopf. Er schüttelte sein Kissen auf und legte sich wieder hin. Er war heute beim Sex nicht zur Bestform aufgelaufen – was angesichts der emotionalen Kälte nach dem Ironman-Ding und der Tatsache, dass sie das Haus nicht für sich hatten, auch nicht leicht war.

Aber andererseits hatte er sich beim Sex mit Claire noch nie komplett entspannen können – auch mit keiner anderen Frau, wenn er wirklich ehrlich war. Zwar war er mit den Gedanken bei der Sache, doch gleichzeitig befand sich ein Teil von ihm auf der anderen Seite des Raumes und beobachtete die Sache von außen.

Sie sieht nachdenklich aus – was geht in ihrem Kopf vor?

Da hast du aber gerade ein seltsames Grunzen von dir gegeben, Patrick.

Sie runzelt die Stirn. Mache ich ein komisches Gesicht?

Noch ein bisschen weiter strecken, dann kommen die Bauchmuskeln besser zur Geltung.

Noch schlimmer war es geworden, als bei Lindsay Endometriose diagnostiziert wurde. Patrick hatte sie absichtlich nicht allzu genau nach den körperlichen Auswirkungen der Krankheit gefragt, wohl wissend, welchen Effekt diese Informationen auf ihn haben könnten. Er hatte lediglich sein Mitgefühl ausgedrückt, sich bemüht zu vergessen, was sie ihm erzählt hatte, und sich einverstanden erklärt, sofort zu versuchen, ein Kind zu bekommen. Aber an jenem Abend hatte Patrick sich nur mit Mühe konzentrieren können, da er durch das Wissen um *die Dinge* in ihrem Inneren abgelenkt war. Er versuchte, nicht an das Ultraschallbild zu denken, das sie ihm gezeigt hatte – *an dieser Stelle ist die Gebärmutterschleimhaut mit der Darmwand verwachsen.* So sehr Patrick sich auch bemühte – jedes Mal, wenn er von nun an mit ihr intim wurde, wurde ihm dieses Wort von irgendwo tief drinnen zugefaucht: *Wucherung. Wucherung.*

Aus Kinofilmen und Männergesprächen wusste Patrick, dass sein Problem eines war, das nicht viele Männer teilten. Dass es ganz im Gegenteil viele hedonistische, den Neandertalern ähnelnde Männer gab, die sich einfach in den Moment fallen lassen und in die Steinzeit zurückgrunzen konnten.

Nicht so Patrick.

Dennoch war es zu einem Thema geworden, als er dann mit Claire zusammenkam: Sie gelobten, nicht zu einem dieser Paare zu werden, die nicht mehr miteinander schliefen. Aber allmählich fühlte es sich immer weniger natürlich an, als hätten sie eine Regel aufgestellt, an die sie sich um jeden Preis halten mussten.

Claire verließ das Minibadezimmer. Als sie das Licht darin ausschaltete, verstummte das unstete Geräusch der Lüftung. Sie tapste durchs Zimmer und schlüpfte ins Bett.

»Claire.« Patrick wusste, dass seine Stimme für ein Gespräch im Dunkeln recht formell klang.

»Patrick.«

»Würdest du jemals wieder heiraten wollen?«

Auf der anderen Seite der Matratze rührte sich etwas. Er hörte, wie Claire sich zum Sitzen aufrichtete.

Nach einer Minute sagte sie: »Ich weiß nicht.«

Patrick starrte in die Dunkelheit, wartete.

»Das haben wir doch hinter uns, oder?« Er spürte ihre Hand, die seine Brust tätschelte. »Nacht.«

Er fühlte und hörte, wie Claire sich wieder hinlegte und die Bettdecke zurechtzerrte.

Auf seiner Brust spürte er noch die Stelle, an der sie ihn berührt hatte. Im ersten Moment hatte er die Wärme wahrgenommen, doch jetzt war ihm eher die Abwesenheit derselben bewusst.

Er schluckte bedeutsam. »Claire?«

»Patrick?«

»Ich werde diesen Ironman im April definitiv machen.«

»Und ich werde jetzt schlafen.«

Patrick berührte die ebene Fläche seines Bauchs, wie um sich selbst zu beruhigen. Da Claire nichts sagte, drehte er sich um und schloss die Augen.

Er lag da und wartete auf den Schlaf.

Kapitel 34

Das knarrende Geräusch von oben verstummte.

Alex lag im Dunkeln unter den Decken und lauschte dem sanften rhythmischen Schnaufen, das aus dem Bett neben ihr zu hören war – Schnaufen, begleitet von einem gelegentlichen Knacken.

Als Alex zum ersten Mal mit Matt in einem Bett schlief, hatte sie das Knacken irritiert. Ihrer Erfahrung nach gab es viele Dinge, die knackten – Gesichter zählten nicht dazu. Gesichter knackten nicht.

Als sie Matt am nächsten Morgen danach fragte, hatte er gelacht.

»Ich hätte dich warnen sollen. Ich habe mir als Kind die Nase gebrochen, und deswegen sitzt irgendein Hautlappen oder Knorpel nicht so, wie er sollte.« Er hob das Kinn, damit Alex in seine Nasenlöcher blicken konnte. »Siehst du's?«

Mittlerweile hatte Alex sich an das Knacken gewöhnt. Hin und wieder, wenn sie nicht schlafen konnte, lauschte sie dem Geräusch. Sie fragte sich, ob sie jemals wieder glücklich neben einem Menschen würde schlafen können, der nicht knackte.

Sie hatte nicht gedacht, dass dies noch einmal nötig werden würde. Sie hatte tatsächlich gedacht, mit der Beziehung zu Matt würde die Filmrolle ablaufen: *Happy End* – Abspann.

Erst jetzt kam Alex der Gedanke, dass sie von Beziehungen keine Ahnung hatte. Wie denn auch? Von jedem Typen, mit dem sie jemals zusammen gewesen war, hatte sie sich wieder getrennt.

Schnauf. Schnauf. Schnauf. Knack.

Alex hatte mal gelesen, dass sich die Qualität einer Beziehung am besten danach beurteilen ließ, wie gut man den anderen riechen konnte. Und sie mochte, wie Matt roch: Unter dem Duft nach Keksen und Wolle nahm sie etwas Herbes wahr, herb im reizvollen Sinne. Etwas Herbes, das sie dazu verleitete, ihren Kopf auf seiner Brust abzulegen und ihn einzuatmen.

Und doch fand Matt, dass Claire nach *Zuhause* roch. Obwohl Matt jetzt in Alex' Haus lebte. Ihrem gemeinsamen Haus, genau genommen.

Na gut, sie hatten es nicht zusammen gekauft. Aber es war vollgestopft mit Matts Gerümpel: überall Platten und Schuhe und Skateboard-Zubehör – wenn sich das für ihn noch immer nicht wie ein *Zuhause* anfühlte, dann könnte er sich gefälligst etwas besser benehmen, wie ein Gast.

Beleidigt drehte Alex sich um, wobei sie versehentlich kalte Luft in ihr warmes Nest dringen ließ. Sie zog die Decke zurecht und stopfte alles fest, um sich vor der Kälte zu schützen.

Die Nacht rumorte vor sich hin.

Schnauf. Schnauf. Schnauf. Knack.

Befragung nach dem Zwischenfall.
Ruby Brown, 36. Freundin der Schützin.
Telefonisch.

Hallo, Sie sprechen mit Alex' Telefon.
Sie ist kurz weg, Milch kaufen. Ich versuche, sie mit verschiedenen Aufgaben abzulenken, weil sie so nervös wirkt, seit sie wieder zurück ist. Na ja, sie hat ja auf jemanden geschossen. Die Arme – sie war einfach schon immer verdammt ungeschickt.
Ja, manchmal schlittert sie durch unser Labor, als sei sie auf Rollschuhen unterwegs. Man hätte sie niemals in die Nähe von Pfeil und Bogen lassen sollen. Ich hab schon Bedenken, ihr Messer und Gabel anzuvertrauen.
Ruby. Wir sind Freundinnen und kennen uns von der Arbeit.
In ihrem Haus in Nottingham. Sie wollte nicht da oben bleiben, verständlicherweise. Mir macht es nichts aus, meine Familie zu Weihnachten zu versetzen. Ich habe Kevin bei mir – das ist mein dicker Dackel –, die eigentliche Familie ist also beisammen. Kevin weiß meine Gesellschaft sowieso mehr zu schätzen, und außerdem kriegt er keinen Heulkrampf, wenn der Rosenkohl nicht zum selben Zeitpunkt fertig ist wie die Soße.
Vorsicht mit sexistischen Mutmaßungen, Opa. Fürs Kochen ist mein Stiefvater zuständig.
Wenn Sie's genau wissen wollen, Alex und Matt verstehen sich echt gut, aber für ihn besteht die Welt nur aus Zuckerwatte und Achterbahnen, und Alex lässt sich zu

oft von ihm überreden. Dieses gemeinsame Wochenende zum Beispiel. Was für eine Schnapsidee.
Ich spreche nicht von dem Unfall, ich spreche von dem ganzen Ausflug. Sie hat sogar einen Weihnachtskuchen gebacken, wissen Sie das? Ausgerechnet Alex.
Und sie ist in ein Spa gegangen, eine Vorstellung, die Sie umhauen würde, wenn Sie sie besser kennen würden.
Nein, das sehen Sie falsch. Alex trinkt nicht.
Das hat sie mir nicht erzählt.
Das tut mir leid für sie. Sie hat sich das ganze Jahr über so gut gehalten.
Ich bin mir sicher, dass sie nicht getrunken hat, bevor sie zum Bogenschießen ging.
Alex mag ungeschickt sein, aber sie ist sehr verantwortungsvoll. Zahlt jeden Monat ihre Kreditkartenschulden zurück, kennzeichnet die Laborgeräte sorgfältig.
Ein Burlesque-Kurs? Was für ein absurder Gedanke. Nie im Leben.
Ich glaube, Sie verwechseln Alex mit jemand anders.
Ich sage Ihnen, Sie irren sich. Auf gar keinen Fall würde Alex eine Siebenjährige in einen Burlesque-Kurs stecken.

Auszug aus der Broschüre des Happy Forest:

• • • • • • • • • • • • • • • • • • • •

Im Happy Forest gibt es viel zu entdecken: Genießen Sie einen ruhigen Spaziergang in der Natur. Oder hissen Sie auf unserem eigens dafür angelegten Grand Lake die Segel. Auf unseren weitläufigen Ländereien können Sie Ihrer Phantasie ebenso freien Lauf lassen wie wir der Tierwelt.

Und nicht nur für Kinder, auch für Erwachsene gibt es jede Menge Aktivitäten. Wenn Sie sich ein wenig verwöhnen lassen möchten, erwarten Sie in unserem Spa zahlreiche Behandlungsangebote und eine Wellness-Lounge mit vielen verschiedenen Themenräumen.

Auch einen Pub gibt es bei uns, das Five Bells, ausgestattet mit sieben Billardtischen. Was spricht gegen ein wenig Entspannung und ein paar Drinks? In unserem autofreien Dorf muss schließlich niemand nach Hause fahren.

• • • • • • • • • • • • • • • • • • • •

Kapitel 35

Samstag, 23. Dezember
TAG 3

Alex spürte, wie sich jemand an ihrem wunderbar wärmenden Kokon zu schaffen machte. Vergeblich klammerte sie sich an die Decke, während diese ihr schon entrissen wurde. Eiskalte Luft traf ihren Bauch. Weil das Schlafanzugoberteil über Nacht hochgerutscht war, klemmte der größte Teil davon nun als Stoffwurst in ihrer Achselhöhle.

Matt turnte wenig elegant von seinem Bett in ihres herüber. Er robbte sich in Löffelchenstellung an sie heran. »Morgen.«

Alex spürte die erste Gänsehaut an ihren Oberschenkeln. »Mutig.«

»Immer gern.«

Matt drückte sich noch weiter an sie heran, während Alex die Umklammerung des Deckenzipfels verstärkte.

»Wie geht's dir?«, fragte Matt in ihr Haar.

»Schlafe.« Doch sie schmiegte sich an Matts Körper, spürte die Wärme.

»Ich liege hier und denke nach. Wollen wir heute Vormittag zu zweit etwas unternehmen? Ein Boot mieten und den See erkunden, nur wir beide? Wir könnten diese Szene aus *Titanic* nachstellen. Arme ausstrecken. Du könntest der König der Welt sein, wenn du willst.«

Alex drehte den Kopf und sah Matt an. Sie achtete auf etwas Abstand, um ihn mit ihrem morgendlichen Mundgeruch zu verschonen. »Das könnte mir gefallen.«

»Danach gehen wir mit Scarlett Mittag essen«, sagte Matt. »Ich werde dafür sorgen, dass sie nett zu dir ist, versprochen. Und ich werde ihr sagen, dass sie Posey in irgendeinem Erdloch lassen muss. Dieses Kaninchen kann einem manchmal richtig auf die Nerven gehen.«

Alex drehte den Kopf erneut, dieses Mal, so weit ihr Nacken es erlaubte, fast wie in *Der Exorzist*. Sie küsste Matt sanft auf die Wange.

....

Matts übertriebene Ruderbewegungen sorgten für jede Menge Spritzwasser, wobei er in regelmäßigen Abständen laut ächzend seine Kraftleistung betonte, während Alex die Umgebung betrachtete.

Der See war klein und mit Schildern und Absperrungen dekoriert. Die Wasserfläche war übersät von Kanus und Schlauchbooten, und in allen Richtungen quietschten behelmte Kinder in Rettungswesten.

»Für dich ist es ja okay – du sitzt wie Kleopatra einfach nur so da.« Matt legte sich in die Ruder. »Ich weiß nicht, wie Patrick so bescheuert sein kann, freiwillig im Fitnessstudio zu rudern. Sind wir bald da?«

Alex sah sich um. Sie waren so weit von den Ufern entfernt, wie es auf diesem See nur möglich war.

Matt hängte die Ruder in die Dollen. Er richtete sich in eine halbe Hocke auf, die Arme ausgebreitet. Dann tat er einen zögerlichen Schritt nach vorn und ließ sich auf den Sitz gegenüber Alex fallen.

Sie sahen ein Moorhuhn vorbeifliegen.

Matt blickte über Alex' Schulter hinweg auf etwas, das er in mittlerer Entfernung entdeckt hatte. »Sieh dir Patrick an, haut die Hacken in den Teer, als sei die Gestapo hinter ihm her. Oder, nein, sieh lieber nicht hin – das animiert ihn nur noch mehr.«

»Du sprichst ziemlich oft über ihn, findest du nicht?«

Matt schaute Alex ernst an. »Ich wünschte mir, er und Claire würden besser zusammenpassen.« Er blickte Alex in die Augen. »Ich möchte, dass sie glücklich ist.«

Alex knetete ihre behandschuhten Hände im Schoß. »Du glaubst nicht, dass sie es ist?«

»Mit Patrick kann sie nicht glücklich sein.«

»Man weiß nie, was sich in Beziehungen anderer Leute abspielt.« Oder in der eigenen, dachte sie bei sich.

»Claire kann bei ihm nicht sie selbst sein«, sagte Matt. »Ich beobachte sie, und sie verhält sich immer so bedacht und zurückhaltend. Sie kann nicht einfach mal Quatsch machen.«

»Vielleicht ist sie seit eurer Trennung erwachsener geworden. Muss nicht unbedingt etwas Schlechtes bedeuten.«

»Vielleicht.« Matt drehte sich herum und sah Alex direkt ins Gesicht. Alex umklammerte beide Bordkanten, um das Boot im Gleichgewicht zu halten. »Aber weißt du, was ich gestern herausgefunden habe? Sie hat ihm doch allen Ernstes erzählt, dass sie erst mit einer Handvoll Typen geschlafen hat!«

Behutsam klemmte sich Alex eine Haarsträhne hinters Ohr.

Matt schnaubte. »Gott weiß, mit wie vielen Männern sie wirklich geschlafen hat – aber auf jeden Fall ist sie früher ungern allein nach Hause gegangen. Zumindest, als sie Single war.«

In Alex' Kopf formte sich ein Bild: Claire als Jessica Rabbit, die an einen Flügel gelehnt die Hüften wiegt und singt.

»Woher weißt du eigentlich, dass Claire mit so vielen geschlafen hat?«, fragte Alex.

»Ich kenne sie schon aus Studentenzeiten, wir waren an der Uni miteinander befreundet. Zusammengekommen sind wir erst ein paar Jahre später.« Matt legte seine Hände auf die Ruder. »Außerdem haben wir offen über solche Dinge gesprochen, so wie es sein sollte. Was ist schon eine Beziehung, in der man einander nicht die Wahrheit sagen kann? Ich meine, du weißt doch auch alles über mich.«

»Stimmt«, sagte Alex ausdruckslos.

»Die Sache mit dem Führerscheinentzug.«

»Ja.«

»Du kennst sogar mein Meditationsmantra aus diesem seltsamen Kurs.«

»Das sollte ich auf keinen Fall kennen.«

»Oder dass ich mir einmal im Pub nach zu viel Cola in die Hosen geschissen habe.«

»Über manche Dinge weiß ich wohl tatsächlich ein bisschen zu viel.«

»Siehst du? So muss es sein. Und obwohl du das alles weißt, liebst du mich.«

Das Boot drehte sich gemächlich im Kreis. Das Licht der tiefstehenden Wintersonne blendete Alex. Sie hielt eine Hand über die Augen, um sie zu beschatten. »Du magst Patrick nicht, oder?« Sie blinzelte, um Matts Gesicht erkennen zu können. »Ich dachte immer, du magst jeden.«

Matt seufzte. »Er ist okay. Er ist harmlos. Aber mir gefällt die Vorstellung nicht, dass er der Mann im Haus ist, mit dem Scarlett aufwächst.« Er lehnte sich vor. »Sein ständiges ›Das tut man nicht‹ und ›Was sollen die Nachbarn denken?‹. Wenn's nach ihm geht, ist es am wichtigsten, dass Scarlett angemessen gekleidet das Haus verlässt und mit fünfundzwanzig noch Jungfrau ist.«

»Hat er das gesagt?«, fragte Alex.

»Das muss er nicht. Das weiß ich auch so. Und ich will gar nicht wissen, was er über mich sagt. ›Dein Dad mit seinem Haar‹; ›Glaubst du, er könnte diesen Baum stemmen?‹; ›Glaubst du, er könnte einen Marathon laufen?‹; ›Er ist noch nie einen Marathon gelaufen‹.«

Alex strich ihm übers Bein. »Das kannst du ausgleichen. An den Wochenenden bist du für Scarlett ein gutes Vorbild.« Doch dann musste sie daran denken, wie Matt aus einem Apfel eine Bong bauen konnte, und ihre Stimme wurde zögerlich. »Und Claire ist definitiv okay«, fügte sie mit größerer Bestimmtheit hinzu.

»Ich hoffe einfach, dass Claire mit ihm Schluss macht. Bald.«

Alex sah nach unten. Sie strich über die Reling und blieb an einem Splitter hängen. »Ich dachte, du willst, dass sie glücklich ist?«

»Mit ihm wird sie nie glücklich werden.«

Alex machte sich mit dem Daumennagel am Splitter zu schaffen. »Hast du das mit ihr besprochen?«

»Sie hat ein bisschen was dazu gesagt.«

Alex bearbeitete den Splitter so hektisch, dass er unter ihren Nagel geriet. Fast hätte sie aufgeheult, konnte sich jedoch zusammenreißen. Matt bemerkte nichts.

Alex zog ein Papiertaschentuch aus der Jackentasche und wickelte es um den Daumen. »Wann hat Claire das gesagt?«

»Als ihr beide gestern zum Einkaufen gefahren seid.«

»War Scarlett dabei?«

Matt stand auf. »Wir haben uns unterhalten, als Scarlett oben war.« Er packte beide Bootsränder und brachte das Boot absichtlich zum Schaukeln.

Alex ergriff ebenfalls die Kanten, um sich festzuhalten. »Hey!«

Matt grinste und setzte sich wieder.

Alex beschattete erneut ihre Augen. »Habt ihr, du und Claire, über uns gesprochen?«

»Ein bisschen.«

Weil die Sonne sie zu sehr blendete, konnte sie Matts Gesicht nicht erkennen. »Was hast du gesagt?«

Matt kniff ihr in den Arm. »Was glaubst du?«

Alex lächelte müde.

»So« – Matt sah sich um –, »ich glaube, wir sind uns einig, dass dieser Bootsausflug die zweiundzwanzig Mäuse nicht wert war. Wollen wir zurückrudern und ein Bier trinken gehen?«

Alex betrachtete die Boote und Kanus um sie herum, die bis zum Rand mit Kindern in Rettungswesten vollgestopft waren. Eine leere Plastiktüte trieb am Boot vorbei. »Ich glaube, ich habe alles gesehen, was ich sehen muss.«

Matt ruderte zurück zum Steg. Er musste sich anstrengen, seine Bewegungen waren langsamer, und es spritzte weniger.

Alex lächelte Matt zu. Er lächelte zurück und ruderte weiter.

....

Auf dem Rückweg vom See versenkte Alex die Hände in den Taschen ihrer Jeans. Sie wollte tief Luft holen, aber irgendetwas blockierte ihren Brustkorb.

»Patrick sah nicht gerade glücklich aus, als Claire gestern Abend mit dir was rauchen gegangen ist«, sagte Alex.

»Ich weiß nicht, warum er wegen dem bisschen Gequalme solches Theater macht.« Matt wühlte mit seinem Gummistiefel im Dreck. »Als wir noch zusammen waren, hat Claire auch manchmal was geraucht. Gegen Ende nicht mehr, aber wohl nur, um mir etwas zu beweisen. Zu der Zeit diente alles als Symbol für irgendwas.«

Alex' Brust fühlte sich an, als wolle sie platzen. »Matt.« Sie konnte sich nicht mehr zurückhalten. »Du hast doch gerade gesagt, dass wir keine Geheimnisse voreinander haben. Darf ich dich etwas fragen?«

Matt griff mit seiner behandschuhten Hand nach ihrer. »Schieß los.«

»Du hast mir erzählt, dass bei der Trennung von dir und Claire du derjenige warst, der die Beziehung beendet hat.«

Matt ließ Alex' Hand los.

»Hast du mir damals die Wahrheit gesagt?«

Matt blickte nach unten auf seinen Handschuh. Mit übertriebener Sorgfalt zog er ihn ab, einen Finger nach dem anderen. »Was soll das jetzt?«

»Ich glaube, dass es anders war. Ich glaube, sie hat dich verlassen.«

Alex legte eine Hand auf Matts Arm. Er sah sie nicht an, ging einfach weiter.

»Das ist okay. Erzähl's mir einfach«, sagte sie sanft.

Matt stopfte beide Handschuhe in eine Manteltasche. Er hielt den Kopf stur geradeaus gerichtet.

Dann wirbelte er herum und sah Alex direkt in die Augen. »Warum kannst du Dinge nicht einfach mal auf sich beruhen lassen?«

Dabei gestikulierte er heftig in ihre Richtung. Erschüttert stellte Alex fest, dass seine Hände zitterten.

»Wir hatten einen schönen Vormittag auf dem See, ich stehe dir bei, wenn meine Tochter dich hasst, ich zeige Verständnis, dass dieses Wochenende für dich nicht leicht ist, und dann kommst du mir mit so was.« In seinem Gesicht lag ein Ausdruck, den sie nicht von ihm kannte. »Habe ich dir jemals einen Anlass gegeben, mir nicht zu vertrauen?«

»Es geht mir immer wieder durch den Kopf. Du weißt, wie ich bin, wenn ich etwas nicht verstehe, dann denke ich nach und denke nach …«

»Du denkst nach und denkst nach.« In seiner Stimme war nichts als Sarkasmus zu hören. »Warum um alles in der Welt glaubst du, dass dich das auch nur einen Dreck zu interessieren hat?«

Alex wich einen Schritt zurück. »Weil du gesagt hast, und zwar erst vor fünf Minuten, dass wir keine Geheimnisse voreinander haben!«

»Wer hat hier Geheimnisse? Was hast du gestern in Claires Schlafzimmer gemacht?«

»Nach einem Fön gesucht!«

»Wirklich? Du sahst nämlich aus, als hättest du irgendwas weniger Redliches vorgehabt.«

Darauf antwortete Alex nicht.

»Stöberst du etwa auch meine SMS und E-Mails durch? Hab ich dich die ganze Zeit falsch eingeschätzt? Hast du nur so getan, als seist du nett und normal?«

»So bin ich nicht, Matt!« Alex zwang sich, leiser zu sprechen. »Das ist nicht fair. Und ich habe das alles erst an diesem dämlichen Wochenende herausgefunden, bei dem ich ja unbedingt dabei sein sollte.«

»Schon wieder. Jetzt fängst du noch mal davon an.«

Alex versuchte, mit fester Stimme zu sprechen. »Im Boot hast du darüber gesprochen, wie ehrlich du zu mir bist und dass ich alles über dich weiß. Wie, glaubst du, fühlt es sich an, wenn ich den Eindruck habe, dass du nicht ehrlich zu mir warst?«

Matt sagte nichts.

»Und außerdem frage ich mich, wessen Idee dieses Wochenende war.«

Als er nicht antwortete, knetete Alex ihre Hände.

»Du hast gesagt, ihr hättet euch fast ein Jahr bevor wir zusammenkamen getrennt, aber jetzt höre ich, dass das vielleicht ganz anders war. Und du hast mir nicht erzählt, dass du schon mal hier warst, und …«

Alex hielt inne, verstummte angesichts der Feindseligkeit in Matts Blick.

Er stemmte die Hände in die Hüften. »Soso, Alex ist verwirrt. Das darf natürlich nicht sein. Was genau willst du wissen, Alex?«

Alex sah auf den Dreck, der an ihren Schuhen klebte.

»Ich erzähle dir alles. Jede verdammte Einzelheit. Aber du willst mir nicht das kleinste bisschen Privatsphäre lassen. Nur ein kleines Stückchen meines Lebens, über das du nicht alles weißt.«

Alex fasste ihn am Arm. »Darum geht es nicht.«

Matt schüttelte ihre Hand ab. Er holte Luft. »Ja, Claire hat mich verlassen. Vielen Dank für den Hinweis.«

Alex biss sich auf die Lippen.

»Und ja, ich habe mich für eine Weile in Walshy verwandelt, und ich konnte nicht aus dem Bett kommen und in nichts mehr einen Sinn sehen. Ich habe mich irgendwann wieder eingekriegt, aber es ging mir noch immer dreckig. Ich konnte nicht fassen, dass ich alles kaputtgemacht hatte und nicht mehr mit meiner Tochter unter einem Dach leben würde.«

Alex versuchte noch einmal, ihn zu berühren. »Matt.«

Doch er wich zurück. »Was noch? Was willst du noch wissen?«

»Nichts. Bitte.«

»Willst du wissen, dass ich gelogen habe, als es darum ging, wie lange ich und Claire bereits getrennt waren, als du und ich zusammenkamen, und dass ich sie noch zurückhaben wollte, als ich mich schon mit dir getroffen habe?«

Alex spürte eine neue Leere in sich.

»Bist du jetzt glücklich? War es das, was du hören wolltest? Dass ich, direkt nachdem Claire mich abgeschossen hatte, mit dir zusammengekommen bin und dass ich zu dem Zeitpunkt immer noch versucht habe, sie zurückzukriegen?«

»Es ging dir dreckig, als wir uns kennengelernt haben?«

»Ja, verdammt. Aber das ist Ewigkeiten her.« Matt breitete die Arme weit aus. »Sieh mich jetzt an!«

Ein paar dick eingepackte Kinder mit Fausthandschuhen gingen an ihnen vorbei. Sie drehten sich nach Matt um und starrten ihn an.

»Sieh mich jetzt an!«, schrie Matt noch einmal. »Ich bin jetzt verdammt glücklich! So verdammt glücklich!«

Matt machte Anstalten davonzustürmen, hielt jedoch inne und drehte sich um. »Und ja, dieses Wochenende war mein Vorschlag. Ich wollte Weihnachten mit Scarlett verbringen, ohne Claire außen vor zu lassen. Und ich habe es dir nicht erzählt, weil ich nicht wollte, dass du mir meine Illusionen nimmst, dass so was klappen kann, und ich nichts von deinem beschissenen gesunden Menschenverstand hören wollte.«

Dieses Mal wandte Matt sich wirklich ab, ging mit großen Schritten über den Rasen in Richtung Hütte.

Alex sah ihm hinterher. Sie bemerkte, dass ihm etwas aus der Tasche fiel: etwas Schwarzes.

»Matt!«, rief sie. Er drehte sich nicht um.

Alex folgte ihm mit Abstand und hob den Gegenstand auf: einen Handschuh. Sie strich sanft darüber.

Alex spürte ein Vibrieren in ihrer Tasche. Sie holte ihr Telefon hervor.

Ruby.

Geht's dir heute besser? Hast du mit Matt gesprochen?

Alex steckte ihr Telefon wieder ein. Das nächste Vibrieren ignorierte sie. Sie ging langsam zurück zur Hütte, in einer Hand Matts zusammengeknüllten Handschuh.

Kapitel 36

Patrick sprang über einen niedrigen Zaun. Er landete, fand sein Gleichgewicht und sprintete weiter um den See.

Er stieß auf eine Ansammlung von Vögeln, die aussahen wie dunkel gefiederte Tauben. (Amseln? In der Tierwelt kannte er sich nicht gerade gut aus.)

Patrick rannte schneller, begeistert von seiner Laufkraft. Er war in der Lage, einen ganzen Schwarm aufzuscheuchen.

In der Mitte des Sees trieben Alex und Matt in einem Boot, vorgebeugt, die Köpfe nah beieinander, die Blicke ernst. Die Ruder hingen ungenutzt in ihren Halterungen. Diese Leute versuchten gar nicht erst, sich anzustrengen.

Patrick rannte weiter.

Claire könnte ein bisschen gnädiger mit ihm sein. Er hatte sich ihr zu Gefallen auf diesen Ausflug eingelassen. Sie schien das jedoch gar nicht wahrzunehmen. Und er vermisste Amber und Jack um diese Zeit des Jahres mehr denn je.

Mit dem Ironman hatte Alex ihn echt reingerissen. Er war selbst schuld: Er hätte ihr sagen sollen, dass es ein Geheimnis war, aber er wollte keine Unzulänglichkeiten in seiner und Claires Beziehung preisgeben.

Patrick rannte über den Minigolfplatz und sprang über ein Plastikpilzhindernis.

Vielleicht hatte auch er Matt reingerissen, bei Alex. Denn Matt musste sie angelogen haben, was die Art und Weise betraf, wie Claire und er sich getrennt hatten.

Damals hatte Matt ihm leidgetan. Eigentlich, wenn er jetzt darüber nachdachte, tat er ihm noch immer leid, denn Matts Verhalten in jener Zeit war eines der wenigen Dinge, die Patrick bei ihm wirklich verstand. Matt hatte alle klischeehaften Verlierersachen getan, die Patrick – wenn er ehrlich zu sich war – am liebsten auch getan hätte, als Lindsay ihn verließ. Allerdings hatte er gewusst, dass er darüberstehen musste, wenn er sich noch einen Rest an Selbstachtung bewahren wollte.

....

Zwei Jahre zuvor war Patrick in Claires Haus mitten in der Nacht aus dem Schlaf geschreckt. Aus dem Erdgeschoss war ein Geräusch zu hören.

Er setzte sich auf. »Bricht hier gerade jemand ein?«

Claire stemmte sich langsam hoch. Sie antwortete nicht.

Obwohl noch benebelt und leicht verwirrt, suchte Patrick das Zimmer bereits nach etwas ab, das er als Waffe nutzen konnte. Er verwarf den Rollkoffer (zu groß), das Paar Schuhe (zu klein) und die Nachttischlampe (zu wenig Masse).

Da war wieder das Geräusch. Ein Hämmern an der Tür. *Klonk, klonk, klonk.*

Patrick sah zu seinem Telefon, das auf dem Nachttisch lag. Er drückte die Taste, und der Bildschirm wurde hell. Nach ein Uhr.

Patrick wandte sich an Claire. »Mach nicht auf. Er muss damit aufhören.«

Claire sah zu den Vorhängen, ihr Blick unschlüssig und nachdenklich. Ihr seidenes Nachthemd rutschte über eine ihrer Schultern und entblößte ihren zarten Hals in einer Weise, die Patrick angesichts der Nähe zu ihrer nackten Haut den Atem raubte. Es war noch so neu. Hier lag er nun, in Claire Petersens Bett, und Claire Petersen persönlich direkt neben ihm.

Auf Claires Nachttisch blinkte bläuliches Licht. Ihr Handy war stummgeschaltet, aber auf dem Display wurde angezeigt, wer anrief. *Matt Cutler.*

Dass auf Claires Telefon der volle Name angezeigt wurde, bereitete Patrick ein plötzliches Gefühl der Freude. Zwar begriff er, dass Claires Telefon mit ihrem Online-Adressbuch verknüpft war, das den Nachnamen vermutlich automatisch hinzugefügt hatte, aber dennoch gefiel es ihm, dass Matt in Claires Telefon *Matt Cutler* hieß.

Er hoffte, dass er selbst in Claires Telefon nicht auch als *Patrick Asher* gespeichert war. Plötzlich war es ihm unglaublich wichtig, in Claires Telefon nur *Patrick* zu sein.

Claire nahm den Anruf entgegen. »Ich komm runter, Matt. Hör auf, an die Tür zu hämmern. Du weckst Scarlett auf.« Sie legte das Telefon wieder auf den Nachttisch.

Die fließende Bewegung, mit der sie sich seitlich aus dem Bett schwang und zum Stehen kam, wirkte auf Patrick herzbeklemmend elegant. Diese Frau war perfekt. Wahrhaftig perfekt.

Sie beugte sich über ihn und legte eine Hand auf seinen Oberschenkel, um diesen beschwichtigend zu drücken. »Nur fünf Minuten«, flüsterte sie.

Ihr Nachthemd war so kurz und seidig, dass es hochwehte, als sie aus dem Zimmer ging, so weit, dass Patrick überzeugt war, ganz kurz ein bisschen Schamhaar erkannt zu haben. Er musste sich davon abhalten, *Willst du nicht vielleicht lieber etwas überziehen?* zu sagen.

Patrick hörte Claire die Treppe hinuntergehen.

Er blickte auf seinen Nachttisch – auf die Bogenlampe, die Matt Tausende Male angeknipst haben musste.

Patrick zog in der Dunkelheit die Knie an die Brust.

Er hörte, wie Claire die Kette der Tür löste und den Schlüssel umdrehte.

Dann sprach sie mit leiser Stimme. »Das kannst du nicht machen. Denk an Scarlett.«

»Nur zehn Minuten. Lass mich nur für zehn Minuten rein. Bitte. Ich muss mit dir reden.« Matt versuchte, seine Stimme zu dämpfen, aber der dringliche, bettelnde Tonfall war nicht zu überhören.

»Matt, das geht nicht. Du weißt, dass es nicht geht. Es würde nichts bringen. Am Wochenende komme ich vorbei.«

»Bist du allein?«

»Das spielt keine Rolle. Geh nach Hause und schlaf dich aus.«

»Bitte, sag es mir.«

Patrick war sicher, dass Claire nach Sex roch. Wenn Matt das nicht bemerkte, musste er sehr betrunken sein.

»Ja, ich bin allein. Aber das spielt keine Rolle. Wenn du nicht weggehst, rufe ich Walshy an. Ich sag ihm, er soll kommen und dich abholen, zu deinem eigenen Besten. Zwing mich nicht dazu, du brichst mir das Herz. Ich kann nicht glauben, dass du das immer noch tust.«

»Nur zehn Minuten, Claire. Bitte. Gib mir nur eine Chance, mich zu erklären. Ich werde anders sein. Ich werde so sein, wie du willst.«

»Wenn Scarlett davon aufwacht, wird sie total durcheinander sein. Mach's ihr nicht noch schwerer, Matt. Bitte.«

Einen Moment später fiel die Tür leise ins Schloss, und Patrick hörte, wie die Kette vorgelegt wurde, dann Claires Schritte auf der Treppe. Er sah nicht, wie sie ins Zimmer kam, spürte aber, wie sich die Matratze senkte. Claire schlüpfte neben ihm ins Bett.

Patrick griff nach ihrer Hand; sie war kalt. Als er sie drückte, zeigte sie keine Reaktion.

»Alles in Ordnung?«, fragte Patrick.

»Ich hatte gehofft, er würde das nicht mehr machen.«

»Ich geh morgen bei ihm vorbei«, sagte Patrick. »Werde ihm sagen, dass das aufhören muss. Nach sechs Monaten sollte er so was nicht mehr tun.«

»Du wirst nicht bei ihm vorbeigehen«, sagte Claire mit einer Bestimmtheit, die Patrick von ihr nicht kannte. »Das wäre das Schlimmste, was du machen könntest. Das Beste ist, wir tun gar nichts. Bis er es begriffen hat.«

....

Als Patrick an der Weihnachtsmannhöhle vorbeilief, spürte er ein mulmiges Gefühl im Bauch. Er beschleunigte sein Tempo.

Heute konnte er nicht mehr als zwei Stunden laufen. Er musste Scarlett von »Fluffy das Eichhörnchen im Winterwunderland« (was auch immer das war) abholen, bevor Claire aus dem Spa zurück war.

»Patrick!«

Er wurde langsamer und drehte sich um.

Nicola holte im Laufschritt zu ihm auf, in einer Hand einen paillettenbesetzten Pullover. »Darf ich dich kurz aufhalten?«

»Aber klar.«

»Es ist Weihnachten. Da ist Joggen doch viel zu gesund.«

»In der Schule warst du auch sportlich.«

Sie lachte. »In der Schule. Das ist ziemlich lange her.«

»Ich erinnere mich noch, dass in der Liste der Mannschaftsführerinnen beim Korbball dein Name stand.«

»Das war Nicola Garcia. Jetzt bin ich Nicola Trevor.«

»Und dein Mann ist nicht hier?«

Nicola drehte sich um. »Beeilt euch, Kinder!«, rief sie.

Sie wandte sich wieder zu Patrick. »Er ist gestorben. Als die Kinder noch ganz klein waren.«

Patrick biss sich auf die Lippe. »Das tut mir sehr leid.« Er wollte sich vorbeugen und ihr weiches Haar streicheln. Die Bäuerinnenstrickjacke hing wallend um eine vom Schicksal gebeutelte Frau.

»Es ist lange her«, sagte sie. »Aber Nicola Garcia gibt es schon längst nicht mehr. Und Nicola Trevor hat nie irgendwelche Korbballmannschaften angeführt.« Nicola seufzte und schüttelte den Kopf. »Könnte sie gar nicht.«

»Bestimmt könntest du das. Du bist noch sehr gut in Form.«

Sie lächelte. Zeigten ihre Wangen einen Hauch von Rot? »Danke. Du aber auch. Sehr beeindruckend um diese Jahreszeit.«

»Ich muss trainieren. Nächstes Jahr mache ich ...«

»Mum!«

Nicola hielt inne. Eine Sekunde später sah sie über Patricks Schulter hinweg. »Erzählt mir nicht, ihr wollt den Pullover zurückhaben. Das hat ganze drei Minuten gedauert.«

Patrick lächelte Nicolas beiden Töchtern zu, die hinter ihm aufgetaucht waren.

Er sah auf seine Uhr. »Ich will nicht unhöflich sein, aber ich muss meine Stieftochter abholen.«

Er sagte lieber nicht, wo er sie abholen musste. Er weigerte sich, vor Nicola so etwas Albernes wie »Fluffy das Eichhörnchen im Winterwunderland« in den Mund zu nehmen.

»Na klar«, sagte Nicola.

Sie sahen einander noch einen Moment lang an.

»Ich muss los.« Patrick drehte sich um und lief weiter.

Er fragte sich, wie sehr Nicola sich beeilt hatte, um ihn einzuholen, und, wichtiger noch, warum?

....

Patrick lehnte sich gegen die Wand der Hütte, nahm einen Fuß in die Hand und zog ihn an den Po, um den Oberschenkel zu dehnen. Weil er Scarlett direkt nach dem Laufen abgeholt hatte, war er nicht mehr dazu gekommen, sich vernünftig zu dehnen, und das holte er jetzt nach.

»Fluffy das Eichhörnchen im Winterwunderland« hatte sich als eines dieser Sing- und Tanzstücke entpuppt, bei denen kostümierte Erwachsene auftreten. »Posey und ich sind zu alt für solchen Kinderkram«, hatte Scarlett gesagt, als sie herauskam.

Patrick dehnte seine Oberschenkel weiter. Er fragte sich, wie viele Eier er würde essen können, ohne dass Claire ihn wegen seines Proteinbedarfs egoistisch nannte.

Er hätte mehr Eier kaufen sollen, als er im Supermarkt war. Aber ihm war nicht klar gewesen, dass Matt und Alex so viele essen würden. Er hatte sie nicht für Eierfans gehalten.

Matt kam den Weg herunter auf Patrick zu. Er ging schnell, Kopf nach unten, Hände in die Taschen gestopft, wie ein Teenager, was er in mancherlei Hinsicht noch immer war.

Patrick wischte sich mit dem Handrücken über die Stirn. »Gute Bootstour gehabt?«

Matt sah auf, bemerkte Patrick erst jetzt.

»Ich habe euch beide auf dem See gesehen«, fügte Patrick hinzu. »Habt euch einfach treiben lassen.«

Matt nickte. Er stapfte an Patrick vorbei in die Hütte.

Patrick ließ seinen Fuß los und stellte ihn auf den Boden. Er hob den zweiten Fuß an und brachte ihn in die spiegelgleiche Position, um die andere Seite zu dehnen. Sein Bein war inzwischen kalt wie ein Kadaver.

Beim Dehnen spürte er das Ziehen im Muskel. Die Dehnung schmerzte, aber es war ein guter Schmerz. Ein ganzheitlicher natürlicher Winterschmerz.

Matts Stimme kam aus dem Innern der Hütte. »Wollen wir Mittag essen gehen, Scarlett?«

»Nur wir drei?«, fragte Scarlett.

Pause. »Alex kommt nicht mit.«

»Ich meinte Posey.«

Matt lachte, ein etwas kantigeres Lachen als sonst. »Wie gut sind seine Tischmanieren? Ich hoffe, er isst nicht mit den Pfoten.«

»Du weißt, dass er seinen Löffel benutzt, Dad. Du hast schon ganz oft mit ihm gegessen. Außerdem spricht er nie mit vollem Mund.«

»Dann kannst du ihn mitbringen.«

»Und er legt seine Ellbogen nicht auf den Tisch.«

Matt lachte erneut. »Wo hast du denn den Quatsch gelernt? Im Bootcamp bei Grandma?«

»Patrick sagt, das gehört sich nicht.«

»Solltest du jemals mit einem Grafen dinieren, wird dir dieses Wissen zugutekommen. Wollen wir los? Du kannst sogar mit den Ellbogen auf dem Tisch essen. Ich werde es Patrick nicht erzählen.«

Patrick runzelte die Stirn. Er dehnte weiter seinen Oberschenkel und versuchte, den Muskel trotz des brennenden Schmerzes darin zu entspannen, so wie sein Yogalehrer es ihm gesagt hatte.

Er hörte, wie Gummistiefel und Jacken angezogen und Reißverschlüsse zugezogen wurden, dann kamen Matt und Scarlett zur Vordertür heraus. »Warte.« Matt setzte Scarlett eine Wollmütze auf den Kopf.

Matt sah Patrick an. »Bleibst du am Haus?«

Patrick stellte seinen Fuß wieder auf die Terrasse. »Ja, klar, brauchst nicht abzuschließen.« Er verschränkte die Finger hinterm Rücken. Er streckte die Arme und spürte die Dehnung in den Schultern.

Scarlett sah zu Matt auf. »Posey sagt, er möchte Pizza.«

Matt seufzte. »Dieses Kaninchen ist megalomanisch. Gott steh uns allen bei, sollte es jemals politische Ambitionen entwickeln. Dann also Pizza.«

Patrick fragte sich, woher Matt die Energie nahm, Scarlett bei Laune zu halten. Sein Sohn Jack hatte eine Zeitlang extrem an seiner Kuscheldecke gehangen und sie »Clive« getauft. Aber das hatte nur kurz angehalten, und die Decke war keinesfalls lange genug bei ihnen geblieben, um sich eigene Meinungen zu bilden.

Patrick spürte ein Ziehen im Magen. Würde Jack, wenn man ihn auf Clive ansprach, sich überhaupt an ihn erinnern? Oder würde er Patrick mit entrüsteten Blicken dafür strafen, den imaginären Freund von damals erwähnt zu haben?

Er hoffte, dass er Clive gegenüber ebenso viel Toleranz aufgebracht hatte wie Matt für Posey.

Matt plauderte liebenswürdig mit Scarlett. »Es gibt einen Witz über ein Kaninchen, das an einer Bar etwas zu essen bestellt.« Er zupfte Scarletts Mütze zurecht. »Getoastete Sandwiches. Kennst du den?«

Scarlett korrigierte den Sitz ihrer Mütze. »Nein.«

Matt schwieg für einen Moment. »Weißt du, was Myxomatose ist?«

Scarlett zuckte mit den Achseln.

Matt zupfte liebevoll an ihrem geflochtenen Zopf. »Ich gebe dir noch ein paar Jahre.«

Die beiden gingen zusammen in Richtung Parkcenter. Patrick sah, wie Scarlett alle vier Schritte einen kleinen Hüpfer machte.

Matt hatte wirklich keine Ahnung.

Manchmal behandelte er seine Tochter wie ein Kleinkind, und dann wieder – *megalomanisch. Myxomatose.*

Aber Matt konnte dafür nichts. Als Claire ihn verließ, nahm sie ihm zugleich die Möglichkeit, den vernünftigen Umgang mit seinem Kind mitzuerleben. Und jetzt durfte Patrick an seiner Stelle mit Scarlett zusammenleben.

Ob Matt ihm das übelnahm? Und wenn nicht, warum nicht?

Eigentlich sollte er es tun. Es wäre nur gerecht.

Trödelnd tauchte Alex am unteren Ende der Straße auf. Patrick machte einen übertriebenen Ausfallschritt und hob seine Arme seitlich ein wenig, um nicht aus dem Gleichgewicht zu geraten.

Als Alex vor ihm stand, machte Patrick einen Ausfallschritt mit dem anderen Bein. »Matt und Scarlett sind in die Pizzeria gegangen.«

»Danke.«

Patrick legte die Hände auf das Knie des ausgestellten Beines. »Wenn du dich beeilst, erwischst du sie vielleicht noch.«

Alex schwieg für eine Minute. »Wo ist Claire?«

»Sie ist im Spa.« Patrick blickte auf seine Uhr; durch die Bewegung geriet er ins Schwanken und legte eine Hand an die Wand, um sich aufzurichten. »Solltest du jetzt nicht auch dort sein? Ich habe dir doch für vierzehn Uhr einen Termin gebucht.«

»Das Spa! Wie konnte ich das vergessen. In welche Richtung muss ich gehen?«

Patrick wies ihr mit dem Finger den Weg.

»Danke.«

Alex stapfte los, und er zog den vorgestellten Fuß zurück und machte mit dem anderen Bein einen Ausfallschritt. »Alex?«

Sie drehte sich um.

»Fürs Spa brauchst du Badezeug.«

Alex hob das Kinn. Sie steuerte auf die Hütte zu.

Eine Minute später trat sie wieder heraus, in der Hand eine Plastiktüte. »Bis nachher.«

»Darf ich dich was fragen?«, beeilte sich Patrick zu sagen.

Alex drehte sich um und sah ihn an.

»Macht es Matt eigentlich was aus, dass ich mit seiner Tochter zusammenleben darf? Ist er eifersüchtig auf mich? Verärgert?«

Alex hielt inne. »Matt wird nicht wütend.«

»Nie?«

Sie überlegte. »Nie.«

Alex ging los, wobei ihr die Plastiktüte mit den Badesachen gegen das Bein klatschte.

Befragung nach dem Zwischenfall.
Claire Petersen, 39. Zeugin des Pfeilschusses.
Telefonisch.

Noch im Krankenhaus.
Es geht ihm gut, wir können reden. Ich weiß, dass es heißt, man darf in Krankenhäusern keine Handys benutzen, aber mit den Geräten hat das nichts zu tun. Die Leute lieben Regeln, aber das ist einfach nur dumm.
Ich habe Ihnen schon alles gesagt, was ich weiß. Ich bin überrascht, dass Sie heute Abend nichts Besseres zu tun haben. Wird zu Heiligabend nicht laufend irgendwo eingebrochen, oder ist es Quatsch, was in den Zeitungen darüber steht?
Ich kann mich nicht erinnern, dass es an diesem Wochenende Streit gegeben hat, aber das kann natürlich sein. Wir sind eine Familie.
Wir haben uns gut verstanden. Alex ist eine gute Freundin.
Ja, wir vier waren beim Bogenschießen, das habe ich Ihnen gesagt. Und Alex war bei der Einweisung vorab nicht dabei, weil sie Scarlett zu ihrem Tanzkurs gebracht hat.
Ja, zu einem Burlesque-Tanzkurs.
Ich hatte nichts dagegen. Kinder sind, wie sie sind, sie probieren gern alles Mögliche aus, und dass es etwas mit Sex zu tun hat, wissen sie erst, wenn wir es ihnen erzählen. Aber warum sollte man das einer Siebenjährigen sagen?
Alex und Scarlett waren gerade ein Eis essen gegangen. Ich finde es gut, dass meine Tochter Alex besser kennenlernt. Für die neue Frau an der Seite eines Vaters

kann der Umgang mit dem Kind schwierig sein. Patricks Kinder haben so gut wie gar keine Beziehung zu mir, was allerdings ausschließlich die Schuld ihrer Mutter ist.
Die Telefonnummer meiner Eltern? Warum?
Ich will nicht, dass Sie mit Scarlett sprechen. Sie war nicht mal dabei. Und sie hat schon genug durchgemacht.
Wenn Sie unbedingt mit ihr sprechen müssen, dann besorgen Sie sich einen Beschluss oder so was.
Ich bin nicht unvernünftig. Aber lassen Sie mich eins klarstellen – ich werde nicht zulassen, dass Sie meine Tochter heute noch weiter aus der Fassung bringen, nur weil ein paar gelangweilte Mitarbeiter in irgendeinem Resort zu viel getratscht haben.

Kapitel 37

Zum Umkleideraum dort entlang.« Die Dame mit den prallen Wangen an der Anmeldung strahlte Alex an. Ihr Gesicht offenbarte ausgeprägte Make-up-Konturen, Hügel und Täler waren mit der Präzision eines Landkartenzeichners bearbeitet worden. »Da vorn können Sie sich einen Bademantel und Badelatschen nehmen.«

Alex setzte sich nicht sofort in Bewegung. Fasziniert beobachtete sie, wie Leute in Teddybär-Plüschbademänteln und passenden Badelatschen mit extrem gedrosselter Geschwindigkeit vorbeischlenderten. Schließlich drückte sie die Tür zum Umkleideraum auf.

»Alex!« Claire winkte ihr aus einer Ecke zu, in der sie sich gerade fönte. Während sie den Haartrockner um den Kopf kreisen ließ, stellten sich ihre weißblonden Strähnen zu immer neuen Haarwänden auf.

Alex atmete ein. Sie hob ihre Hand zu einem Winken und brachte ein Lächeln auf die Lippen.

Claire war angezogen, bereit zum Gehen, das Make-up aufgelegt, die Augen sorgsam mit Eyeliner umrandet.

»Lust auf Lunch im Spa-Restaurant, bevor du loslegst?«

Claire musste schreien, um den Haartrockner zu übertönen. »Oder kannst du es nicht mehr abwarten?«

»Müssen wir beim Essen unsere Bademäntel tragen?«

Claire lachte. »Ich glaube kaum, dass sie dich zwingen.« Sie schaltete den Fön aus und steckte ihn in die Halterung zurück.

Alex sah sich um. »Wenn ich all die Leute in ihren Bademänteln sehe, wie sie sich so langsam bewegen, habe ich das Gefühl, in der Demenzabteilung eines Pflegeheims gelandet zu sein.« Sie betrachtete die Möbel mit Polsterknöpfen, die Handcreme und die bereitgelegten Wegwerf-Rasierer. »Ein Pflegeheim für Superreiche.«

»Warst du wirklich noch nie in einem Spa?«

»Ich war wirklich noch nie in einem Spa.«

»Erstaunlich. Aber andererseits war ich auch noch nie auf einem Festival.«

»Ich auch nicht«, gab Alex zu. Sie fragte sich, was sie in den vergangenen Jahrzehnten eigentlich getrieben hatte.

»Ich wollte schon immer mal auf ein Festival gehen.« Claire schüttelte ihr Haar. »Kann ich mich so blicken lassen?«

Alex betrachtete Claires dezentes Make-up, die engen Jeans, das schlichte T-Shirt, ihr wild geföntes Haar, das ihr Gesicht in gefälligen Wellen umrahmte.

»Kannst du«, sagte Alex schließlich. »Du siehst toll aus.«

....

Claire knabberte an einer Gabel voll Salat und lächelte Alex zu.

Alex verschränkte die Arme vor der Brust und lächelte zurück.

Claire schob den Teller beiseite. Sie streckte die Arme nach oben aus und drehte den Kopf von einer Seite zur anderen. »Meine Schultern fühlen sich an wie aufgeweicht. Als hätte ich die Schultern einer völlig anderen Person. Die eines sorgenfreien Teenagers.«

Als Claire sich reckte, fielen Alex ihre definierten Bizepsmuskeln auf.

»Du hast einen beeindruckenden Muskeltonus.«

»Ach, Alex!« Claire lachte und schüttelte den Kopf. »Du sagst so was Nettes zu mir, und meine Tochter bezeichnet dich als ›schwierig‹. Du bist echt nachsichtig.«

»Keine Sorge.« Von all den Dingen, die Scarlett zu Alex gesagt hatte, war das am wenigsten verletzend gewesen. »Ich habe noch nie verstanden, warum die Leute sich über so was Gedanken machen.«

»Meinst du das ernst?«

Alex runzelte die Stirn. »Warum sollte ich es nicht ernst meinen?«

Claire lachte. »Ich mag dich wirklich, Alex. Du bist herzerfrischend. Für Scarlett ist es sehr gut, dich um sich zu haben, glaube ich.«

Alex fühlte sich ein wenig von oben herab behandelt, lächelte aber trotzdem zurück. Sonst war Claire nicht herablassend – sie hatte auch nie gefragt, warum Alex keine Kinder wollte. Warum sie noch keine Kinder hatte. Ob sie jemals versucht hatte, Kinder zu bekommen. Ob Alex und Matt darüber gesprochen hatten, Kinder zu bekommen.

Verdammt. Es war wirklich schwierig, Claire nicht zu mögen.

»Weißt du, als Matt mit dem Vorschlag kam, war ich mir

nicht sicher, ob dieser Ausflug eine gute Idee ist«, sagte Claire. »Aber jetzt bin ich froh, dass wir es machen.«

Alex senkte den Blick. Sie griff nach dem Saum der Tischdecke und strich sie glatt.

»Wir verstehen uns so gut. Wir sind eine harmonische kleine Patchwork-Familie, oder?«, fuhr Claire fort. »Auf der anderen Seite allerdings ganz und gar nicht – Patricks Ex Lindsay ist eine echte Kuh. Die sollte lieber aufpassen, dass ich ihren Kopf nicht in einen Standmixer stecke.«

»Was stimmt denn mit Lindsay nicht?«

»Wo soll ich anfangen? Sie sagt den Kindern, dass ich ein Miststück bin.«

»Woher weißt du das?«

»Das merke ich.«

Alex tupfte sich mit der Serviette den Mund ab. »Und, bist du?«

»Bin ich was?«

Alex legte sich die Serviette sorgfältig über den Schoß. »Ein Miststück.«

Claire lächelte. »Nur, wenn es sein muss. Und nur zu Leuten, die es verdient haben.«

Alex sah Claire an. »Weißt du noch, wie wir uns kennengelernt haben? In diesem Restaurant? Ich fand dich so hübsch.«

Claire machte eine *Hör-schon-auf*-Geste. »Und ich fand, dass du zu gut aussahst für den Clown.«

»Ich kannte Matt damals so gut wie gar nicht. Es war erst unser zweites Date. Alles ging so schnell. Weißt du …« Alex fuhr sich über die Lippen. »… ich habe nicht mal Matts Wohnung gesehen. Wir wurden ein Paar, und dann ist er sofort bei mir eingezogen.«

»Ha! Weil er keine eigene Wohnung hatte. Er ist genau wie Walshy wieder im Hotel Mama abgestiegen. Hat er so getan, als gäbe es eine eigene Wohnung?«

Alex blickte nach unten auf ihre Serviette.

»Ich hatte den Eindruck.« Aber andererseits – hatte Matt wirklich gelogen? Oder hatte Alex einfach Leerstellen in ihren Unterhaltungen mit Vermutungen gefüllt? Sie sehnte sich nach ihrem Labor, wo sie mit empirischen Beweisen zu tun hatte, statt sich mit vagen Hypothesen herumschlagen zu müssen. Sie hätte am liebsten die Zeit zurückgedreht und jedes einzelne Gespräch, das sie mit Matt jemals geführt hatte, digital aufgezeichnet und kategorisiert.

Claire schüttelte den Kopf. »Dieser Kerl. Ehrlich. Die Wahrheit bedeutet ihm nichts. Gar nichts.«

Alex starrte weiter auf ihre Serviette. »Dann ist er also aus deinem Haus« – (*Zuhause*, dachte sie) – »in sein Kinderzimmer und dann zu mir gezogen?«

»Seine Mutter muss erleichtert gewesen sein, als er bei dir einzog. Sie hasste es, wenn er ihr vor die Füße lief. Es ging wohl auch darum, dass Scarlett ständig dort war. Sie fand das anstrengend in ihrer Lebensphase.«

Alex wurde bewusst, dass sie das Ende der Tischdecke umklammerte; sie entspannte ihre Hände. »Arme Janet.«

»In der Tat, arme Janet.«

Zu viele Gedanken auf einmal zwängten sich in Alex' Kopf. Sie nahm Messer und Gabel in die Hand und versuchte, wieder zu essen.

»Wie findest du das Wochenende bisher? Ist es so, wie du es dir vorgestellt hast?«

Claire nickte energisch. »Es ist toll.«

»Du dachtest, es wäre für dich und Patrick gut, mal rauszukommen, hat Matt mir gesagt.«

Hatte er das gesagt? Alex grübelte. Was hatte er gesagt? Und was hatte sie gehört? Und war das überhaupt ein und dasselbe?

Claire hob eine Augenbraue. »Matt hat eine große Klappe.«

»Ich wollte nicht neugierig sein.« Alex senkte wieder den Blick. Dann fragte sie: »Welches Buch hast du eigentlich mitgebracht? Für die Lesestunde in der Familie?«

»Ich habe keins dabei. Beim Kochen kann ich mich viel besser entspannen.«

»Aber du hast allen anderen gesagt, sie sollen Bücher mitbringen.«

Claire zuckte mit den Schultern. »Ich meinte nicht mich, ich koche lieber.«

Diese Frau war nicht zu durchschauen. War das Absicht? Oder änderte sie von einem Tag auf den anderen ihre Meinung? Oder stellte sie Regeln auf und fand, dass sie für sie selbst nicht galten?

»Aber Matt sagt, du siehst nicht fern«, sagte Alex. »Und dass du keine Zeitung liest und dich auch nicht in den sozialen Medien herumtreibst.«

Claire lächelte: »Das ist keine Frage des Prinzips oder so, so schlimm bin ich nicht. Ich komme einfach nicht zu diesen Dingen.«

Alex versuchte, sich vorzustellen, wie Fernsehen etwas sein konnte, wozu man keine Zeit fand. »Aber wie geht das?«

Claire zuckte mit den Achseln. »Mein Job und Scarlett halten mich auf Trab. Und in meiner Freizeit unternehme ich am liebsten irgendetwas, verstehst du?«

Alex verstand nicht. »Aber was ist hiermit? Dem Spa? Das ist das Gegenteil von ›etwas unternehmen‹.«

»Das ist was anderes.« Claire grinste. »Man unternimmt etwas, obwohl man nichts tut. Weißt du, was ich meine?«

»Nein«, antwortete Alex ehrlich.

»Es erscheint mir sinnvoll.«

»Okay.«

»Kannst du dich hier eigentlich entspannen?«, fragte Claire. »Tut die Landluft dir gut?« Als Alex nicht antwortete, fügte sie hinzu: »Sei ehrlich. Wir sind jetzt Freunde.«

Alex legte Messer und Gabel ab. »Ich finde es mit Scarlett ein bisschen schwierig. Sie hasst mich.«

Claire nickte mitfühlend. »Sie hasst dich nicht.«

»Sie benimmt sich aber so, als würde sie mich hassen.«

»Bei Kindern ist es am besten, man lässt sie in ihrem eigenen Tempo über solche Dinge hinwegkommen.«

»Hast du ihr gesagt, dass ich den Fasan nur von seinem Leid erlösen wollte? Weiß sie, dass ich nicht herumlaufe und zum Spaß Tiere töte?«

Claire lächelte. »Selbstverständlich.«

Die Lasagne war heiß gewesen, als Alex sie gegessen hatte, doch jetzt lag sie ihr als kalter Klumpen im Magen. Sie wollte Claire glauben. Wirklich.

Claire blickte auf ihre Uhr. »Patrick erwartet mich seit einer Stunde. Ich mach mich lieber auf den Weg.«

Sie öffnete ihre Handtasche und warf etwas Bargeld auf den Tisch. Zu viel, wie Alex bemerkte.

Alex wollte protestieren, aber Claire winkte ab. »Ist okay. Ich freue mich so sehr, dass wir uns mal austauschen konnten, nur wir beide.«

»Eine Sache noch, bevor du gehst…«

Mit offenem Blick wartete Claire, bis Alex ihren Satz zu Ende gesprochen hatte.

»Dein Parfüm gefällt mir.« Alex bohrte die Fingernägel in ihre Serviette. »Wo hast du es her?«

»Witzig, dass du fragst.« Claire grinste. »Matt hat es mir mal zu Weihnachten geschenkt. Er hat wirklich einen guten Geschmack.« Sie winkte Alex zu. »Genieß das Spa!«

»Mach ich«, sagte Alex. »Danke.«

Claire stand auf. »Geh auf jeden Fall in den Salzinhalationsraum«, sagte sie. »Das ist mein absoluter Favorit. In dem kannst du's dir so richtig gemütlich machen – da gibt's Decken und alles.«

....

Eine Stunde später nahm Alex sich an der Wasserstation neben der Anmeldung einen Plastikbecher. Sie schenkte etwas Wasser ein und trank einen Schluck.

Wie sich herausstellte, waren Spas nichts für sie. Aber hatte sie das nicht immer gewusst?

Recht zu haben, wurde ihr bewusst, war an diesem Wochenende kein so angenehmes Gefühl wie sonst.

Alex zerdrückte den Becher in der Hand und warf ihn in den Mülleimer. Sie zog ihren Bademantel aus, hängte ihn an die Wand neben dem nächstgelegenen Themenraum und ging hinein.

Es war ein Dampfbad, und sie setzte sich auf eine Steinbank. Dieser Raum unterschied sich ein wenig von den anderen, hier lag ein Hauch von Zitrone in der Luft, als sei kürzlich jemand mit einem Tuch und Küchenspray tätig geworden.

Alex hatte festgestellt, dass ihr die Dampfbäder am besten gefielen. Sie waren nicht so unangenehm heiß, und die Luft war dankenswerterweise so vernebelt, dass man die anderen Anwesenden nicht sehen musste.

Der schlimmste Raum war der für Sinneserfahrungen. Alex hatte im Dunkeln darin gesessen, während auf mehreren Bildschirmen Aufnahmen von Landschaften aufleuchteten, unterlegt mit lebhafter Musik, die in einem Tex-Mex-Restaurant angemessener gewesen wäre. Sie hatte der Pseudo-Santana-Gitarre gelauscht und die Abfolge der Bilder betrachtet: Herbstblätter, Berge im Winter, ein gehetzt wirkender Dachs.

Sie verstand es nicht.

Alex schwang im Küchenspray-Dampfbad ihre Beine auf die Bank, legte sich hin und streckte die Arme über dem Kopf aus.

Sie wollte einfach nur, dass Matt ihr die Wahrheit sagte. Dass er Klarheit schuf.

Alex hatte ihre Beziehungen nie romantisiert. Sie glaubte nicht an *den Richtigen*, wusste sie doch genau, wie gering die statistische Wahrscheinlichkeit war, dass *der eine Richtige* zufällig ähnlichen Alters sowie ähnlicher Herkunft war und obendrein noch in einem Umkreis weniger Meilen des eigenen Zuhauses lebte. Sie glaubte nicht an Beziehungen, die mit Liebe auf den ersten Blick begannen, oder Happy Ends, bei denen die Kamera von den Liebenden wegschwenkt, wenn diese endgültig vereint sind. Aber zwischen einer Beziehung, die auf Augenhöhe geführt wurde, und einer mit einem Mann, der mit einer anderen Frau zusammen sein wollte, gab es einen Unterschied.

Alex spürte einen kalten Schauer über ihren Rücken laufen, als die Tür geöffnet wurde. Zwei Frauen betraten den Raum, und eine setzte sich neben Alex auf die Bank. Sie hörte das Schmatzgeräusch, mit dem die Oberschenkel auf dem nassen Stein landeten, das Geräusch, das von einem extrem kurzlebigen, fleischumhüllten Vakuum stammte.

»Das Kleid eine Nummer zu eng schneidern zu lassen – schön und gut«, sagte die Schmatzfrau, »aber was, wenn sie die Kilos nicht rechtzeitig loswird? Sie frisst nämlich wie ein Monster.«

»Und über Weihnachten kann sie niemals Diät halten. Das ist unmöglich.«

»Ihr bleiben nur sechs Wochen. Sie hat in dem Laden was unterschrieben: Wenn das Kleid geändert werden muss, kostet sie das noch mal dreihundert Pfund.«

Eine Weile ließ sich Alex von ihren deprimierenden Gedanken durch das nicht minder deprimierende Gerede der beiden Frauen ablenken. Erst als ein Mann hereinkam, sich setzte und sich theatralisch mit der flachen Hand auf die nackte Haut klatschte, wobei Ausdünstungen in alle Richtungen katapultiert wurden, schlüpfte Alex leise hinaus und begab sich in den Salzinhalationsraum.

Sie legte sich auf ein Bett unter eine Decke. Dann rutschte sie nach oben, bis ihr Kopf unter etwas lag, das aussah wie eine Trockenhaube aus den siebziger Jahren.

Sie drehte den Kopf zur Seite und sah, wie sich der Mann neben ihr, auf seine Ellbogen gestützt, unter dem Helm mit seinem Smartphone beschäftigte. Seine E-Mails beantwortete, wie Alex erkennen konnte.

Trotz ihrer schlechten Stimmung lächelte sie. Vielleicht

war sie nicht die Einzige hier, die mit Spas nichts anfangen konnte.

....

Im Hauptschlenderbereich wurde Alex angezogen von einem Arrangement aus Glasröhren voll blubberndem Wasser mit getrockneten Kräutern in Schalen davor.

Sie las die Beschreibung. *Unsere Botanik. Die stärkenden Kräfte der Natur.*

Neben Alex beugte sich eine Frau über eine Schale mit Lavendel; sie nahm eine Handvoll auf und roch daran. Dabei bemerkte sie nicht, dass sie ihr Handtuchgewand zu verlieren drohte. Ihre schrumpelige Dekolletéhaut wagte sich immer weiter über den Saum des Badeanzugs vor.

Alex las die Erklärung über der Schale.

Studien haben gezeigt, dass das ätherische Öl des Lavendels gegen Nervosität, Schlaflosigkeit, Depression und Unruhe hilft. In unserem Lavendel-Sinnesraum können Sie Ihrem gestressten Ich Auftrieb geben.

Alex seufzte. »Für wie blöd halten die uns?«

Die Frau sah Alex an, wobei sie ein wenig auf Abstand ging.

Alex schenkte sich Wasser ein, kippte es herunter und warf den Plastikbecher in den Mülleimer. Sie fragte sich, wie lange sie bleiben musste, um auszunutzen, was Claire für ihre Eintrittskarte ausgegeben hatte. Aber dann dachte sie an die Hütte.

Sie dachte an Patrick und seine tiefen Ausfallschritte in viel zu kurzen, engen Hosen. An Claire, die unablässig kochte und nie Hilfe brauchte. An Scarlett und ihre einseitigen Unterhaltungen.

An Matt und den Ausdruck in seinem Gesicht, als er sie am Vormittag angeschrien hatte.

Alex beschloss, dem Lavendelraum eine Chance zu geben.

....

Alex konnte nicht anders, sie zerrte die Vergangenheit vor ihrem geistigen Auge ins gnadenlos grelle Licht. Ein unvorteilhaftes Licht, das sämtliche Verletzungen und Unvollkommenheiten offenbarte.

Zu ihrem zweiten Date hatten sich Alex und Matt tagsüber in einem italienischen Restaurant in der Innenstadt zum Essen verabredet. Als Alex ankam, erwartete Matt sie mit dem Handy auf dem Tisch.

Matt registrierte ihren Blick auf das Telefon. »Ich habe nicht vor, die ganze Zeit zu twittern – ich habe mich nicht in einen totalen Mistkerl verwandelt.« Er küsste Alex auf die Wange, wobei sie einen leichten Zahnpastageruch wahrnahm. Zwei Uhr mittags. War Matt gerade erst aufgestanden?

»Es ist nur so, dass Claire – meine Ex – anrufen könnte. Sie muss eventuell ihren Vater ins Krankenhaus fahren und wollte, dass ich dann Scarlett nehme. Wenn du das doof findest, möchte ich mich lieber gleich entschuldigen.«

»Ist er okay? Claires Vater?«

»Sie wissen es nicht genau. Irgendeine Herzrhythmusstörung. Es ist ein Hüne von einem Mann. Wird uns alle überleben.« Matt blickte auf den Tisch. »Ich habe nicht abgesagt, weil ich dich sehen wollte. Wenn unser Date dadurch vermasselt wird, mach ich es wieder gut, versprochen.«

»Was sein muss, muss sein. Es wird andere Gelegenheiten geben, oder?«

Matt grinste. »Richtig.«

Und als Matts Telefon klingelte, während sie gerade den Hauptgang beendeten, störte Alex sich nicht daran. Sie mochte diesen Kerl. Er war anständig und wollte seiner Ex einen Gefallen tun, weil deren Vater krank war. Wie könnte sie etwas dagegen haben?

Matt entschuldigte sich bei Alex mit einem Lächeln, schob seinen Teller zur Seite und nahm den Anruf an. »Hi Claire.«

Er hörte zu.

»Okay«, sagte Matt. »Jetzt?«

Pause.

»Äh, es ist so – ich bin gerade in der Innenstadt. Im Piccolo an der Hauptstraße. Ich habe was getrunken, könntest du Scarlett herbringen?«

Pause.

»Ja, aber wir wissen beide, dass ich nicht so perfekt organisiert bin wie du.«

Pause.

»Großartig, dann bleiben wir hier. Claire, ich hoffe, es ist nicht unpassend, aber …« – Matt lächelte Alex an – »… ich habe gerade ein Date.«

Pause.

»Genau, wir sind doch alle erwachsen, oder?«

Pause.

»Okay, dann in zehn Minuten.«

Matt schaltete das Telefon aus und legte es wieder auf den Tisch.

Er beugte sich zu Alex vor. »Was hältst du davon, heute Nachmittag mit einer Fünfjährigen im Park abzuhängen? Ich kauf dir auch ein Softeis, mit Himbeersoße und allem.«

Zehn Minuten später kam Claire in einem Hagel schneller Schritte zum Tisch geeilt. Sie strahlte freundliche Kompetenz aus und wirkte in ihren hochhackigen Stiefeln und dem gegürteten Trenchcoat solider, als Alex es von Matts Exfrau erwartet hatte.

»Hi, hi.« Claire gab Matt einen flüchtigen Kuss auf die Wange, bevor sie sich Alex zuwandte. »Es tut mir leid, dass ich euer Essen ruiniere. Und es tut mir leid, dass du mich gerade jetzt kennenlernen musst. Ich verspreche, dass ich keine so dumme Kuh bin, wie er behauptet.«

»Er hat nur gute Dinge gesagt«, antwortete Alex. »Ich hoffe, es geht deinem Vater gut.«

»Danke.« Claire warf den Kopf kurz in Matts Richtung. »Matthew ist in Ordnung, aber lass ihm nicht zu viel durchgehen.«

»Claire!« Matt wandte sich an Alex: »Ich bin ein richtig guter Fang, Alex, hör nicht auf sie.« Er sah sich um. »Wo ist denn Scarlett?«

»Ich hab sie beim Oberkellner gelassen. Für den Fall, dass du nicht willst, dass sie deine neue Freundin heute gleich kennenlernt.« Sie wandte sich an Alex. »Aber das soll absolut nichts heißen. Im wahrsten Sinne des Wortes – nichts. Ich wollte nur niemanden zu etwas zwingen.«

»Ist okay.«

Claire winkte. »Sehr nett, dich kennenzulernen, Alex. Habt einen schönen Tag.« Alex sah ihr nach, wie sie davoneilte.

An diesem Nachmittag war Alex von Claire beeindruckt. Und auch von Matt, stellvertretend. Alex genoss es, die vernünftige Erwachsene zu spielen. Eine Rolle, die zu ihr passte, wie sie fand.

Dass ihr diese Sache jetzt im Lavendel-Spa-Raum durch den Kopf ging, lag daran, dass sie zunächst angenommen hatte, der Krankenhaustermin von Claires Vater sei ein Notfall gewesen.

Erst später hatte sie herausgefunden, dass es sich um eine Routineuntersuchung handelte, die lange im Voraus geplant war. Und dennoch hatte sich Matt für diesen Tag mit ihr verabredet.

Obwohl Alex dieses Detail längst kannte, hatte sie sich bislang noch nichts dabei gedacht.

Aber jetzt … jetzt brachte es sie zum Nachdenken.

Der Stoff, aus dem Alex' Leben gemacht war, warf auf einmal überall Falten, und sie wusste nicht, wo sie ziehen musste, um ihn wieder zu glätten.

Befragung nach dem Zwischenfall.
Alex Mount, 37. Schützin.
Telefonisch.

Hallo. Jetzt passt es.
Es gab keinen Grund, warum alle im Krankenhaus hätten bleiben sollen.
Deshalb bin ich nach Hause gefahren. Meine Freundin Ruby ist hier und kümmert sich um mich. Allerdings ist ihr Hund auch hier, und das nervt, bei jedem Geräusch im Garten hinterm Haus bellt er. Als könnte er auf seinen kurzen Beinen ein Eichhörnchen fangen. Sein Bauch schlurft praktisch auf dem Teppich. Aber in seiner Welt ist dieser Hund ein Superheld ...
Warum sollte ich nervös sein?
Es war ein Unfall. Ich habe noch nie zuvor Pfeil und Bogen in Händen gehalten. Hätte ich es vorsätzlich tun wollen, wäre es mir gar nicht gelungen, ihn zu treffen. Es ging alles so schnell. Er stand neben der Zielscheibe und zeigte, welche Stelle es zu treffen galt. Ich zog das Schnurding zurück, sah zu, wie sich der Bogen in meinen Händen spannte, und dann ließ ich den Pfeil versehentlich los. Ich habe ihn getroffen und bin in Panik geraten. Dann habe ich einen Krankenwagen gerufen. Das war's.
Ich wusste nicht, dass ich in der Leitung bleiben sollte. Ich muss das Telefon stummgeschaltet haben, anstatt einfach aufzulegen. Ich war verzweifelt, meine Hände zitterten.
Einen Fingerschutz?

Ich muss überlegen.

Nein, ich habe keinen Fingerschutz benutzt. Ich wusste ja nicht mal, dass es so was gibt.

Haben es wahrscheinlich nicht erwähnt, weil ich eigentlich gar nicht schießen sollte, sondern nur den Bogen halten.

Scarlett war nicht da, weil sie lieber an einem Tanzkurs teilnehmen wollte.

Ich wusste nur, dass es ein Tanzkurs war. Ich wusste nicht, welche Art von Tanz. Ich interessiere mich nicht für solche Dinge. Ich bin als Kind lieber auf Bäume geklettert oder den ganzen Tag auf meinem Fahrrad unterwegs gewesen, bis es dunkel wurde.

Nein, kein Streit. Wir haben uns alle wunderbar verstanden, die ganze Zeit.

Wir hatten nichts getrunken. Zumindest nicht vor dem Bogenschießen.

Ich hab damit aufgehört, aber das gilt nicht für besondere Anlässe.

Und es ist Weihnachten, Herrgott noch mal.

Da haben Sie recht. Ich bin aufgebracht.

Ja, und ich fühle mich schuldig.

Weil es zwar ein Unfall war, aber trotzdem meine Schuld. Er hat starke Schmerzen, und seine Schulter wird nie wieder so sein wie vorher. Alle sagen immer wieder, dass es nicht meine Schuld gewesen sei, aber das stimmt nicht. Wäre ich nicht da gewesen, wäre es nicht passiert.

Kapitel 38

Patrick hatte versucht, etwas Nettes zu tun – das war alles. Versucht, das Richtige zu tun.

Und trotzdem wurde er jetzt von Matt angeschrien. Hier, mitten im Pub.

Die Situation war wohl schon etwas angespannt, seit sie sich auf den Weg gemacht hatten. Als Patrick sah, dass Scarlett im Gehen ein Stück Toast aß, und sagte: »Scarlett, Liebling, du hast gerade zu Mittag gegessen. Im Gehen, hier draußen auf der Straße, isst man keinen Toast, das gehört sich nicht.«

Scarlett hatte sich mit übertriebener Geste umgesehen. Patrick war ihrem Blick gefolgt und hatte ungläubig festgestellt, dass Matt, der ein paar Meter hinter ihr stand und ihn nachdenklich ansah, ebenfalls einen Toast aß.

Patrick hatte schnell das Thema gewechselt.

Aber als sie mit Scarlett und Claire hierher gegangen waren, war noch alles in Ordnung gewesen. Und auch bei der Ankunft im Pub, keine Probleme. Matt hatte ein Pfund in Münzen auf den Billardtisch gelegt, um ihn zu reservieren, alles normal. Und sogar noch vor zwei Minuten, als sie die Kreide gefunden und ihre Queues ausgesucht hatten, war Matt nichts anzumerken gewesen.

Doch jetzt hatten sie Getränke bestellt, und Matt sprach eine Stufe lauter, als Patrick es je von ihm gehört hatte.

»Lass es, Patrick, nur einmal. Geht auf mich. Bitte.«

Patrick sah von Matt zu Claire und wieder zurück. »Was ist dein Problem?«

»Du und Claire, ihr habt dieses Wochenende bislang alles bezahlt. Die Unterkunft. Das Essen. Alex und ich haben noch nichts beigetragen.« Matt nahm die Packung Kesselchips vom Tresen. »Es sind nur vier Getränke und eine Tüte Chips, verdammt.«

Patrick blickte auf seine Brieftasche hinab. »Aber jetzt habe ich mein Geld schon rausgenommen.«

Matt knallte die Chips auf den Tresen. Sie schlitterten in Richtung des Barmanns – eines Teenagers mit Servierschürze. »Patrick, hör auf, so ein Wichser zu sein!«

Der Barmann hob leicht die Augenbrauen.

Claire blickte zu Scarlett, die am Billardtisch wartete. Dann zog sie Matt zur Seite, damit Scarlett ihr Gespräch nicht hören konnte: »Was ist los mit dir?«

»Er ist ein Wichser, Claire. Du weißt, dass er ein Wichser ist.«

»Findest du es wirklich hilfreich, ihn so zu nennen? Vor deiner Tochter?«

Matt schlug mit der Hand in die Luft. »Sie weiß nicht, was es bedeutet.«

»Willst du, dass sie es in der Schule wiederholt? Dass sie Himmel und Hölle spielt und zu Freundinnen sagt: ›Du bist ein Wichser‹?«

Der Barkeeper studierte die Gläser auf dem oberen Regal mit übermäßigem Interesse.

Patrick zeigte dem Barkeeper ein Lächeln. »Tut mir leid.«

»Entschuldige dich nicht für mich.« Matt wandte sich von Patrick zum Barmann. »Tut mir leid, Kumpel. Aber findest du nicht, dass er ein Wichser ist?«

Der Barkeeper sah hinter sich: »Also, sorry, ich muss jetzt mal …«

Matt holte sein Portemonnaie heraus und bezahlte die Getränke. Er griff nach seinem Bier und kippte die Hälfte davon hinunter; dann stellte er es wieder auf den Tresen, presste die Lippen zusammen und ließ dabei seinen Bierbart verschwinden.

»Lasst uns doch einfach versuchen, ein bisschen Spaß zu haben«, sagte Claire.

Matt nickte nachdrücklich. Er griff nach den Chips und riss die Tüte auf. Dabei ging er so unkontrolliert vor, dass die Chips durch die Luft flogen und auf Tresen und Teppich landeten.

Patrick grinste. »Wer ist hier der Wichser?«

»Ich halt das nicht mehr aus.« Matt leerte sein Bier und ging zum Ausgang.

»Matt!«, rief Claire ihm nach.

Claire wandte sich an Patrick. »Was jetzt?«

Patrick zuckte mit den Achseln und wandte den Blick ab. Claire machte das Gesicht, das sie auch aufsetzte, wenn sie einen Eierkarton öffnete und feststellen musste, dass nur noch ein Ei übrig war.

»Ich weiß nicht, was in ihn gefahren ist.« Patrick schüttelte den Kopf. Er sah Scarlett an. »Wollen wir die Kugeln aufsetzen? Mal sehen, ob du dich an die Reihenfolge erinnerst, die ich dir beigebracht habe.«

Patrick steckte die Münze in den Schlitz, hörte die Kugeln heranrumpeln.

Scarlett platzierte das Dreieck auf dem Filz und legte die Kugeln mit äußerster Präzision hinein.

Als die Tür erneut geöffnet wurde, fegte ein kalter Windstoß herein.

Matt kam an den Billardtisch und sah Patrick in die Augen. »Tut mir leid, dass ich dich beschimpft habe.«

»Kein Problem.« Patrick reichte ihm einen Queue.

Matt senkte seine Stimme auf ein Flüstern: »Ich hab mich wie ein Arschloch benommen.« Er drehte sich zu Scarlett um und sprach mit normaler Lautstärke. »Ich hab mich albern benommen, Scarlett. Ignorier mich einfach. Jetzt ist alles vorbei.«

»Alles vergessen. Was sagst du?« Patrick wies mit einer Handbewegung auf den Billardtisch. »Hat Scarlett nicht gute Arbeit geleistet?«

Matt zwang sich zu einem Lächeln. »Das hat sie.«

»Ich habe ihr beigebracht, die Kugeln so einzulegen. Einige Leute werfen einfach die Kugeln hinein und kümmern sich nicht um die Ausrichtung, aber man sollte es unbedingt richtig machen.«

Matt nickte.

Patrick klopfte mit dem Ende seines Queues auf den Boden: »Wollen wir Teams bilden?«

Kapitel 39

Scarlett und Posey lagen auf Scarletts Bett und steckten die Köpfe über dem iPad zusammen, denn Mum hatte nicht daran gedacht, es ihnen wieder wegzunehmen. Sie bewahrten es jetzt unterm Bett auf.

Scarlett öffnete den Browser.

»Mit *ch?*«, fragte Scarlett.

»Ich glaube schon«, sagte Posey.

Scarlett tippte das Wort ein, dann klickte sie auf *Suchen*.

Wichser

[ˈvɪksɐ]

Substantiv, der; Plural: Wichser

[1] umgangssprachlich, derb: männliche Person, die masturbiert

[2] beleidigend: männliche Person

»Hau ab, du alter Wichser!«

[3] veraltet: Person, die Leder mit Wichse fettet

Scarlett und Posey sahen nach, was *derb* bedeutete, dann suchten sie nach *masturbieren*.

Scarlett drückte die Aus-Taste des iPads.

»Ich glaube, dein Daddy mag Patrick nicht so gern«, sagte Posey.

Scarlett legte das iPad wieder unters Bett. »Nein.«

Posey sprang vom Bett. »Alex kommt bald zurück. Wir müssen dafür sorgen, dass sie hier bald verschwindet.« Er ging im Zimmer auf und ab. »Wir müssen uns schützen.«

Scarlett drehte sich auf den Rücken. Sie legte die Hände unter den Kopf. »Aber was sollen wir tun?«

Posey drehte sich um und schritt in die andere Richtung: »Ich habe darüber nachgedacht – wir müssen deine Eltern wieder zusammenbringen. Dann braucht dein Dad Alex nicht mehr.«

Scarlett runzelte die Stirn. »Aber was machen wir mit Patrick, wenn Mum und Dad wieder zusammenkommen? Darf er bleiben?«

Posey blieb stehen, um nachzudenken. »Hat Patricks alte Frau einen neuen Freund?«

»Ich glaube nicht.«

»Dann kann Patrick zu seiner alten Frau zurückgehen.«

»Clever. Du bist gut in so was.«

»Wir müssen deine Eltern dazu kriegen, dass sie wieder zusammenkommen wollen.« Posey ging von Neuem auf und ab. »Was machen sie gern zusammen? Was ist ihre Lieblingsbeschäftigung? Malen? Puzzeln? Ponys?«

»Nein.« Auf der Suche nach Ideen sah sich Scarlett im Zimmer um, betrachtete ihr Spielzeug und ihre Anziehsachen.

Dann fiel es ihr ein.

»Singen«, sagte Scarlett. »Beim Karaoke waren sie nie

sauer aufeinander. Beim Karaoke haben sie ganz viel gelacht.«

Posey nickte. Seine langen lila Ohren wackelten dabei. »Dann sollten wir sie unbedingt singen lassen. Was war ihr Lieblingslied?«

Kapitel 40

Kurz nachdem Alex am späten Nachmittag das Spa verlassen hatte, betrat sie die Hütte.

Sie stellte fest, dass die Möbel im Wohnbereich umgestellt worden waren. Der Couchtisch und die Sessel standen jetzt auf der anderen Seite des Raums, und in der Mitte war ein Stück Teppich frei geworden.

Matt lag ausgestreckt unterm Fernseher, das Hinterteil zur Tür gereckt.

»Hast du Spaß da unten?« Alex versuchte, unbeschwert zu klingen. »Diese Haltung ist nicht besonders vorteilhaft.«

Matt sah auf. Einen Moment lang trafen sich ihre Blicke, dann wandte er sich wieder irgendeinem Problem unterm Fernseher zu.

Alex warf die Tasche mit den nassen Sachen aus dem Spa auf den Esstisch. Sie nahm ihren Bikini heraus und breitete ihn auf der Heizung aus.

Sie sah zu den anderen. Patrick saß auf dem Sofa, Scarlett auf dem Schoß. Claire hantierte in der Küche.

Claire lächelte Alex zu. »Und – war das nicht gut? Bist du jetzt zur Spa-Gängerin konvertiert?«

Alex strich sich eine Haarsträhne aus dem Gesicht. »Ich hab mich total entspannt.« Sie wandte sich an Scarlett. »Noch mal vielen Dank, Scarlett.«

Scarlett bedachte Alex mit einem höflichen Nicken.

Matt kam unter dem Fernseher hervorgekrochen. »Behoben. Loses Kabel.« Er krabbelte rückwärts und richtete sich schwerfällig auf, wie ein alter Mann.

Alex sah Patrick an. Sie wunderte sich, dass es etwas zu reparieren gab und Matt derjenige war, der sich darum kümmerte. Patrick versuchte nicht, die Aufgabe an sich zu reißen, sondern hielt sich zurück.

In der Küche legte Claire ihr Messer ab und nahm einen kräftigen Schluck aus ihrem Glas. »Du bist unser Held, Matt.«

Matt küsste mit gespieltem männlichem Stolz seine Bizepse.

Es lag zu viel Ironie in der Luft, stellte Alex fest. War hier noch jemand in der Lage, auf irgendetwas authentisch zu reagieren?

Sie drehte sich um und sah Patrick an, der ihren Blick demonstrativ erwiderte.

Er hatte eindeutig darauf gewartet, dass sie sich umdrehen würde.

Die beiden hielten einen ausgedehnten Moment lang Augenkontakt.

Alex sah sich um und nahm die leeren Weinflaschen wahr, die in der Küche verstreut standen. »Ich habe wohl einen lustigen Nachmittag verpasst.«

»Es ist Weihnachten«, sagte Matt gepresst.

Alex hob unschuldig die Hände. »Ich hab nichts gesagt.«

Matt griff nach der Fernbedienung und drückte ein paar

Tasten. Alex sah zu der brummenden schwarzen Konsole auf dem Fußboden, zu den Mikrofonen auf dem Tisch.

»Du hast gesagt, es würde kein Karaoke geben, Matt.« Sie wollte einen Witz machen, aber es klang nach Kritik.

Matt legte die Fernbedienung auf dem Couchtisch ab. Er nahm sein Weinglas und trank den letzten Schluck.

Er wandte sich an Alex. »Scarlett wollte, dass wir singen. Und es ist ihr Wochenende. Was soll ich sagen?« Er sah Alex direkt in die Augen. »Ich habe dich wohl wieder mal angelogen. Ich bin ein Lügner.«

Alex streckte die Hand aus, um Matts Arm zu berühren, aber Matt schob sich, ohne anzuhalten, an ihr vorbei und ging in die Küche.

Alex zog den Arm wieder zurück und legte ihn um die Körpermitte, als würde sie sich selbst umarmen.

Matt kam mit seinem aufgefüllten Weinglas wieder in die Wohnzimmerecke. »Ich hab die Anlage zum Laufen gebracht.« Er hockte sich vor Scarlett hin. »Du bist dran. Welches Lied willst du?«

Scarlett blickte flüchtig zu Alex, dann wieder zu Matt.

Sie drehte und wand sich im Sessel. »Du zuerst.«

Matt hob die Augenbrauen. »Du willst nicht anfangen?«

Scarlett schüttelte heftig den Kopf. Sie pikste Matt in die Seite. »Du und Mum, ihr singt das Lied darüber, wie ihr euch kennengelernt habt. Mit dem Mann mit der Schminke. Zeigt es Alex.«

Patrick blickte auf; noch einmal sah er Alex eindringlich an.

Alex begriff nicht und schüttelte kaum merklich den Kopf.

»Sie meint Human League.« Matt wandte sich an Claire.

»Komm schon. Nimm deine Position ein.« Er griff die beiden Mikrofone und reichte eines davon Claire. Er sah Patrick an. »Sorry, Pat. Muss ziemlich langweilig sein.«

Patrick sagte nichts.

Claire nahm das Mikrofon und schüttelte theatralisch ihr Haar. Sie stand mit Matt in der Mitte des Wohnzimmers und wartete, während der ein paar Tasten auf der Fernbedienung der Konsole drückte.

Alex sah Patrick an. »Singst du Karaoke?«

Patrick blinzelte sie an. »Manchmal.«

Matt legte die Fernbedienung weg. »Dann bist du als Nächstes dran, Kumpel.«

»Ich bin nicht in der richtigen Stimmung, fürchte ich.« Patricks Stimme klang angespannt höflich.

Auf dem Fernsehbildschirm lief das Video. Die kultigen Synthesizerakkorde aus Human Leagues »Don't You Want Me« setzten ein.

Scarlett ließ sich im Schneidersitz auf dem Fußboden nieder, um zuzusehen. »Sing deine eigene erste Zeile. Und mach den Tanz, Daddy.«

Matt winkte ihr zu. Pseudoprofessionell schwenkte er das Mikrofon am Kabel durch die Luft.

Auf dem Bildschirm erschienen die Liedzeilen in blauen Lettern, und Matt begann zu singen.

»We were dancing to Stone Roses on ›A Pound A Pint‹ night.«

»Der Text geht anders.« Alex zeigte auf den Bildschirm. »Es geht um eine *waitress* und eine *cocktail bar.*«

»In the student u-nion.«

Scarlett wandte sich an Alex. »Sie haben ihre eigene erste Zeile.« Alex fand die Schärfe in der Stimme des Mädchens beunruhigend. »Weil sie sich beim Tanzen kennengelernt haben.«

Alex kratzte sich die Wange. »Aber das passt doch gar nicht zur Melodie.«

Matt ignorierte sie und wandte den Kopf zum Bildschirm. Mit klarer Stimme sang er nun die richtigen Worte. Er traf die tiefen Töne besser, als Alex erwartet hatte.

Während Matt sang, betrachtete sie Claire, die die Augen geschlossen hatte, den Kopf hin und her bewegte und auf ihren Einsatz wartete. Mit der Hand klatschte sie sich kokett auf den Oberschenkel, als würde sie ein Tamburin spielen.

Matt hielt den Blick beim Singen starr auf Claire gerichtet. Es war eine Show, voller Ironie. Das wusste Alex natürlich.

»Don't …«

Matt sang den tiefsten Teil.

»Don't you want me …«

Alex ballte die Hände zu Fäusten.

»Daddy ist ein guter Sänger«, sagte Scarlett und legte den Kopf schief.

»Ja«, sagte Alex leise.

Matt streckte singend die Arme nach oben. Sein T-Shirt rutschte hoch, und Alex sah die feine Haarlinie, die von seinem Bauchnabel senkrecht zum Gürtel verlief.

Als der Refrain kam, hüstelte Claire; sie hielt sich das Mikrofon an die Lippen, kniff Ernsthaftigkeit parodierend die Augen zusammen und schritt auf Matt zu.

»Don't you want me …«

Mit noch immer zusammengekniffenen Augen sang Claire *»baby«* direkt in Matts Gesicht. Matt sang ebenso direkt zurück. Sie mussten den warmen Atem des anderen im Gesicht spüren.

»Don't you want me …«

Als Alex sah, wie übertrieben Claire und Matt das *oh-oh-oh-oh* sangen, wurde ihr klar, dass dies keine normale Karaokeshow war. Es war eine gut einstudierte Aufführung. Direkt vor ihren Augen spielte sich ein Stückchen romantische Geschichte ab.

Der Refrain ging zu Ende, und Matt drehte sich auf der Stelle und befreite sich vom Mikrofonkabel.

Claire zeigte mit dem Finger auf Matt und machte eine kokette *Nein*-Geste.

»We were dancing to Stone Roses on ›A Pound A Pint‹ night
In the student u-nion.«

»Passt noch immer nicht«, sagte Alex leise. »Und reimen tut es sich auch nicht.«

Claire lächelte Alex zustimmend an und wandte sich wieder zum Bildschirm. Sie war keine gute Sängerin – traf nur selten die Töne. Dennoch trat sie voll ironischer Selbstsicherheit auf.

Während sie ihre Zeilen sang, gab sich Matt neben ihr ganz der Bewegung hin. Er drehte sich schnell auf der Stelle und zeigte mit dem Finger in die Luft.

Beim nächsten Refrain tanzten die beiden im ABBA-Stil Rücken an Rücken.

»Don't you want me …«

Alex wich einen Schritt aus der Wohnecke zurück. Und noch einen.

Claire präsentierte eine heftige Drehung. Sie beugte den Oberkörper mit schüttelnden Bewegungen vor und richtete sich wieder auf.

Alex sah zu Patrick. Auch er verfolgte den Auftritt, die Augen starr auf die Sänger geheftet. Sein Lächeln wirkte eingefroren, bemüht.

Einen Moment lang fühlte Alex sich euphorisch, benommen von Selbstbestätigung. Sie hatte gewusst, dass dieses Wochenende total schräg war.

Patrick stand auf. Langsam schlich er in Alex' Richtung, ohne den Blick von den Sängern abzuwenden.

Während Matt und Claire für den Abschlussrefrain die Lautstärke anhoben, beugten sie sich beide vor und bewegten sich aufeinander zu.

Alex spürte Patrick neben sich. Konzentriert standen sie da, nah am Geschehen, als würden sie ein Fußballspiel von der Tribüne aus verfolgen.

Der Song ging zu Ende. Scarlett klatschte begeistert Beifall. Dann warf sie Alex einen herablassend provozierenden Blick zu.

Wirklich?

Nein, das konnte nicht sein. Das konnte dieses Kind nicht getan haben.

Alex griff nach ihrem Handy und steckte es in ihre Hosentasche. Sie wandte sich in Richtung Schlafzimmer.

Dann überlegte sie es sich anders und ging auf die Küchenecke zu. Dort nahm sie das größte Weinglas aus dem Schrank.

Vor den Augen der anderen wählte Alex eine neue Weinflasche aus, entkorkte sie und schenkte sich ein Glas Rotwein ein. Ohne sich noch einmal umzudrehen, nahm sie das Glas und die Flasche und ging durch die Wohnecke in Richtung Schlafzimmer.

Jetzt war nur noch ein Geräusch zu hören: das Surren der CD, die sich in der Karaokekonsole drehte.

Das Letzte, was Alex hörte, bevor sie die Tür zwischen sich und der grotesken Stimmung im Wohnzimmer schloss, war Scarlett, die sagte: »Jetzt müsst ihr das Lied aus *Grease* singen.«

Dann: »... warum sagt denn niemand was?«

Kapitel 41

Patrick sah zu, wie Matt und Claire einander anstarrten. Die Mikrofone ließen sie locker baumeln.

»Matt?« Claires Tonfall war von Fragezeichen durchsetzt.

Matt betätigte die Fernbedienung und heftete den Blick auf den Bildschirm, wo ein Lied nach dem anderen kurz eingeblendet wurde. »Sie ist erwachsen. Sie kann tun und lassen, was sie will.«

»Willst du ihr nicht hinterhergehen?«, fragte Claire. »Sei kein …«, sie blickte flüchtig zu Scarlett und senkte die Stimme, »… Arschloch.«

Matt zuckte mit den Achseln. »Ist doch nur Alk. Wird sie nicht umbringen.« Er wandte sich Scarlett zu und beugte sich zu ihr hinunter. »Haben wir noch Zeit für einen Song, bevor wir zum Weihnachtsmann gehen?«

Nach ein paar Beats nahm er die Fernbedienung zur Hand und ging die Lieder durch, die auf der Konsole verfügbar waren.

Patrick wurde Zeuge, wie Matt einem Elvis-Song das Genick brach, indem er nicht einen einzigen Ton traf. Es war nicht so, dass Matt zum Singen jede Begabung fehlte, aber warum Leute, die keine sehr guten Sänger waren, Karaoke so liebten, hatte Patrick noch nie verstanden. Er schämte sich für Claire, wann immer ihre Stimme zu einem Krächzen wurde – es ging so weit, dass sein Bauch sich für sie fremdverkrampfte.

Patrick sah Matt singen und wusste, dass er auf ihn wütend sein sollte. Der Typ versuchte, seine Freundin anzumachen, und das vor seinen Augen. Aber es war ein erbärmlicher Versuch. Welche halbwegs vernünftige Frau könnte man durch Singen für sich gewinnen?

Natürlich lief der Tag mies. Unerträglich. Doch für Alex war es schlimmer als für ihn. Demütigend.

Es war offensichtlich. Matt wollte Claire. Und wie konnte er sie nicht wollen? Ausnahmsweise konnte Patrick nicht wütend sein auf Matt. Er war mit dessen Exfrau zusammen; es durfte ihn nicht überraschen, dass Matt noch immer versuchte, sie zurückzugewinnen. Er und Claire waren schon getrennt gewesen, als Patrick ins Spiel kam, was bedeutete, dass die beiden zu keiner Zeit direkt miteinander konkurriert hatten; indirekt gesehen, lagen die Dinge jedoch anders. Indirekt hatte Patrick diesen Wettbewerb so sicher gewonnen, als hätte er Matt in einem Duell mit langläufigen Schusswaffen getötet.

Patrick war ein anständiger Typ. Und er konnte mit Matts Werben leben, solange Claire nicht darauf einging. Solange sie Matt nicht zurückhaben wollte.

Und das wollte Claire nicht. Definitiv nicht.

Als Matt das Lied zu Ende gesungen hatte, zupfte Scarlett an seinem Ärmel. »Lass uns jetzt zum Weihnachtsmann gehen.«

Patrick studierte Scarletts vor Freude strahlendes Gesicht.

An diesen Ausdruck erinnerte sich Patrick noch. Er kannte ihn von seiner eigenen Tochter während eines Besuchs beim

Weihnachtsmann im Einkaufszentrum. Der stressige Verkehr auf dem Weg dorthin, das Gestreite mit dem Mann um den Parkplatz und die Tatsache, dass er der Arschgeige von Parkwächter *fünfzehn Mäuse* zahlen musste – doch Ambers Gesicht zu sehen, als sie auf den Knien des Weihnachtsmanns saß, war das alles wert gewesen.

Patrick setzte sich, er war plötzlich kurzatmig. »Geht ihr ohne mich.« Er versuchte, mit ruhiger Stimme zu sprechen. »Ich bleibe hier und sehe nach Alex.«

Scarlett lächelte ihn an. »Okay. Nur Mum, Dad und ich.« Sie hüpfte zur Tür.

»Komm mit uns, Pat.« Matts Stimme klang schärfer als sonst. »Sie kann tun, was sie will.«

»Nein.« Claire klang bestimmt. »Wir gehen morgen früh alle zusammen. Ich lasse Alex nicht hier zurück, wenn sie sich mies fühlt. Den Termin buche ich um. Wir singen noch ein paar Lieder und essen etwas zu Abend, und wenn sie sich besser fühlt, kann sie dazukommen.«

Patrick zog sein Smartphone hervor. Er suchte das Video von Amber.

Als er die Aufnahme gefunden hatte, stellte er den Ton leise und drückte auf *Wiedergabe*.

Es war genau so, wie er es in Erinnerung hatte.

Die Ehrfurcht. Das Magische. Der flüchtige Blick zu Patrick. Obwohl Amber noch auf dem Schoß des Weihnachtsmanns saß, war dies der perfekte gemeinsame Moment, in dem sie beide spürten, dass die Welt ganz allein ihnen gehörte.

Patrick schaltete das Telefon aus und warf es neben sich aufs Sofa.

Kapitel 42

Alex blickte zu Matts Telefon, das auf dem Nachttisch lag. Sie kannte den Code. Aber… nein. So etwas machte Alex nicht.

Alex blickte zu der Flasche auf ihrem Nachttisch, auf die gute Daumenbreite Wein, die noch übrig war. Sie sah weg.

Auf keinen Fall würde sie diese letzte Daumenbreite heute Abend noch trinken.

....

Als Alex sicher sein konnte, dass das Karaokesingen vorbei war, ging sie wieder in den Hauptraum. Claire stellte Platten mit Salat und geschnittenem Fleisch auf den Esstisch. Sie schenkte Alex ein kurzes Lächeln und wandte sich dann konzentrierter als nötig wieder ihrer Aufgabe zu.

Matt, Patrick und Scarlett saßen im Schneidersitz auf dem Boden. Matt und Patrick hielten Spielkarten aufgefächert in der Hand, Scarlett hatte ihre auf dem Boden ausgelegt. Sie hob sie eine nach der anderen auf, um sie anzusehen.

Matt schaute von den Karten auf. Er sah Alex lange an. Alex erwiderte den Blick.

»Kannst du dich um das Wasser zum Essen kümmern, Alex?«, fragte Claire ungezwungen.

Alex drehte sich nicht um. »Kein Problem.«

Patrick wandte sich an Scarlett. »Hast du die ›Mr Bun, the Baker's son‹-Karte?«

Alex füllte fünf Gläser mit Wasser und trug die ersten beiden hinüber in die Essecke. Als sie am Tisch vorbeiging, spürte sie etwas – sie wurde sanft in den Ellbogen gekniffen.

»Wir haben den Besuch beim Weihnachtsmann storniert. Ohne dich wäre es nicht dasselbe«, sagte Claire.

»Gut.«

»Wir haben auf morgen früh umgebucht.«

Alex sagte nichts.

»Es tut mir leid«, flüsterte Claire. »Es sollte nur lustig sein.« Sie griff Alex' Arm. »Matt und ich benehmen uns manchmal wie Idioten. Bei Karaoke drehen wir beide einfach durch.«

»Ich habe überreagiert.« Alex ging weiter, so dass Claires Hand von ihrem Arm glitt. »Alles gut.«

»Wir haben das früher ständig gemacht. Wir hatten nicht vor, uns scheiße zu verhalten.«

Alex wünschte, sie würde nicht so laut flüstern. Matt starrte Claire mit enttäuschtem Gesichtsausdruck an, als hätte sie sich für nichts zu entschuldigen.

Matt blinzelte und wandte sich wieder an Patrick. »Fishmonger's wife.«

Patrick reichte ihm die Karte.

Claire sagte, nun wieder mit lauter Stimme: »Essen ist fertig.«

Alex legte die Hand auf einen Esszimmerstuhl, um diesen hervorzuziehen, doch dann hielt sie inne.

Beim Verlassen des Schlafzimmers hatte sie nicht beabsichtigt, zum Essen zu bleiben: Sie wollte lediglich zeigen, dass mit ihr alles in Ordnung war, und sich dann wieder verkriechen. Aber der Hunger war zu groß, ihr Magen rumorte. Und von Matt drang nichts als Eiseskälte zu ihr herüber.

Alex sah sich den Stuhl zurückziehen und am Esstisch Platz nehmen.

Matt baute auf dem Tisch drei langstielige Gläser auf und schenkte Wein ein. Eines stellte er vor Claire, ein weiteres vor Patrick; aus dem dritten trank er einen Schluck.

»Matt?«

Betont langsam drehte Matt sich um und sah Alex an.

»Wir sind vier Erwachsene.« Alex setzte ein höfliches Lächeln auf. »Wir brauchen vier Weingläser. Nicht drei.«

Matt hielt inne. Dann ging er wieder in die Küche und öffnete den Schrank.

»Das heißt, vielleicht brauchen wir ja sogar fünf. Wo sind nur meine Manieren?« Alex wandte sich an Scarlett. »Soll Posey ein Weinglas bekommen? Ich weiß nicht, wie alt er ist.«

Scarlett schüttelte kaum merklich den Kopf.

Matt knallte ein Glas auf den Tisch. Ohne den Blick von Alex abzuwenden, schenkte er ihr, wiederum betont langsam, Wein ein.

Alex lächelte. »Danke.« Sie nahm einen kräftigen Schluck und stellte das Glas wieder ab, darauf bedacht, nichts zu verschütten. »Für Posey also keinen Wein. Aber er braucht Karotten.«

Sie sprang vom Stuhl auf und holte eine Karotte aus dem Kühlschrank, die sie auf einem Teller vor dem leeren sechsten Stuhl neben Scarlett abstellte.

»Mag er sie geschält haben?«, fragte Alex.

Erneut schüttelte Scarlett kaum merklich den Kopf.

Alex schlug sich an die Stirn. »Ich weiß, was uns noch fehlt – der Weihnachtskuchen.« Wieder sprang sie auf und holte die Kuchenform und ein Schneidebrett aus der Küche. Dann wickelte sie ihr Backwerk aus und platzierte es zusammen mit einem Messer auf dem Brett.

Der Kuchen sah nach der Autofahrt etwas mitgenommen aus. Der kleine Weihnachtsbaum, den sie darauf platziert hatte, neigte sich bereits um dreißig Grad zur schneebedeckten Glasur. Sie richtete den Baum auf und versenkte entschlossen das Messer im Kuchen. »Wer möchte ein Stück?«

»Wir essen jetzt Abendbrot, Alex«, sagte Matt mit formeller Schärfe in der Stimme.

Alex legte das Messer ab. »Natürlich, Schatz.«

Wieder herrschte Schweigen.

»Wir sind alle so still!« Alex lehnte sich über den Tisch, um sich eine Scheibe Schinken zu nehmen. Sie faltete die Scheibe zusammen und stopfte sie sich in einem Stück in den Mund. Dann blickte sie in die Runde. »Dabei haben wir doch hier ein so nettes Abendessen mit der Familie. Alle zusammen, unsere glückliche Patchwork-Familie. Also, worüber wollen wir uns unterhalten?«

Claire und Matt füllten sich Essen auf ihre Teller. Patrick sah Alex mit einem Gesichtsausdruck an, den sie nicht zu deuten wusste, der sie jedoch nichtsdestoweniger ankotzte.

»Hört außer mir eigentlich noch jemand nachts diese Geräusche?« Alex schälte eine weitere Scheibe Schinken vom Teller. »So ein rhythmisches Schlagen zur Schlafenszeit, wenn sich die Heizung ausschaltet. Muss irgendwie aus den Rohrleitungen kommen.« Sie schob sich die nächste Schinkenscheibe in den Mund, ohne den Blick von Patrick abzuwenden. »Vielleicht hört ihr es nicht. Das Geräusch ist ja über uns, und Schall hat die Eigenschaft, sich nach unten auszubreiten. Hast du es gehört, Patrick?«

Er schüttelte den Kopf.

»Seltsam.« Alex trank einen großen Schluck Wein und wischte sich mit dem Handrücken über den Mund. »Ich frage mich, was das war – eines der vielen Rätsel, die das Leben für einen bereithält.« Sie sah von Patrick zu Claire und wieder zurück. »Ich bin gespannt, ob ich das Geräusch heute Abend wieder höre …«

Kapitel 43

Am Esstisch wandte sich Posey an Scarlett. »Was geht hier vor?«

»Weiß nicht«, flüsterte Scarlett.

»Ich wollte gar keine Karotte. Warum spricht Alex ständig mit mir? Und tut so, als hätte ich geantwortet?«

»Ich schätze, sie ist müde.« Das sagte Mum immer, wenn Tante Katie sich so benahm, dass Katie »müde« sei. »Müde« bedeutete betrunken – Scarlett konnte nicht glauben, dass irgendjemand darauf reinfiel –, aber anscheinend war es höflicher, das nicht auszusprechen.

»Die Karotte esse ich nicht.« Posey zeigte auf den Teller, den Alex ihm hingestellt hatte. »Die Wissenschaftlerin könnte sie vergiftet haben. Und was meint sie mit den nächtlichen Geräuschen?«

»Psst, Posey.« Scarlett hob eine Hand in seine Richtung. »Ich versuche zuzuhören.«

»Ich habe dich gefragt, wie du über die Rohrleitungen denkst, Patrick«, sagte Alex. »Du hast dazu doch bestimmt eine Meinung?«

Patrick blickte auf das Brötchen hinab, das er mit Butter

bestrichen hatte. Er räusperte sich. »Ich habe festgestellt, dass die technische Ausstattung der Hütte nicht dem Standard entspricht.«

Alex lachte. »Ich liebe es, wie du redest, Pat.« Sie stopfte sich eine weitere Scheibe Schinken in den Mund.

Dad konzentrierte sich voll und ganz darauf, die Brotkrümel von seinem Teller aufzusammeln.

»Ich verstehe nicht, was Patrick gerade gesagt hat. Außerdem bringt er den Tisch zum Wackeln«, sagte Posey. »Mit seinem Knie.«

»Dann lasst uns über Hoffnungen und Träume sprechen.« Alex blickte von einem zum anderen. »Welche Hoffnungen und Träume habt ihr? Wer will anfangen?«

Es blieb still im Raum. Draußen kreischte ein Tier.

»Keiner?« Alex wandte sich dem Stuhl zu, auf dem Posey saß. »Posey, fang du an. Bist du glücklich? Was erwartest du vom Leben?«

Posey rührte sich nicht.

Alex nickte. »Einen Freund, ja, das ist wichtig. Einen Freund zu haben, der zu einem hält.« Sie nickte noch einmal. »Einen sicheren Bau und etwas zu essen. Ich weiß, was du meinst. Aber ich frage mich – ist das genug? Reicht das für ein erfülltes Leben?«

Posey griff nach Scarletts Hand.

Scarlett wandte sich hilfesuchend an Dad, aber Dad war damit beschäftigt, ein Stück Salat aufzuspießen. Daran, wie er es sich in den Mund schob, konnte sie erkennen, dass er wütend war.

Dad war so gut wie nie schlecht gelaunt. Er musste wohl auch »müde« sein.

»Da!« Poseys Stimme klang panisch, und er drückte Scarletts Hand fester. »Sie will schon wieder was zu mir sagen!«

»Sicherheit ist wichtig – das stimmt.« Alex schenkte Posey ein verständnisvolles Lächeln. »Ich verstehe. Du willst nicht, dass es läuft wie in *Unten am Fluss*, dem alten Kaninchenklassiker.«

Posey runzelte die Stirn. »*Unten* – wo?«

»Ja, kann ich mir gut vorstellen, dass dir der Film in Erinnerung geblieben ist. War es für dich eher ein Horrorfilm oder doch ein Dokumentarfilm?«

Dad schob mit lautem Quietschen seinen Stuhl zurück. Er nahm seinen Teller und ging in die Küche.

Alex kniff die Augen zusammen. »Du wäschst ab, Matt? Ohne dass man dich darum bitten muss?«

Dad drehte sich nicht um.

»Du bist ein so guter Mann. Ich kann mich so glücklich schätzen. *Glücklich.*«

Dad schwenkte den Teller mit großer theatralischer Geste in Alex' Richtung. »Und ich erst!«

Alex setzte ein breites Lächeln auf. »Würdest du mir nachschenken, Schatz?«

»Jetzt, wo Alex müde ist, spricht sie vornehmer«, sagte Posey. »Sie klingt wie die Leute in *Downton Abbey*.«

Ohne Alex anzusehen, schenkte Dad zuerst ihr Glas voll, dann sein eigenes.

»Guck mal!« Posey zeigte auf Patrick, der auf seinem Stuhl hin und her rutschte. »Patrick sieht aus, als hätte er sich auf einen Igel gesetzt.«

Alex wandte sich an Scarlett. »Was ist mit dir, Scarlett? Was willst du mal werden, wenn du groß bist?«

»Oh-oh«, sagte Posey. »Kneif mir in die Pfote.«

»Astronautin?« Alex fuhr fort. »Anwältin? Postbotin?«

Scarlett legte ihre Gabel ab. »Friseurin«, sagte sie. »Oder Tierärztin.«

Posey ließ Scarletts Hand los. »Warum hast du geantwortet?«, zischte er. Trotzig verschränkte er die Arme.

Alex hob ihr Glas in Scarletts Richtung. »Gute Berufswünsche.« Sie nahm einen weiteren kräftigen Schluck. »Unterschiedliche akademische Anforderungen, aber gute Berufswünsche. Warum Tierärztin?«

»Ich mag Tiere.«

»Während es ihr gefällt, Tiere zu töten«, zischte Posey.

Scarlett hob eine Hand in Poseys Richtung. »Psst.«

»Galt das *Psst* mir?«, fragte Alex.

»Nein. Posey.«

Alex nickte. »Ja, das leuchtet ein. Du bist es gewohnt, mit Tieren umzugehen, wegen Posey.«

»Umzugehen?« Posey wandte sich an Scarlett. »Was soll das heißen?«

»Mit Tieren umzugehen kann eine komplexe Aufgabe sein.« Alex blickte flüchtig zu Patrick. »Als Tierärztin wirst du manchmal Tiere töten müssen, zu ihrem eigenen Wohl. So wie ich es gestern mit dem Fasan gemacht habe, nachdem Patrick ihn mit dem Auto über den Haufen gefahren hat.«

Stille im Raum.

»Patrick hat den Fasan überfahren?«, fragte Posey. »Mit Absicht?«

»Du wusstest doch, dass Patrick ihn überfahren hat, oder?«, sagte Alex. »Das hat man dir doch erzählt?«

Sie hielt inne.

»Tut mir leid, Scarlett.« Alex legte mit vorsichtiger Geste ihre Gabel ab. Ihre Wangen röteten sich noch mehr. »Das war nicht sehr nett von mir. Du würdest eine tolle Tierärztin abgeben. Oder Friseurin. Du musst dich jetzt noch nicht entscheiden, aber was immer du später machst, du wirst gut darin sein. Weißt du, warum ich das weiß?« Alex beugte sich vor und griff nach Scarletts Händen. »Weil du nämlich Grips hast.«

Patrick sah Dad an, als wollte er mit den Augen etwas sagen.

Dad trank ganz langsam einen großen Schluck Wein.

»Weißt du, was Grips ist?«, fragte Alex, während sie weiterhin Scarletts Hände festhielt. »Es bedeutet, dass du weißt, was du willst. Du lässt dir von niemandem was vormachen. Im Gegensatz zu mir – ich bin hier der beschissene Fußabtreter. Na ja, was soll's.« Alex strahlte in die Runde. »Was ist jetzt mit dem Weihnachtskuchen? Wer möchte ein Stück?«

»Dass sie vor uns das Wort ›beschissen‹ benutzt, dafür mag ich sie schon ein bisschen lieber«, sagte Posey. »Als wären wir erwachsen.«

»Ich auch«, sagte Scarlett.

Patrick blickte zu Scarlett, dann zu Alex. »Möchtest du dich nicht besser ein wenig hinlegen?«

»Sollte ich das?« Alex starrte ihn an. »Was meinst du? Sollte ich mich besser hinlegen?«

Patrick räusperte sich. »Ich denke nur an dich. Wie es dir morgen früh gehen wird.«

»Wie reizend. Und wie wirst du dich morgen früh wohl fühlen, Patrick? Erschöpft? Ausgeschlafen?«

»Ich …«

»Was, wenn die Leitungsgeräusche dich heute Nacht wieder wach halten?«

Claire wandte sich an Matt. »Wollt ihr beide immer noch umziehen? Was sucht ihr eigentlich? Etwas Größeres? Oder geht es euch um eine andere Gegend? Habt ihr schon irgendwas gesehen, das euch gefällt?«

Von der Eingangstür der Hütte war ein Klopfen zu hören. Alex sprang auf, um sie zu öffnen.

Es waren Sternsinger, verkleidet als Wichtel: in grünen Gewändern mit roten Hüten und geringelten Strumpfhosen.

Ohne ein Wort begannen die Wichtel »Oh Little Town of Bethlehem« zu singen. Ein alter Mann ganz vorn hielt eine Sammelbüchse mit Aufschrift in der Hand.

Strahlend wandte sich Alex den anderen zu. »Noch mehr Gesang, herrlich!«

Scarlett drehte sich um, damit sie die Sänger sehen konnte, und spürte, wie Poseys Pfote in ihre Hand glitt. Sie sah zu Patrick, weil sie sich bei ihm dafür bedanken wollte, die Sternsinger bestellt zu haben, doch der flüsterte nun, da Alex an der Tür stand, mit Mum und Dad. Wegen des lauten Gesangs der Wichtel konnte sie nicht verstehen, worum es ging.

Die Wichtel beendeten ihr Lied. Die Gruppe in der Hütte spendete Applaus, am meisten Alex.

»Das ist das Zeichen für dich, ins Bett zu gehen, Scarlett«, sagte Claire sanft.

Scarlett diskutierte nicht einmal. Sie stand auf. »Gute Nacht.«

Ohne ein weiteres Wort ging sie die Treppe hinauf.

»Eins sag ich dir«, flüsterte Posey, der Scarlett nach oben folgte. »Sobald dein Dad wieder einzieht, hau ich die Karaokemaschine kaputt. Das viele Gesinge geht mir auf die Nerven.«

Scarlett öffnete die Tür zu ihrem Zimmer und sah Posey stirnrunzelnd an.

»Lass uns schnell ins Bett gehen. Und dann müssen wir den Film finden, von dem Alex gesprochen hat. *Unten am Fluss*. Das hatte etwas zu bedeuten.« Er zeigte aufs iPad und sah Scarlett fragend an.

Sie nickte.

Posey und sie putzten sich noch im Bad die Zähne, bevor sie ins Bett schlüpften, wo Scarlett das iPad hervorholte. Sie legte es auf ihren Schoß. »Eigentlich dürfen wir das nicht, weißt du.«

Posey kuschelte sich an sie heran. »Aber du kennst das Netflix-Passwort deiner Mum, oder?«

Kapitel 44

Verwirrt sah Patrick Scarlett die Treppe hinaufgehen. Was, kein Protest? Kein »Noch zehn Minuten« oder »Darf ich das iPad mitnehmen«?

Alex klatschte in die Hände. »Was für ein wunderschönes Sternsingen.« Sie winkte den Mann mit der Sammelbüchse in die Hütte. »Ich hab kein Geld bei mir. Matt, hast du was da?«

Matt zog sein Portemonnaie aus der Gesäßtasche. Er legte dem Mann einen Zehn-Pfund-Schein in den Eimer.

»Wir haben auch Weihnachtskuchen«, sagte Alex zum Büchsenmann, »falls Sie etwas möchten?«

Patrick stellte überrascht fest, dass Matt anfing ihm leidzutun.

»Oh, zu schade.« Der Mann rieb sich den Bauch. »Ich hab mir den Bauch leider schon mit Weihnachtskuchen vollgeschlagen.«

Nachdem sich alle beieinander bedankt und einander frohe Weihnachten gewünscht hatten, schloss Alex die Tür hinter dem Mann.

»Danke, Matt«, sagte Claire und setzte sich wieder an den Tisch. »Großzügig.«

»Matt ist ja so was von großzügig.« Alex wandte sich zu Claire. »Zugegeben, er hat mir, seit er vor zwei Jahren bei mir eingezogen ist, kein einziges Mal angeboten, sich an der Miete zu beteiligen, aber daran hat er vielleicht einfach noch nicht gedacht. Und du weißt doch von diesem Treuhandfonds, in den seine Eltern für Scarlett einzahlen? Der ihr ausgezahlt werden soll, wenn sie volljährig ist?« Alex machte eine ausladende Bewegung mit dem Arm. »Matt hat das Geld Walshy geliehen. Er ist einfach zu fürsorglich.«

Matt sah Claire an. »So ist es nicht.«

Alex nahm einen großen Schluck Wein. »Und wenn wir eins wissen, dann, dass Walshy ein absolut sicherer Rückzahlkandidat ist.«

Claire und Matt starrten einander an.

Claire setzte ihr Weinglas ab. »Sag mir bitte, dass du das nicht getan hat.«

Matt legte die Hände flach auf den Tisch. »Mann, ich werde das Geld auf jeden Fall zurückzahlen – ich übernehme das, versprochen. Walshy hat sich bei einem Sofortkredithai Geld geliehen, zu einem absurden Zinssatz, und er war kurz davor, sich immer weiter zu verschulden. Es war nur so eine Cashflow-Sache.«

Claire fuhr sich mit der Zunge über die Lippen.

»Ich verspreche es, keine Sorge.« Als Claire nicht antwortete, fügte Matt hinzu: »Mach bitte keinen Stress.«

Claire ließ ihren Blick auf Matt ruhen. »Das Thema ist noch nicht erledigt.« Schon wieder empfand Patrick beinahe Mitleid mit Matt. »Ich will jetzt nicht darüber reden«, sagte Claire, »aber morgen werden wir definitiv – *definitiv* – darüber reden.«

Erneut klopfte es an der Tür.

Diesmal kam Patrick Alex zuvor. Auf der Türschwelle stand Nicola. Sie trug ein ärmelloses Top, das metallisch schimmerte wie das Schuppenkleid eines Karpfens, und streckte Patrick eine Flasche Wein entgegen. »Ist jetzt ein guter Zeitpunkt für den Drink?« Auf ihren nackten Armen breitete sich Gänsehaut aus. »Sonst kann ich auch ein andermal wiederkommen.«

»Na klar!«, rief Alex. Überschwänglich winkte sie Nicola hinein. »Jetzt passt es super. Was trinkst du?«

Nicola lächelte Alex zu und blickte zum Tisch. »Rotwein ist gut.«

Alex ging ein weiteres Glas aus der Küche holen.

»Nicola.« Sie reichte Claire die Hand. »Ich bin mit Patrick zur Schule gegangen.«

Claire nahm Nicola ins Visier. »Ich konnte es gar nicht glauben, als ich es gehört hab. So ein Zufall. Sehr nett, dich kennenzulernen. Ich bin Claire.«

Nicola nahm das Glas Wein, das Alex ihr reichte, und setzte sich an den Tisch. »Kinder im Bett?«

»Kind. Nur eins«, sagte Claire. »Scarlett. Und, ja, im Bett.«

»Cool.« Nicola sah die anderen an. »Ich versuche zu verstehen, wer hier zu wem gehört.« Sie fuhr mit der Hand durch die Luft.

Alex strahlte sie an. »Wir sind eine große glückliche Familie. Lass mich dir erklären: Ich bin mit Matt zusammen, der mit Claire verheiratet war.« Sie zeigte nacheinander auf jeden der Erwähnten. »Claire ist jetzt mit Patrick zusammen, und wir kennen einander überhaupt nicht, und trotzdem verbringen alle zusammen dieses Wochenende in einer kleinen Hütte am Ende der Welt. Und es ist nicht so merkwürdig, wie es klingt.«

Nicola lächelte zurück. »Das ist eine tolle Sache.«

Alex stürzte ihren Wein hinunter. »So ist es. Reichst du mir die Flasche, Schatz?«

Matt zögerte einen kurzen Moment, dann reichte er Alex die Weinflasche.

»Patricks Exfrau ist nicht hier, leider.« Alex konzentrierte sich beim Einschenken auf die Flasche. »Sie kommen nicht mehr gut miteinander klar.«

Patrick sah Nicola an. Hilflos zuckte er mit den Achseln.

Nicola schenkte ihm ein mitfühlendes Lächeln. »Das Expartnerding ist mir erspart geblieben. Ist bestimmt nicht leicht.«

Alex winkte ab, als sei alles halb so wild. Dabei stieß sie beinah ihr Glas um, konnte es jedoch noch auffangen.

Patrick strahlte weiterhin in Nicolas Richtung, doch sein Lächeln wirkte mit jeder Sekunde unechter.

Alex beugte sich zu Nicola vor. »Also, wie war Pat in der Schule?«

»Äh …« Nicola sah zu Patrick und wieder zurück. »Nett. Still. Fleißig.«

»Das überrascht mich nicht«, sagte Alex. »Er ist noch immer ein ernster Mensch. Er kennt sich mit Zinssätzen aus und – wie hieß das, Matt? Kon-so-li-dier-ten«, Alex artikulierte das Wort sorgfältig, »Staatsanleihen.«

Matt knallte die Hände auf den Tisch. Ohne ein Wort ging er ins Bad.

Patrick sah Alex finster an. »Ich weiß nicht viel über das Zeug. Ich kenne mich ein bisschen mit zweitklassigen Hypotheken aus und dem Crash, aber …«

Alex unterbrach ihn. »Spielst du Cello?«

»Nein.«

Alex winkte ab und wandte sich wieder an Nicola. »Kam er in der Schule bei den Mädchen gut an? War er ein Charmeur?«

Nicola lächelte. »Das müsstest du ihn fragen.«

»Nein«, sagte Patrick in schroffem Ton. »Ich war ein Streber.«

»Wir waren nicht in denselben Kreisen unterwegs.« Nicola schenkte Patrick ein warmherziges Lächeln. »Er gehörte zu den Jahrgangsbesten. Ich dagegen habe meine Zeit damit verbracht, zu schwänzen, zu rauchen oder mir die Nägel zu lackieren. Nur im Theaterkurs haben sich unsere Wege gekreuzt.«

»Schule. Wie lange das her ist.« Alex lehnte sich zurück. »Und alles, was damals zählte, war Sex. Ich habe meine Unschuld auf einer Bank im botanischen Garten verloren, an einen Typen, dessen Nachnamen ich noch nicht einmal kannte. Ich war fünfzehn. Ich weiß noch, wie überraschend unspektakulär ich es fand, dass ich in erster Linie daran dachte, wie sich mir Zweige in den Hintern bohrten.« Sie wandte sich an Patrick. »Wie denkst du darüber, Pat?«

Patrick trank einen großen Schluck Wein. »Jedem das Seine.« Er sah Nicola an. Sie starrte nun auf den Tisch und spielte an ihrer Kette, die Lippen zusammengepresst. Sie lächelte nicht mehr.

Im Raum herrschte Stille. Durchbrochen wurde sie nur durch das Wasserfallprasseln aus dem Bad, wo Matt pinkelte.

Matt betätigte die Spülung und kam wieder in den Wohnraum.

Alex wandte sich an ihn. »Du warst sogar noch jünger, als du deine Unschuld verloren hast, nicht wahr, Schatz? Vierzehn, oder? Hinter der Berg-und-Tal-Bahn auf dem Jahrmarkt?«

»Deine Zähne sind so rot wie bei einem alten Säufer, Alex.« Matt klang gefährlich ruhig. »Vielleicht wäre es das Beste, du würdest deine *verdammte – Schnauze – halten.*«

»Der Nächste bitte.« Als niemand etwas sagte, seufzte Alex. »Ich versuche nur, mich ein bisschen zu amüsieren.« Sie sah in die Runde. »Na gut. Mit wie vielen Leuten haben wir alle geschlafen? Bei mir«, sie legte den Kopf zur Seite, »waren es wahrscheinlich fünfzehn. Aber das ist geschätzt, zwanzig Prozent Toleranz nach oben und unten.«

»Alex.« Matt dämpfte seine Stimme. »Werd erwachsen.«

Alex wandte sich an Patrick. »Findest du das wenig? Viel?« Alex drehte sich herum zu Claire. »Was denkst du? Zu viele? Zu wenige? Wie würdest du mich in dieser Kategorie bewerten?«

Nicola leerte ihr Weinglas.

»Geh zu Bett.« Matts Tonfall war ganz ruhig, bestimmt.

Patrick wandte sich an Nicola. »Mehr Wein?«

Nicola rührte sich. »Ich habe meiner Mutter gesagt, ich würde nicht mehr als fünf Minuten wegbleiben.«

Patrick sah von Nicolas Fischschuppen-Partyoberteil zu der Weinflasche, die sie mitgebracht hatte. »Klar.«

Alex hielt den Blick auf Claire geheftet. »Einige Leute lügen nämlich, was diese Sache betrifft. Findest du es nicht auch traurig, wenn jemand seine Vergangenheit verstecken muss? Du würdest doch bei so was nicht lügen, Claire, oder?«

Claire hielt ihrem Blick stand. »Wollen wir uns mal draußen unterhalten, Alex?« Sie stand auf. »Wollen wir?«

Patrick schob seinen Stuhl zurück. »Ich begleite dich nach Hause, Nicola.«

»Ist nicht weit.«

»Was für ein Gentleman, dieser Pat«, sagte Alex. »Ein ritterlicher Mann aus einer längst vergangenen Zeit.«

Das höfliche Lächeln sorgfältig fixiert, stand Nicola auf. Patrick geleitete sie zur Haustür.

»Willst du noch etwas Weihnachtskuchen, bevor du gehst, Nicola?«, rief Alex ihr hinterher.

Nicola lächelte freundlich. »Esse ich nicht so gern. Aber danke.«

»Nein«, sagte Alex nachdenklich. Sie nahm das Messer in die Hand. »Niemand isst ihn gern.«

Mit beiden Händen versenkte Alex das Messer in der Mitte des Kuchens. Sie ließ es dort stecken, der Griff ragte in die Luft.

Keiner rührte sich.

Matt schob seinen Stuhl zurück. »Alex. Alle haben versucht, dir diese Peinlichkeit zu ersparen, aber du hast nun bewiesen, wie schrecklich du bist, wenn du getrunken hast. Auch der netten Lady von nebenan.«

Patrick und Nicola eilten aus der Hütte in die Kälte. Selbst als die Tür hinter ihnen ins Schloss fiel, konnten sie Matts laute Stimme noch hören.

»Geh ins Bett, bevor du dich noch weiter blamierst, und bete zu Gott, dass morgen früh noch irgendjemand mit dir redet.«

Wortlos gingen die beiden mit knirschenden Schritten über das gefrorene Gras auf Nicolas Hütte zu.

Patrick vergrub die Hände in seinen Hosentaschen. »Ich sollte dir erklären, was los ist.«

»Nicht nötig. Schon in Ordnung.«

»Alex trinkt normalerweise nicht.«

»Ein Ausflug wie dieser hat immer ein gewisses Streitpotenzial. Eigentlich jedes Wochenende, das man mit der Familie verbringt. Meine Kinder haben sich schon in der Wolle, seit wir hier angekommen sind, und das geht einem richtig auf die Nerven. Aber jetzt sind sie im Bett.« Nicola schenkte ihm ein kleines Lächeln. »Willst du mit reinkommen?«

Hinter Patrick wurde eine Tür zugeknallt. Er drehte sich um und blickte zur eigenen Hütte: Mit gesenktem Kopf schritt Matt in Richtung See.

Patrick betrachtete Nicola. Sie war so klein. So zierlich. »Ich sollte wieder zu Claire gehen. Versuchen, das Chaos in den Griff zu bekommen.«

Mit verschränkten Armen rieb Nicola ihre nackte Gänsehaut. Patrick versuchte, nicht auf ihre Brustwarzen zu achten, die sich, von der Kälte hart geworden, unter ihrem Fischschuppen-Oberteil abzeichneten.

»Geh besser rein, Nicola.« Patrick hielt Augenkontakt. »Hab einen schönen Abend. Tut mir leid.«

»Nicht deine Schuld.« Nicola schenkte Patrick ein letztes schmerzhaft verletzliches Lächeln, ging in die Hütte und zog die Tür leise hinter sich zu.

Ohne sich noch einmal umzudrehen, entfernte sich Patrick von der Hütte. Er wusste, dass sich die Tür zu einer anderen Welt geschlossen hatte und nicht wieder öffnen würde.

Kapitel 45

Gebannt starrten Scarlett und Posey, der Scarletts Hand hielt, auf den Bildschirm, wo gerade der Abspann lief.

Keiner der beiden sprach ein Wort. Scarlett schlang die Bettdecke fester um sich. Sie musste sich zusammenreißen, nicht schon wieder zu weinen.

Posey versuchte, als Erster die Worte wiederzufinden. »Das war …« Er brach ab.

»Einige der Kaninchen waren so fies«, sagte Scarlett.

Posey antwortete nicht. Er wirkte verängstigt. Und er sah, wie schlecht Scarlett sich fühlte.

Nun zog sie ihre Hand aus seiner Pfote. »Wie sie aufeinander losgegangen sind. So viel Blut.«

Scarlett wollte Posey sagen hören, dass das alles ein Irrtum war. Aber stattdessen sagte er: »Vielleicht … vielleicht wissen wir nicht so viel über Kaninchen, wie wir gedacht haben.«

Scarlett dachte darüber nach.

Irgendwann sagte sie: »Würde es dir etwas ausmachen, aus meinem Bett zu steigen?«

Posey schlug das Bettzeug zurück und stand auf. Sorgfältig deckte er Scarlett wieder zu.

Schließlich verharrte er auf der anderen Seite des Zimmers an der Tür und betrachtete sie. »Es tut mir leid.«

Scarlett sagte nichts.

»Wir … Kaninchen können anscheinend manchmal sehr übel drauf sein. Ich wusste das nicht. Ich bin genauso schockiert wie du.«

Scarlett zog die Knie nach oben an die Brust und schlang die Arme um die Beine.

»Hast du Angst vor mir, nachdem du das gesehen hast?«, fragte Posey.

Scarlett zog die Knie noch dichter an sich heran. »Irgendwie … schon.«

Eine Weile schwiegen sie.

»Soll ich in den Trockenschrank gehen?«, fragte Posey.

»Ja, bitte«, flüsterte Scarlett.

Kapitel 46

Zusammengerollt wie ein Baby lag Alex im Bett, die Decke bis unters Kinn gezogen.

Sie hatte erwartet, gleich einzuschlafen, schließlich hätte das viele Ethanol, das sie im Laufe des Abends zu sich genommen hatte, entsprechende Auswirkungen auf ihre Medulla oblongata haben sollen. Die Qualität des Schlafs würde natürlich schlechter ausfallen als sonst, da der Alkohol die Vasopressinproduktion unterdrückte. Aber das Einschlafen hätte ihr in diesem Zustand leichtfallen sollen.

Stattdessen lag sie seit einer Stunde wach und dachte darüber nach, was sie gesagt hatte. Und immer wieder landeten ihre Gedanken bei der Daumenbreite Wein, die sich noch in der Flasche auf ihrem Nachttisch befand.

Schließlich sprang Alex aus dem Bett, griff sich die Flasche und steuerte die Nasszelle an. Sie schüttete den Wein in den Abfluss und stellte die Flasche neben dem Waschbecken auf den Boden.

Sie ging wieder ins Bett.

Sobald Matt das Haus verlassen hatte, war von Alex' Wut nichts mehr übrig gewesen. Matt hatte die Haustür zugeknallt, und im selben Moment zerfiel etwas in ihr und hinterließ nichts als Selbstekel, der ihr die Kehle hochstieg.

Alex hatte auf den Tisch gestarrt. »Es tut mir leid.«

»Vielleicht brauchst du etwas Schlaf«, sagte Claire.

Patrick kam leise wieder ins Haus.

Alex vergrub ihr Gesicht in den Händen. »Es tut mir leid«, wiederholte sie mit dumpfer Stimme.

»Alex«, sagte Claire. »So schlimm es auch war – und es war ziemlich schlimm –, wir waren unter uns. Du bist betrunken. Ist uns allen schon passiert. Niemand ist dabei zu Schaden gekommen.«

»Es ist sinnlos, darüber zu sprechen, solange sie in diesem Zustand ist.« Patricks Ton klang wesentlich schroffer. »Geh einfach ins Bett.«

Während des Wartens auf Matts Rückkehr hatte Alex ihren Schlafanzug angezogen, sich abgeschminkt, die Zähne geputzt und sie sogar mit Zahnseide gereinigt.

Und seitdem lag sie da, zusammengerollt, dachte über das nach, was sie gesagt hatte.

Das Bedauern kam zu spät.

Nach so viel Alkohol müsste sie jetzt von einem erhöhten Dopaminspiegel profitieren. Doch davon war nichts zu spüren.

Alex ballte die Hände zu Fäusten. Sie grub die Nägel so tief in die Handflächen, dass es schmerzte.

Ihr Herz schlug zu schnell, innere Unruhe, durch die erhöhte Aktivität der Neuronen im Locus coeruleus bewirkt. Herz, Blutgefäße und Atemzentrum standen offensichtlich noch unter zu starkem Einfluss von Noradrenalin.

Alex drehte sich auf die andere Seite.

Hoffentlich würde der Alkohol bald auf ihre Medulla wirken.

....

Quietschend öffnete sich dic Schlafzimmertür; Alex erwachte schlagartig.

Trotz des Drucks im Kopf schaffte sie es, sich aufzusetzen. »Matt.«

Sie hatte keine Ahnung, wie lange sie weg gewesen war. Minuten? Stunden?

»Ich bin nur hier, um meine Bettdecke zu holen.« In der Dunkelheit klang Matt sachlich. »Ich schlafe auf dem Sofa.«

»Aber« – Alex' Hals war so trocken, dass ihr fast die Stimme versagte – »was werden die anderen denken? Wenn sie dich dort finden?«

»Sie werden denken, dass ich es nicht ertragen konnte, mit dir in einem Raum zu sein. Und das wäre zutreffend.«

Alex fühlte einen kalten Schauer über den Rücken laufen. Sie zog ihre Decke weiter hoch.

»Machst du dir darüber jetzt Gedanken, Alex? Was die Leute denken?« Matt sprach mit leiser Stimme. »Denn wenn du denkst, die anderen haben nicht bemerkt, dass etwas nicht stimmt, dann steht es schlimmer um dich, als ich dachte.«

Alex' Augen hatten sich inzwischen an die Lichtverhältnisse gewöhnt, und im Halbdunkel erkannte sie Matts Umrisse. Eine steife Gestalt, die sich mit ruckartigen Bewegungen ihrer Bettseite näherte.

»Ich habe den Rest Wein weggeschüttet. Ich habe nicht alles getrunken.«

»Schlaf weiter, Alex.« Alex fragte sich, ob Matts Stimme

jemals so distanziert und abweisend geklungen hatte wie in diesem Moment.

Er zog an seiner Bettdecke, aber die bewegte sich nicht, weil ein Teil davon unter Alex festklemmte.

»Und das, nachdem Claire so nett zu dir war.« Matt zerrte stürmisch an der Decke. Alex rollte abrupt auf die Seite, und die Decke rutschte unter ihr hervor. »Und du behandelst sie so.«

Alex griff nach einem Deckenzipfel, um Matt daran zu hindern, sie zu befreien. »Die ach so scheißheilige Claire.«

»Oh, okay. So ist es also. Wie nett.«

»Ich habe keine Lust mehr, vorm Altar der heiligen Claire zu knien.«

»Und wann hast du heute Abend gekniet? Sag's mir. War es, als du sie in Anwesenheit von Patrick fragen musstest, mit wie vielen Männern sie geschlafen hat?« Matt zog an der Decke, aber Alex ließ ihren Zipfel nicht los. »Oder als du gesagt hast, dass du sie beim Sex hören kannst?«

»Das habe ich nicht gesagt, nur angedeutet …«

»Oder als du ihr gesagt hast, dass Walshy das Geld von Scarlett hat? Übrigens, vielen Dank dafür. Schatz.«

Matt zog kräftiger an der Decke; mit einem Ruck hatte er sie Alex aus der Hand gerissen.

Sie versuchte, noch einmal danach zu greifen, aber Matt schwenkte sie mit dem Schwung eines Stierkämpfers aus ihrer Reichweite.

Geschlagen lehnte Alex sich ans Kopfteil des Bettes. »Wenn du für Claire so empfindest, kannst du sie genauso gut noch einmal heiraten. Reist nach Paris und erneuert euer Versprechen.«

»Heute Abend würde ich dafür töten, Claire noch mal heiraten zu können.« Matt zog die Decke hinter sich über den Boden. »Nur, um von dir wegzukommen.«

Matt öffnete die Tür. Das Licht aus dem Flur fiel gerade so lange in den Raum, dass Alex den Hohn in seinem Gesicht erkennen konnte. »Schlaf jetzt. Man erträgt dich nicht, wenn du besoffen bist.«

Matt knallte die Tür zu und war verschwunden.

Alex blinzelte in die Dunkelheit und rutschte ganz tief nach unten unter die Bettdecke. Sie ahnte, was ihr bevorstand, und der Druck in ihrem Kopf wurde stärker: Die ganze Nacht würden ihre Gedanken zwanghaft um den kalten Ausdruck in Matts Gesicht kreisen; stundenlang würde sie sich fragen, ob er sie jemals wieder ohne diesen zornigen Blick ansehen oder ihn für immer bewahren würde, nur für sie.

Kapitel 47

Während Claire sich im Bad die Zähne putzte, hörte Patrick, wie die Haustür geöffnet wurde.

Claire kam zurück ins Schlafzimmer gestapft.

Patrick legte sein Telefon beiseite. »Matt ist wieder da.«

Claire schaltete die Deckenlampe aus. »Das ist gut.« Sie schlüpfte unter die Decke. »Ich habe mir vorgestellt, wie er zitternd am See sitzt, und mich schon gefragt, wie lange er wegbleiben muss, um zu beweisen, dass er noch immer wütend ist.« Sie gab ein Schnaufen von sich. »Er muss entschieden haben, dass es zu kalt ist, um Alex nicht zu verzeihen.«

»Er hat ihr nicht verziehen. Zumindest ist er nicht in ihr Schlafzimmer gegangen. Er hat den Fernseher in der Wohnecke angemacht.«

Claire griff nach ihrem Telefon und stellte den Wecker. »Lass uns morgen nach Hause fahren. Heute Abend ist mir klargeworden, dass dieser Ausflug ein Fehler war.«

Nach Hause. Patrick dachte an seine Kinder. Zu Weihnachten zu Hause zu sein würde alles noch viel schlimmer machen. Es würde ihn dort eine Vielzahl bereits getroffener Verabredungen, abwegiger Ausflüchte und unangenehmer Telefongespräche erwarten, und er würde unmittelbar mit der zwiespältigen Haltung seiner Familie ihm gegenüber konfrontiert werden.

»Was ist mit Scarlett?«, fragte Patrick.

»Oje, daran habe ich noch nicht gedacht. Lass uns abwarten, wie morgen früh die Stimmung ist, aber wir müssen nicht bleiben. Niemand kann uns zwingen, für den Rest der Feiertage hierzubleiben.«

»Habt ihr beide euch so gestritten? So wie Matt und Alex heute Abend?«

Claire drehte sich auf ihre Seite, von Patrick abgewandt. »Jeder streitet mal.«

»Alex ist ein wandelndes Pulverfass.«

»Sie ist nicht sie selbst. Es ist dieser gemeinsame Ausflug, der sie verrückt macht.«

Patrick wünschte, Claire würde ihn ansehen. »Einiges von dem Zeug, das sie erzählt hat, verstehe ich noch immer nicht.«

Claire gähnte laut, versuchte gar nicht erst, es zu verbergen. »Sie war lattenstramm, Patrick. In so einem Zustand gibt man keine sinnreichen Dinge von sich.«

»Aber es überrascht mich nicht, dass dieses Wochenende Alex durchdrehen lässt«, sagte Patrick zu Claires Hinterkopf. »Sie hat Angst.«

Endlich drehte Claire sich um und sah ihn an. »Wovor?«

»Es ist offensichtlich. Matt will dich zurück.«

»Lächerlich.«

»Alex sieht es.«

»Und er betet Alex an. Er ist heute nur total wütend auf sie, weil sie sich hat vollaufen lassen und rumgepöbelt hat.«

»Als ihr beide euch getrennt habt, war er am Boden zerstört.«

»Das ist Vergangenheit. Aus und vorbei.«

»Du würdest doch nicht wieder mit ihm zusammenkommen wollen, oder?«

Claire gähnte erneut. Patrick wünschte sich, sie würde leiser gähnen. Höflicher.

»Bitte, Claire. Ich möchte es dich sagen hören. Ich brauche das.«

Ein Seufzen. »Natürlich würde ich nicht wieder mit ihm zusammenkommen wollen. Nein.«

»Bist du dir sicher?«

»Was zwischen uns los ist, hat nichts mit Matt zu tun.«

Patrick richtete sich weiter auf.

»Pat.« Selbst Claire wurde jetzt emotional. »Wieder mit Matt zusammenzukommen wäre keine Option für mich. Niemals, unter keinen Umständen. Wenn wir Scarlett nicht bekommen hätten, unser Leben weniger anspruchsvoll geblieben wäre, dann hätten wir es vielleicht miteinander schaffen können. Aber dass wir jetzt miteinander auskommen, spielt keine Rolle, denn als wir damals zusammen funktionieren mussten, haben wir es nicht geschafft. So einfach ist das.«

»Was hast du mit ›was zwischen uns los ist‹ gemeint?«

Claire drehte sich wieder zur Wand. »Das war nur so gesagt.«

»Claire …«

»Ich bin müde. Es war ein langer Tag, und ich bin zu erschöpft, um weiter darüber zu sprechen. Ich möchte schlafen, okay? Bitte.«

Patrick starrte auf ihren Hinterkopf, betrachtete die Welle im Haar an der Stelle, wo sie es zusammengebunden hatte.

»Nacht«, sagte Claire zur Wand.

Patrick streckte eine Hand aus und streichelte Claires Arm. »Nacht.«

Claire ertastete mit einem Arm Patricks Hüfte und tätschelte sie. »Nacht.« Sie zog den Arm zurück und rutschte eine Daumenbreite weiter zur Wand.

Patrick streichelte noch immer ihren Arm. Er atmete den Duft ein, der ihrem Nacken anhaftete. Die vertraute Mischung aus dem Mandelölshampoo, das sie immer im Internet kaufte, und ihrem Parfüm, sogar den chemischen Geruch ihrer Kontaktlinsenlösung nahm er wahr. Claires Spezialduft.

Nach wenigen Sekunden wurde Claires Atem tiefer, und er hörte, wie die Luft durch ihren leicht geöffneten Mund strömte: der Countdown-Indikator für den nahenden Moment des Einschlafens. Bald würde sie träumen.

Wovon träumst du, Claire? Unsicher starrte Patrick ihren Hinterkopf an.

Befragung nach dem Zwischenfall.
Sophia Trevor, 11. Gast im Happy Forest.
Persönlich. Hütte im Happy Forest.

Mum, ich kann nicht richtig denken, wenn du dabei bist.
Wirst du aber, das weißt du genau.
Danke. Und mach die Tür hinter dir zu, bitte.
Mum macht so einen Aufstand. Sie denkt, ich müsse geschockt sein,
aber ich kenne den doch gar nicht. Sie liebt es einfach, sich Sorgen zu machen, und wenn sie nichts findet, dann denkt sie sich etwas aus. Das ist echt hart für mich, weil ich die Ältere bin und bei ihr alles erst mal durchsetzen muss. Und meine kleine Schwester Emily kann sich die krassesten Sachen erlauben – Mum lässt ihr total viel durchgehen, was ich niemals gedurft hätte,
als ich neun war. Wir müssen sogar zur selben Zeit ins Bett gehen. Das ist echt nicht fair.
Ja, ich habe das kleine Mädchen im Tanzkurs gesehen. Als die Tanzlady sagte, die Eltern des Mädchens würden sich verspäten, wollte Mum, dass wir mit ihr warten. Wir sind noch eine halbe Stunde geblieben und haben Chips und Limo aus dem Automaten bekommen. Dann sagte die Tanzlady, dass es noch länger dauern würde. Also haben wir das Mädchen mit in unsere Hütte genommen, bis ihre Großeltern kamen.
Es war ein toller Kurs. Wenn Sie mir einen Stuhl geben, kann ich es Ihnen zeigen.
Oh, okay.

Vor dem Trip kannte ich keinen von denen, hab sie hier zum ersten Mal gesehen.

Das Problem mit Mum ist, dass sie jeden mag. Egal ob Aldi, Morrisons, Tesco, überall trifft sie jemanden.

Ich hab die Leute von nebenan nicht viel gesehen. Mum wollte, dass ich rübergehe und mit dem kleinen Mädchen spiele, aber ich bin elf, warum sollte ich das wollen? Emily ist schon schlimm genug. Und wir konnten hören, wie sie in der Hütte gesungen haben. Erwachsene, die alte Songs singen – was soll so was? Emily wollte dann natürlich auch nicht rübergehen, weil Emily ein Schaf ist und mir alles nachmacht.

Irgendwann hat Mum aufgegeben und gesagt, dass wir bei Grandma bleiben dürfen. Und dann hat sie ihr schickstes Teil angezogen, das silberfarbene, das sie am ersten Weihnachtstag tragen wollte. Auch Grandma ist das aufgefallen. Mum hat behauptet, alle anderen Oberteile seien dreckig, aber Grandma meinte nur: »Wer mit dem Feuer spielt ...«

Eine halbe Stunde vielleicht? Eine Stunde? Nicht lange. Wir haben in der Zeit dreimal Mensch-ärgere-dich-nicht gespielt. Ich hab jedes Mal gewonnen.

Der Mann von ihrer Schule, Patrick, hat sie nach Hause gebracht, und sie haben sich draußen noch kurz unterhalten. Er steht auf sie.

Das war einfach so was von klar. Jeder konnte das sehen.

Mum hat mit ihm geflirtet, aber nicht mit Absicht. Sie ist halt einsam. Ich möchte wirklich, dass sie jemanden kennenlernt, aber einen besseren Typen als den. Obwohl, er hatte ein gutes Auto – bis er den Fasan damit zu Matsch gefahren hat.

Hat ihn einfach auf der Straße überfahren. Und jetzt kleben überall am Auto Reste des Fasans.

Ich mochte ihn von Anfang an nicht. Er hat so komisch mit Mum gesprochen, wie auswendig gelernt. Uns hat er fast gar nicht beachtet, was mir allerdings egal war. Aber er hatte kurze Hosen an – im Dezember. Und er hat die ganze Zeit Sport gemacht. So Angeber-Dehnübungen.

Mum war in der Schule nicht mal richtig mit ihm befreundet. Aber sie meinte, wenn sie jemanden von damals trifft, würde sie sich wieder jung fühlen. Da habe ich zu ihr gesagt: »Du bist nicht jung, und wenn überhaupt, solltest du dich bei so was nur älter fühlen, weil es eine ganze Steinzeit her ist.«

Ich habe ihn definitiv vorher noch nie gesehen. Und Mum hat ihn zum ersten Mal getroffen, als er den Fasan plattgemacht hat.

Das hat er zu der Dame an der Anmeldung gesagt? Aber das ist so was von gelogen!

Ich hab's gewusst. Der ist richtig gestört. Ich wette, er hat sie auf Facebook gestalkt und ist ihr hierher gefolgt. Was hat Mum gesagt, als Sie ihr das erzählt haben?

Mum ist einfach zu nett, die hat echt keinen Durchblick.

Sie hat Ihnen die Wahrheit gesagt. Ich weiß genau, wann sie lügt. Wie bei der Sache mit dem schicken Teil – da hat sie gelogen. Es war offensichtlich, dass nicht alle anderen Oberteile dreckig waren. Aber als sie den Mann von nebenan gesehen hat, da war sie wirklich überrascht.

Arme Mum. Sie bekommt immer die Spinner ab. Mir hat er sowieso nicht wirklich leidgetan, aber jetzt denke ich, dass er es echt verdient hatte, angeschossen zu werden. Ist nur gerecht. Immerhin hat er den Fasan überfahren, und alles rächt sich irgendwann.

Auszug aus der Broschüre des Happy Forest:

Im Dezember verwandelt sich der Happy Forest in ein Winterwunderland. Machen Sie Ihren Kleinen zu Weihnachten die Freude, den Weihnachtsmann und seine Wichtel zu treffen.
Oder lassen Sie sich von unseren erfahrenen Schützen das Bogenschießen beibringen. Falls Sie das nicht interessiert, bieten wir auch Tanzkurse für die ganze Familie an.

Kapitel 48

Sonntag, 24. Dezember
Heiligabend
TAG 4

Nein, *nein, nein, nein!* Als Alex aufwachte, schien ihr Kopf bersten zu wollen.

Obwohl jeder einzelne Nerv in ihrem Kopf schmerzte und sie nicht geradeaus gucken konnte, stemmte sie sich aus dem Bett. Sie legte sich die Decke um die Schultern und zog ihre Schlafanzughose hoch.

Dann atmete sie tief ein und öffnete die Schlafzimmertür.

Matt saß auf dem Sofa in der Wohnecke, den Arm um Scarlett gelegt. Unter Matts Federbett sahen die beiden sich im Fernsehen Zeichentrickfilme an.

Alex ging einen Schritt vorwärts.

Ohne den Blick vom Fernsehbild zu lösen, sagte Matt: »Morgen.«

Alex schwankte, ihr Federbettcape hing an ihr wie ein nasser Sack. »Morgen.«

»Und, wie geht's dir?«

»War schon mal besser.«

»Fühlst du dich nicht gut?« Matt sah sie noch immer nicht an.

»Ich hab mir wohl irgendein Virus eingefangen.«

»Was für ein Zufall. Vielleicht gehst du besser wieder ins Bett.« Matt drückte Scarletts Schulter und zog seinen Arm weg. »Gleich wieder da, Maus.«

Er stand auf und ging an Alex vorbei ins Schlafzimmer. Alex folgte ihm.

Sie schloss die Tür hinter sich. »Tut mir leid, tut mir leid, tut mir leid.«

»Du warst ein verdammter Alptraum.«

Alex setzte sich aufs Bett. Theatralisch wankte sie zu einer Seite, bis sie flach dalag. Sie schloss die Augen, öffnete sie dann vorsichtig wieder und spähte zu ihm hinauf.

Matt stand vor ihr und sah auf sie herab. »Ein besoffener Alptraum.«

»Ich hab dein Nasenklicken vermisst. Ohne den Klickton konnte ich nicht schlafen.«

»Was für eine schreckliche, kreischende Heulsuse. Ich dachte nur: *Wo ist meine nette Freundin geblieben? Und wer hat sie durch das hier ersetzt*? Du entschuldigst dich besser bei Claire.«

Alex gab ein leises Wimmern von sich.

»Was war das?«

»Meine Erinnerung hat eingesetzt. Einzelheiten.«

Matt setzte sich aufs Bett. »Geschieht dir recht.«

»Aber du warst auch schrecklich.« Alex linste mit gesenkten Augenlidern zu Matt. »Verletzend.«

»Sollst du gerade sagen.« Matts Tonfall war schroff, dennoch griff er mit beiden Händen ihre Hand. »Wundert mich, dass du dich überhaupt an irgendwas erinnerst.«

»Ich erinnere mich leider nur zu gut.«

Matt sah auf ihre Hand hinab. Er strich mit dem Daumen über ihre Fingerknöchel. »Wie schlimm ist dein Kater? Muss heftig sein.«

»Mir laufen kalte Schauer den Rücken hoch und runter. Mir ist schwindlig, und schon allein Gucken tut weh. Hast du eine Sonnenbrille dabei?«

»Wir haben Dezember. Und du hast es verdient, du Ungeheuer.«

»Es hat mich so aufgeregt, wie ihr gesungen habt.«

Matt streichelte weiter mit dem Daumen ihre Hand.

»Ihr habt so glücklich gewirkt, du und Claire.«

»Quatsch. War das etwa der Grund, weshalb du ausgerastet bist?«

Alex kniff die Augen zusammen. »Wolltest du noch zu ihr zurück, als wir zusammengekommen sind?«

»Fragst du mich das jetzt wirklich?«

»Ja.«

Alex lauschte Matts Atemzügen. Als er wieder zu sprechen begann, klang er ernst.

»Okay. Zuerst war es so, ja. Aber dann – sehr bald – nicht mehr. Und dann definitiv nicht mehr, dann war gar nicht mehr daran zu denken. Ich bin mit dir zusammengekommen, bevor ich über Claire hinweg war – ja. Aber das ändert nichts an dem, was von Anfang an zwischen uns war. Ich mochte dich vom ersten Tag an. Ich musste eben nur noch mit ein paar Dingen fertig werden.«

Alex nickte ins Kissen.

Matt drückte ihre Hand. »Ich hab es gestern darauf angelegt, dich zu verletzen. Weil du so furchtbar warst.«

Das Gesicht noch immer ins Kissen gedrückt, schloss Alex die Augen. »Darf ich dir noch eine Frage stellen?«

Aus dem Kissen schlug Alex ihr übler Mundgeruch entgegen. Angeekelt wich sie zurück.

»Nur eine einzige?«

»Versprochen. Dann breiten wir für immer den Schleier des Vergessens über den ganzen Quatsch.«

»Okay.«

»Claire trägt dasselbe Parfüm, das du mir letztes Jahr zu Weihnachten geschenkt hast.«

Matt hielt inne. »Das hat sie von mir bekommen.«

»Hast du es mir geschenkt, weil du wolltest, dass ich so rieche wie Claire?«

Ruckartig wurde Matt kerzengerade. »Nein!« Er riss die Augen auf. »Alex, natürlich nicht. Wie kommst du darauf?«

Alex starrte ihn an.

Matt strich sich das Haar aus den Augen. »Alex. Ich hab das Parfüm gekauft, weil es im Laden gut roch, und ich wusste nicht, was ich Claire zu Weihnachten schenken sollte, und ich war viel zu spät dran. Also hab ich zwei Flaschen gekauft. Da ich für dich auch noch andere Sachen besorgt hatte, dachte ich, es sei kein Problem, dass eines der Geschenke dasselbe war wie das für Claire.«

»Aber mir hast du gesagt, du hättest ihr nichts gekauft.«

»Das habe ich gesagt, weil ich dir nicht erzählen wollte, dass ich für sie dasselbe gekauft hatte wie für dich. Dass ich derart gedankenlos und verpeilt bin.« Matt streichelte erneut ihre Hand. »Aber du warst widerwärtig und besoffen, also sind wir quitt.«

Alex hörte ein Geräusch, das nach lauten Stimmen klang. Sie lauschte. »Hörst du das? Sind das Claire und Patrick? Sind jetzt die Nächsten dran mit Streiten?«

Matt legte den Kopf zur Seite und lauschte ebenfalls.

Es klopfte sanft an der Tür.

»Dad?« Scarletts Stimme bebte vor Angst.

»Was gibt's, Maus?«

»Da ist eine Spinne.«

Alex spürte, wie Matts Hand sich verkrampfte.

»Sie ist unters Sofa gelaufen, Dad. Sie ist so groß wie ein Türknauf.«

Matt warf Alex einen flüchtigen Blick zu. »Ich bin nicht angezogen.«

Alex öffnete ein Auge. Sie musterte den vollständig bekleideten Matt von Kopf bis Fuß.

»Ist deine Mum nicht da?«, fragte Matt vorsichtig. »Oder Patrick? Die sind bestimmt schon aufgestanden. Ich kann sie reden hören.«

»Sie sind noch nicht nach unten gekommen.«

Matt holte tief Luft. Er stand langsam auf. »Dann komm ich gleich, Süße.«

Matt wandte sich an Alex. »Ist wohl besser, ich kümmere mich darum.«

Alex lächelte trotz der Schmerzen. »Möchtest du, dass ich das übernehme?«

»Ich möchte, dass Scarlett mich respektiert. Auch als Beschützer.«

»Ruf mich, wenn du mich brauchst.«

»Glaubst du, dass du so die Sache von gestern Abend wiedergutmachen kannst?«

»Ein bisschen. Vielleicht.« Alex schenkte ihm ein vorsichtiges Lächeln. »Wenn es eine große Spinne ist, könnte es klappen.«

Nach einer Minute war Matt wieder da. »Du bist gefragt. Sie ist gewaltig, so groß wie ein Gaul. Mit Hufen und Mähne und allem Drum und Dran.«

Alex stemmte sich aus dem Bett.

»Nach der Geschichte mit dem Fasan bist du sowieso der offizielle Killer«, sagte Matt.

»Wie man um einen Gefallen bittet, musst du noch lernen«, sagte Alex.

Dann ging sie in den Wohnbereich. Sie wollte wegen des Abends zuvor etwas zu Scarlett sagen, aber die zeigte nur aufs Sofa.

»Sie ist da drunter.«

Langsam, um ihren Schwindel im Zaum zu halten, ging Alex auf alle viere. Sie lugte unters Sofa und entdeckte eine Hausspinne von durchschnittlicher Größe, die sie mit den Händen fing.

»Kannst du die Haustür öffnen, damit ich sie nach draußen bringen kann?«

»Machst du sie gar nicht tot? Dad macht sie immer tot.«

Alex spürte das Krabbeln der Spinnenbeine in ihren Händen.

»Warum sollte ich sie töten? Sie hat mir nichts getan.«

Scarlett starrte Alex an.

»Alles in Ordnung mit dir?«, fragte Alex.

»Du musst sie weit wegbringen. Lass sie auf keinen Fall direkt vor der Tür frei.«

»Mach ich nicht, versprochen.«

Alex wollte die Spinne nicht absetzen, weil sie befürchtete, sie nicht wieder einfangen zu können. Daher ging sie ohne Schuhe über den Weg vorm Haus und spürte bei jedem Schritt, wie sich kalte Kieselsteine in ihre Füße bohrten. Als sie die Spinne über die Straße gebracht hatte, setzte sie sie am See vorsichtig ab.

Alex blickte zum Haus zurück und stellte überrascht fest, dass Scarlett sie durchs Fenster beobachtete.

....

Alex ging wieder ins Schlafzimmer und schloss die Tür hinter sich. Sie ließ sich aufs Bett fallen.

»Das war nicht gerade ein Monster«, sagte sie.

Matt zog die Schultern hoch und tat so, als müsse er schaudern. »Ich sehe sie noch vor mir. Ich brauche sofort eine Dusche. Fass mich bloß nicht an. Ich bin noch zu schreckhaft.«

»Alles okay zwischen uns?«, fragte Alex.

Matt strich Alex das Haar aus ihrem Gesicht. »Du warst wirklich schrecklich.«

»Aber ich habe die Spinne weggebracht.«

»Ja. Ja, das hast du.«

»Ob Scarlett mich jetzt noch mehr hasst als vorher?«

»Könnte sein.« Matt nickte. »Wahrscheinlich. Und falls nicht, sollte sie es zumindest.« Matt öffnete die Tür und rief: »Scarlett?«

Einen Moment später stand Scarlett im Türrahmen.

Matt klopfte aufs Bett. »Komm her und sprich mit uns.«

Scarlett setzte sich zu ihm.

Matt lächelte ihr zu. »Alex hat sich einen Virus eingefangen. Es ging ihr gestern Abend nicht besonders gut.«

Scarlett fixierte Alex, ohne auch nur einmal zu zwinkern. »Sie war müde, Dad. Sie war betrunken.«

Alex lief ein kalter Schauer über den Rücken.

Matt hob die Augenbrauen. »Okay, Scar, das war sie.«

»Du weißt doch, dass sie nicht Scar genannt werden will. Wegen des bösen Löwen in *Der König der Löwen*.« Alex richtete sich zum Sitzen auf. »Es tut mir leid, Scarlett, wenn ich etwas gesagt habe, das dich durcheinandergebracht hat. Oder Posey. Ich war wegen etwas traurig und habe nicht nachgedacht.«

Scarlett musterte Alex noch eine Weile. Dann wandte sie sich an Matt. »Du warst gestern Abend auch müde.«

»Ja, stimmt.« Matt ließ sich neben Scarlett aufs Bett sinken und streichelte ihr übers Haar. »Ich weiß, dass es hier nicht gerade perfekt gelaufen ist. Aber für mich ist es trotzdem schön, alle um mich herum zu haben, die mir wichtig sind.«

Scarlett blickte auf ihre herabhängenden Füße und ließ sie baumeln.

Matt sah zu Alex, dann wieder zu Scarlett. »Posey ist doch dein bester Freund, nicht wahr? Und, weißt du, mein bester Freund ist Alex.«

Alex griff Matts Hand und drückte sie.

»Und du musst Posey sagen, dass er sie netter behandeln soll. Denn Posey kann ziemlich fies sein.«

Alex beugte sich ein wenig zu Scarlett. »Es tut mir leid, dass ich versucht habe, Posey mit einer Karotte zu füttern.«

Scarlett blickte nach unten aufs Bett.

»Alles in Ordnung mit dir?«, fragte Matt.

»Posey und ich haben uns gestern Abend gestritten«, sagte Scarlett. »Als ich heute Morgen im Trockenschrank nachgesehen habe, war er nicht da.«

»Worum ging es bei dem Streit?«, fragte Matt.

Scarlett schüttelte den Kopf. »Das ist persönlich.«

»Tut mir leid, dass ihr gestritten habt«, sagte Matt. »Nach einem Streit brauchen Typen manchmal ein bisschen Raum für sich.«

»Verzeihst du mir?«, fragte Alex sie. »Wegen der Dinge, die ich gesagt habe, als ich betrunken war?«

Scarlett wandte sich zu ihr. »Darf ich dich was fragen?«

»Natürlich.«

»Du bist Wissenschaftlerin.«

Alex nickte.

»Und das bedeutet, dass du Kaninchen aufschneidest. Zum Spaß.«

Alex blinzelte. »Nein. Nein, so was tue ich auf keinen Fall.«

Matt lachte. »Hast du das etwa gedacht? Alex schneidet nicht zum Spaß Kaninchen auf, auch nicht aus irgendeinem anderen Grund. So eine Wissenschaftlerin ist sie nicht. Es gibt verschiedene Arten.«

Scarlett sah Alex prüfend an. »Was für eine Art ist sie denn dann?«

Alex blickte zu Matt. »Jetzt bin ich gespannt.«

»Sie …« Matt räusperte sich. »… arbeitet an der Universität. Ihre Arbeit hat mit Zellen zu tun. Und mit Diabetes.«

»Mach weiter, erzähl Scarlett genauer, was ich mache«, sagte Alex.

Matt sah Alex flehend an. Er wandte sich wieder an Scarlett. »Sie macht Experimente mit Zellen, die Menschen während einer Operation entnommen wurden. Lebenden Menschen, die der Sache zugestimmt haben, und die Entnahme erfolgt unter Narkose.« Er sah Alex an. »Trifft es das ungefähr?«

»So ungefähr.«

Scarlett schien noch damit beschäftigt, die jüngsten Informationen zu verarbeiten.

»Willst du sonst noch etwas wissen?«, fragte Alex.

Scarlett kniff die Augen zusammen. »Was für Tiere hast du sonst noch getötet? Lass keins aus. Posey hat ziemlich große Angst vor dir, weil du eine Wissenschaftlerin bist. Und er ein Kaninchen ist.«

»Alle Tiere, die ich getötet habe? In meinem ganzen Leben?«

»Ja.«

»Du musst nicht antworten«, sagte Matt schnell.

»Es macht mir nichts aus.« Alex dachte nach. »Also, ich habe den Fasan getötet, wie du weißt. Ich glaube, das war das größte Tier, das ich jemals getötet habe.«

Scarlett nickte.

»Ich bin zweimal versehentlich auf einen Frosch getreten. Und auf jede Menge Schnecken, wie viele, weiß ich nicht. Ich passe nicht immer auf, wo ich hintrete.«

Scarlett sah aus, als müsse sie das erst mal verdauen.

»Und einmal war ich beim Angeln, mit meinem Dad, aber da habe ich nichts gefangen.«

»Fisch essen ist ekelhaft«, sagte Scarlett.

Alex nickte. »Find ich auch. Absolut. Sollte verboten sein.«

»Ja«, sagte Scarlett.

Alex grübelte wieder. »Ansonsten habe ich, glaube ich, nichts und niemanden getötet.«

»Und du tötest keine Spinnen.«

»Nicht, wenn es nicht nötig ist. Ach … gerade fällt mir noch ein, dass ich einmal aus Versehen ein Wespennest zerstört habe. Also kommen noch mal ein paar tausend Wespen dazu.«

»Aber das sind Wespen«, sagte Scarlett. »Die sind böse. Die zählen nicht.«

Alex zuckte mit den Achseln.

»Du tötest also keine Tiere.«

»Nein. Obwohl ich der Vollständigkeit halber hinzufügen sollte, dass Gewebeproben von Primaten besonders hilfreich sind, wenn es …«

»Ich glaube, du hast Scarletts Frage beantwortet, oder?« Matt sah demonstrativ auf seine Uhr. »Wir müssen bald aufbrechen. Um den Weihnachtsmann zu besuchen.«

Alex blickte flüchtig zu Matt. »Ich glaube, mir geht es heute Morgen nicht gut genug, um den Weihnachtsmann zu besuchen. Noch nicht.«

Matt wandte sich an Scarlett. »Wie wär's, wenn wir ihn mit deiner Mum besuchen, und dann geht Alex hinterher mit dir in die Eisdiele? Dann ist es mit ihrem Virus hoffentlich besser. Ich weiß, dass Alex dir einen Eisbecher kaufen möchte.«

Alex nahm den Katermief wahr, der von ihr ausging. Sie legte sich eine Hand vor den Mund und zog ihr Schlafanzugoberteil weiter nach unten. »Vorher müsste ich wohl mal duschen.«

»Was ist mit dir?« Scarlett sah Matt fragend an. »Und Mum? Was macht ihr in der Zeit?«

Matt stand auf. »Ich könnte ein bisschen skaten gehen.«

Alex verdrehte die Augen, und Matt versetzte ihr einen sanften Schlag in die Magengrube.

Er wandte sich wieder an Scarlett. »Ich werde mit deiner Mum über ein paar Dinge sprechen – über dich vermutlich. Du bist das Thema, über das deine Mum und ich normalerweise sprechen. Von morgens bis abends, und dabei wird uns nie langweilig.« Er drehte sich zu Alex. »Hast du was dagegen?«

Alex lächelte zaghaft. »Natürlich nicht. Nicht jetzt.«

Scarlett löste den Blick von ihren Füßen und sah Alex mit schief gelegtem Kopf an.

»Du darfst mir ein Eis kaufen.«

Alex nickte kaum merklich. »Danke.«

Kapitel 49

Um vier Uhr morgens hatte Patrick genug.

Er versuchte, Claire wach zu rütteln, aber sie murmelte nur ins Kissen.

»Schlaf einfach weiter. Morgen sieht alles anders aus.« Das sagte sie. Als wäre er ein Kind.

»Ich kann nicht schlafen.«

»Geh laufen oder so was.«

»Es ist stockfinster draußen.«

Sie antwortete nicht. Sie meinte offenbar, ihm genug Aufmerksamkeit geschenkt zu haben.

Patrick wartete, dass es Morgen wurde. Seine Beine scharrten unruhig auf der Matratze, die Gedanken wirbelten in einer Endlosschleife durch seinen Kopf.

Sie hatte ihm noch nie vorgeschlagen, laufen zu gehen. Noch nie.

Um fünf Uhr machte Patrick im Flur Liegestütze.

Um sechs Uhr schlich er nach unten und griff sich Scarletts Notizblock mit dem *Eiskönigin*-Aufdruck und ihren Bleistift, an dessen Ende ein nicht identifizierbares flauschiges Tier umherbaumelte, während er schrieb.

Patrick schrieb und schrieb, bis der Bleistift stumpf war. Sechs kleine Blätter voll.

Liebste Claire,
ich liege hier und denke daran, wie viel Du mir bedeutest und dass ich mir nicht sicher bin, ob ich Dir das oft genug sage. Daher schreibe ich Dir nun.
Es sind viele kleine Dinge, die ich an Dir liebe. Ich liebe, wie Du mit dem Arm über dem Gesicht schläfst, wobei Du mit Deiner Nase so schnüffelst, dass es an ein Ferkel erinnert. Weißt Du eigentlich, dass Du das tust? Es ist hinreißend.
Ich liebe, wie Dein Haar nach dem Aufwachen in alle Richtungen steht. Ich liebe es, wie Du morgens Dein Müsli genießt.
Ich liebe es sogar, dass Du die Schnürsenkel in Deine Turnschuhe stopfst, ohne sie zuzubinden, obwohl ich Dich schon mehrfach darauf hingewiesen habe, wie leicht Du stolpern könntest.
Ich liebe es, dass Du manchmal vor lauter Lachen zu grunzen anfängst. (Schon wieder eine Schweinereferenz, fällt mir jetzt erst auf. Aber, Claire, meine liebe Claire, nimm das nicht so ernst.)
Ich liebe es, dass Du von Natur aus eine so schlanke Taille und die Beine einer Läuferin hast, obwohl Du nie Sport treibst.
Ich liebe all Deine Pfannengerichte, auch Deinen Wolfsbarsch. Eigentlich liebe ich alles, was Du kochst und wie intuitiv Du dabei auf ausgewogene Nährstoffe achtest.
Ich liebe, wie Du mir das Gefühl gibst, geliebt zu werden.
Ich liebe es, wie großherzig Du bist. Ich liebe es, dass Du aus Nettigkeit lachst, wenn jemand einen schlechten Witz macht, nur damit derjenige sich besser fühlt.

Ich liebe, was für eine gute Mutter Du für Scarlett bist. Ich liebe es, dass Du immer das Beste für meine Kinder willst, obwohl sie Dich »Blödbrot« nennen. (Tu bitte so, als wüsstest Du es nicht. Es hatte irgendetwas mit belegten Broten zu tun, als Du sie kennengelernt hast – ich habe zwar keine Ahnung, worum genau es geht, aber ich weiß, dass sie es nicht so meinen. Sie stehen nun mal unter dem Fluch einer wenig hilfreichen Person, mit deren Erwähnung ich diesen Brief nicht beflecken möchte.)
Ich werde immer zu Deinen Diensten stehen. Ich werde Erdbeben und Vulkanausbrüche von Dir fernhalten, wenn ich kann. Ich werde Dein menschlicher Schutzschild sein. Dein überaus liebevoller menschlicher Schutzschild.

Ich liebe Dich, Claire.
Herzlichst
Patrick

....

Beim ersten Anzeichen, dass Claire sich rühren würde, sprang Patrick aus dem Bett und zog die Vorhänge auf.

Claire kniff die Augen zusammen und warf sich auf den Bauch. »Mein Gott, Patrick«, sagte sie mit im Kissen versenktem Gesicht.

Patrick hielt den Brief hoch. »Ich habe dir einen Brief geschrieben.«

Claire bewegte sich nicht.

»Willst du ihn nicht haben?«

»Ich bin gerade aufgewacht.«

Patricks Briefarm sank nach unten.

»Und ich will darüber nicht mehr sprechen.«

All die Angst, die er am Abend zuvor gespürt hatte, war auf

einen Schlag wieder da. »Was hast du gestern Abend gemeint mit ›Was zwischen uns los ist‹?«

Claire stützte sich auf ihre Ellbogen. »Nicht jetzt. Wir machen hier mit Scarlett einen Ausflug.«

»Wir müssen uns darüber unterhalten, Claire. Und wir müssen es jetzt tun. Ich hab die ganze Nacht gewartet.«

Claire setzte sich auf und strich sich das Haar aus dem Gesicht. »Beruhige dich bitte. Jetzt müssen wir erst einmal zum Weihnachtsmann gehen.«

»Ich habe wegen dem, was du gesagt hast, die ganze Nacht nicht geschlafen.«

Claire schob die Bettdecke beiseite und stand auf.

»Du hast nur versucht, mich zu verletzen«, sagte Patrick. »Das weiß ich.«

Claire ging in das Minibadezimmer. Patrick ballte die Hände zu Fäusten und löste sie wieder.

Immer lief alles nach ihren Regeln. Immer.

Er lauschte auf Bewegungen im Bad. Irgendwann wurde die Toilettenspülung betätigt. Dann lief der Wasserhahn.

Claire kam wieder ins Zimmer. Patrick sprang auf.

»Weißt du, wo das iPad ist?« Claire suchte mit den Augen den Raum ab. »Ich hab es schon eine Weile nicht mehr gesehen.«

»Das iPad? Wir müssen reden, Claire.«

Abwehrend hob sie eine Hand. »Lass uns nicht jetzt reden. Es ist Scarletts Wochenende.«

Patrick wedelte mit seinen Blättern. »Du musst zumindest meinen Brief lesen.«

Claire blickte auf die Seiten, die er in den Händen hielt. Sie streckte nicht den Arm aus, um sie ihm abzunehmen.

»Und was hat Alex gemeint, als sie dich fragte, mit wie vielen Männern du geschlafen hast?«

Diese Frage hatte sich so gegen drei Uhr nachts in seinem Bewusstsein festgehakt. Seitdem baumelte sie dort vor sich hin.

Claire schloss die Augen. »Alex wollte nur etwas aufwühlen.«

»Aber was aufwühlen? Was genau könnte sie aufwühlen?«

»Nichts.«

»Nichts kann man nicht aufwühlen. Wo nichts ist, kann auch nichts aufgewühlt werden.« Patrick wusste, dass seine Stimme unsicher klang. »Irgendwas muss da sein.«

»Sie war betrunken und hat Scheiße von sich gegeben.«

»Jeder außer mir weiß, was los ist, Claire. Ich habe es verdient, respektvoll behandelt zu werden.«

Claire rieb sich ein Auge, während sie ihn musterte.

Schließlich sagte sie: »Okay.«

Patrick nickte zufrieden. »Okay.«

»Matt muss Alex erzählt haben, mit wie vielen Männern ich geschlafen habe.«

Patrick dachte nach. Fragend zog er die Schultern zu den Ohren.

Claire seufzte, als müsse sie einem Kind etwas so verständlich wie möglich erklären. Patricks Hände verkrampften sich.

»Und ich habe mit viel mehr Männern geschlafen, als ich dir erzählt habe. Viel mehr. Ich habe gelogen, weil ich wusste, dass es dir nicht gefallen würde, nicht weil ich mich dafür schäme.«

Patrick wusste, dass er in der Unterhaltung an einer Gabelung angelangt war: Vor ihm taten sich zwei verschiedene Wege auf. Sie hatte ihn angelogen, Matt jedoch die Wahrheit erzählt, so dass die beiden sich gemütlich zusammen über den dummen alten gutgläubigen *Pat* amüsieren konnten.

Er wählte den einfachsten Weg, weil sein Kopf zu platzen drohte. »Wie viele Männer?«

Claire schloss die Augen. »Weiß nicht.«

»Zwanzig?«

Claire zuckte mit den Achseln.

Patrick spürte, wie seine Stirn sich in Falten legte. »Fünfzig? Hundert?«

»Ich hab dir gesagt, ich weiß es nicht. Ich habe nicht mitgezählt.«

Das war unglaublich. Unglaublich. Patrick sank aufs Bett. Er legte sein Gesicht in die Hände.

Es klopfte an der Tür.

Claire sprang auf. Sie stapfte durchs Zimmer und öffnete die Tür.

Matt stand da, mit dem Portemonnaie in der Hand. Er nickte Patrick zu und wandte sich an Claire. »Hast du nicht gesagt, wir haben den Weihnachtsmann um zehn? Wir müssen los.«

»Sorry. Ich springe in meine Jeans und bin gleich unten.«

»Okay.« Er blickte an Claire vorbei zu Patrick. »Morgen, Pat.«

Patrick betrachtete Claire, die noch immer das Smirnoff-T-Shirt trug, in dem sie geschlafen hatte und das kaum ihren Slip bedeckte. Aber was sollte er sich beschweren? Es stand fest, dass Matt das alles ohnehin schon gesehen hatte.

Die ganze Welt hatte das alles schon gesehen.

»Hört mal«, Matt trat ins Zimmer, »tut mir leid, was gestern Abend passiert ist. Alex schämt sich, sie wird euch für den Rest des Wochenendes aus dem Weg gehen. Sie verzichtet auf den Weihnachtsmann, um ihren Kopf zu pflegen und eine ausführliche Unterredung mit sich selbst zu halten.« Er sah kurz hinter sich, dann senkte er seine Stimme. »Tut mir leid, dass ihr unser versoffenes Drama mitbekommen musstet. Aber zwischen uns ist alles wieder in Ordnung.«

Claire winkte ab.

»Und ich verspreche, dass Scarlett ihr Geld zurückbekommt. Ich würde es nicht zulassen, dass Walshy es behält. Niemals. Falls er es nicht zurückzahlen sollte, würde ich es von meinem Geld erstatten.«

»Ich werde Scarlett dieses Wochenende nicht verderben«, sagte Claire. »Aber darüber reden wir noch. Du bringst das in Ordnung, sobald du wieder zu Hause bist. Und wenn du dazu eine Hypothek auf Alex' Haus aufnehmen musst, ist mir das auch egal.«

»Passiert auch nie wieder«, sagte Matt. »Und ich bin mir sicher, Alex tut es schrecklich leid, dich beunruhigt zu haben.«

»Nein, Matt«, sagte Claire. »Dieses Ding geht nicht auf Alex' Konto. Diese Sache sollte dir schrecklich leidtun.«

Patrick lehnte sich ans Kopfteil. Er konnte nicht glauben, was sich hier abspielte.

Zwischen Alex und Matt war alles wieder in Ordnung? Nach allem, was gestern Abend passiert war? Nachdem Alex sich blamiert, Unfrieden gestiftet und nur Ärger gemacht hatte? Die reizende Nicola Garcia vertrieben hatte?

Matt tippte sich an den Kopf, und eine Haarsträhne fiel ihm

über die Augen. Am liebsten hätte sich Patrick vorgebeugt und ihm ein Büschel ausgerissen.

Matt hatte diese Haarpracht nicht verdient. Er hatte nichts dafür getan.

»Alles in Ordnung, Pat? Dein Gesicht ist so rot.«

»Liegestütze.« Patrick bemerkte, dass er noch immer den Brief zwischen den Fingern hielt; hastig verbarg er ihn hinterm Rücken. »Ich hab Liegestütze gemacht.«

»Ich helfe Scarlett, Jacke und Stiefel anzuziehen.« Matt verließ das Zimmer. »Wir sehen uns unten, Amigos.«

Widerwillig, so schien es, schloss Claire die Tür hinter Matt.

Das versetzte ihm einen neuen Stich. »Ich fühle mich gedemütigt, Schatz.«

»Tut mir leid, das zu hören.«

Claire hob die Jeans vom Vortag vom Boden auf und zog sie über die Unterhose vom Vortag.

»Du hast mich gedemütigt«, stellte Patrick klar.

Claire kniff die Augen zusammen. »Wie?«

Patrick geriet ins Stocken. »Was meinst du mit ›wie‹?«

Claire zog ihr T-Shirt aus. Sie griff sich einen BH und schloss ihn hinterm Rücken. »Warum genau fühlst du dich gedemütigt?«

»Ich kann dir nicht folgen.«

Claire stieß einen Seufzer aus. Übertrieben geduldig fragte sie: »Fühlst du dich gedemütigt, weil ich mit vielen Männern geschlafen habe oder weil ich dich diesbezüglich angelogen, Matt jedoch die Wahrheit erzählt habe?«

Dann zog sie ein frisches T-Shirt an.

Patrick hüstelte nervös.

Hier lief eine Art Test ab. Er konnte bestehen oder durchfallen. Doch vielleicht gab es auch zwei Durchgefallen-Optionen – oder verschiedene Möglichkeiten durchzufallen, wie in einem von Scarletts Irrgärten mit einer Reihe von Sackgassen und nur einem richtigen Pfad.

Claire fuhr sich mit einer Bürste durchs Haar und sah Patrick dabei prüfend an. Sie wartete auf eine Antwort.

»Ich kann nicht glauben, dass du mir das antust. Dass du's ihm erzählst. Dass du dich mit ihm zusammen darüber amüsierst, wie naiv der alte Patrick ist.«

»Wenn jemandem heute Morgen irgendetwas peinlich sein muss, dann ist das Alex.«

Patrick winkte ab.

»Und auf Matt bin ich nicht gerade gut zu sprechen«, Claire band ihr Haar zu einem Pferdeschwanz zusammen, »wegen der Sache mit dem Geld und der Tatsache, dass er Alex etwas verraten hat, worüber wir im Vertrauen gesprochen haben. Lass uns also einfach alles unter schlecht gelaufen verbuchen.«

»Ich bin doch hier eine Witzfigur.«

Claire zog ein Paar Socken aus ihrem Koffer.

Es war, als sei alles Mitgefühl, das sie jemals besessen hatte, verflogen. Als stünde vor ihm eine Fremde, die sich mit abgehackten Bewegungen ihre Socken anzog. Patrick hatte nicht gewusst, dass man Socken gegenüber so viel Ablehnung zum Ausdruck bringen konnte. Aber offensichtlich war es möglich.

Patrick räusperte sich. »Was hast du Matt sonst noch erzählt? Was wissen sie noch und lachen darüber? Kennen sie meine Vorlieben beim Vorspiel? Wissen sie von meinem kleinen Bäuchlein? Wie mein Sexgesicht aussieht?«

»Du bist der Einzige, der nach gestern Abend noch eine blütenreine Weste trägt, Pat. Der Einzige von uns.«

»Ich heiße Pat-*rick*!« Er sprang aus dem Bett. »Ich heiße verdammt noch mal Pat-*rick*! Das weißt du!«

Claire griff ihre Handtasche. »Für so was habe ich keine Zeit. Der Weihnachtsmann wartet auf uns.«

»Ich kann den anderen nicht unter die Augen treten.«

»Dann lass es und bleib hier.«

»Einfach so?«

»Einfach so.«

»Gut, ich wollte sowieso nicht zum Weihnachtsmann. Nicht mit euch.« Patrick ging einen Schritt auf Claire zu. »Weißt du, mit wem ich gern den Weihnachtsmann besucht hätte? Mit meinen eigenen Kindern. Aber das geht ja nicht. Weil ich mit dir hergefahren bin.«

Claire öffnete die Tür. »Ich glaube nicht, dass sie besonders scharf auf den Weihnachtsmann gewesen wären. Sie sind nämlich Teenager.«

»Behandle mich nicht so herablassend, Claire!«

»Ich gehe jetzt. Du versuchst am besten, mit dir ins Reine zu kommen. Geh doch *laufen*. Und dann, wenn dir wieder eingefallen ist, wie Erwachsene sich benehmen, kannst du zu uns zum Bogenschießen kommen.«

»Sag ›laufen‹ nicht in dem Ton.«

Claire hängte sich ihre Handtasche über die Schulter.

»Ich kann den anderen da unten nicht gegenübertreten. Wo sie das über dich wissen. Und über mich lachen.«

»Die haben ganz andere Sorgen.«

Patrick zuckte mit den Achseln.

»Du ruinierst Scarlett unseren Ausflug. Willst du das?«

»Wieso ist jetzt plötzlich alles meine Schuld? Wieso benehmen alle anderen sich daneben, und trotzdem ist es meine Schuld?«

Claire stand im Türrahmen. »Es ist nicht alles deine Schuld, natürlich nicht.«

Trotzdem ging sie.

Kapitel 50

In der Warteschlange vor der Weihnachtsmannhöhle reichte Mum dem Wichtel den Zwanzig-Pfund-Schein. Sie wandte sich an Scarlett. »Wie cool ist das denn?«

Der Wichtel steckte das Geld in die Tasche, die er vor dem Bauch trug. Er kramte darin und hielt Mum eine Ein-Pfund-Münze hin.

Mum sah zu der Münze. Sie nahm sie nicht entgegen. »Das ist das Restgeld?«

Der Wichtel nickte. »Frohe Weihnachten.«

»Ihnen auch frohe Weihnachten«, sagte Mum, klang jedoch, als würde sie etwas anderes meinen. Sie wandte sich an Dad. »Was für eine Geldschneiderei. Mit uns kann man's ja machen.«

Dad lächelte Scarlett zu. »Sollen wir mit dir zusammen den Weihnachtsmann besuchen? Oder möchtest du allein reingehen?«

»Allein«, sagte Scarlett. »Ich mache so gut wie nie etwas allein.«

Dad strahlte sie an.

Scarlett wusste, dass sie diesen Vormittag genießen sollte.

Sie war mit Mum und Dad hier, nur sie drei, wie früher. Und Mum und Dad sprachen nicht darüber, wer mit Abwaschen dran war oder wer das Auto so schlecht geparkt hatte, dass es einen Kratzer abbekommen hatte, oder warum Mum es »so satthatte« oder wieso Dad »den Scheiß nicht mehr ertragen« konnte. Es war also noch viel besser als damals.

Aber Posey war verschwunden. Und deswegen hatte Scarlett Angst. Und war aufgewühlt. Und erleichtert. Und wütend.

War Posey weggegangen, um Scarlett zu beschützen, aus Angst, sie sonst zu verletzen?

Denn Scarlett wusste, dass auch Posey Angst hatte. Für sie war es schon schlimm genug gewesen, den Film zu sehen, aber er war ein *Kaninchen*. Und einige dieser Kaninchen im Film …

Scarlett mochte es sich nicht ausmalen.

Posey hatte jedoch nie etwas in der Art getan. Manchmal hatte er sich kindisch verhalten und sich geweigert, irgendwo hinzugehen, und sich stattdessen auf den Boden plumpsen lassen. Aber das war das Schlimmste, was er jemals getan hatte. Und wenn sich Posey weigerte, irgendwo hinzugehen, musste Scarlett eben auch nicht gehen. Daher machten Poseys Launen ihr oft nichts aus.

Andererseits war es auch ganz nett, Posey mal nicht dabeizuhaben.

Auf dem Fußweg hierher hatten Mum und Dad sie jeweils an eine Hand genommen. Sie wollten Scarlett zwischen sich schaukeln lassen, wie sie es mit ihr gemacht hatten, als sie ein kleines Kind war.

»Keine Chance«, sagte Mum und schnaufte vor Anstrengung, als sie versuchte, Scarletts Füße vom Boden abheben zu lassen.

Scarlett fasste etwas höher an Mums und Dads Arm an, bei deren Ellbogen.

»Au!«, sagte Mum. »Du bist zu schwer!«

»Das ist richtiges Training. Du wirst dick und rund, Scarlett«, sagte Dad. »Wer hat all die Kuchen gegessen?«

Mum sah Dad mit zusammengekniffenen Augen an. »Findest du das hilfreich?« Dann sagte sie noch etwas von »Selbstwert« und »unverantwortlich« und etwas, das Scarlett nicht verstand, weil Mum, wenn sie wütend war, manchmal sehr lange Wörter benutzte und sehr schnell sprach.

Aber es war schön, beide an der Hand zu halten, auch wenn Scarlett dafür schon ein bisschen zu alt war. Und es war gut, nicht ständig anhalten zu müssen, um sicherzustellen, dass Posey sich nicht ausgeschlossen fühlte.

Scarlett fragte sich, ob sie sich daran gewöhnen sollte, mehr Zeit mit anderen Leuten und weniger mit Posey zu verbringen. Allein war sie manchmal ängstlich gewesen, und wenn sie sich um Posey kümmern konnte, fühlte sie sich mutiger. Aber heute – heute wusste sie nicht so recht, wie sie sich fühlte.

Sie wollte nicht, dass Posey fortging. Nicht einfach so. Nicht wegen *Unten am Fluss*. Denn als sie in dieser Warteschlange stand, war Scarlett sich plötzlich sicher, dass Posey kein Kaninchen war wie die im Film. Posey hatte seine Fehler, ja, aber er würde niemandem weh tun.

Der Wichtel richtete seinen Finger auf Scarlett. »Die Nächste, bitte!«

Mum gab Scarlett einen leichten Schubs in Richtung des Wichtels.

Der Wichtel führte Scarlett an der Hand zur Weihnachtsmannhöhle – zur Höhle des falschen Weihnachtsmanns, bei dem Scarlett ihren Eltern zuliebe so tat, als sei es der echte.

Posey hätte den falschen Weihnachtsmann sehr gern gesehen. Und Scarlett hätte ihm nicht erzählt, dass er nicht der echte war.

Der falsche Weihnachtsmann strahlte Scarlett an. »Hallo, kleines Mädchen!«

Scarlett setzte ihr bestes, begeistertstes Lächeln auf und ging auf den Mann zu, um ihren Platz einzunehmen.

Kapitel 51

Patrick lief und lief, am See vorbei, an der Eisdiele vorbei, am Minigolfplatz vorbei. Er lief in den Wald und passierte auch das Schild an der Ausfahrt aus dem Happy Forest.

Sie verlassen nun das Happy Forest Resort. Herzlichen Dank für Ihren Besuch – wir würden uns freuen, Sie bald wieder bei uns begrüßen zu dürfen!

Er musste Abstand zwischen sich und diesen Ort bringen.

Die Welt hatte sich gegen ihn verschworen. So wie gerade, als er laufen ging, um Abstand zwischen sich und alle anderen zu bringen, und dann im Wald aber auf Claire, Matt und Scarlett traf, die zusammen zur Weihnachtsmannhöhle spazierten. Er musste mit ansehen, wie alle drei zusammen lachten, als seien sie eine richtige Familie. Als würden sie genießen, dass es so war wie früher. Als hätte Patrick nie existiert.

Nach dieser Begegnung lief Patrick noch schneller. Er konnte nicht anhalten, um zu reden, konnte nicht in Matts selbstgefälliges Gesicht sehen. Er musste einfach … weg. Er musste laufen und laufen und laufen, bis er vergaß. Laufen, bis es sich endlich besser anfühlte.

Er sah Nicola mit ihrer Familie durch den Park schlendern, wobei die Kinder im Gehen auf ihren Handys spielten. Nicola blickte in seine Richtung, aber Patrick lief, ohne zu zögern, weiter.

Er musste einfach nur laufen.

Patrick sprintete die einspurige Straße entlang, die Alex und er zum Supermarkt genommen hatten, und achtete kaum auf den Verkehr; er konzentrierte sich nur auf den jeweils nächsten Schritt, verlangte seinen Beinen alles ab, rannte, als würde er von etwas mit scharfen Krallen verfolgt.

Er hatte sie verloren.

Die Anzeichen waren nicht zu übersehen. Die Verachtung in Claires Augen. Ihr Widerwille, über irgendetwas mit ihm zu reden. Sie brauchte gar nicht mehr zu reden, denn sie hatte sich bereits entschieden. Den Brief hatte sie nicht gelesen: Wie ein Ärgernis hatte sie ihn aufgenommen, nicht wie ein sorgfältig formuliertes Zeugnis der Liebe.

Es lag an Matt. Es musste an Matt liegen. Der hatte alles ruiniert. Er wollte Claire wiederhaben, und aus unerklärlichen Gründen wollte Claire auch ihn. Und am Ende hatte er sie tatsächlich zurückgewonnen, mit seinem albernen Skateboard und seinem Teenagerschopf und seiner blöden Singerei.

Es musste an Matt liegen – etwas anderes kam nicht in Frage. Es konnte nicht sein, dass Claire einfach so nicht mit Patrick zusammen sein wollte, nicht schon wieder. Es konnte nicht wieder alles genauso sein wie mit Lindsay. Das wäre zu hart.

Diese ganze Ausflugssituation war von Matt bewusst manipuliert worden. Es war ihm nie darum gegangen, die Feiertage mit Scarlett zu verbringen, sondern darum, Claire zurückzugewinnnen. Alex war ein reines Ablenkungsmanöver – und sie hatte sich zu Recht von Anfang an Sorgen gemacht. Anders als Patrick. Das war die bittere Ironie an dieser Misere. Weil er Claire vertraute. Und nun das.

Nach allem, was er für sie getan hatte.

Nach all der Zeit, die er mit Scarlett verbracht hatte, all den Gutenachtgeschichten, die er ihr vorgelesen hatte – er hatte sein Bestes gegeben, ihr die wichtigen Dinge im Leben zu vermitteln.

Er hatte so viel Zeit investiert. Er verdiente, glücklich zu sein, respektiert zu werden. Er hatte sich das Recht erworben, Teil dieser Familie zu sein.

Claire durfte ihm das nicht antun. Das durfte sie einfach nicht.

Patrick stolperte über einen Ast, fiel der Länge nach hin. »Scheiße!«

Keuchend drehte er sich auf den Rücken und setzte sich auf. Er blinzelte sich Flüssigkeit aus dem linken Auge und wischte sich mit dem Handrücken über die Braue.

Patrick blinzelte erneut, aber da kam immer mehr Flüssigkeit. Eine Mischung aus Blut und Schweiß, durchsetzt mit Dreck.

Patrick drückte mit der Hand auf die Augenbraue, um die Blutung zu stoppen. Er saß da, hielt sich sein Auge, keuchte. Seine Körpertemperatur fiel mit jeder Sekunde weiter ab, die klirrende Kälte attackierte seine Beine, und er zitterte am ganzen Leib.

Niederschlag setzte ein, zunächst nur ein Nieseln, dann kleine Tropfen, dann ein Platzregen.

Er drückte fester auf die Augenbraue. Aber ganz gleich, wie viel Druck er ausübte, stechende Tränen brannten in seinen Augen.

Der Regen fiel jetzt sintflutartig.

Mitten auf der Straße saß Patrick da, legte den blutenden Kopf in die Hände und begann zu weinen.

Befragung nach dem Zwischenfall.
Matt Cutler, 38. Zeuge.
Persönlich. Hütte im Happy Forest.

Hallo.

Ich habe geseufzt, weil es ein langer Tag war. Ich bin zurückgekommen, um unsere Sachen zu packen, und anschließend muss ich wieder ins Krankenhaus. Sie sind wegen des Zwischenfalls beim Bogenschießen hier, nehme ich an?

Ja, tut mir leid. Ich hatte mein Telefon stummgeschaltet.

Na ja, jetzt haben Sie mich ja gefunden, dann ist doch alles gut. Woher wussten Sie, dass ich wieder hier bin?

Ja, Sheila scheint eine große Hilfe zu sein.

Ich kann Ihnen nichts sagen, was Sie nicht schon von den anderen gehört haben. Alex hat keine Einweisung ins Bogenschießen erhalten, und sie stellt sich manchmal einfach verdammt ungeschickt an. Sie hat sich einen Pfeil genommen und ihn aus Versehen auf ihn abgeschossen. Alex und Patrick verstehen sich gut, es gibt keinen Grund, warum sie absichtlich auf ihn hätte schießen sollen. Das ist es doch, worauf Sie hinauswollen?

Ja, wir hatten ein paar Auseinandersetzungen.

Es war ihnen wahrscheinlich peinlich, das zu sagen. Nur dumme Streitereien, nichts von Bedeutung.

An einen Streit über Kartoffelchips kann ich mich gar nicht erinnern, aber Sie haben recht, das ist in etwa das Niveau, auf dem die Auseinandersetzungen lagen.

Sorry, ich bin kein besonders guter Zuhörer. Alex behauptet, es sei eine Katastrophe mit mir.
Scarlett war beim Bogenschießen doch gar nicht dabei.
Wenn Sie mit ihr sprechen wollten, hätten Sie Claire fragen müssen. Sie entscheidet den ganzen Kram für Scarlett, wenn Sie wissen, was ich meine. Aber wenn Sie unbedingt mit ihr sprechen müssen – sie ist bei ihren Großeltern.
Hier. Nehmen Sie die Nummer aus meinem Telefon. Ich verlasse mich darauf, dass Sie Scarlett nicht durcheinanderbringen. Sie mag Patrick, und diese Geschichte ist auch so schon schwierig genug für sie.

Kapitel 52

Als Alex die anderen vom Besuch in der Weihnachtsmannhöhle zurückkehren hörte, näherte sie sich Scarlett zögernd und machte sich innerlich darauf gefasst, von Posey abgewiesen zu werden. Das Kaninchen musste wegen des Abends zuvor Groll gegen sie hegen.

Doch weder Scarlett noch Posey protestierten. Scarlett zog gelassen ihre Jacke wieder an, wartete an der Haustür auf Alex und zwinkerte ihr mit wissenden Blicken zu.

Und als Alex die Eisbecher auf dem Tisch abstellte, sagte Scarlett tatsächlich: »Danke.«

Es kam noch besser: Während sie das Eis aßen, führten sie eine musterhafte Frage-und-Antwort-Unterhaltung.

Alex nahm einen Löffel Eis und schmeckte die übermäßige Süße des Salzkaramells. »Hattest du Spaß beim Weihnachtsmann?«

Scarlett zuckte mit den Achseln.

»Dein Dad sagte, der Mann habe dir Weingummi gegeben.«

Scarlett kratzte mit ihrem langen Löffel an der Innenseite des Eisbechers.

Am See ließ jemand einen Feuerwerkskörper los. Alex fuhr

zusammen, wie sie es schon den ganzen Tag bei jedem plötzlich auftretenden Geräusch und jeder unvermittelten Bewegung getan hatte. Sie hatte vergessen, wie es war, verkatert zu sein.

Sie versuchte es noch einmal. »Hat der Weihnachtsmann dir erzählt, was du zu Weihnachten bekommst?«

»Er war nicht der richtige Weihnachtsmann. Sein Bart war nicht echt.« Scarlett hob den Blick langsam und sah Alex direkt in die Augen. »Aber er sagte, wir würden wie eine sehr glückliche Familie aussehen.«

»Wie schön.«

Scarlett rührte mit dem Löffel in der geschmolzenen Eiscreme.

»Geht's dir gut, Scarlett?«

»Posey ist weg.«

»Oh.« Alex war sich nicht sicher, wie sie reagieren sollte. »Das ist … schade?«

»Es ist deinetwegen.«

»Okay?« Alex achtete darauf, in neutralem Tonfall zu sprechen.

»Weil du *Unten am Fluss* erwähnt hast.«

Alex ließ ihren Löffel sinken.

»Wir wussten nicht, worum es in dem Film geht, und deswegen haben wir ihn gestern Abend auf dem iPad angesehen.«

»O Gott, nein!« Alex spürte Druck auf der Stirn. Sie kniff sich in den Nasenrücken. »Ich wollte nicht, dass du den Film siehst. Er ist schrecklich.«

Scarlett wischte mit der Faust Eiscreme von der Tischdecke. »Und Posey bekam Angst vor sich selbst. Weil er nichts von den schlechten Seiten der Kaninchen gewusst hatte.«

Alex ließ den Kopf in die Hände sinken. »Scarlett, ich bin eine furchtbare Patchwork-Mama. Es tut mir so leid.«

»Aber du hast die Spinne für mich weggemacht.«

Alex hob den Kopf ein wenig. »Das stimmt, ich habe die Spinne weggemacht.«

»Und du hast sie nicht getötet.«

»Ich habe sie nicht getötet.«

»Was beweist, dass nicht stimmt, was Posey gesagt hat. Über Wissenschaftler.«

»Posey war derjenige, der etwas gegen mich hatte?«

»Er hatte Angst vor dir. Deswegen war er so gemein. Das mit dem Karaoke war sein Vorschlag. Posey wollte, dass Mum und Dad dabei wieder zusammenkommen. Er wollte mich vor dir beschützen.«

Alex nickte.

»Er hat gesagt, wenn du weg wärst, könnte Patrick zu seiner alten Frau zurückgehen und mich bei Mum und Dad lassen.«

»Ich glaube … ich glaube, was Posey nicht versteht, ist, dass Patrick wahrscheinlich nicht wieder mit seiner alten Frau zusammen sein möchte.«

»Als Posey es gesagt hat, klang es nach einer guten Idee.«

Alex hielt Scarletts Blick nun stand. »Vermisst du das sehr – nur mit deinen Eltern zusammen zu sein? Es ist okay, das zu sagen, weißt du.«

Scarlett sah auf ihr Eis hinab, das zu einem matschigen Brei am Boden des Glases geschmolzen war.

»Sie werden nämlich nicht wieder zusammenleben«, sagte Alex sanft. »Das weißt du, oder? Dass sie glücklicher sind, wenn sie getrennt leben?« Sie beobachtete, wie Scarlett sich einen halbherzig gefüllten Löffel in den Mund schob. »Es tut mir leid. Das alles muss ziemlich schwer für dich sein. Aber es ist doch bestimmt nicht so ungewöhnlich, oder? Gibt es nicht jede Menge solcher Familien in der Schule?«

Scarlett schob ihren Eisbecher von sich fort.

»Was ist mit deinen Freunden? Die leben sicher nicht alle mit ihrer Mutter und ihrem Vater zusammen.«

»Erins Vater wohnt nicht bei ihr.«

»Ist Erin eine Freundin von dir?«

»Manchmal. Wenn sie sich nicht wie eine Idiotin benimmt.«

Alex dachte an Ruby. »Aber wenn Erin ihren Vater sieht, hat sie bestimmt Spaß mit ihm.«

»Er ist im Gefängnis. Er hat eine Postfiliale ausgeraubt.«

»Das hat er getan?« Alex würde Claire fragen müssen, was sie über Erins Vater wusste. »Was ist mit deinen anderen Freunden?«

»Stans Dad wohnt nicht bei seiner Familie. Er kämpft gegen Piraten.«

Alex setzte ein höfliches Lächeln auf.

»Keine Zeichentrickpiraten.« Scarlett schenkte ihr wieder den vertraut ungehaltenen Blick. »Echte moderne Piraten. In Booten auf der anderen Seite der Welt.«

Alex hörte auf zu lächeln. »Oh.«

»Stan sagt, seiner Mum gefällt es, wenn der Vater weg ist, bei den Piraten. Wenn er zu Hause ist, schreit sie mehr. Knallt öfter mit den Türen.«

Alex schob ihren Eismatsch auch beiseite. »Was kann ich tun, Scarlett? Um es dir leichter zu machen?«

Scarlett zuckte wieder mit den Achseln. Das Achselzucken-

Gen hat sie von ihrem Vater, dachte Alex. Dieses Gen schien sich superdominant über die väterliche Linie zu vererben.

»Schenk mir nichts mehr zum Anziehen.«

Alex lachte überrascht. »Okay.«

»Anziehsachen sind keine Geschenke.«

»Okay. Notiert.« Dann erinnerte sie sich an etwas. Und hörte auf zu lachen. »Ich …« Sie brach ab. Würde ein Weihnachtsgeschenk-Spoiler die Sache besser machen oder schlimmer? »Nicht wichtig.«

Die beiden starrten einander an.

»Willst du noch ein Eis, bevor wir rübergehen zum Bogenschießen? Oder eine Cola?«

»Cola darf ich nicht trinken.«

»Wenn du's niemandem sagst, tu ich es auch nicht.«

»Ich will keine Cola. Davon kriegt man schlechte Zähne.«

Alex hob entschuldigend beide Hände.

Scarlett schob ihren Eisbecher noch weiter von sich fort. »Du hast kein gutes Spielzeug im Haus. Das ist langweilig.«

»Ich hab viele Puzzles. Aus recycelter Pappe.«

»Puzzles zählen nicht.«

»Anziehsachen sind keine Geschenke und Puzzles kein Spielzeug.« Alex nickte nachdrücklich. »Siehst du, das hilft mir schon weiter. Ich weiß nämlich nicht immer, was ich tun muss, weil ich selbst keine Kinder habe. Deswegen wäre es cool, wenn du mir Tipps gibst.« Sie beugte sich über den Tisch und stützte die Ellbogen auf. »Also, wie wär's, wenn du mir sagst, was als gutes Spielzeug durchgeht, und ich sehe, was sich machen lässt, bevor du das nächste Mal zu uns zu Besuch kommst?«

Kapitel 53

Als Patrick vom Laufen in die Hütte zurückkehrte, war es, als hätte die Auseinandersetzung mit Claire nie stattgefunden. Was jedoch nicht bedeutete, dass die Situation sich verbessert hatte.

Claire blickte kaum auf, als er die Haustür hinter sich schloss. In der für sie typischen übereifrigen Weise putzte sie die Küche: Sie rieb die Oberflächen mit einem Lappen ab, als sei das eine hochwichtige Aufgabe, und nutzte diese Aktivität, um ihn komplett auszuschließen, und das auf eine Art und Weise, über die er sich nicht beschweren konnte. Sie musste die Schnittwunden in seinem Gesicht bemerkt haben, doch was ihm zugestoßen sein mochte, interessierte sie nicht.

Matt hatte die Füße auf dem Sofa hochgelegt und wischte mit rastlosem Finger über sein Telefon. »Hey, Pat.« Er studierte Patricks Gesicht und wollte ihn ganz offensichtlich auf die Schnittwunden ansprechen, überlegte es sich jedoch anders. »Wie war das Laufen?«

Patrick überprüfte Matt auf Anzeichen neu erworbenen Wissens. Wehe Claire, wenn sie ihm irgendetwas erzählt hatte. Die Sache ging Matt nichts an.

Doch als Patrick nicht antwortete, senkte Matt einfach wieder den Blick und wischte weiter auf dem Telefon.

Patrick schenkte sich ein Glas Wasser ein und stürzte es hinunter. »Wo sind die anderen?«

»Alex ist mit Scarlett Eis essen gegangen.« Claire knallte die Klappe des Geschirrspülers zu. »In einer halben Stunde treffen wir die beiden beim Bogenschießen.«

Patrick schenkte sich ein weiteres Glas Wasser ein. »Ich springe kurz unter die Dusche.«

Als niemand reagierte, stieg Patrick die Treppe hinauf.

Wehe, Claire – wehe –, du hast Matt etwas erzählt.

....

»Sie müssen den Pfeil so halten.«

Der Teenager, der für ihre Einweisung zuständig war, hielt Pfeil und Bogen gespannt und gen Himmel gerichtet, während er ihnen erklärte, wie der Fingerschutz zu verwenden war. Seine Stimme klang für Patricks Geschmack etwas zu allwissend – der Junge war einer dieser Typen, die von den Leuten gemocht wurden, während Patrick ihnen nicht traute. Typen mit derart großem Selbstvertrauen assoziierte er immer mit störenden Einflüssen.

Und wie jung dieser Alfie war. Wie viele Möglichkeiten ihm noch offenstanden.

Patrick nickte – warum, war ihm nicht klar, aber er wusste, dass dieser Alfie ohne ein Zeichen der Bestätigung seinerseits nicht fortfahren würde. Matt und Claire taten dasselbe.

Während der Junge sein Script abarbeitete, ließ Patrick die Gedanken zu den Ereignissen des Vormittags zurückwandern.

Alfie sah auf seine Uhr. »Eigentlich müssen wir für die Einführung unbedingt auf die anderen beiden warten, aber die sind spät dran. Und ich habe gleich noch eine Fahrstunde.«

»Wir kommen allein klar. Hast du so ein Formular für den Haftungsausschluss da?« Claire zwinkerte ihm zu. »Das unterschreibe ich, und dann hast du deine Pflicht getan. Ich habe jede Menge Erfahrung im Bogenschießen, du kannst mich Robin Hood nennen. Ich kann es den anderen beiden beibringen.«

Patrick wollte etwas darüber sagen, dass die Regeln ihre Berechtigung hätten und es wichtig sei, die Bedeutung derartiger Formulare ernst zu nehmen, doch er hielt sich lieber zurück. Diese Art gesetzestreuen und uncoolen Verhaltens war vermutlich einer der Gründe, warum Claire ihn verlassen wollte.

Uncool. Bloß weil man ihr aller Leben schützen wollte.

Matt beugte sich vor und wollte die Kiste mit der Ausrüstung greifen. Aber Patrick hob sie schnell auf und klemmte sie sich zwischen Arm und Hüfte, bevor Matt etwas herausnehmen konnte.

Matt streckte die Hand aus. »Lass mich dir etwas von dem Zeug abnehmen.«

»Nicht nötig.« Patrick schwenkte die Kiste aus Matts Reichweite. »Ich mach das schon.«

»Zumindest die Bogen. Die Kiste lässt sich doch kaum tragen, wenn die Bogen oben rausragen.«

»Ich komme klar.«

Matt zuckte mit den Achseln. Er stapfte mit Claire zusammen los.

Unter einigen Schwierigkeiten folgte Patrick den beiden zum Schießplatz. Immer wieder veränderte er die Position der Kiste auf seinen Hüften, um seine schmerzenden Arme zu entlasten.

Er hörte, wie Matt und Claire sich über Nichtigkeiten unterhielten. Matts Hände steckten tief in den Hosentaschen.

War Claire und Matt überhaupt aufgefallen, dass Patrick nichts sagte? Bemerkten sie es nicht, oder war es ihnen egal? Oder beides?

Als sie den Schießplatz erreichten, öffnete Matt das Tor und hielt es für die anderen beiden auf.

Patrick folgte Matt und Claire hinauf zum Bogenschießplatz. Dort wurden sie von einer Reihe runder, in Primärfarben bedruckter Zielscheiben auf Ständern erwartet. Linien auf dem Boden markierten die Abschusspunkte.

Statt sie abzustellen, ließ Patrick die Kiste mehr oder weniger ins Gras fallen. Mühsam reckte er die schmerzenden Arme.

»Super, dass wir den Platz für uns allein haben.« Matt nahm Portemonnaie und Schlüssel aus den Hosentaschen und warf beides ins Gras. »Treffer.«

Die Hände in die Taille gestemmt, ließ Claire den Blick über die Anlage schweifen. »Die Leute lassen sich von ein paar lächerlichen Regentropfen abschrecken.«

Patrick schaute auf in die Wolken, deren Färbung sich direkt über ihren Köpfen von Stahlgrau zu Kohlrabenschwarz zu wandeln schien. Ein einzelner dicker Regentropfen traf ihn mitten ins Auge.

Patrick blinzelte und konnte einen Moment lang nicht sehen, weil es überraschend stark brannte.

Er wartete darauf, weitere Tropfen zu spüren, aber das war

alles. Nur eine einzige Stelle hatte etwas abbekommen, sein Auge.

»Sag mal, hast du das wirklich schon mal gemacht?«, fragte Matt. »Oder hast du das nur behauptet, weil du keinen Aufpasser wolltest?«

Claire hockte sich vor die Kiste. »Auf einem Bauernhof aufgewachsen, Matt, keine Stadt in der Nähe.« Sie begutachtete die Ausrüstung, nahm Bogen und Köcher mit Pfeilen in die Hand. »Gab da nicht viel zu tun, wie du weißt.«

Matt kickte achtlos einen Erdklumpen mit dem Fuß weg – dass seine Hosenbeine und Schuhe dabei dreckig wurden, schien ihn nicht zu stören. »Was für eine Verschwendung, wenn du die Zeit hättest nutzen können, um mit der Gräfin zu plaudern. Du hättest üben können, mit einem Buch auf dem Kopf zu gehen oder von der richtigen Seite der Tasse zu trinken.«

»Deine Witze haben einen zehn Jahre alten Bart, Matt. Lass meine Mutter zufrieden.«

Patrick legte die Hände auf die Hüften und sah in die Luft. Er hätte zum Himmel schreien mögen. Jetzt existierte er gar nicht mehr. Direkt vor seinen Augen setzten die beiden ihre Beziehung einfach fort. Patrick war nur ein kurzer Lichtblitz gewesen – ein Lichtblitz, den sie nicht einmal mehr wahrnahmen.

Matt sah in die Kiste mit der Ausrüstung. »Fangen wir an, oder warten wir auf Scarlett und Alex?«

Claire nahm die Bogen aus der Kiste und legte sie ins Gras. »Wir können genauso gut schon ein wenig üben.«

Sie grub tiefer in der Kiste. »Fingerschutz.«

Claire zog ein unförmiges Stück schwarzes Leder heraus.

Sie zog es über die Hand und drehte und wendete sie, um die Manschette zu begutachten, als hätte sie einen neuen Ring. »So was hatten wir auf dem Bauernhof nicht. Haben uns die Haut einfach in Fetzen gerissen. Ich habe wahrscheinlich nicht mal mehr Fingerabdrücke.«

Dann nahm sie einen Köcher aus der Kiste, legte einen Pfeil auf ihren Bogen und zog den Arm zurück. Sie zielte auf die nächstgelegene Scheibe und hielt mit gespanntem Arm die Position.

»Dann mal los, Katniss«, sagte Matt. »Zeig uns, was du draufhast.«

Claire bewegte den Arm ein wenig und nahm die Scheibe ins Visier. »Nicht gucken.«

Sie richtete ihre Haltung noch einmal millimetergenau aus und ließ den Pfeil los. Er flog über das Feld und bohrte sich mit einem kurzen, satten Geräusch in den großen weißen Kreis am Rand der Scheibe.

Claire ließ den Bogen sinken. »Aus der Übung.«

»Du hast die Scheibe getroffen«, sagte Matt. »Das müssen wir erst mal schaffen, oder, Pat?«

Patrick nahm sich einen Bogen. Als Zielscheibe wählte er diejenige neben Claires. Er zog einen Pfeil aus dem Köcher und legte ihn auf den Bogen.

»Du hast noch keinen Fingerschutz, Patrick.«

Sie würde ihm nicht mehr vorschreiben, was er zu tun hatte. »Brauche ich nicht.«

Claire verdrehte die Augen. Sie verdrehte wirklich die Augen. Und sah dabei zu Matt.

»Hey, Pat.« Matt hob abwehrend die Hände. »Kannst du bitte in eine andere Richtung zielen?«

Patrick blickte auf seine Hände. Anscheinend hielt er den Bogen in Matts Richtung, als würde er auf ihn zielen.

Er ließ den Bogen sinken.

»Hast du nicht gehört, wie der Junge sich endlos über Sicherheit und Schutzmaßnahmen beim Bogenschießen ausgelassen hat?« Claire sah Patrick kopfschüttelnd an. »Er war vielleicht nicht viel älter als zwölf, aber was er gesagt hat, ergibt Sinn. Niemals den Bogen auf eine Person richten, auch nicht, wenn der Bogen nicht gespannt ist. Die Einhaltung der Sicherheitsregeln auf dem Schießstand ist wichtig.«

Patrick wollte widersprechen, aber er konnte es nicht. »Sorry.«

»Mein Gott, Patrick.« Claire wandte sich ab und konzentrierte sich aufs Schießen. »Bald ist Scarlett hier.«

Patrick widmete sich wieder seinem Bogen. Erneut zog er den Arm nach hinten, wobei er noch die Anstrengung vom Tragen der Kiste in den Muskeln spürte. Er zielte und ließ den Pfeil los. Der prallte am Rand der Zielscheibe ab und landete kaum hörbar im Gras.

Matt lachte. »Ich wette, selbst wenn du es wolltest, könntest du das nicht wiederholen.« Er nahm seinen eigenen Bogen in die Hand.

Claire schoss den nächsten Pfeil auf ihre Zielscheibe ab. Diesmal traf sie den roten inneren Ring.

Sie nickte zufrieden. »Langsam schieße ich mich ein.«

Patrick ging zu seiner Zielscheibe.

Er sammelte den heruntergefallenen Pfeil auf und nahm ihn unter die Lupe. Doch er schien in Ordnung zu sein. Er legte den Pfeil wieder auf den Bogen.

In seinem Rücken rief Matt: »Pfeil in Ordnung, Pat?«

Patricks Blick wurde finster.

»Ein schlechter Handwerker gibt immer seinem Werkzeug die Schuld.«

Patrick wirbelte herum und sah direkt in Matts *grinsende Fresse.*

»Hey.« Matt runzelte die Stirn. »Hör auf, auf mich zu zielen!«

Ohne zu wissen, was Matt meinte, schaute Patrick auf seine Hände und registrierte, dass er seinen Bogen unbewusst angehoben hatte.

Matt musste tatsächlich für eine Sekunde geglaubt haben, Patrick würde auf ihn schießen. Wie lächerlich dieser Typ doch war.

Patrick ließ den Bogen sinken. »So ein Quatsch.«

»Patrick, beruhig dich und hör auf, dich wie ein Idiot zu benehmen.«

»Idiot, Claire?« Er schwenkte seinen Bogen in ihre Richtung. »Das bin ich also?«

»Hör auf, auf Personen zu zielen!« Claire schrie ihn an. »Das Ding ist gefährlich.«

»Seit wann ist dir Sicherheit so wichtig? Du sagst ständig, ich solle lockerer werden. ›Patrick, niemand setzt einen Fahrradhelm auf, wenn er zum Laden an der Ecke fährt.‹ – ›Es macht nichts, dass ich den Haartrockner nicht ausgesteckt habe.‹ – ›Wir brauchen keine Untersetzer.‹« Patrick ließ seine Stimme immer höher und zickiger klingen, als er Claire nachzuahmen versuchte. Es klang nicht im Geringsten nach ihr.

»Hör auf, diese echte Waffe auf Menschen zu richten.«

»Warum richtest du dann deine auf mich?«

Claire sah auf ihren Bogen. »Weil du mir Angst machst!«

Patrick wandte den Kopf zu Matt. Dessen Blick wanderte zwischen Claire und Patrick hin und her, und er trat von einem Fuß auf den anderen.

»Sie verlässt mich. Hat sie dir das erzählt? Vermutlich hast du es heute Morgen erfahren, als ihr alle gemütlich zum Weihnachtsmann spaziert seid. Hat sie dir gesagt, dass sie es kaum abwarten kann, mich loszuwerden, wenn dieses Wochenende vorbei ist? Wie erleichtert sie sich fühlen wird, sobald sie mich sich vom Hals geschafft hat?«

Matt runzelte die Stirn. »Pat, wirklich. Du bist ja völlig außer dir. Leg Pfeil und Bogen hin und lass uns reden.«

»Idiot!« Patrick schüttelte den Kopf. »Ich habe alles getan, was du wolltest, Claire. Ich habe darauf verzichtet, meine Kinder zu Weihnachten zu sehen. Und so dankst du es mir. Indem du mich verlässt, für ihn!«

Patrick schwenkte seinen Bogen in Matts Richtung.

Matt ließ Pfeil und Bogen ins Gras fallen; er hob die Hände. »Das hast du falsch verstanden, Mann. Und du würdest nicht auf mich schießen, so einer bist du nicht. Du bist ein guter Typ, Pat – aber jetzt gerade bist du nicht du selbst. Lass uns hier abhauen, und ich geb dir ein Bier aus.«

Patrick spürte, wie der Wind ihm in den Nacken fuhr. Er stabilisierte seinen Stand.

Matt stockte. »Wenn du nicht aufhörst, den Bogen auf mich zu richten, werde ich mit meinem auf dich zielen müssen.«

Matt wartete. Er nahm seinen Bogen auf und schob den Pfeil in Position. Dann wartete er wieder.

Von einem leichten Zittern in seiner Körperspannung abgesehen, rührte Patrick sich nicht.

Zögerlich hob Matt Pfeil und Bogen und zielte auf ihn.

Patrick keuchte; er versuchte, wieder zu Atem zu kommen. Trotz der Schmerzen im Arm senkte er seinen Bogen nicht.

Am anderen Ende der Wiese kreischte ein Vogel. Ein anderer Vogel antwortete mit einem Zwitschern.

Wie erstarrt standen die drei auf dem Platz und richteten mit zitternden Händen die Waffen aufeinander. Stille.

Kapitel 54

Einträchtig schweigend spazierten Alex und Scarlett von der Eisdiele in Richtung Bogenschießplatz. Der Druck auf Alex' Stirn nahm zu. Entweder litt sie unter einem extremen Kater, oder dieser Schmerz war das erste Anzeichen eines bevorstehenden Gewitters. Oder beides.

Feiner Sprühregen setzte sich auf ihre Wimpern. »Wir müssen diese Straße überqueren.« Sie zeigte mit der Hand die Richtung. »Dann müsste der Schießplatz auf der rechten Seite kommen. Deine Mum und dein Dad werden schon dort sein. Hoffentlich haben sie uns noch ein paar Pfeile übrig gelassen, wie?«

Jauchegestank waberte herüber. Scarlett kräuselte die Nase.

Alex lächelte zustimmend. »So ist es auf dem Land. Zauberhaft.«

»Es riecht.«

»Das tut es.«

Die beiden schlenderten über die Straße und auf den Schießplatz zu.

Trotz des unablässigen Heulens des Windes meinte Alex in

der Ferne einen Schrei gehört zu haben. Vermutlich hatte jemand auf irgendeine Weise Spaß in der Natur.

Ein vor dem Platz aufgestelltes Schild zeigte einen Pfeil, der sich in die Mitte einer Zielscheibe bohrte.

Bogenschießplatz
Gäste haben die Sicherheitsrichtlinien zu befolgen.
Kinder sind jederzeit zu beaufsichtigen.
Betreten erfolgt auf eigene Gefahr.

Den Platz säumte eine dichte Brombeerhecke, die gepflegt wirkte und vor nicht allzu langer Zeit geschnitten worden war. Dennoch überragte sie Scarlett.

Alex ging auf das Eingangstor zu und blickte über das dahinterliegende Feld. Sie stockte.

Am anderen Ende des Platzes hinter einer Reihe aufgestellter Zielscheiben hatte sie Matt, Patrick und Claire entdeckt. Die drei standen so zueinander, dass sie ein fast gleichseitiges Dreieck bildeten, die Pfeile mit gespannten Bogen wie in einem mexikanischen Unentschieden aufeinander gerichtet.

Patrick stand mit dem Rücken zu Alex. Er wandte seinen Blick von Matt zu Claire und schrie ihr etwas zu, zielte jedoch nach wie vor fest entschlossen auf Matt. Die anderen beiden hielten ihre Pfeile auf Patrick gerichtet.

Alex verstand nicht, worüber sie so aufgebracht miteinander stritten, doch sie nahm die Angst in Matts Gesicht wahr. Und wie gerötet die Haut in Patricks Nacken war und wie stark sein Bogen zitterte, während er wütend gestikulierte.

Alex legte eine Hand auf Scarletts Schulter. »Warte einen Moment.«

Scarlett schaute zu ihr hoch. »Was?« Sie schien nicht sehen zu können, was auf dem Platz vor sich ging.

Alex bemühte sich um einen entspannten Gesichtsausdruck, beobachtete die Situation vor sich aber genau. Nun erkannte sie die Panik in Matts Blick angesichts des Pfeils, der auf ihn gerichtet war. Ihr Körper schien auf einmal das Gleichgewicht zu verlieren, als hätten ihre Beine nicht genügend Masse, um ihn in aufrechter Position zu halten. Das durfte alles nicht wahr sein. Es konnte nicht sein, dass sie sah, was sie sah.

Matt schaute flüchtig von Patrick zu Claire. In diesem Moment nahm er Alex wahr. Über die Entfernung fanden sie Blickkontakt.

Alex ließ eine Hand sinken und strich Scarlett übers Haar, eine Geste, mit der sie Matt auf die Anwesenheit der Kleinen aufmerksam machen wollte.

Matt riss die Augen weit auf. Er machte eine ruckartige Bewegung mit dem Bogen, und Alex wusste, was er sagen wollte. *Schaff sie hier weg.*

»Wartet Posey hier auf mich? Kannst du ihn sehen?«

»Hier ist niemand.« Alex legte die Hand auf Scarletts Schulter. »Das Bogenschießen ist offenbar abgesagt worden.« Sie behielt die Drei auf dem Platz im Auge. »Weil es regnet.«

Matt sah Alex noch einen Moment an, bevor er schnell wieder Patrick fixierte.

»Es regnet fast gar nicht«, sagte Scarlett. »Ich bin nicht nass. Und Posey könnte herkommen, um mich zu suchen.«

»Durch die Nässe ist die Ausrüstung wohl zu rutschig. Und zu gefährlich.« Alex hörte das Beben in ihrer Stimme. »Komm, wir suchen uns eine bessere Beschäftigung.«

Patrick zog seinen Schießarm zurück und hob den Bogen höher. In Reaktion darauf trat Matt einen Schritt zurück. Ohne den Blick von Patricks Gesicht abzuwenden, schüttelte er kaum merklich den Kopf.

»Später ist es dunkel.« In Scarletts Stimme schlich sich ein jammernder Unterton.

»Keine Diskussion, Fräulein. Morgen gehen wir wieder her. Lass uns stattdessen etwas Lustiges unternehmen, etwas, das drinnen stattfindet, okay? Du darfst alles machen, was dir gefällt.«

Langsam wandte Alex ihr Gesicht der Straße zu. Sie zwang sich, einen Schritt in die vom Schießplatz abgewandte Richtung zu tun, dann noch einen.

Mit jedem Schritt wurde sie schneller, eilte davon, Scarlett konnte ihr nur mit Mühe folgen.

Bevor sie um die Ecke bogen, warf Alex noch einen letzten Blick auf das Feld.

Patrick, Claire und Matt standen noch immer im Dreieck: Die Pfeile hielten sie in Abschussposition, ihre Arme zitterten vor Ermüdung.

Alex zwang sich wegzusehen. Konzentriert führte sie Scarlett in Richtung Sportstätte.

Alex schritt auf die junge Dame hinterm Tresen zu. Mit gespenstisch weißen Zähnen, umrahmt von leuchtend korallfarbenem Lippenstift, der ihren Mund hyperrealistisch wirken ließ, strahlte die Frau Alex an.

Alles war jetzt hyperrealistisch. Die Welt zeigte sich Alex nackt, ohne Schutzhülle.

»Hallo.« Alex versuchte, ihre Stimmlage zu kontrollieren. »Ich habe einen dringenden Termin und muss meine Tochter hierlassen. Jetzt. Welche Aktivitäten kämen für sie in Frage?«

Die Rezeptionistin sah auf ihren Bildschirm. »In einem Tanzkurs, der jeden Moment anfängt, sind noch Plätze frei. Der dauert zwei Stunden.«

Alex zog ihr Portemonnaie aus der Handtasche. »Klasse.«

Die Frau schielte auf Scarlett hinab. »Es ist ein Burlesque-Einführungskurs.«

»Perfekt.« Alex knallte einen Zwanzig-Pfund-Schein auf den Tresen. »Ihr Name ist Scarlett Cutler, und wir sind in Hütte zweihundertneunzehn.«

»Er ist für Kinder im Alter von neun bis zwölf Jahren gedacht.«

»Sie hat kräftige Oberschenkel, sie nimmt ständig andere huckepack. Außerdem ist man für Burlesque doch nie zu jung.«

»Gut«, sagte die Frau, »wenn wir die Erlaubnis der Erziehungsberechtigten haben …«

»Haben Sie.«

Alex ging in die Hocke, um Scarlett ins Gesicht zu sehen. »Hier findet jetzt ein Tanzkurs statt. Geh mit der netten Frau. Ich gehe los und finde heraus …« Schwindel überkam sie. Sie stützte sich mit der Hand auf dem Boden ab, um das Gleichgewicht zu halten. »… was deine Mum und dein Dad treiben.« Sie stand auf. »Ist das okay, Scarlett? Bleibst du hier?«

Das Schwindelgefühl ließ nicht nach. Alex lehnte sich gegen den Anmeldungstresen.

»Was ist das für ein Tanz?«, fragte Scarlett.

»Ein Tanz für Erwachsene, du wirst begeistert sein. Dein Dad wird dich abholen kommen, und dann kannst du ihm zeigen, was du gelernt hast.« Alex rang sich ein Lächeln ab. »Er wird sehr stolz sein.«

Scarlett sagte nichts.

Alex kniff Scarlett in die Schulter. »Viel Spaß.«

Alex wandte sich zur Tür. Sie zwang sich, mit entschlossener Unbekümmertheit aus dem Gebäude zu gehen und in Richtung Bogenschießplatz zu schlendern. Sobald sie um die Ecke war, beschleunigte sie ihre Schritte.

Kaum hatte sie die Straße überquert, sprintete Alex bereits. Sie raste auf den Schießplatz zu, gab alles, rannte, so schnell sie konnte.

Kapitel 55

Sie ist mit mir zusammen!« Patrick bemerkte sehr wohl, dass er beim Schreien Speichel versprühte, aber er konnte nicht aufhören. »Sie wollte lieber mit mir zusammen sein als mit dir. Ich habe gewonnen!«

Matt sah Patrick blinzelnd an, sein Gesicht war völlig ausdruckslos.

Es hätte sich gut anfühlen sollen, Matt das zu sagen. Warum nur war Patrick dann den Tränen nah?

Er versuchte, das Vibrieren des Bogens unter Kontrolle zu bekommen. »Ich habe gewonnen!«

Matt blickte nicht in Claires Richtung. Stattdessen zielte er weiter auf Patrick. Seine Arme wirkten ruhig. »Du hast gewonnen.«

»Und trotzdem«, Patrick hasste das Beben in seiner Stimme, »ist es, als würde ich gar nicht existieren.«

»Du existierst, Mann.« Matts Stimme war ruhig, in seinem Tonfall lag jetzt Geduld. »Du existierst, definitiv.«

Patricks Wut loderte erneut auf. Er zielte mit seiner Waffe auf Matt, und dennoch hatte dieser weiterhin Verständnis für ihn?

»Wenn ich dich erschieße, kannst du nicht wieder mit Claire zusammenkommen. Verstehst du das, Matt?« Patrick war mittlerweile so erschöpft, dass er kaum noch zielen konnte. Die Spitze seines Pfeils malte Achten in die Luft. Seine Arme schmerzten, zitterten vor Anstrengung. »Ich erschieße dich. Jetzt. Und übrigens, ich kann schießen.« Er wandte den Kopf zu Claire. »Ich habe nämlich Bogenschießunterricht genommen, bevor wir hierhergefahren sind. Als ich behauptet habe, mit Joel Golf zu spielen, war ich beim Bogenschießen.«

Claire starrte ihn an.

»Und Nicola Garcia hat mich gestern Abend angemacht. Jahrelang habe ich von ihr geträumt. Und trotzdem habe ich nein gesagt, Claire. Deinetwegen. Weil ich dich liebe.«

»Pat, beruhige dich«, sagte Matt. »Bitte.«

Patrick schwenkte den Blick wieder auf Matt. »Ich heiße, verdammt noch mal, nicht Pat! Ich heiße *Patrick*!«

»Ich wollte doch nur nett sein. Sorry, Patrick, Mann, ich werde nicht ...«

»Du hast jemanden wie Claire nicht verdient! Du hast dich noch nie im Leben um etwas bemüht. Du kannst nicht mal meinen Namen richtig sagen.«

»Du heißt Patrick. Hab ich verstanden, Patrick. Ich werd's nicht wieder vergessen. Wir können uns alle beruhigen.«

»Patrick«, schrie Claire. »Schieß nicht auf Matt. Du triffst sowieso nicht.«

Matt sah Claire verdutzt an. »Inwiefern soll das hilfreich sein?«

Mit dem Bogen gestikulierend, wies Claire ihn an abzuwarten. Sie wandte sich wieder Patrick zu. »Und wenn du ihn erschießt, erschieße ich dich. Ich schieße so schnell, dass dir Hören und Sehen vergeht.«

»Ich hab's dir gesagt, Claire, ich hatte Bogenschießunterricht. Wenn ich auf ihn schieße, werde ich ihn treffen. Ich hab meine Hausaufgaben für dieses Wochenende gemacht.« Patrick wandte sich wieder Matt zu. »Du glaubst, du hättest Claire verdient, aber ich wette, du hast dich auf unser Wochenende absolut nicht vorbereitet. Oder? Hast du dich etwa vorbereitet?«

»Nein«, sagte Matt.

»Ich gebe alles, und trotzdem gewinnst du. Du gewinnst. Das ist nicht fair. Sag mir, wie das gerecht sein soll.«

»Du musst dich beruhigen, Kumpel.« Zum ersten Mal überschlug sich Matts Stimme. »Du hast das alles falsch verstanden, und im Moment bist du gar nicht du selbst. Du bist ein guter Kerl.«

»Ich bin wütend.«

»Das verstehe ich. Wir müssen alle ein bisschen runterkommen.«

Wieder diese Toleranz. Unerträglich. »Du hast so verdammt viel Glück. Es sollte alles genau andersrum sein, aber nein! Du hast natürlich wieder Glück.«

»Fühlt sich im Moment nicht so an, als hätte ich besonders viel Glück. Nicht wenn ein Verrückter – nimm's mir nicht übel – einen Pfeil auf mein Gesicht richtet.«

»Erschieß ihn, Matt, bevor er dich erschießt!«

»Claire, das ist wirklich nicht hilfreich. Und er wird nicht auf mich schießen. So einer ist er nicht.«

Patrick warf den Kopf in den Nacken. »Und ob ich so einer bin.« Er richtete seinen Bogen neu aus.

»Schieß auf ihn, Matt!«

Matt ließ seinen Bogen sinken und sah Claire an. »Wenn du's so dringend hast damit, warum soll ich dann derjenige sein, der ihn erschießt? Du hast selbst einen Bogen.« Matt wandte seinen Blick wieder zu Patrick. »Aber niemand wird hier irgendjemanden erschießen, entspannen wir uns doch alle mal.«

»Ich tu's!« Patricks Pfeil zitterte. »Bevor du versuchst, mich umzulegen.«

»Niemand wird dich umlegen, Mann. Niemand hat ein Interesse daran. Du bist derjenige, der die ganze Zeit davon spricht, Leute zu erschießen.«

Als Patrick nichts sagte, hob Matt langsam seinen Bogen.

»Ich tu's.« Patrick hob den Bogen weiter an. »Und zwar jetzt.«

Matt schüttelte ungläubig den Kopf.

Patrick nahm sein Ziel genauer ins Visier.

Explosionsartiger Schmerz fuhr ihm in die Schulter. Er wankte rückwärts. *Feuer! Feuer!*

Auf der anderen Seite des Schießplatzes ließ Matt Pfeil und Bogen ins Gras fallen. Verwirrt sah Patrick erst zu Matt, dann auf den Pfeil.

Patrick wurde bewusst, dass er zu Boden gegangen war. Er lag auf dem Teppich, den Blick gen Himmel gerichtet.

Nein. »Teppich« war nicht das richtige Wort für dieses Zeug. »Gras«. »Gras« hieß es.

Er hatte wirklich keine Ahnung, was hier vor sich ging.

»Claire, was hast du getan?« Über das Sirenenjaulen in seinem Kopf hinweg war Matts Stimme kaum zu hören. »Er hätte mich nicht erschossen, niemals!«

Patrick sah hinunter auf die Brust. Er sah, dass an einer Stelle etwas aus Holz aus ihm herausragte. Dass an dieser Stelle etwas Rotes seine Jacke färbte. Etwas Rotes, das aus seinem Innern kam.

O Gott.

»Er wollte schießen.« Claire klang schrill und panisch. »Ich habe dir das Leben gerettet.«

»Verdammt, Claire! Ich habe dir gesagt, dass er mich nicht erschießen würde.«

Patrick hob den Kopf ein wenig. »Fairerweise muss ich sagen, ich hätte es getan.« Er brachte die Worte heraus, obwohl eine viel zu große Zunge seinen Mund auszufüllen schien.

Er legte den Kopf ab. Würde er sterben? Hatte er das deswegen gerade gesagt? Im Bedürfnis, ein für alle Mal reinen Tisch zu machen?

Es lag daran, dass er fair war. Das wurde ihm bewusst. Er war ein fairer Typ.

»Du wolltest mich nicht erschießen«, sagte Matt beschwörend. »Das hättest du niemals getan.«

»Hätte ich.« Patrick befeuchtete die Lippen. »Und ich hätte ins Schwarze getroffen.«

»O Gott.« Claire ließ ihren Bogen ins Gras fallen. »Was habe ich getan? Was ist mit ihm?«

Patrick versuchte, in seinem Mund so viel Speichel zu erzeugen, dass er sprechen konnte. »Ich sehe Sterne, Tunnel, alles.«

Claire kniete sich neben ihn. Sie hielt seine Hand.

»Weißes Licht, himmlische Chöre …«

Die Sirene in Patricks Kopf jaulte ohne Unterlass. In der Schulter und im oberen Brustraum sammelte sich Schmerz, in Bauch und Beinen spürte er Leere. Vielleicht sah er doch kein Licht und hörte auch keine Chöre, aber er war sich vollkommen sicher, im Sterben zu liegen.

Patrick nahm die Besorgnis in Claires Blick wahr. »Du gehst nicht zu ihm zurück, Claire, oder? Wenn ich tot bin?«

Claire schüttelte entschlossen den Kopf. »Nein. Und du wirst nicht sterben.«

»Du verstehst das alles falsch.« Matt kniete sich ebenfalls neben Patrick hin. »Ich bin hin und weg von Alex.«

»Aber du wolltest mich verlassen?« Patricks Stimme klang jetzt höher, verzweifelt. »Claire? Wolltest du doch? Ich habe mich doch nicht geirrt?«

Claire sah Matt an.

»Er will es wissen«, sagte Matt. »Er will es wirklich wissen.«

»Hatte ich recht?« Patricks Stimme klang jetzt flehend. »Ich weiß, dass ich recht hatte. Ich muss recht gehabt haben. Oder …«

»Du stirbst nicht.« Claire sah Patrick in die Augen, ohne zu blinzeln. »Aber du hast recht. Ich wollte dich verlassen.«

»Danke!«, sagte Patrick nachdrücklich.

Claire nickte zaghaft. »Aber nicht wegen Matt. Das ist einfach lächerlich.«

Patrick ließ den Kopf im nassen, kalten Gras ruhen.

Auf einmal wurde ihm klar, dass er jung sterben würde, in seiner körperlichen Blütezeit.

Er stellte sich die Menschenmenge auf seiner Beerdigung vor. Die Blumen. Die Tränen. Die Tränen seiner Kinder. Wie ihnen bewusst wurde, dass sie ihren Vater zu Lebzeiten nicht genügend zu schätzen gewusst hatten.

Sie würden ihn vergöttern. Und das würde Lindsay fertigmachen, auf lange Zeit.

Patrick fragte sich, ob Nicola Garcia wohl zu seiner Beerdigung kommen würde.

Er schloss die Augen und entschied, dass die Chancen gut standen.

Kapitel 56

Alex erreichte das Tor am Eingang zum Bogenschießplatz.

Über die Hecke hinweg sah sie Matt und Claire neben dem am Boden liegenden Patrick knien. Beide redeten mit ihm, sprachen durcheinander.

Patrick wirkte angegriffen. Geschlagen. Etwas ragte aus seiner Schulter, zeigte gen Himmel.

Alex schlug die Hände vor den Mund. »Was habt ihr getan?«

Matt blickte auf und sah zu Alex. Auch Claires Kopf ruckte hoch.

Alex rannte über Erdklumpen stolpernd über das Feld. »Patrick! Bist du in Ordnung?«

Matt zog seine Jacke aus. Er drückte sie um die Eintrittsstelle des Pfeils auf Patricks Brustkorb. »Er ist bewusstlos. Schock, vermutlich. Nicht weil er zu viel Blut verloren hat. Er ist nicht tot.«

Alex kniete nieder und betrachtete Patrick. Er wirkte friedvoll. »Er sieht tot aus.«

»Er ist tot!« Claire weinte.

»Claire«, sagte Matt geduldig. »Er ist definitiv nicht tot.«

»Wir müssen die Polizei rufen«, sagte Alex. »Und einen Krankenwagen.«

Claire sprang auf. »Und dann sagen wir was?«

Die drei sahen einander an.

»Wer hat geschossen?« Alex hörte ihre Stimme höher werden.

Alex starrte Claire und Matt an. Keiner von beiden sagte etwas.

»Wir sind hier nicht in der Schule. Sagt mir, wer es war.«

Noch immer keine Antwort.

Alex zog ihr Handy aus der Tasche. Sie wählte 999 und hielt sich das Telefon ans Ohr. Sie wandte sich von den anderen beiden ab.

»Wir brauchen einen Krankenwagen im Happy Forest Resort.« Alex' Stimme stockte. »Bitte beeilen Sie sich. Wir sind auf dem Bogenschießplatz.«

Nach einem kurzen Gespräch mit der Rettungsstelle tippte Alex aufs Telefon und warf es ins Gras. Sie wandte sich wieder an Matt. »Sie brauchen fünfzehn Minuten. Ich habe nicht aufgelegt, das Telefon aber stummgeschaltet, so dass sie nicht zurückrufen können.«

»Wir müssen überlegen«, sagte Matt, »was wir sagen.«

»Los jetzt, die Wahrheit. Wer von euch hat geschossen?«

»Ist das wichtig?« Matts Stimme zitterte. »Und ich weiß, es klingt seltsam, aber er ist jetzt glücklicher. Wirklich, Alex. Er hat gelächelt.«

Claire nickte. »So glücklich hat er seit Ewigkeiten nicht ausgesehen.«

»Wenn er aufwacht, wird es ihm gut gehen«, sagte Matt.

Alex blinzelte Matt an. »Matt, du kannst es nicht wegreden. Das hier ist die Realität. Wer hat auf ihn geschossen?«

Claire und Matt sahen einander an.

Matt sah Alex an. »Es ist so, wir sind beide schuldig. Wir waren beide hier.«

»Das heißt also, Claire war es.« Alex sah Claire an. »Du wanderst ins Gefängnis, Claire, tut mir leid. Das wird sich nicht vermeiden lassen.«

»Scheiße«, murmelte Matt. »Sorry, Claire.«

»Wir müssen der Polizei die Wahrheit sagen«, fuhr Alex fort. »Wenn Patrick aufwacht, wird er sowieso erzählen, was passiert ist.«

»Claire wollte doch eigentlich gar nicht auf ihn schießen«, sagte Matt. »Sie hat mich nur beschützt. Und Patrick verpfeift sie vielleicht nicht. Wenn er aufwacht, wird er wissen, dass es seine Schuld war. Er hat es ja zugegeben. Mehr oder weniger.«

»Ich habe auf ihn geschossen.« Claire sank auf die Knie ins Gras. »*Auf ihn geschossen*. O Gott. Was habe ich getan?«

Matt legte seine Hand auf Claires Schulter. »Denk jetzt nicht daran. Wir müssen jetzt pragmatisch vorgehen.«

»Er könnte sterben. Er hat Kinder.« Claire ließ den Kopf in ihre Hände sinken. »Okay, sie hassen ihn, aber trotzdem.«

»Dafür haben wir jetzt keine Zeit.« Matts Tonfall hatte eine elterliche Strenge angenommen, die Alex nicht von ihm kannte. »Es ist passiert, und er wird nicht sterben. Reiß dich zusammen.«

»Ich habe auf ihn geschossen.«

»Das ist keine gute Geschichte«, sagte Matt bestimmt. »Wir brauchen eine andere.«

Alex erhob die Stimme. »Die Geschichte geht so: *Claire hat auf ihn geschossen!*«

»Das werden wir ihnen nicht sagen. Claire könnte ins Gefängnis kommen. Kannst du dir vorstellen, wie schlimm das für Scarlett wäre?« Matt sah Claire an. »Sorry. Um dich mache ich mir auch Sorgen. Natürlich.«

Claire winkte ab.

»Wenn Patrick sagt, dass es ein Unfall war, muss sie nicht ins Gefängnis«, sagte Alex.

Alle drei blickten auf Patrick, auf das angedeutet selbstzufriedene Lächeln in seinem Gesicht. Er hätte auch eingeschlafen sein können, wären da nicht der Pfeil, der aus seiner Schulter ragte, und der rote Fleck auf der Jacke, mit der er zugedeckt war.

»Ich schätze, Patrick wird da schon mitmachen«, sagte Matt. »Zumindest, wenn er sich wieder beruhigt hat.«

»Wenn er der Polizei erst mal sagt, dass ich absichtlich geschossen habe, werden sie mir nicht mehr glauben, dass es ein Unfall war.« Claire trat mit dem Stiefel gegen einen Erdklumpen. »Und sie könnten ohne Weiteres nachweisen, dass ich die Schnauze voll von ihm hatte. Ich habe meinen Freundinnen schon vor diesem Wochenende erzählt, dass ich darüber nachdenke, mich zu trennen. Wenn ihr mich deckt, geratet ihr vielleicht auch in Schwierigkeiten. Was, wenn wir alle ins Gefängnis müssen? Wer kümmert sich dann um Scarlett?«

Matt sah sich um. »Wo ist sie eigentlich?«

»Sie lernt Stangentanz.«

Matt wirbelte herum und sah Alex an. »Was?«

»Sie ist noch eine Stunde bestens beschäftigt, und es wird

sie nicht umbringen.« Alex wandte den Blick zu Claire. »Warum hast du auf Patrick geschossen?«

»Er wollte auf Matt schießen. Das hat er selbst gesagt. Patrick wusste, dass ich ihn verlassen würde.« Claire vergrub die Hände in den Jackentaschen. »Er war so wütend. Und er dachte, ich würde ihn wegen Matt verlassen, was einfach lächerlich ist. Ich will Matt um keinen Preis zurück. Nichts gegen deinen Freund, aber …«

Claire legte entschuldigend den Kopf zur Seite. Dann fiel ihr ein, dass Matt ebenfalls beleidigt sein könnte, und sie wiederholte die Geste, diesmal an ihn gerichtet.

»Schon gut«, sagte Alex.

»Nicht ganz«, sagte Matt. »Sofern mir dazu auch eine Meinung gestattet ist.«

»Sorry«, sagte Claire.

»Wir sagen, dass ich es war«, schlug Matt vor. »Ein Unfall. Das ist weniger verdächtig. Claire kann mit Pfeil und Bogen umgehen, ich nicht. Wir hoffen einfach, dass Patrick mitmacht, wenn er aufwacht. Was er tun wird, schätze ich. Solange er weiß, dass ich nicht wieder mit Claire zusammen bin.«

»Aber wenn wir sagen, dass du es warst, könnten sie trotzdem denken, du hättest es absichtlich getan«, sagte Claire. »Dass du eifersüchtig warst. Und der Barkeeper könnte sich an euren Streit erinnern. Dass du Patrick einen Wichser genannt hast.«

Alex sah Matt an. »Wann war das?«

Matt schüttelte den Kopf. »Lässt sich nicht ändern.«

»Nein«, sagte Alex. »Claire hat recht. Sie werden sagen, dass sie dich nur schützen will. Weil du Scarletts Vater bist.«

»Also?«, sagte Matt. »Was können wir sagen?«

Alex kniete bei Patrick nieder. »Dass ich hier war.« Sie sah Patrick ins Gesicht. Er machte einen bemerkenswert friedvollen Eindruck. »Dass ich es getan habe. Patrick hat mir gezeigt, wie man schießt – er hat doch vorher Unterricht genommen, oder? Ich habe noch nie einen Bogen in der Hand gehabt, und bei der Einweisung war ich nicht dabei. Mich kann man nicht verantwortlich machen.«

Alex holte tief Luft. Sie griff sich Claires Bogen und fasste ihn an verschiedenen Stellen an. Sie beugte sich über Patrick und berührte den Pfeil, der aus seiner Schulter ragte. Sie umfasste ihn und ballte die Hand zur Faust.

Dann stand sie wieder auf und fixierte den bewusstlosen Patrick. Sie drehte sich zu Claire um. »In welchem Winkel hast du auf ihn geschossen? Zeigt mir, wo ihre beide gestanden habt.«

Claire und Matt sahen einander an. Sie nahmen ihre Positionen ein, Claire mit imaginärem Pfeil und Bogen. Obwohl ihre Arme kein Gewicht zu tragen hatten, zitterten sie.

»So richtig?«, fragte Alex.

»Richtig«, sagte Claire stockend.

»Richtig«, sagte Matt leise.

»Okay.«

Alex ließ den Blick übers Feld schweifen. Übers Gras. Über die Hecken. Über die Normalität. Sie schauderte.

»Was, wenn Patrick uns nicht deckt?«, fragte Matt.

»Dann steht unsere Aussage gegen seine«, sagte Claire.

Sie alle standen stumm da.

»Alex.« Matt blickte zur Straße. »Du hast Scarlett zum Tanzkurs gebracht, bevor du hierhergekommen bist. Wir erzählen alles genau so, wie es war. Nur unsere Streitigkeiten lassen wir weg.« Er sah Claire an. »Es gab keine Spannungen, wir haben uns alle gut verstanden. Ansonsten bleiben wir bei der Wahrheit.«

»Okay«, sagte Claire.

»Okay«, sagte Alex in den Wind, der die Geräusche heulender Sirenen zu ihnen trug.

Befragung nach dem Zwischenfall.
Scarlett Cutler, 7.
Telefonisch.

Dad hat schon gesagt, dass Sie vielleicht anrufen. Sind Sie ein Detective?
Natürlich weiß ich davon. Sie versuchen, alles von mir fernzuhalten, weil ich noch ein Kind bin. Aber ich weiß sowieso alles. Auch, wie Patrick verletzt wurde. Alex hat mit Pfeil und Bogen auf ihn geschossen.
Sophia von nebenan hat es mir erzählt. Sagen Sie es nicht Mum, ich will nicht, dass Sophia Schwierigkeiten bekommt. Steckt Alex in Schwierigkeiten? Wenn sie jemandem weh tut, dann immer nur aus Versehen.
Weil ich genau weiß, wen sie schon alles getötet hat.
Einen Fasan, zwei Frösche, jede Menge Schnecken und Wespen. Aber Spinnen nimmt sie in die Hand und trägt sie aus dem Haus. Ich habe gedacht, sie sei kein netter Mensch, aber das lag daran, dass mein Freund sie nicht mochte.
Ich möchte jetzt nicht über ihn sprechen.
Ja, er war mit uns im Happy Forest.
Ich sagte, ich möchte jetzt nicht über ihn sprechen.
Die Erwachsenen haben nicht viel gestritten. Obwohl, Dad hat Patrick einen Wichser genannt – damit kann ein Mann gemeint sein, der masturbiert, oder einer, den man beleidigen will. Aber danach haben sie sich wieder vertragen, und wir haben alle zusammen Billard gespielt. Und dann gab es den Streit nach dem Karaokesingen, aber das war Poseys Schuld. Er hat angefangen.

Posey. Mein Freund.

Ich weiß nicht, wo er ist. Wir haben uns gestritten.

Er ist ein Kaninchen. Er hat keine weiteren Namen. Mein zweiter Vorname ist Chloe. Ohne die Punkte über dem e. Dad hat gesagt, er hatte keine Lust, die Punkte auf der Tastatur zu suchen.

Nein, kein richtiges Kaninchen. Er ist lila und hundertvierzig Zentimeter groß, wenn man die Ohren nicht mitmisst. An seinem Hintern hat er ein rotes Schild, auf dem »Made in China« steht.

Okay. Bis dann.

Wenn Sie Posey finden, grüßen Sie ihn von Scarlett.

Auszug aus der Broschüre des Happy Forest:

Nach ein paar Tagen in unserem friedvollen Waldgebiet werden Sie ganz und gar entspannt sein.
Wir wissen: Wenn Sie einmal bei uns waren, werden Sie unbedingt wiederkommen wollen.
Fragen Sie unser Team an der Rezeption nach dem Sonderrabatt für alte Bekannte. Denn wir würden uns sehr freuen, Sie wiederzusehen!
Der Happy Forest – einmal erlebt, nie mehr vergessen.

Kapitel 57

Montag, 25. Dezember
Erster Weihnachtstag
TAG 5

Die Krankenschwester trat vom Bett zurück und begutachtete ihr Werk: Sie hatte Patricks Kissen frisch aufgeschüttelt und ihn professionell gebettet.

Patrick zupfte am Oberteil des Pyjamas, um die auffälligen Verpackungsfalten zu glätten. Claire hatte den Pyjama im 24-Stunden-Supermarkt gekauft, und er war knittrig und knallbunt und hatte zu kurze Hosenbeine.

Patrick zog den Kragen zur Seite und inspizierte den Schlauch, der in seine Brust führte.

»Kann ich noch etwas für Sie tun?«

»Nein, danke.« Patrick blickte vom Schlauch zur Schwester und lächelte. Ihr forsches Auftreten empfand er als beruhigend.

Patrick sah sich im Zimmer um. Betrachtete die Vasen mit Orchideen und Pfingstrosen und die Karten auf der Anrichte.

Den Karton mit Single-Malt-Whisky, den seine Kanzlei geschickt hatte.

Wie sie es geschafft hatten, am ersten Weihnachtstag Blumen und Flaschen an sein Krankenbett liefern zu lassen, war ihm ein Rätsel. Aber irgendwie war es ihnen gelungen, und vermutlich hatten sie es sich einiges kosten lassen. Eine Vorstellung, die ihm gefiel.

Die Krankenschwester folgte seinem Blick. »Sie müssen sehr beliebt sein.«

Patrick lächelte wohlwollend. »Danke für alles, was Sie für mich tun.«

Er zeigte auf eine Karte, auf der ein Bär mit verletzter Pfote abgebildet war. »Würden Sie mir die reichen, bevor Sie gehen?«

Die Krankenschwester gab ihm die Karte und verließ das Zimmer.

Mit der Karte im Schoß saß Patrick da. Sanft strich er mit dem Daumen über das Bild auf der Vorderseite.

Er wusste, dass er wegen seiner Schulter eigentlich am Boden zerstört sein müsste.

Als Dr. Uba nach der Operation ins Zimmer gekommen war, hatte Patrick auf den Schlauch in seiner Brust gezeigt. »Wofür ist das gut?«

»Das ist eine Pleuradrainage«, sagte Dr. Uba. »Sie haben einen kleinen Pneumothorax – eine kollabierte Lunge –, den wir weiterhin beobachten.«

»Eine *kleine* kollabierte Lunge«, sagte Patrick.

»In ein paar Wochen werden Sie noch einmal geröntgt. Ich muss Ihnen sagen, dass Sie mit Einschränkungen in der Beweglichkeit des Schultergelenks rechnen müssen.«

»Aber ich bin Wettkampfsportler«, sagte Patrick stumpfsinnig.

Dr. Uba reagierte nicht.

»Was ist mit Schwimmen?«

»Schwimmen wird der Heilung förderlich sein, aber erst, wenn Sie so weit sind.«

»Ich meine, ich schwimme wettkampfmäßig. In ein paar Monaten mache ich bei einem Ironman mit.«

Der Arzt schüttelte den Kopf. »Ich glaube nicht, dass Sie das machen werden. Tut mir leid. Und ich muss Ihnen außerdem sagen, dass die Polizei versucht hat, mit Ihnen zu sprechen. Ich nehme an, die werden bald wieder hier sein.«

Patrick betrachtete noch immer die Blumen. Das Telefon auf dem Rolltisch neben ihm klingelte. Er nahm den Hörer ab.

»Dad?«

»Hi Amber.« Patrick sank tiefer in die Kissen.

»Wie geht's der Schulter?«

Patrick wandte seinen Kopf automatisch dem Gelenk zu, spürte jedoch sofort einen stechenden Schmerz. Vorsichtig drehte er sich zurück. »Geht ganz gut.«

»Ich habe Mum überredet, uns nach dem Mittagessen zu dir zu fahren. Ich habe mit ihrer Kreditkarte ein Hotel gebucht. Wir haben uns deswegen total gestritten, aber ich habe das Zimmer extra ohne Stornooption gebucht. Ich habe ihr gesagt, dass du mein Dad bist und es nicht fair ist, uns nicht an dein Sterbebett zu lassen.«

Patrick grinste.

»Nicht, dass du wirklich im Sterben liegst.«

»Ich weiß, was du meinst. Wie läuft's sonst so bei dir?«

»Was meinst du?«

»Es ist Weihnachten. Hast du gute Geschenke bekommen?«

»Dad, wie könnte ich an so was denken, wenn du angeschossen wurdest? Ich habe meine Geschenke noch nicht aufgemacht. Dafür habe ich jetzt keinen Kopf.«

»Vielleicht kannst du sie mitbringen, wenn du kommst. Dann packen wir sie zusammen aus.«

»Aber ich habe nichts für dich besorgt, Dad.« Ambers Stimme klang kleinlaut. »Ich wusste nicht, was ich kaufen sollte.«

»Du kommst mich besuchen, obwohl deine Mutter dagegen ist. Das ist mein Geschenk, mehr brauche ich nicht.«

»Es tut mir so leid, Dad.«

»Was tut dir leid?«

Er hörte ein Schluchzen am anderen Ende der Leitung.

»Schatz. Alles ist gut. Und ich kann es kaum erwarten, dich nachher zu sehen.«

Nachdem Patrick den Hörer aufgelegt hatte, blickte er auf die Karte in seiner Hand. Er öffnete sie und las noch einmal, was drinstand.

Es tut mir leid, Patrick. Ich hatte keine Wahl.
Bitte rede mit niemandem über den Unfall, bis Du mit mir gesprochen hast. Wir haben etwas ganz Bestimmtes erzählt. Es ist kompliziert. Aber was immer ich getan habe, habe ich für Scarlett getan.
Das mit Deiner Schulter tut mir leid. Und ich komme definitiv nicht wieder mit Matt zusammen. Versprochen.

Ich wünsche Dir für die Zukunft das Beste. Du bedeutest mir immer noch sehr viel.
Werde bald wieder gesund. Wenn Du aufwachst, bin ich draußen im Flur.

Kuss
C.

Patrick klappte die Karte zu. Er fuhr mit dem Daumen über das Bild, den Bären mit der verletzten Pfote.

Er schloss die Augen und ließ sich noch tiefer in die Kissen sinken.

Besprechung nach dem Zwischenfall.
Sai Indra, 32. Detective Constable, North Yorkshire Police.
Persönlich. Polizeirevier.

Morgen, Boss. Ich bin mir nicht sicher, ob eine Nacht darüber schlafen geholfen hat. Die ganze Konstellation. Ein Urlaub mit Expartnern? Wer macht denn so was? Und am Ende wird jemand angeschossen?

Ich war schon zynisch, bevor ich mit diesem Job angefangen habe. Aber ich gebe zu, dass er es nicht besser macht.

Sie spielen des Teufels Advokaten? Ich bin dabei.

Erstens: Alex Mount hat gelogen, was die Streitereien betrifft. Sie alle haben gelogen. Sie wollten uns glauben machen, dass sie sich irre gut verstanden hätten. Und warum sollten sie das tun, wenn es nichts zu verbergen gäbe? Für das Trinken gilt doch dasselbe. Warum sollten sie das verheimlichen, wenn es nicht etwas gäbe, das wir nicht wissen sollen?

Alle wissen Bescheid, so viel ist klar, die stecken unter einer Decke.

Sie haben recht – nicht alle. Ich glaube nicht, dass Scarlett etwas weiß, auch wenn sie keine wirklich zuverlässige Zeugin ist, denn sie spricht die ganze Zeit von einem eins vierzig großen lila Kaninchen. Und die Familie Trevor ist wohl auch nicht eingeweiht.

Aber wenn es nichts zu verbergen gibt, warum gibt Alex Mount dann vor, Scarletts Mutter zu sein? Und warum machen sie das Bogenschießen ohne das Kind, wenn sie den ganzen Ausflug nur wegen des Mädchens unternommen haben?

Vom Burlesque-Kurs will ich gar nicht erst anfangen. Ich bin derselben Meinung wie die Freundin – Ruby. Niemals hätte diese Alex Mount freiwillig ein Kind in einen Burlesque-Kurs gesteckt.

Ich weiß nicht, was ich denken soll, das ist das Problem.

Nächster Punkt. Warum sollte ein vernünftiger Mann sich beim Bogenschießen vor eine Zielscheibe stellen? Und warum sollte eine vernünftige Frau Pfeil und Bogen auf ihn richten?

Ich glaube, wir können grundsätzlich davon ausgehen, dass wir es mit vernünftigen Menschen zu tun haben. Ein Anwalt und eine Wissenschaftlerin, keine Vorstrafen, qualifiziert bis über beide Ohren. Und was ist mit dem Telefonat? Als Alex Mount wusste, dass der Krankenwagen auf dem Weg war, wurde das Telefon stummgeschaltet.

Ich weiß, dass man sein Telefon versehentlich stummschalten kann. Aber alles zusammen betrachtet, gibt es hier viel zu viele Zufälle. Ich würde wetten, dass Alex es absichtlich getan hat, weil sie dadurch dem Mitarbeiter in der Notrufzentrale keine weiteren Fragen beantworten musste.

Ich weiß – klingt nicht so, als hätten wir viel in der Hand.

Okay, die Schnittwunden in seinem Gesicht. Das hat niemand erklärt.

Ich weiß, ich weiß. Noch ein Zufall. Es wird schwer werden zu begründen, dass wir überhaupt einen Fall haben, es sei denn, Patrick Asher verrät uns etwas, das ihren Aussagen widerspricht.

Ich kann Sie im Krankenhaus treffen, wann es Ihnen passt.

Kapitel 58

Scarlett saß im Schneidersitz auf dem Läufer vor dem Fernseher in Grandmas Wohnzimmer. Sie starrte auf das iPad, das sie gegen ein Stuhlbein gelehnt hatte.

Sie sah zur Uhr an der Wand. Fast sieben Minuten nach elf.

Sie starrte wieder auf den leeren Bildschirm des iPad.

Grandma saß in ihrem Sessel und pustete in ihre Teetasse. »Vermutlich ist dein Vater schuld, dass sie sich verspäten.«

Scarlett schielte zu dem Stapel Geschenke neben sich. Bei ihrem Anblick fühlte sie sich so unruhig und rastlos wie sonst nur, wenn sie aufs Klo musste.

Sie blickte wieder auf den Bildschirm.

Grandma trank einen Schluck Tee. »Durch Anstarren rührt sich das Ding auch nicht. Hab Geduld.«

Scarlett ignorierte sie.

Sie wusste, dass neben ihr ein großes, in Papier mit ganz vielen silbernen Sternen darauf, eingepacktes Paket lag. Außerdem ein kleineres Paket, eingeschlagen in Papier mit Rentiermuster. Daneben ein kleineres Geschenk, schlapp und flach, eingeschlagen in etwas, das nach Papiertüte aussah, wie für einen Erwachsenen bestimmt.

Endlich leuchtete das iPad auf. Noch bevor der Klingelton zu hören war, hatte Scarlett schon auf *Annehmen* gedrückt.

Mums und Dads Gesichter erschienen auf dem Bildschirm. Die weißen Wände und die Poster hinter ihnen – *Brauchen Sie eine Grippeimpfung?* – zeigten, dass sie sich noch in der Krankenhauskantine aufhielten.

Scarlett winkte.

»Frohe Weihnachten!«, sagte Dad.

»Das sagst du heute jedes Mal, wenn wir telefonieren. Brauchst du aber nicht.«

»Es ist so schön feierlich.« Dad rieb die Hände aneinander. »Bist du bereit, mit Geschenken bombardiert zu werden?«

Scarlett nickte. Sie schob das Geschenk mit den silbernen Sternen vor den Bildschirm. Fragend blickte sie auf.

Mum nickte ihr zu. »Leg los. Das ist von mir und deinem Dad.«

Scarlett riss das Papier auf. Dann erstarrte sie.

Da lag er, direkt vor ihr, im wirklichen Leben. Es war kein Traum. Der Dschungelpalast des Löwen Brian.

»Mit Lianen-Arbeitsaufzügen und dem Friseursalon für Löwenmähnen und allem Drum und Dran«, sagte Dad.

»Aber du hast gesagt, das ist zu teuer für Weihnachten!«

Mum winkte ab. »Was soll ich sagen? Ich habe mich getäuscht.«

»Ich glaube, der Weihnachtsmann ist zu Geld gekommen. Hat bei den Pferdewetten einen guten Riecher gehabt«, sagte Dad. »Jetzt mach das nächste auf, bevor wir rausgeworfen werden, weil wir im Krankenhaus ein Telefon benutzen.«

Mum sah Dad unwirsch an. »Kommt absolut nicht in Frage, dass ich mir das nehmen lasse. Sollen sie nur wagen …«

Weil Scarlett nicht wollte, dass Mum vergaß, worum es hier ging, machte sie extra laute Knistergeräusche, als sie das schlappe braune Geschenk vor den Bildschirm zog.

Dad griff nach einem Arm neben seinem – einem Arm, der Scarlett noch nicht aufgefallen war. »Dieses Geschenk ist von Alex.«

Der Arm bekam auch einen Rumpf, und auf dem Bildschirm tauchte Alex' Gesicht auf. Sie winkte zaghaft.

Skeptisch blickte Scarlett auf das Geschenk und wog es in den Händen. Sein Inhalt war verdächtig schlaff.

Sie öffnete es nicht. Stattdessen sah sie noch einmal Alex an.

Alex' Lächeln geriet ins Wanken.

»Wirklich?«, sagte Scarlett.

Alex seufzte. »Zu meiner Verteidigung muss ich sagen, dass wir uns ja erst gestern zum ersten Mal darüber unterhalten haben. Und dass ich deine Geschenke da schon gekauft hatte.«

Scarlett schüttelte den Kopf, um ihre Enttäuschung zu zeigen.

Alex hielt inne. »Fass es einfach gar nicht an, lass es eingepackt liegen. Ich nehme es mit und besorge etwas anderes.«

Als Scarlett das hörte, richtete sie sich etwas weiter auf. »Kaufst du mir das Zusatz-Kit für den Dschungelpalast des Löwen Brian, damit er etwas hat, wo er seinen Wohnwagen parken kann?«

»Das ist Alex gegenüber nicht fair«, sagte Mum schnell. »Das ist zu teuer.«

Alex berührte Mums Arm. »Jeder Löwe braucht einen Ort, wo er seinen Wohnwagen parken kann.«

»Du bist zu nachgiebig«, sagte Claire. »Und du verstehst

nicht, wohin diese Unterhaltung führt. Scarlett hat den Wohnwagen nämlich noch gar nicht.«

»Danke, Alex«, sagte Scarlett nüchtern.

Alex zog sich wieder aus dem Sichtfeld zurück. »Gern geschehen.«

Scarlett schob das braune Geschenk beiseite. Sie zog das Paket mit dem Rentierpapier an sich heran. »Von wem ist das hier?«

»Dieses Geschenk ist auch von mir und deinem Dad«, sagte Mum. »Jetzt beeil dich mit dem Auspacken. In fünf Minuten darf Patrick Besuch haben.«

Scarlett riss das Papier vom Rentiergeschenk.

Sie betrachtete den Karton und schnappte überrascht nach Luft.

Kapitel 59

Es klopfte an Patricks Tür. »Herein«, sagte Patrick. Claire betrat den Raum und zeigte wortlos fragend auf das Bett. Patrick zuckte mit den Achseln: *Warum nicht?*

Claire setzte sich auf die Bettkante und drehte sich ihm zu. »Sie haben dir ja Weihnachtskuchen gebracht.«

Patrick blickte auf den Teller mit Kuchen, der auf dem Tablett vor ihm stand. Er zuckte noch einmal mit den Achseln.

»Wie geht es dir?« Claires Stimme war sanft.

»Man hat mir in die Schulter geschossen. Ich habe eine kollabierte Lunge.«

»Wie fühlt es sich an?«

»Als hätte man auf mich geschossen.«

»Aha. Heißt das, dass ich gehen soll?«

Patrick sagte nichts.

»Ich dachte, es wäre gut, wenn wir uns unterhalten würden. Über uns.«

»Ich dachte, wir hätten uns gestern getrennt.«

»Wir haben uns gestern nicht getrennt. Wir hatten eine … eine kleine Unterhaltung, aber Alex und Matt waren dabei, und es sind … noch ein paar Dinge vorgefallen. Wir haben unser Gespräch nicht zu Ende geführt.«

»Trotzdem. Mir wäre es lieber, wir würden es einfach dabei belassen.«

Claire legte eine Hand auf sein Bein. »Wir müssen darüber sprechen.«

Patrick nahm ihre Hand und legte sie wieder aufs Bett. »Das müssen wir nicht. Solange wir uns einig sind, müssen wir kein Wort mehr darüber verlieren. So wäre es mir lieber, und ich möchte, dass du in diesem speziellen Fall meine Wünsche respektierst. Vielen Dank.«

»Aber du hast verstanden, dass ich nicht mehr mit dir zusammen sein möchte?«

»Natürlich. Also – bitte, Claire –, gönn einem Mann, den du gerade angeschossen hast, mal eine Pause.«

Claire warf einen flüchtigen Blick zur Tür. »Ich könnte ins Gefängnis wandern, weißt du. Wenn du das der Polizei sagst.«

»Dass du auf mich geschossen hast, war meine Schuld. Wenn sie mich fragen, werde ich ihnen das sagen. Angeblich wollen sie bald kommen und mit mir sprechen.«

Claire riss die Augen weit auf. »Tu das bitte nicht.«

»Ich werde sie fragen, ob ich deine Strafe übernehmen kann. Ich werde dich schützen, trotz allem.«

»Ich glaube nicht, dass das funktionieren würde. Könntest du dich bitte einfach an unsere Geschichte halten?«

»Ich bin ein ehrlicher Mensch, Claire. Ich bin keiner, der die Polizei anlügt.«

Claire blickte erneut zur Tür. »Scarlett ist diejenige, die leidet, wenn ich ins Gefängnis muss oder gefeuert werde. Sie liebt dich, das weißt du. Du kannst sie weiterhin sehen, was auch immer zwischen uns passiert ist. Selbst wenn du mich hasst.«

»Sofern ich die Polizei anlüge.«

»So oder so. Aber, Patrick – bitte halte dich an die Alex-Geschichte. Andernfalls werden alle anderen darunter leiden.«

»So sehr du dich auch für mein Verhalten schämst – ich habe noch meine Integrität. Das ist alles, was mir geblieben ist.«

Claire stemmte sich vom Bett hoch. »Das ist nicht alles, was dir geblieben ist! Sei nicht so melodramatisch. Du hast alles.« Claire stürmte in dem winzigen Zimmer umher. »Deine Kinder sind wachgerüttelt worden, und du wirst sie von jetzt an öfter sehen, das ist doch klar. Du bist von einer Frau getrennt, die dich nicht genügend liebt, und du stehst am Anfang eines besseren Lebensabschnitts. Es ist alles in Ordnung.«

Patrick sah auf seine Hände. *Es ist alles in Ordnung.*

Konnte das stimmen? War ihm etwas derartig Erniedrigendes jemals passiert? Dass Claire ihn auf diese Art und Weise verließ? Dass er, Patrick, einen Wutanfall bekommen und mit Pfeil und Bogen Randale gemacht hatte? Angeschossen worden war? Nie mehr an einem Ironman würde teilnehmen können?

Es war das Schlimmste, was ihm hätte passieren können.

Und doch … war der Himmel nicht eingestürzt.

Und doch … sah Claire ihn so freundlich an wie schon lange nicht mehr.

»Tu mir diesen Gefallen einfach, Patrick.«

Patrick wollte ihr sagen, dass ihm nicht danach zumute war, ausgerechnet ihr einen Gefallen zu tun. Er nahm die Sanftheit in Claires Blick wahr und überlegte es sich anders.

Claire setzte sich wieder aufs Bett. »Bei der nächsten Frau, mit der du zusammenkommst … Sei einfach du selbst.« Sie nahm Patricks Hände in ihre. »Verbieg dich nicht, versuch nicht, wie jemand zu erscheinen, der du nicht bist, nur weil du Angst hast, es könnte schieflaufen.« Claire versuchte, Blickkontakt zu halten, aber Patrick wich ihr aus. »Vielleicht gehst du bei der Nächsten einfach davon aus, dass alles glattläuft? Dass du gut genug bist? Denn so ist es.«

Patrick blickte stur auf den Tropf, der neben seinem Bett hing. »Glaubst du, es wird eine Nächste geben?«

»Natürlich wird es eine Nächste geben. Du bist attraktiv, klug und nett. Aber du und ich passen nicht zusammen. Und ich war in deiner Nähe auch nicht gerade die beste Version meiner selbst.«

Patrick sah zu seinen Füßen.

Claire drückte seine Hand. »Was denkst du? Hasst du mich?«

Patrick wusste es nicht. Ihm gingen so viele Gedanken durch den Kopf, aber wann immer er einen davon zu verarbeiten versuchte, wurde dieser schon von einem neuen verdrängt.

Er musste etwas sagen.

»Mit wie vielen Männern hast du geschlafen? Nur interessehalber.«

»Mit ziemlich vielen. Hundert vielleicht? Mit Anfang zwanzig hatte ich meinen Spaß.« Claire lachte, dann wurde sie ernst. »Du musst dich nicht beeilen mit dem Ausziehen. Du sollst nicht glauben, dass wir noch mal zusammenkommen, aber wenn du damit umgehen kannst und es Scarlett nicht stresst oder verwirrt, kannst du unser Gästezimmer haben, so lange du möchtest.«

»Wir würden den Wäscheständer woanders unterbringen müssen. Und den Heimtrainer.«

»Ja. Ja, würden wir.«

»Und deine Kontoauszüge und Steuerunterlagen.«

»Okay.«

»Es könnte nicht mehr das Bügelzimmer sein. Das würde mich stören.«

»Wie du willst. Denk einfach drüber nach. Es ist erst mal eine große Erleichterung, dass es vorbei ist …«

»Eine große Erleichterung.«

»Weil es mit uns schon eine Weile nicht mehr funktioniert hat. Aber ich hege keinen Groll gegen dich, das ist es, was ich zu sagen versuche. Auch wenn ich mich ungeschickt ausdrücke.«

Patrick strich die Bettdecke über seinen Beinen glatt. »Was ist mit dir, Claire? Wird es für dich einen nächsten Mann geben?«

Claire seufzte. »Im Moment will ich niemanden. Vielleicht bleiben Scarlett und ich einfach allein. Mit dir und Matt hat sie schon zwei gute Männer in ihrem Leben. Mehr braucht sie nicht. Und ich bin mir auch nicht sicher, ob ich noch mehr brauche.«

»Nicht mal, um Sex zu haben?«

Claire zuckte mit den Achseln. »Dazu muss man nicht in einer Beziehung sein.«

Patrick rümpfte die Nase. »Doch, sollte man.«

Claire lächelte.

Patrick dachte nach. Es wäre schön, eine Partnerin zu haben, die nicht mit hundert Männern geschlafen hatte. Oder seinetwegen die Augen verdrehte. Es wäre schön, eine Partnerin zu haben, die ihn schätzte. Vielleicht sogar ein wenig zu ihm aufsah.

Und vor allen Dingen wäre es schön, eine Partnerin zu haben, die nicht auf ihn geschossen hatte.

Er hatte sich in der letzten Zeit so sehr angestrengt, um Claire zu halten. Und das war kein gutes Gefühl gewesen. Dieses Gefühl, dass jede Unterhaltung perfekt laufen musste oder dass jemand anders die Macht besaß, ihm alles zu nehmen. Kein Wunder, dass er dadurch ein wenig … übertrieben hatte.

Vielleicht hatte Claire recht. Das würde er ihr natürlich nicht sagen.

»Alles in Ordnung mit dir?«, fragte Claire.

Patrick ertappte sich dabei, wie er nickte, entgegen seiner Absicht.

Kapitel 60

Auf einem Stuhl vor Patricks Zimmer sah Alex auf ihre Uhr. Neben ihr wippte Matt mit den Füßen auf dem Fußboden. Alex legte eine Hand auf sein Knie, um ihn davon abzuhalten.

»Sorry. Überschüssige Energie.«

Alex holte tief Luft. Sie war am Vormittag wieder ins Krankenhaus gekommen, und es war, als wäre sie nie fort gewesen: der Geruch der chemischen Reinigungsmittel setzte sich wieder in ihren Nasenflügeln fest, ihr Rücken passte sich sofort wieder dem harten Stuhl an.

Matt wippte erneut mit den Knien. Alex legte eine Hand darauf, um sie davon abzuhalten.

Er grinste kleinlaut. »Nervös. Ich frage mich, wie es da drinnen läuft.«

»Claire ist erst vor einer Minute reingegangen. Weiter als bis zum ›Hallo‹ werden sie noch nicht gekommen sein.«

Eine Minute später wandte sich Alex ihm zu. »Worüber reden sie jetzt wohl?«

Sie versuchten, etwas zu verstehen. Die Stimmen im Zimmer klangen kontrolliert und ruhig.

»Ich höre kein Geschrei oder so was.«

»Sie trennt sich doch von ihm, oder?«, fragte Alex.

»Natürlich.«

»Ich hätte gedacht, das würde lauter werden.«

Sie lauschten weiter.

»Vielleicht hat er eine Art Infarkt«, sagte Matt.

»Was hast du zu deinen Exschwiegereltern gesagt, wann wir Scarlett abholen?«

»Ich habe ›nachmittags‹ gesagt. Das Gute ist, dass sie von mir so wenig erwarten, dass ich mich gar nicht erst auf eine Uhrzeit festlegen muss. Es hat auch seine Vorteile, wenn die Leute einen scheiße finden.«

»Ist es für sie in Ordnung, dass Scarlett bei ihnen ist?«

»Sie werden nicht verstehen, warum Scarlett ständig die Füße in die Luft wirft und vor Freude tanzt, aber ansonsten haben sie nichts dagegen.« Matt griff in seine Tasche und zog einen Umschlag heraus. »Wie auch immer. Ich habe mich das ganze Wochenende darauf gefreut, dir das zu geben. Frohe Weihnachten.«

»Meine Geschenke für dich sind in der Hütte.« Alex sah auf den Umschlag. »Ich dachte, du hättest sowieso nichts für mich.«

»Wie kannst du so was nur denken?«, sagte Matt, klang jedoch sanft.

Alex nahm den Umschlag und öffnete ihn. Verlegen zog sie unter Matts erwartungsvollem Blick eine Karte heraus. Es war der Flyer eines Luxushotels in den Cotswolds.

»Ich habe uns dort ein Wochenende gebucht, in vierzehn Tagen geht's los. Ich dachte, du könntest nach diesem Ausflug ein wenig Entspannung in einer schönen Gegend gebrauchen.«

Alex betrachtete den Flyer. Sie ließ den Daumen über die Steinmauern des abgebildeten Cottage gleiten. »Wann hast du das gebucht?«

»Vor vier Wochen. Gleich nachdem du dich einverstanden erklärt hast, mit herzukommen.« Matt kratzte sich am Kinn, wodurch seine vom Rasieren gerötete Haut noch roter wurde. »In der Bar gibt es angeblich fünfunddreißig verschiedene Wodkasorten. Jetzt, wo du wieder trinkst.«

»Ich werde nicht trinken.«

»Teufel sei Dank. Gute Entscheidung.«

Alex lächelte zaghaft.

Matt setzte eine neutrale Miene auf. »Natürlich möchte ich nicht, dass wir beide ganz unter uns sind, zumal ich jetzt weiß, wie erfolgreich so ein Ausflug mit vielen Leuten sein kann. Deswegen habe ich noch ein paar andere eingeladen. Deine Eltern. Meinen Vater und meine Mutter, obwohl sie geschieden sind. Unsere Chefs.«

»Reizend.«

»Diesen albernen Nachrichtensprecher, vor dessen Stimme du dich gruselst.«

Alex küsste Matt sanft auf die Wange.

Nicola Trevor kam um die Ecke, ihre beiden Mädchen trödelten hinterher.

»Wenn wir hier fertig sind«, sagte Nicola zu den Mädchen, »können wir uns zur Belohnung an den Schokoladenbrunnen machen. Wenn ihr euch gut benehmt.«

Nicola bemerkte Matt und Alex und hielt an. »Hallo.«

Matt grinste sie an. »Frohe Weihnachten.«

»Nicola.« Alex blickte zu Boden. »Ich muss mich entschuldigen. Als wir uns das letzte Mal gesehen haben …«

»Mach dir keinen Kopf«, sagte Nicola.

»Ich trinke eigentlich nicht mehr«, nuschelte Alex in Richtung Boden.

Als Alex sich zwang, wieder aufzusehen, schenkte Nicola ihr ein Lächeln. Sie blickte von Alex zu Matt. »Wie geht's ihm?«

»Ganz gut«, sagte Matt. »Ihn haut so schnell nichts um, er ist eine Art Allroundheld.«

Nicola nickte.

»Und es ist wirklich traurig für ihn.« Matt hatte einen naiven Blick aufgesetzt, den Alex kannte. »Er wollte nächstes Jahr an einem Ironman teilnehmen. Er besitzt inzwischen mehr oder weniger übermenschliche Kräfte, rennt schnell wie der Wind und könnte einen Lastwagen stemmen. Und jetzt wird wegen seiner Schulter nichts daraus.«

»Einen Ironman?« Nicola schüttelte den Kopf. »Wow. Er muss sehr motiviert sein.«

Matt grinste Nicola an. »O ja.«

Am Ende des Flurs öffnete Claire die Tür zu Patricks Zimmer. »Ihr könnt jetzt reinkommen.«

Claire sah zu Nicola, im Gesicht ein breites Lächeln. »Schön, dich zu sehen. Er wird sich freuen.« Sie wandte sich an Matt. »Alles in Ordnung.« Sie sah Alex an. »Wir müssen uns keine Sorgen machen.«

»Wirklich?«, fragte Alex.

»Hätte ich nicht gedacht.«

Alex sah Matt an. »Zu viele Menschen. Ich warte hier draußen.« Sie drückte Matts Hand. »Aber ich bin hier, wenn du rauskommst.«

Kapitel 61

Matt ließ sich mit der für ihn typischen Wucht auf Patricks Bett fallen. »Wie geht's dir, Ironman?«

»Ich werde kein Ironman mehr werden.«

Patrick fiel auf, dass Matts Blick umherwanderte. Normalerweise sah er den Menschen direkt in die Augen, aber nicht Patrick, nicht heute. »Für mich wirst du immer ein Ironman sein.«

Patrick sah ihn noch einmal prüfend an, um festzustellen, ob er Witze machte, doch Matts Gesicht war ausdruckslos. Kein Zeichen von Verarsche in den Augen.

Also wagte Patrick zu fragen: »Matt, sag mal, weißt du, ob sie den Pfeil noch haben? Könntest du mal vorgehen und dich erkundigen?«

»Nach dem Pfeil?«

Patrick tippte auf seine bandagierte Schulter. »Nach meinem Pfeil, genau. Angeschossen zu werden ist eine große Sache.«

»Das stimmt«, sagte Matt. »Ich werde fragen, aber ich schätze, dass die Polizei ihn noch hat.«

»Ich glaube, in einem Glaskasten auf unserem Kaminsims

würde er sich gut machen. Oder wo auch immer ich mal wohnen werde.« Er hielt Matts starrem Blick stand. »Claire und ich haben uns getrennt.«

Matt nickte sanft. »Pech gehabt, Mann.«

»Ja, so ist es«, sagte Patrick.

»Sie kann aber auch ganz schön nerven«, fügte Matt hinzu. »Hat alles seine Vor- und Nachteile.«

»Soll ich lieber gehen?«, fragte Claire.

Patrick pflückte sich eine Weintraube vom Nachttisch und warf sie lässig in den Mund. »Matt und ich sind mit dem Thema jetzt durch.«

»Ja, wir sind alle durch. Alte Kamellen.« Matt nahm sich auch eine Weintraube. »Ich hoffe nur, dass du trotzdem noch mit Scarlett abhängen wirst«, sagte er. »Sie braucht dich. Du musst ihr all das beibringen, wovon ich keine Ahnung habe.«

Patrick überlegte kurz. »Ja, sie braucht mich definitiv.«

Ein Schatten fiel in den Türrahmen. »Klopf, klopf.«

Nicola trat zögernd ein. Sie trug ihre Bäuerinnenstrickjacke.

Patrick richtete sich im Bett auf und zog sein Pyjamaoberteil glatter.

Nicola strich sich eine Haarsträhne aus den Augen. »Magst du Besuch haben? Ich kann sonst auch ein anderes Mal wiederkommen.«

»Natürlich mag ich. Danke, dass du vorbeischaust.«

Nicola sah auf ihre Hände. »Ich wollte etwas mitbringen, aber – erster Weihnachtstag. Alles geschlossen.«

»Komm schon, Nicola«, sagte Matt. »Du hättest Patrick wenigstens an der Tanke Feueranzünder kaufen können. Das wäre doch wohl wirklich nicht zu viel verlangt gewesen.«

Nicola nickte. »Du hast recht. Sorry, Patrick.« Sie sah sich im Zimmer um. »So viele Blumen! Wie haben die Leute es geschafft, die zu Weihnachten liefern zu lassen? Du musst ihnen sehr viel bedeuten.«

Patrick kontrollierte sein Lächeln, so gut er konnte. »Ich kann mich glücklich schätzen.«

Meinte er das tatsächlich ernst?, fragte er sich.

Vielleicht ja, dachte er. Schließlich war er jetzt ein *Überlebender*.

Nicola drehte sich um. »Kinder«, rief sie. »Kommt ihr rein?«

Zwei Mädchen linsten kurz ins Zimmer und verschwanden wieder von der Bildfläche.

Nicola wandte sich wieder Patrick zu. »Matt hat mir erzählt, du wolltest bei einem Ironman mitmachen. Ich wette, du hättest dich großartig geschlagen. Tut mir so leid.«

Patrick lächelte tapfer. »›Leben ist das, was passiert, während man andere Pläne macht.‹ Ist das von John Lennon?«

»Willst du das Resort verklagen?«, fragte Nicola.

»Können wir nicht. Claire hat den Haftungsausschluss unterschrieben, obwohl Alex keine Einweisung erhalten hatte, das war nicht zulässig.«

Claire wollte etwas sagen, aber Patrick lachte, um deutlich zu machen, dass er scherzte.

Claire stand auf. »Ich hol mir einen Kaffee. Kommst du mit, Matt?«

Matt stand auf. »Möchte jemand eine Bestellung aufgeben?«

»Du könntest mal fragen, ob sie Proteinshakes haben«, sagte Patrick. »Ich fühl mich ein bisschen schwach.«

Matt grinste. »Ich werde sehen, ob ich irgendwas mit Spinat finde, Popeye.«

Matt und Claire verließen das Zimmer.

»Darf ich?« Nicola setzte sich vorsichtig aufs Bett. Patrick spürte, wie die Matratze eingedrückt wurde und er ein kleines Stück in ihre Richtung rollte.

»Ich habe dich erkannt.« Patrick heftete den Blick fest aufs Bett. »Kurz vorm Resort. Ich wollte eine Chance haben, hallo zu sagen, bekam aber keine. Und dann habe ich eine schnelle … ein schlechte … Entscheidung getroffen.«

»Ich weiß.«

»Direkt danach wurde mir bewusst, dass es ein bisschen … stalkermäßig wirken musste. Das war nie meine Absicht. Ich bin normalerweise ein Gentleman.«

»Ich freue mich, dass du nach der Hütte neben unserer gefragt hast.«

Patrick traute sich, den Blick vom Bett zu lösen. Nicola lächelte ihn an.

»Claire und ich haben uns getrennt, weißt du. Und das ist nicht aus heiterem Himmel passiert.«

Nicola nickte leicht. »Matt hat es mir erzählt.«

»Hat er?«

»Gestern. Als er gestern kam, um Scarlett nach dem Tanzkurs abzuholen. Aber er hat nicht gelästert.«

»Klingt aber, als hätte er gelästert.«

»Hat er nicht.«

»Ich freue mich, dass ich mit dem Mann nichts mehr zu tun haben werde.«

»Er ist kein schlechter Typ.«

»Nein«, räumte Patrick ein. »Ist er nicht.« Er blickte zur

Tür. »Kommen deine Mädchen nicht rein? Ich würde sie gern kennenlernen.«

»Sicher?«

»Bitte sie herein. Je mehr, desto besser.«

Nicola stand auf und schlenderte zur Tür. »Mädels«, rief sie.

Einen Moment später waren die Mädchen da. Nicola führte sie ins Zimmer.

Patrick lächelte ihnen zu. »Sophie und Emily, richtig?«

Nicola strahlte ihn an.

Emily schenkte Patrick einen schüchternen Blick. Sophia dagegen begegnete ihm mit unübersehbarer Feindseligkeit.

Patrick traf Sophias Blick und hob eine Augenbraue. Sie starrte ihn an.

Patrick lächelte ihr noch einmal zu.

Kinder waren Kinder, sagte er sich. Aber das war in Ordnung.

»Willst du mir deine Telefonnummer geben?« Patrick wandte sich wieder an Nicola. »Damit wir uns in Nottingham irgendwann mal verabreden können – als alte Freunde? Über alte Zeiten reden?«

»Gern«, sagte Nicola.

Jetzt strahlte Patrick sie an. Er wusste, dass es zu früh war, an eine neue Beziehung zu denken. Und er wollte nicht unbedingt etwas Neues anfangen, solange er in Claires Gästezimmer wohnte, ob nun mit oder ohne Steuerunterlagen. Aber er mochte diese Frau. Für sie würde er sich von tausend Pfeilen durchbohren lassen.

»Das mit deiner Schulter tut mir leid«, sagte Nicola.

»Ja.« Patrick befeuchtete die Lippen. »Na ja.«

»Du wirst aber immer noch laufen gehen können. Vielleicht könntest du dich vom Ironman verabschieden und dich auf Marathonläufe verlegen? Massenweise Marathons.«

»Ja.« Patrick dachte darüber nach. »Vielleicht keine schlechte Idee.«

Kapitel 62

Scarlett saß im Garten hinter dem Haus ihrer Großeltern auf der Mauer.

Es war kein richtiger Garten – Scarlett konnte die Melkmaschinen sehen und wusste nicht genau, wo der Garten aufhören und der Bauernhof anfangen sollte. Patrick hatte mal gesagt, der Bauernhof sei »kein Ort für Kinder«, aber für wen denn sonst bei all den Kühen und Gänsen und Schweinen? Erwachsene etwa?

Grandma kam um die Ecke des Melkunterstands gelaufen, und Scarlett hörte das Schmatzen ihrer Gummistiefel im Matsch. »Scarlett!«

Grandmas Gummistiefel waren viel dreckiger, als Poseys Boots es gewesen waren. Die waren immer sauber, aber das lag daran, dass es sie in echt nicht gab. Posey gab es nicht in echt.

Es war an der Zeit, erwachsen zu werden. Oder wie Sophia gesagt hatte: »Du kannst nicht für immer ein kleines Kind bleiben.«

Scarlett verfolgte die silbern schimmernde Spur, die eine Schnecke mit ihrem Schleim auf dem Mauerstück neben ihr hinterlassen hatte.

Scarlett hatte Sophia nichts von Posey erzählt. Sophia hatte über den Getränkeautomaten gesprochen, der vor dem Tanzstudio stand, und ihr erzählt, dass kleine Kinder schale Getränke bekamen und dass man, wenn man älter war, sprudelnde trinken durfte. Aber während Sophia das sagte, musste Scarlett an Posey denken.

Du kannst nicht für immer ein kleines Kind bleiben.

Scarlett wusste, dass das stimmte.

Trotzdem. Seit Posey sich an dem Abend nach *Unten am Fluss* aus dem Trockenschrank davongeschlichen hatte, war sie ihm nicht mehr begegnet. Als er weggegangen war, hatten seine Ohren schlaff heruntergehangen. Nicht einmal umgedreht hatte er sich.

Grandma trat mit einem lauten Schmatzen ihrer Gummistiefel im Matsch neben Scarlett. »Geht's dir gut hier draußen?«

Scarlett nickte.

»Dein Vater hat noch mal angerufen. Er holt dich irgendwann heute ab.« Grandma ließ sich neben Scarlett auf die Mauer plumpsen. »Genauere Informationen konnte ich ihm nicht entlocken. Du weißt ja, wie dein Vater ist.«

»Warum sagst du ›Vater‹ so seltsam?«

»Wie denn?«

»Als würden in dem Wort noch total viele andere Wörter stecken.«

Ein Lächeln trat in Grandmas Gesicht. »Ich weiß nicht, was du meinst.«

Scarlett verfolgte wieder mit dem Finger den Weg der Schnecke. »Hat Dad gesagt, ob sie Patrick schon gesehen haben?«

»Ja. Er erholt sich anscheinend gut von dem Sturz. Und er ist in bester Stimmung. Das ist schon mal eine Erleichterung.«

»Er ist nicht gestürzt. Er wurde von einem Pfeil angeschossen. Von Alex.«

Grandmas Lächeln fror ein. Sie starrte auf die Kuhweide. »Woher weißt du das?«

Scarlett zuckte mit den Achseln.

Grandma starrte weiterhin auf die Weide. »Wie auch immer. Anscheinend kommt diese Dame, Alex, mit deinem Dad, um dich abzuholen. Wann auch immer das sein wird. Ist ja nicht so, dass wir Tiere zu füttern haben oder Mahlzeiten kochen müssen oder sonst etwas.«

»Ja.«

Grandma sah Scarlett aus den Augenwinkeln an. »Mögen wir Alex?«

»Wir?«

»Du.«

Scarlett dachte über die Frage nach. »Ja. Jetzt ja.«

»Das ist gut.«

»Sie muss besseres Spielzeug besorgen für ihr Haus. Aber das weiß sie schon.«

Grandma kniff Scarletts Schulter. »Ich gehe wieder hinein. Ruf, wenn du mich brauchst.«

Scarlett verfolgte erneut die Schleimspur der Schnecke. Wieder hörte sie das Geräusch von Stiefelschritten.

»Soll ich reinkommen, Grandma?«

Als Grandma nicht antwortete, sah Scarlett auf.

Posey stand vor Scarlett auf dem Weg. »Howdy.«

Scarlett spürte ihr Herz schneller schlagen.

Posey nickte zu ihren Füßen. »Guter Look.«

Scarlett blickte auf ihre Moonboots hinab. »Sie sehen fast so aus wie deine.«

»Die sind noch besser. Die sind aus Gold. Gold ist besser als Silber.«

Scarlett sah wieder auf ihre Füße hinab. »Sie werden schneller dreckig als deine.«

Posey zuckte mit den Achseln. »So ist das nun mal.«

»Ich habe auch den Dschungelpalast des Löwen Brian bekommen.«

Posey pfiff bewundernd. »War es doch nicht zu teuer für den Weihnachtsmann!«

Scarlett nickte.

»Willst du mir deinen neuen Tanz zeigen? Aus deinem Tanzkurs?«

»Ich hab hier keinen Stuhl. Man braucht dazu einen Stuhl.«

»Schade«, sagte Posey. »Ich wette, du warst richtig gut.«

»Ja, war ich.«

Posey setzte sich neben Scarlett auf die Mauer. »Ich bin gekommen, um mich zu verabschieden. Ich gehe mal wieder auf Reisen.« Posey zupfte am roten Etikett an seinem Hintern. »Ich gehe wieder nach China.«

Scarlett blickte auf das Etikett und dann wieder in sein Gesicht. »Bleibst du lange weg?«

»China ist groß. Und ich kenne jeden, der dort wohnt. Es könnte also eine Weile dauern.«

»Wirst du in einem Schloss leben?«

Posey zuckte mit den Achseln. »Wahrscheinlich. Ich möchte eine Weile mein eigenes Ding machen, weißt du?«

In der Ferne war ein Wiehern zu hören. Dann drang das Geräusch galoppierender Hufe an Scarletts Ohr.

»Ich helfe dir beim Packen.« Scarlett sammelte ein paar Blätter vom Boden auf, die sich in ihrer Hand in Zwanzig-Pfund-Scheine verwandelten. Sie hielt Posey die Scheine hin. »Du wirst für deine Reise ein bisschen Geld brauchen!«

Posey lächelte freundlich. »In China benutzen wir kein Geld.«

Scarlett ließ die Hand sinken. »Ich weiß nicht viel über China.«

»Das merke ich. Vielleicht erzähle ich dir irgendwann mal alles über mein Land.«

Scarlett dachte nach. »Kommst du zurück?«

»Wenn du möchtest.«

Das Hufgeklapper wurde lauter.

Posey schien die Geräusche nicht zu bemerken. »Ich könnte zu besonderen Anlässen kommen. Wenn du zum ersten Mal nullst zum Beispiel. Oder ich könnte dich auf deinen Abschlussball begleiten.«

»Ja«, sagte Scarlett. »Das wäre schön.«

»Na ja«, Posey warf einen Blick über seine Schulter und sah dann wieder Scarlett an, »jetzt muss ich aber los.« Er zeigte mit dem Daumen auf etwas hinter seinem Rücken. »Da kommt mein Einhorn.«

Und in diesem Moment galoppierte ein Einhorn um die Ecke. Wiehernd kam es neben Posey zum Stehen und schüttelte seine Regenbogenmähne.

Scarlett japste nach Luft.

Posey klopfte dem Einhorn den Hals. »Gutes Mädchen.«

Dann befestigte er an allen vier Füßen des Einhorns ein Metallteil. Als das für alle vier Füße erledigt war, gab das Einhorn zur Bestätigung ein sanftes Schnauben von sich.

Posey zog am Sattel, um dessen Sitz zu prüfen. Er stellte einen Stiefel in einen der Steigbügel und schwang sich in den Sattel.

Scarlett legte die Hand über ihre Augen, um sie zu beschatten.

Posey lächelte sie an. Er betätigte einen Hebel seitlich am Einhorn, wie Patrick es beim Rasenmäher tat, um diesen einzuschalten. Die Metallteile an den Hufen des Einhorns begannen zu rütteln und zu zischen.

Und dann hatten Posey und das Einhorn keinen Bodenkontakt mehr. Sie bewegten sich senkrecht gen Himmel. Aus den Raketenfüßen des Einhorns schossen Flammen und zogen leuchtend rote und goldfarbene und gelbe Schweife hinter sich her.

Scarlett sah ihnen mit der Hand über den Augen dabei zu, wie sie höher und höher stiegen. Posey zog an den Zügeln, und das Einhorn flog am Himmel eine elegante Kurve.

Scarlett klatschte vor Begeisterung in die Hände.

Posey und das Einhorn bewegten sich nun vorwärts, starr wie ein Pferd auf dem Kinderkarussell flogen sie über Bäume, Stallungen und Felder hinweg.

Scarlett lief ihnen hinterher, doch die beiden wurden immer kleiner.

Als sie fast nicht mehr zu sehen waren, wurde Scarlett langsamer und blieb stehen. Sie winkte heftig mit beiden Armen und versuchte, nicht zu weinen. »Grüß China von mir!«, rief sie.

Sie wusste nicht, ob Posey sie gehört hatte, aber zumindest winkte er ihr. Bald waren Posey und das Einhorn nur noch ein Fleck am Himmel.

Scarlett fasste sich keuchend auf die Brust. Sie wusste, dass ihr Herz so schnell schlug, weil sie gerannt war, aber sie spürte noch etwas anderes. Es waren ihre Gefühle, die ihr den Atem nahmen und ihr die Kehle eng werden ließen.

Scarlett sah zu, wie der Fleck am Himmel gänzlich verschwand.

Irgendwann hörte sie auf, den Himmel zu scannen.

Diesmal war Posey für immer gegangen.

Befragung nach dem Zwischenfall.
Patrick Asher, 43. Schussopfer.
Persönlich. St. Thomas' Hospital.

Danke der Nachfrage. Ich fühle mich gut. Wahrscheinlich wegen der vielen Medikamente. Die wirken wahre Wunder. Ich habe noch nie Drogen genommen, hätte ich längst mal ausprobieren sollen.
Das war ein Witz, meine Herren Officer. Ich bin durchaus guter Laune.
Ich bin gerade noch mal davongekommen, oder etwa nicht? Das ist mein ganz persönlicher Ist-das-Leben-nicht-schön-Moment. Gestern hätte alles zu Ende sein können – aus und vorbei. Ich habe das weiße Licht schon vor mir gesehen. Dann, gefühlt eine Minute später, bin ich hier aufgewacht, körperlich weitgehend intakt, und alle standen um mich herum.
Claire und Scarlett waren natürlich hier, und Matt und Alex. Meine Kinder kommen heute Nachmittag. Ihre Mutter bringt sie, obwohl sie eigentlich das Weihnachtsessen vorbereiten müsste. Und Lindsay hasst es, wenn man ihre Pläne durchkreuzt … Aber die Kinder wollten mich unbedingt besuchen, und da blieb ihr nichts anderes übrig.
Meine Eltern können nicht reisen, aber ich telefoniere ständig mit ihnen. Und wie ich gerade gehört habe, kommt Nicola Trevor heute Nachmittag noch einmal vorbei, was mich wirklich freut.
Ich habe sie seit der Schulzeit nicht gesehen. Kompletter Zufall.
Ich verstehe nicht, was daran verwirrend sein soll. Wir haben die Hütte neben Nicola

bekommen, weil ich in der Schlange an der Anmeldung hinter ihr stand und dachte, dass ich diese Frau kenne. Erst als sie gegangen war, wurde mir klar, woher ich sie kannte. Also musste ich die Dame an der Anmeldung fragen, ob sie uns die Hütte neben ihrer geben würde. Ich wollte nicht das ganze Wochenende damit verbringen, im Resort nach Nicola zu suchen. Woher wissen Sie eigentlich davon?
Weiß Claire das auch?
Ach so.
Es ist mir nur ... etwas unangenehm. Ein bisschen peinlich vielleicht.
Hat Matt Sie nach dem Pfeil gefragt? Nach meinem Pfeil?
Ich verstehe, dass es jetzt noch nicht möglich ist. Aber irgendwann hätte ich ihn gern als Souvenir.
Natürlich habe ich Alex verziehen. Sie hat schließlich nicht absichtlich auf mich geschossen.
Es war wirklich zu komisch. Ich hatte ihr gerade noch gezeigt, wie sie den Bogen halten muss, und dann ging ich ein paar Schritte Richtung Zielscheibe, ohne an Gefahr zu denken. Ich weiß, klingt verrückt, ist überhaupt nicht meine Art.
Ich wurde eingewiesen, ja. Ich habe Claire gesagt, dass wir den Haftungsausschluss nicht unterschreiben sollten, weil Alex nicht eingewiesen worden war. Aber Claire ist so spontan, und sie findet, Regeln seien nur was für Warmduscher. Jetzt sieht man ja, wie so was enden kann. Regeln haben ihre Berechtigung, das sage ich Claire immer wieder. Sie hört einfach nie auf mich, und da haben wir den Salat.
Ich stand vor dem Ziel und erklärte Alex, wie sie schießen sollte und welche Flugbahn der Pfeil nehmen würde, bis er auf die Zielscheibe träfe. Und Alex hielt ihren Bogen und straffte ihn, wie ich es ihr gesagt hatte. Was genau dann passiert ist, habe ich nicht gesehen. Plötzlich lag ich am Boden und versuchte zu verstehen, warum meine Schulter brannte wie Feuer.
Ja, wirklich dumm. Überhaupt nicht meine Art. Trotzdem ist es passiert.
Ich weiß nicht, wo die anderen beiden waren. Ich war auf Alex konzentriert. Nicht genug, offensichtlich.
Das war noch ein Witz.

Ich spürte einen glühend heißen Schmerz. Die anderen drei waren sofort bei mir, und dann verlor ich das Bewusstsein.
Ich weiß nicht, worüber sie gesprochen haben. Das Nächste, woran ich mich erinnere, ist, dass ich mit einem Tropf im Arm aufgewacht bin.
Ja, wir haben uns alle prächtig verstanden, die ganze Zeit. Streitigkeiten gab es eigentlich nicht ansatzweise.
Wer hat gesagt, es hätte Spannungen gegeben?
Ich kann mir vorstellen, warum Nicola das dachte, aber wir hatten nur ein bisschen viel getrunken. Dann sind wir so – alles Insiderwitze. Für Außenstehende ist das immer gewöhnungsbedürftig.
Sonst fällt mir nichts ein. Es tut mir leid, dass wir so viel von Ihrer Zeit verschwendet haben, ausgerechnet zu Weihnachten.
Mein Gesicht? Ich war gestern Vormittag laufen und bin auf losem Schotter ausgerutscht. In der ganzen Aufregung habe ich die Schnittwunden und blauen Flecken völlig vergessen.
Deswegen stellen Sie mir diese Fragen? Wie lustig.
Ich finde es wirklich lustig. Sie glauben allen Ernstes, Alex hätte absichtlich auf mich geschossen? Ich bitte Sie – warum hätte sie das tun sollen?
Es war ein schönes, ruhiges Wochenende mit unserer Patchwork-Familie. Wir sind alle vernünftige Leute, und der ganze Ausflug lief gut. Wir hatten eine schöne Zeit miteinander, es gab keine Dramen, keinen Streit. Warum auch? Wir sind doch alle erwachsen.
Ich weiß wirklich nicht, was die Leute an diesem Patchwork-Konzept nicht verstehen.

Dank

Dieses Buch gäbe es nicht ohne meine fabelhafte Agentin Caroline Hardman – Caroline, ich bin dir dankbar für deine Unterstützung und Offenheit und froh, dich bei dieser geradezu außerkörperlichen Erfahrung an meiner Seite zu wissen. Mein Dank gilt auch Thérèse Coen für ihren unermüdlichen Enthusiasmus und all den anderen großartigen Leuten bei Hardman & Swainson – ich liebe es, in so guten Händen und so angenehmer Gesellschaft zu sein.

Emad Akhtar möchte ich dafür danken, dass er mein Schreiben verteidigt, mir zu sehr vielen Erkenntnissen verholfen und mich dabei immer zum Lachen gebracht hat. Außerdem danke ich Bethan Jones, Lauren Woosey, Laura Swainbank, Jen Breslin und allen anderen bei Orion, die äußerst fachkundig an meinem Buch mitgewirkt und sich dabei immer geduldig meine Hundefotos angesehen haben.

Ich danke Andrea Walker und dem Team bei Random House in den USA sowie allen anderen Teams im Ausland, die dieses Buch veröffentlichen: bei Fleuve, AW Bruna, Euromedia, Aufbau, Mondadori, Evro Books, Znak, General Press und Hachette ANZ. (Natürlich auch allen Verlagen, die erst dazugekommen sind, nachdem ich im Februar 2018 diese Danksagung geschrieben habe – mein zukünftiges Ich sagt danke.)

Ich danke den Savvy Authors für den Spaß, die Unterstützung und alle klugen Anregungen und Hinweise. Der Tag, an dem ich euch gefunden habe, war mein Glückstag.

Eine andere Art Dank gilt den Menschen außerhalb der Welt der Bücher. An alle wettkampforientierten Sportler, Patchwork-Familien, Anwälte oder Wissenschaftler in meinem Freundeskreis: Ich entschuldige mich lieber gleich vorab – und natürlich habt ihr keinerlei Ähnlichkeit mit den Figuren im Buch …

Dank auch an Andrew Bennett, Darren Birtwell, Craig Blyth, Miriam Bradley, Lorna Davies, Emma Duffy, Anthony Dutton, Dom Doughty, Ali Hogg, James Hogg, Aston Kelly, Amanda Moffat, Stu Moffat, Alison Peace, Claire Raffo, Kate Regan, Matt Regan, Chris Taft, Kate Taft und Jane Shlosberg. Außerdem möchte ich den Poker-Jungs, den Leuten von Holmes Chapel-and-beyond und meinen VM- und EBS-Freunden danken. Und mein Dank gilt Mum, Dad, Tom, allen Hulses sowie Ted und Linda.

Und schließlich Fletch. Für die Phantasie, die Komik und nicht zuletzt die unfassbare Tollpatschigkeit, mit der du Tag für Tag mein Leben bereicherst. Dir danke ich am allermeisten.